中央党校（国家行政学院）
离退休人员科研成果资助出版项目

U0870172

说词牌道典故·之二

冯继魁 著

人民东方出版传媒
People's Oriental Publishing & Media
東方出版社
The Oriental Press

图书在版编目（CIP）数据

说词牌道典故. 之二 / 冯继魁著. -- 北京 : 东方出版社，2023.2
ISBN 978-7-5207-2058-8

Ⅰ.①说… Ⅱ.①冯… Ⅲ.①词牌－文学欣赏－中国
Ⅳ.①I207.23

中国版本图书馆CIP数据核字(2022)第223656号

说词牌道典故·之二
(SHUO CIPAI DAO DIANGU · ZHIER)

责任编辑：张晓雪
出　　版：东方出版社
发　　行：人民东方出版传媒有限公司
地　　址：北京市东城区朝阳门内大街166号
邮　　编：100010
印　　刷：天津海德伟业印务有限公司
版　　次：2023年2月第1版
印　　次：2023年2月第1次印刷
开　　本：787毫米×1092毫米　1/16
印　　张：21.5
字　　数：242千字
书　　号：ISBN 978-7-5207-2058-8
定　　价：78.00元
发行电话：(010) 85924640

篆刻：陈国斌

目录

木兰花令、减字木兰花、偷声木兰花、木兰花慢

词牌题注

《木兰花》原为唐教坊曲名，南北曲[1]均有，其字数、格律与词牌不同。南曲属南吕宫[2]，用作引子。北曲属高平调[3]，用作小令，亦见于诸宫调[4]。用作词牌名以后则称之为《木兰花令》。“令”是五代以后才有的名称，因此唐教坊曲的名称是《木兰花》，而非《木兰花令》。

后世许多词人将《木兰花令》词调与《玉楼春》词调相混淆，并称：《木兰花令》词牌原名《玉楼春》，为七言八句体，其起源为《花间集》顾夐词，其起句有“月照玉楼春漏促”句，又有“柳映玉楼春日晚”句；《尊前集》[5]欧阳炯词，起句有“春早玉楼烟雨夜”句，又有“日照玉楼花似锦，楼上醉和春色寝”句而得名，故将其称为《玉楼春》。后因欧阳炯词中有“同在木兰花下醉”句，遂将此调改名为《木兰花》。

《木兰花令》词调句式参差，以七言为主，杂以三言，其字数亦与《玉楼春》词体有本质的不同。在《钦定词谱》中，对《木兰花令》与《玉楼春》二者之间的关系演变，有一个详细的说明。在《木兰花令》词条下有注称：“唐教坊曲名，《太和正音谱》[6]注‘高平调’，按《花间集》载《木兰花》、《玉楼春》两调，其

七字八句者，为《玉楼春》体。《木兰花》则韦（庄）词、毛（熙震）词、魏（承班）词共三体，从无与《玉楼春》同者。自《尊前集》误刻以后，宋词相沿，率多混填。今照《花间集》本分列，旧谱误者，悉为校正。”也就是说这二者之所以混淆，是因为《尊前集》误刻所致。

查《花间集》中，韦庄、毛熙震、魏承班作《木兰花》词调，其句式参差，以七言为主，杂以三言，其字数从五十二字至五十五字不等；而牛峤、顾夐、魏承班作《玉楼春》词调，均为七言八句，五十六字体。而《尊前集》中所载《木兰花》词五首，皆七言八句，五十六字体，平仄又与《玉楼春》相同，而李煜《玉楼春》前后段起句有平起式后，遂在体制上将两调相混。晏殊词集《木兰花》与《玉楼春》体制皆同李煜词，成为宋人通用体。故而《尊前集》才将二者混为一谈，这就是后世许多人将二者混填的原因。

另外在《木兰花令》的基础上，增减字韵后，又形成了其他一些格式，一、《减字木兰花》，这个《减字木兰花》其本体为《木兰花》本体，上下片一、三句均为四字。在《乐章集》[⑦]中注“仙吕调”；在《梅苑》[⑧]词中李子正词名《减兰》；许介轩词名《木兰香》；《高丽史·乐志》[⑨]名《天下乐令》。二、《偷声木兰花》，此调亦本于《木兰花》，只是上下片第三句，减去三字，另偷平声，故云“偷声”。三、《木兰花慢》，此调在宋人柳永《乐章集》中注“高平调”。

任半塘在《教坊记笺订》[⑩]中考证道：“此调有七言八句仄韵之声诗，亦有长短句体，《词谱》谓：‘《木兰花令》，唐教坊曲名’非。本书曲名无称‘令’者，‘令’乃五代以后曲名所有。然因此可推此调在唐，殆已为酒令中之著词。五代时此调之声诗体与《玉楼春》名相混，实则仍是两调。”另外，此调还有其他一些称谓，如《上楼香》《春晓曲》《呈纤手》《归风便》《续渔歌》《东邻妙》《梦相亲》《惜花容》《西湖曲》《满朝欢令》《玉楼春令》《归朝欢令》等。但值得注意的是，以上别称中，几乎都是五代与宋人词作之名，而这一时期也是《木兰花》与《玉楼春》词调相互混淆的时期，所以这些称谓几乎通用。

我们这里先介绍一下本章出现的几个名词，“减字”“偷声”和“令”与“慢”的小知识。“减字”“偷声”和“令”与“慢”，都是唐宋曲子词中的术语。一般来讲词的字数和声韵，必须按谱填写，不能随意变换，但是由于乐曲节拍的需要，音乐家在声腔方面，要保留一定的伸缩度，即在变动声腔的同时而增减字数，从而引起句法和韵律的变化，使词在某些部分打破原来的句格，另成一体。“减字”和“偷声”就是削减原调的字数和声韵，另成新调。如本章节《木兰花令》其本体，原为上片五句二十七字、下片四句二十八字的双调五十五字体；“减字”以后变为上下片均为四句二十二字的双调四十四字体。在声韵上，《木兰花令》的本体是上下片均为三仄韵、双调五十五字体；“偷声”以后变为上下片各两仄韵、两平韵的双调五十字体。“令”，其名称来自唐或五代时期民间的酒令，是人们于宴会时利用时调小曲即席填词后所演唱的酒令。以后音乐家将这种民间小词、小调正式融入音律中，又逐步发展而成为“令曲”，再以后又成为散曲的一种，其形式等于一首单调的词。而唐五代词大多为“令曲”的形式。“令词”一般字少调短，常见的令词中，字数最少的是《十六字令》，仅十六字，最多的是《六幺令》，有九十六字，更有《百字令》，即一百字体，不过它是《念奴娇》的别称。另外还有长达二百一十五字的《胜州令》，虽然叫令，却属于慢声长调。“慢”，是慢曲子的简称，古书上写作“曼”，意谓延长引申的意思，歌声延长，声调自然延缓，这是与急曲子相对而言。“慢”大部分是长调，因为它声调延长，字句也跟着加长，其调长拍缓，是慢曲的特点。慢词几乎是和小令同时产生的，唐代已有慢曲，一部分来自大曲、法曲的截取，如唐代的《霓裳羽衣曲》《水调歌》等；另一部分则来自民间。慢词中最短的是《卜算子慢》，八十九字，最长的是《莺啼序》，二百四十字。在大体分类上，如按长短规模划分，词大致可分为小令五十八字以内、中调五十九至九十字，长调九十一字以上，最长的词可达二百四十字。一首词，有的只有一段，称之为单调，有的分两段，称之为双调，有的分三段或四段，称之为三叠或四叠。

下面将《木兰花令》《减字木兰花》《偷声木兰花》《木兰花慢》四调列出，以示区别。

诗词赏析

木兰花令	**格律**
韦庄	
独上小楼春欲暮。	仄仄仄平平仄仄。（韵）
愁望玉关芳草路。	(平)仄(仄)平平仄仄。（韵）
消息断，	平仄仄，

不逢人，	仄平平，
却敛细眉归绣户。	仄㊀㊀㊉平㊀仄。（韵）
坐看落花空叹息。	㊀㊀仄㊉平㊀仄。（换韵）
罗袂湿斑红泪滴。	㊉仄㊀平平仄仄。（韵）
千山万水不曾行，	平平㊀仄仄平平，
魂梦欲教何处觅。	㊉㊀㊀㊉平㊀仄。（韵）

此词双调五十五字，上片五句三仄韵，下片四句三仄韵。《钦定词谱》称其为："宋人《木兰花》词皆《玉楼春》体，唯此与毛（熙震）、魏（承班）二词，乃《木兰花》正体。"

减字木兰花	**格律**
欧阳修	
歌檀敛袂。	㊉平㊀仄。（仄韵）
缭绕雕梁尘暗起。	㊉仄㊉平平仄仄。（韵）
柔润清圆。	㊉仄平平。（平韵）
百琲明珠一线穿。	㊀仄平平㊀仄平。（韵）
樱唇玉齿。	㊉平㊀仄。（仄韵）
天上仙音心下事。	㊉仄㊉平平仄仄。（韵）
留往行云。	㊉仄平平。（平韵）
满坐迷魂酒半醺。	㊀仄平平㊀仄平。（韵）

此词双调四十四字，上下片各四句，两仄韵、两平韵。这是在《木兰花令》的基础上，上下片一、三句均为四字，同时在韵脚上将仄韵演变成仄韵与平韵互换的模式。

偷声木兰花	**格律**
冯延巳	
落梅著雨消残粉。	仄⃝平仄⃝仄平平仄。（仄韵）
云重烟深寒食近。	平⃝仄平平平仄⃝仄。（韵）
罗幕遮香。	平⃝仄平平。（平韵）
柳外秋千出画墙。	仄⃝仄⃝平平仄仄平。（韵）
春山颠倒钗横凤。	平平平⃝仄平平仄。（换仄韵）
飞絮入帘春睡重。	平⃝仄仄⃝平平仄仄。（韵）
梦里佳期。	平⃝仄平平。（换平韵）
衹许庭花与月知。	仄⃝仄平⃝平仄⃝仄⃝平。（韵）

此词双调五十字，上下片各四句，两仄韵、两平韵。此调在字数和韵脚上与《木兰花令》相比有较大区别。其本体亦源于《木兰花令》，只是上下片第三句，减去三字，另偷平声，故云《偷声木兰花》。

木兰花慢	**格律**
柳永	
坼[11]桐花烂漫，	仄平平仄⃝仄，
乍疏雨、洗清明。	仄⃝平⃝仄、仄平平。（韵）
正艳杏烧林，	仄仄⃝仄平平，
缃桃绣野，	平⃝平仄⃝仄，
芳景如屏。	平⃝仄平平。（韵）
倾城。	平平。（韵）
尽寻胜赏，	仄平仄⃝仄，

骤雕鞍绀[12]幰[13]出郊坰[14]。 仄平平仄仄仄平平。(韵)
风暖繁弦脆管, ㊥仄㊥平㊀仄,
万家竞奏新声。 ㊀平㊀仄平平。(韵)

盈盈。 平平。(韵)
斗草踏青。 ㊀仄㊀平。(韵)
人艳冶、递逢迎。 平仄仄、仄平平。(韵)
向路傍、往往遗簪堕珥, 仄仄平、仄仄平平仄仄,
珠翠纵横。 ㊥仄平平。(韵)
欢情。 平平。(韵)
对佳丽地, 仄平㊀仄,
任金罍[15]罄竭[16]玉山倾。 仄㊥平㊀仄仄平平。(韵)
拌却明朝永日, ㊥仄㊥平㊀仄,
画堂一枕春酲[17]。 ㊀平㊀仄平平。(韵)

此词双调一百一字,上片十句五平韵,下片十句七平韵。此调本体虽然是《木兰花令》,但与《木兰花令》相较,亦有天壤之别。

在我们的印象中,柳永一生困顿,所写大部分都是羁旅行役的凄楚之词,除了一些干谒词和颂圣之词外,这首《木兰花慢》词,以词人对春暖郊游的触感,带给人一种繁荣昌盛的盛世景象,从都市的社会风情、自然风景的旖旎春色,到国家的繁荣昌盛,在柳永众多诗词中,这种词体还是不多见的。

首开句"坼桐花烂漫,乍疏雨、洗清明",这个"坼"字,是分裂、裂开的意思。在宋人沈义父《乐府指迷·误读柳词》中

对这个“坼”字解释道：“近时词人，多不详看古曲下句命意处，但随俗念过便了。如柳词《木兰花慢》云：‘坼桐花烂漫。’此正是第一句，不用空头字在上，故用‘坼’字，言开了桐花烂漫也。有人不晓此意，乃云：此花名为‘坼桐’，于词中云开到‘坼桐花，开了又坼’，此何意也。”沈义父单独指出的这个“坼”字，之所以不被很多人理解，是因为对这个字没有理解透。这个字用在本首词中的第一个字，是写尽了春天那蓬勃的生机、道尽了春天那旖旎的春色，同时也言尽了那梧桐花开之时烂漫的风情。突如其来一阵淅淅沥沥的小雨将那天空洗得清明通透。这个“洗清明”既言天空的空透清明，又点出时令为“清明时节”，一语双关。在柳永的《八声甘州》一词中有“对潇潇暮雨洒江天，一番洗清秋”，同样都是“洗”，但其作用却是不一样。在《八声甘州》里，这个“洗清秋”的结果是什么呢？是“渐霜风凄紧，关河冷落，残照当楼。是处红衰绿减，苒苒物华休。惟有长江水，无语东流”。这是柳永在羁旅行役的愁苦之际所发出的内心的无奈喟叹，而现在这个《木兰花慢》中的“洗清明”的结果又是什么呢？是“正艳杏烧林，缃桃绣野，芳景如屏”。因此说心情不一样，周边环境带给人的感观也是不一样的，而这句话也恰恰是对上一句“坼桐花烂漫”的佐证。一句“艳杏烧林”令我们想起了宋人宋祁那“红杏枝头春意闹”的境界，而“缃桃绣野”又让我们脑海中浮现出宋人陈允平《恋绣衾》词“缃桃红浅柳褪黄，燕初来、宫漏渐长”以及清人纳兰性德《忆秦娥》词“吹开吹谢东风倦，缃桃自惜红颜变”的美妙词意。在千花百卉争芳斗艳的烂漫春日，满视野的梧桐花绽放，漫山遍野的红杏枝头，明艳似火、灿若烟霞。那芳郊绿野间，浅黄的桃花缀满枝头，这般景致犹如一望无垠的天然画屏，令人不由得惊叹大自然的天然造化。这个“缃”，是一种浅黄色，而句中的“烧”和“绣”，这两个动词，用得婉转有神，俊语美景间更显词佳意远，境界、层次、意境俱出。而“野”和“林”这二字，又道出了野芳发而林秀的古朴之美。下面“倾城”二字，原意是颠覆邦国，源于汉代的李延年为汉武帝推荐自己的妹妹，而唱的一首歌：“北方有佳人，绝世而独立。一顾倾人城，再顾倾人国。宁不知倾城与倾国，佳人难再得。”而这里的“倾国”，既言满视野的美景春色，艳压全城，其美艳倾倒城中之人，又引出下面的倾城之人尽数涌出城外而“尽寻胜赏，骤雕鞍绀幰出郊坰”。一句“尽寻胜赏”，道尽了人们出城踏青那宏大的场面。“骤”字是指马匹迅疾、快跑；“雕鞍”是指刻饰有精美花纹的马鞍，在此借指马。“绀”是青色，“幰”是车上的帷幔，代指车。“坰”字泛指都邑的远郊。汉人许慎的《说文解字》中解释道：“邑外谓之郊，郊外谓之牧，牧外谓之野，野外谓之林，林外谓之坰，象远界也。”“骤雕鞍绀幰出郊坰”这句话的意思是：男人们骑着俊美的宝马，女人们乘坐着靓丽的香车，大家一起到郊野之外，去踏青、游玩、领略大自然的景色，去充分享受春天带给人们的欢乐。上片结句的“风暖繁弦脆管，万家竞奏新声”，其中“繁弦”一词，原指多弦的乐器，如琵琶、箜篌一类的，后泛指多种乐器同时演奏的情景，如急管繁弦。白居易在《忆旧游》中有“修娥慢脸灯下醉，急管繁弦头上催”之句。而“脆管”一词专指笛子，如白居易《和微之》：“清弦脆管纤纤手，教得《霓裳》一曲成。”这两句描写了一派欣欣向荣的景象，在和煦的春风中，人们唱歌跳舞，到处都是欢乐的海洋、到处都充满了美妙的乐章。

下片首开句的“盈盈”二字，顷刻间便把我们带入到欢情笑语的海洋中。“盈盈”二字，既形容人物举止、仪态的美好，如盈盈顾盼一词，同时也形容快乐神情或美好情绪，这个词是一种欢乐气氛的流露，再如喜气盈盈、笑脸盈盈等。明人文徵明《秋莲》诗中有：“九月江南花事休，芙蓉宛转在中洲。美人笑隔盈盈水，落日还生渺渺愁。露洗玉盘金殿冷，风吹罗带锦城秋。相看未用伤迟暮，别有池塘一种幽。”果然下面的一句“斗草踏青”，印证了上面的“盈盈”二字那欢乐的气氛。“斗草”是古代流行于民间、宫廷中的一种游戏，梁人宗懔在《荆楚岁时记》中记载道：“五月五日，谓之浴兰节，荆楚人并踏百草，又有斗草之戏。”“斗草”又分为文斗与武斗两种。文斗一般为女子所为，在规定的时间内，采集足够多的花、草药，然后大家相互辨认，互报花草之名，以辨认不出者为输。在宋人晏殊《破阵子》中，就曾经给我们展示了一幅春日斗草之景：“燕子来时新社，梨花落后清明。池上碧苔三四点，叶底黄鹂一两声，日长飞絮轻。巧笑东邻女伴，采桑径里逢迎。疑怪昨宵春梦好，元是今朝斗草赢，笑从双脸生。”而范成大在其《四时田园杂兴六十首》之一写道：“社下烧钱鼓似雷，日斜扶得醉翁回；青枝满地花狼藉，知是儿孙斗草来。”而武斗一般以孩童为主，他们找一些植物肥硕的叶子或根茎，两人双手相互交叉成十字，各自用力拉扯，谓之拔根，以根茎不断者为胜。在王建的《宫词》里面，有一首诗描写了孩童间斗草游戏的情状：“水中芹叶土中花，拾得还将避众家。总待别人般数尽，袖中拈出郁金芽。”而“踏青”一词，我们在本丛书之一中讲过一个《踏歌》的词牌，其中有详细的介绍，在此不赘述。这一句总体概括了人们欢笑游乐的场景。而在这春日踏青的活动中，除了欢呼雀跃的孩童们，更活跃的却是“人艳冶、递逢迎”的歌女们。“艳冶”是指艳丽妖冶，尤其这个“冶”字，是一种含有贬义的形容女子仪态之词，“逢迎”是趋奉迎合的意思，这句话多指一些卖春或歌女们的迎来送往。“向路傍、往往遗簪堕珥，珠翠纵横。”这里用了一个“遗簪堕珥”的典故，语出《史记·滑稽列传》，淳于髡[18]引赵国兵马解楚国危难后，楚威王请淳于髡喝酒，淳于髡论自己酒量大小：“若乃州闾之会，男女杂坐，行酒稽留，六博投壶，相引为曹，握手无罚，目眙不禁，前有堕珥，后有遗簪，髡窃乐此，饮可八斗而醉二参。”唐人虞世南《门有车马客行》诗中有：“危弦促柱奏《巴渝》，遗簪堕珥解罗襦。”这一句点明了人们在酒醉纵欢、不拘形迹、放浪形骸之后，遍地所遗留的发簪、耳环以及各种珠宝首饰无数。一个“纵横”道出了其杂乱与数量之多。而这代表的又是什么呢？是一种“欢情”，而这个“欢情”是一种情绪的狂野与高潮后，这些踏青之人的一种宣泄。“对佳丽地，任金罍罄竭玉山倾”，“罍”是古代的一种大型的盛酒器，“罄竭”是空竭、匮乏的意思。面对如此的佳丽美人，面对如此的良辰美景，任凭那玉山倾倒，也要饮尽那金樽中的美酒，乐陶陶间而“拚却明朝永日，画堂一枕春酲”。这个“酲”字，原意为“运送谷物抵达首都王仓”。“酉”与“呈”联合起来表示：完成运粮差事后喝酒庆祝，一醉方休或酣睡后酒醒的意思，这句话是说：拚着明日一整天醉卧画堂，今朝也一定不醉不休。

注释

①南北曲：古代中国戏曲，南曲与北曲的合称。南曲是宋元时南方戏曲各种曲调的统称，源于唐宋大曲及南方民间曲调，用韵以南方语音为准，宋元南戏和明清传奇都以南曲为主。北曲是宋元时北方戏曲各种曲调的统称，源于唐宋大曲和北方民间曲调，并吸收了金元时期其他民族的音乐发展而成，用韵以中州韵为准，元杂剧都用北曲。

②南吕宫：古代乐律名之一。古乐律共分十二律，从低到高依次为：黄钟，大吕，太簇，夹钟，姑洗，仲吕，蕤宾，林钟，夷则，南吕，无射，应钟。奇数各律称为“律”，偶数各律称为“吕”，总称为“六律”和“六吕”。

③高平调：高平、中升、降升、全降，分别对应普通话里的一、二、三、四声。高平调就是我们平时说的“一声”。

④诸宫调：“宫”，是古代各种音阶中的第一级音，以“宫”作为音阶起点的曲子称为宫调；由多种宫调组合成一个完整的长曲，就是诸宫调。诸宫调是一种起源于宋代的说唱形式，由韵文和散文两部分组成，演唱时采取歌唱和说白相间的方式，因集若干套不同宫调的曲子轮递歌唱，故名。

⑤《尊前集》：编者不详，为唐五代词选集，共一卷，选录唐五代三十九家、二百六十一首词，以供宴席前演唱，故集名为“尊前”。

⑥《太和正音谱》：明代朱权编撰的北曲曲谱，成书于洪武三十一年（1398年），分上下二卷。内容分为戏曲理论史料和北曲杂剧的曲谱两部分。

⑦《乐章集》：北宋柳永词集名，不分卷，依宫调、词牌序列，所收词作约有一百九十首。

⑧《梅苑》：南宋黄大舆编。所录皆咏梅之作，起于唐代，止于北宋末南宋初，共十卷。

⑨《高丽史·乐志》：朝鲜李朝郑麟趾撰。成书于李朝文宗元年即明景泰二年（1451 年）。全书用汉文写成，其《乐志》部分所载的“唐乐”是宋代教坊乐在域外的遗存，它不仅记录了一批在中国失传的曲目、词调和词体，而且也保留了宋代教坊乐曲的基本性质和特征。

⑩《教坊记笺订》：《教坊记》是唐人崔令钦记述唐代教坊制度和逸闻的著作，今存一卷，是研究盛唐音乐、诗歌的重要资料。任半塘是我国的词曲学家、戏曲学家，他对《教坊记》的笺订，是古籍点校、整理研究的翘楚之作。

⑪ 坼（chè）：分裂、裂开。

⑫ 绀（gàn）：青色。

⑬ 幰（xiǎn）：车幔。

⑭ 坰（jiōng）：泛指郊外。

⑮ 罍（léi）：古代大型的礼器和盛酒器。

⑯ 罄竭（qìng jié）：空竭、匮乏。

⑰ 酲（chéng）：大醉，或酣睡后酒醒。

⑱ 淳于髡（kūn）（约前 386—前 310）：齐国黄县（今山东省龙口市）人，战国时期齐国政治家、思想家，齐之赘婿，齐威王拜其为政卿大夫。

玉楼春

词牌题注

《玉楼春》是词牌名。《钦定词谱》："《花间集》顾敻词起句，有'月照玉楼春漏促'句；又有'柳映玉楼春日晚'句；《尊前集》欧阳炯词起句有'春早玉楼烟雨夜'句；又有'日照玉楼花似锦，楼上醉和春色寝'句取为调名。李煜词名《惜春容》；朱希真词名《西湖曲》；康与之词名《玉楼春令》；《高丽史·乐志》词，名《归朝欢令》；《尊前集》注'大石调'，又'双调'。《乐章集》注'大石调'，又'林钟商调'，皆李煜词体也。《乐章集》又有仙吕调词，与各家平仄不同。"

在《木兰花令》这个词牌的题注中，我们讲了《玉楼春》和《木兰花令》之间的关系，因此我们只要记住，与《木兰花令》前后段起句为平起式相比较，《玉楼春》这个词牌正体的最大特点是七言八句、五十六字体，上下片起句俱为仄起式即可。

诗词赏析

玉楼春	格律
顾敻	
拂水双飞来去燕。	㊀仄㊉平平仄仄。（韵）

曲槛[1]小屏山六扇。	仄⃝仄仄⃝平平仄仄。（韵）
春愁凝思结眉心，	平⃝平平仄仄平平，
绿绮懒调红锦荐[2]。	仄⃝仄仄⃝平平仄仄。（韵）
话别多情声欲战[3]。	仄⃝仄平⃝平平仄仄。（韵）
玉筋[4]痕留红粉面。	仄⃝仄平⃝平平仄仄。（韵）
镇长独立到黄昏，	仄⃝平仄⃝仄仄平平，
却怕良宵频梦见。	仄⃝仄平⃝平平仄仄。（韵）

此词双调五十六字，上下片均为四句三仄韵。由于时代的暌隔[5]，目前我们对顾敻资料掌握得极少，只知道他是五代时期的词人，其生、卒年及籍贯、字号均不详。他曾经在前蜀王建的皇宫中担任过小官以及刺史的职位。也因为在皇宫中的摩诃池[6]内看见秃鹫盘旋而写诗加以讽刺时政，而几遭杀头之大祸。至后蜀，在后蜀高祖孟知祥赏识下，累官至太尉的高爵。其人聪慧，善于填词，词意清新灵动，绮丽不淫靡，悱恻缠绵，情致韵味俱佳，在《花间集》中共收录其作品十六调五十五首词。

上片开篇句“拂水双飞来去燕”。燕子春来秋去，这一句以戏水之燕而点出“春”之时节，再以双飞戏水之燕引出后面的孤寂之人，再以后的反复缠绵悱恻，也是全因这“双飞之燕”而引起。“曲槛小屏山六扇”，“曲槛”是曲折的栏杆；“小屏山”是指绘有山水画的屏风；“六扇”是画屏的数量。在古诗词中，我们经常可以读到带有“曲槛”和“画屏”的诗句，这两个词语都是一种符号，包含有众多的内涵，其中之一便是代表了古代思妇的孤独。“曲槛”代表的是一种心境，就像这个“曲”字一样，是“迂回”和“不直”的意思；而“槛”这个字，在这里念（jiàn），它既有“栏杆”的作用，更有“牢笼”及“囚笼”的含义。“槛”此刻所起的作用是，思妇将其思念蜿蜒曲折于心，将其孤独亦深锁于心。而“屏”字，它既是一种装饰物，又是一个内敛的阻隔物，它所起的作用是，思妇把思春或愁苦阻隔于内，画屏外面是戏水双飞的呢喃春燕，而画屏里面却是愁容满面的怨女思妇，这就是一种反差，反差越大，艺术效果越强烈，心境上的震撼越深邃。接下来果然作者用“春愁凝思结眉心”这样一个黛玉蹙眉式的人物出场来诠释这种反差。在古诗词和各种典籍中，“眉”这个词，它不仅仅是形容女子的美或愁苦，它更多的是通过女子眉毛传递出的各种心理语言，如蛾眉淡扫、眉头紧锁、喜上眉梢等细节的描写，来传递一个个不同心绪变化的信号。而此刻出场的主人公是“春愁凝思”，春日的愁绪是古今中外所有文人墨客喜爱描写的景物，比如唐人张祜在《折杨柳枝》诗中有“伤心日暮烟霞起，无限春愁生翠眉”；白居易在《牡丹芳》诗中亦有“低娇笑容疑掩口，凝思怨人如断肠”。而这些所有的喜、怒、哀、乐与主人公的凝神思索，最后都反映在主人公那郁结于心的眉毛上，这就是肢体语言的作用。“绿绮懒调红锦荐”，“绿绮”是中国古代的名琴之一。文人四大雅事琴、棋、书、画，琴排在第一，而传说中的中国古代四大名琴，就是著名的齐桓公的“号钟”、楚庄王的“绕梁”、司马相如的“绿绮”和蔡邕的“焦尾”。这四张琴的背后，有着许许多多的动人故事，而司马相如当年就是凭借这张“绿绮”琴，弹出了《凤求凰》的天籁之音，从而俘获了卓文君的芳心而缔结良缘，被传为千古佳话。而此刻女主人公坐在用红锦铺就的座席上，手扶这绝世的“绿绮”名琴，却是“懒调”。一个“懒”字，道出了这孤独女人那不为人知的内心世界。“琴”是弹与有情人听的，是弹与知音人听的，是弹与心上人听的，然而此刻屏外是欢快的双燕呢喃戏水，屏内是一个愁容满面的相思凄苦之人，面对的又是当年司马相如向卓文君倾诉爱情的“绿绮”名琴，反差之巨、失落之大，让一个孤苦之人怎能有闲心去抚琴？即便是抚琴，又弹与谁听？知音又何在？

上片作者以双燕的呢喃戏水而引发思妇的愁思起句，而下片却是写她与情人离别后的黯然伤神。“话别多情声欲战”，这个“战”是恐惧、战栗的意思，分别在即，以至于那柔情的话语因为内心的恐惧而发颤。“玉筯痕留红粉面”，这个“玉筯”是什么呢？古人把“玉筯”当成眼泪。传说海中鲛人在哭泣的时候，眼泪会变成美丽的透明珍珠，称之为鲛人珠，是异常珍贵的宝物。华钟彦在《花间集注》中，引唐人冯贽的《记事珠》⑦曾经记载有：“鲛人之泪，圆者成明珠，长者成玉筯。”这句话道出了一对有情人在即将分别的时候，抛泪而不舍，以至于泪水流满红润的脸颊。“痕留红粉面”用词十分生动，与上一句的“多情声欲战”，形成呼应之状。牛希济在其《生查子》一词中有：“春山烟欲收，天澹星稀小。残月脸边明，别泪临清晓。语已多，情未了。回首犹重道：记得绿罗裙，处处怜芳草。”而贺铸的《绿罗裙》中亦言道：“东风柳陌长，闭月花房小。应念画眉人，拂镜啼新晓。伤心南浦波，回首青门道。记得绿罗裙，处处怜芳草。”同样是述说离别，牛希济与贺铸的词中同样是泪中吻别，但同样又都出现了吻别之后“回首犹重道：记得绿罗裙，处处怜芳草”这殷殷的嘱托。而顾敻词中却没有这样的嘱托，而是出现了女主人公“镇长独立到黄昏”的形象。这个“镇”字，是指整个一段时间，如“镇日镇夜”就是从早到晚、整日整夜的意思，自从心上人走后，女主人公长久地独自站立，一直到黄昏，这是一种痴情、一种不舍、一种失落、一种萦然于心的伤痛。下面收尾一句“却怕良宵频梦见”，这句话，妙就妙在这个“怕”字上，心上人远行，而留守之人伤痛，这是永恒的主题，毕竟二人相爱过、拥有过、珍惜过。情是什么？不是黯然伤神，不是一个人享受孤独，而应该是性情中男女执手的柔情蜜意与“向鸡窗，只与鸾笺象管，拘束教吟课。镇相随，莫抛躲。针线闲拈伴伊坐。和我，免使年少，光阴虚过”（柳永《定风波·自春来》）这样的恬淡，而到了此种境界又有哪个能轻言离别呢？相爱之人最怕有情无缘，常相思却不能常相依恋，这就是“换我心，为你心，始知相忆深”[⑧]的意境。而女主人公的这种长相思却不能常相依恋，它所引起的是日有所思、夜有所梦，梦是意识的窗户、是意象的语言，有梦想就有希望，就有幸福的残留。然而，梦中越幸福，则梦醒之后的现实就越会显得残酷、空虚与无情，甚至绝望。所以思念至极反怕梦，一个伤心思念之人，怎么能忍受梦醒之后那遍寻无迹，而自己却又失魂落魄的折磨呢？

这首词质朴自然，心思细腻，情真意切，抓住了女性独特的动作语言进行描写，表达了女性细腻的情感。《栩庄漫记》中对此评论道：“别愁无那，赖梦见以慰相思，而反云‘却怕良宵频梦见’，是更进一层写法。”晚清况周颐[⑨]在《餐樱庑词话》[⑩]中评论道：“顾敻艳词，多质朴语，妙在分际恰合，孙光宪便涉俗。顾太尉，五代艳词上驷也。工致丽密，时复清疏。以艳之神与骨为清，其艳乃益入神入骨。其体格如宋院画工笔折枝小帧，非元人设色所及”。另外在此调中历代名气较大的一首就是宋祁[11]之词《玉楼春·春景》。

诗词赏析

《玉楼春·春景》

宋祁

东城渐觉风光好，縠皱波纹迎客棹。绿杨烟外晓寒轻，红杏枝头春意闹。

浮生长恨欢娱少，肯爱千金轻一笑。为君持酒劝斜阳，且向花间留晚照。

此词上片写景，下片抒情。首句“东城渐觉风光好”泛指春景，其中的“渐”字，道出了经寒渐暖的阳春时令，与下面的“红杏枝头春意闹”句相互呼应。“縠皱波纹迎客棹”，这里运用了拟人和写实的手法，将水面上涌动的细小波纹，比拟成盈盈的笑脸在迎接客船。“绿杨烟外晓寒轻”句中的“绿”字、“轻”字，也是承上面“渐”字的续意。天气渐暖，那杨柳自然要冒出淡淡的鹅黄嫩绿。寒与暖是没有轻重之别的，作者在这里著一“轻”字，自然给人一种经冬日沉重到春日明媚的轻灵之感，由此而引出下面的“红杏枝头春意闹”句。这一句以写实的手法，将上片写景的描述，推向了高潮。用杏花的盛开，点出了春日的来临，《人间词话》中言：“著一‘闹’字，而境界全出矣。”

下片“浮生长恨欢娱少，肯爱千金轻一笑”。词人感叹春光易逝，年华如梭，浮生若梦，苦多乐少，并力劝人们，要抓住春光易逝这一千载难逢的瞬间，及时行乐，不要因吝惜金钱而错失这片刻的欢乐。词人为了友人而“为君持酒劝斜阳，且向花间留晚照”，请它在花丛之中多停留点时间来陪伴我们，其惜春留恋之情，可谓浓郁。

宋祁存词不多，仅六首，但六首当中很有一些佳词丽句为人乐道。据宋人《遁斋闲览》载：“张子野（即张先）郎中以乐章擅名一时。宋子京尚书奇其才，先往见之。遣将命者谓曰：‘尚书欲见云破月来花弄影郎中。’子野屏后呼曰：‘得非红杏枝头春意闹尚书乎？’”王国维先生在《人间词话》中言道：“词以境界为最上。有境界，则自成高格，自有名句。著一‘闹’字，而境界全出矣。”

注释

①曲槛（jiàn）：“槛”字从木从监。“监”指“监视”。“木”与“监”联合起来表示“木制的用于监视、观察的设施或器具”。其本义就是指监视用途的木器，如囚车、门槛等。曲槛：释义为曲折的栏杆。

②荐：繁体写法为“薦”，从艸从廌，为兽之所食之草，后引申为草席子，意为纳善之坐。

③战：战栗。

④玉筯（zhù）：眼泪。

⑤睽隔（kuí gé）：意思是分离、远隔。

⑥摩诃池：摩诃池始建于隋代。因取土修建成都子城，挖土为池五百亩，西域僧人见之曰：“摩诃宫毗罗”。摩诃，是大宫

殿，毗罗，是龙。就是说此池广大有龙，因名摩诃池。蜀永平五年（915 年），前蜀皇帝王建修建新皇宫时，将摩诃池纳入宫苑，改名龙跃池，后扩建皇宫，将龙跃池注入活水，改名为宣华池，环池修筑宫殿、亭台楼阁，其范围广达十里。

⑦《记事珠》："记事珠"、"避尘珠"和"上清珠"是传说中唐朝三大宝珠，传说有人一旦忘记了某件事情，则以手持弄"记事珠"，便觉心神开悟，事无巨细，焕然明晓，一无所忘。唐人冯贽以此为书名，记录汉、唐时旧闻与名物及生活风貌。

⑧顾夐《诉衷情》："永夜抛人何处去，绝来音。香阁掩，眉敛，月将沉。争忍不相寻。怨孤衾。换我心，为你心，始知相忆深。"

⑨况周颐（1859—1926）：字夔笙，晚号蕙风词隐，广西临桂（今桂林）人，九岁补弟子员，十一岁中秀才，十八岁中拔贡，二十一岁以优贡生中光绪五年（1879 年）乡试举人，授内阁中书等职。一生致力于词，尤精于词论。与王鹏运、朱孝臧、郑文焯合称"清末四大家"，著有《蕙风词》和《蕙风词话》。

⑩《餐樱庑词话》：况周颐著，杂记清代宫廷辛秘，朝野逸闻，典章学术，市井风情及前清历代野史。

⑪宋祁（998—1061）：字子京，安州安陆（今湖北）人。宋仁宗天圣二年（1024 年）举进士出身，官至翰林学士，曾与欧阳修等人同编《新唐书》等。死后谥景文，后人称为宋景文公。其词语工丽，善炼字琢句，意境清新。言情虽缠绵而不轻薄，措辞虽华美而不淫艳。

醉公子

词牌题注

《醉公子》原为唐教坊曲名，后用作词牌名。唐代诗人李山甫[①]在《曲江》一诗中曾有“千队国娥轻似雪，一群公子醉如泥”的诗句。五代词人尹鹗[②]词中有“尽日醉寻春，归来月满身”句，都是唐五代人讽咏公子醉酒的曲调篇名。《花间集》中录有薛昭蕴、顾敻、尹鹗等人《醉公子》词五首，皆咏调名本意。又因为他们所作之词皆四换韵，故又名“四换头”。南宋人陈模[③]在《怀古录》上曾录有唐无名氏咏“醉公子”之词：

“门外猧[④]儿吠，知是萧郎至。刬袜[⑤]下香阶，冤家今夜醉。扶得入罗帷，不肯脱罗衣。醉则从他醉，还胜独睡时。”

这首词收录于《全唐诗》中，应该是出自民间作者之手，与《钦定词谱》中所收录的正体略有不同，应为正体的变格。在这首词的后面，陈模有小注云：“此唐人词也。前辈谓读此可悟诗法。或以问韩子苍[⑥]，苍曰，只是转折多耳。且如，喜其至是一转也。而苦其今夜醉，又是一转。入罗帏是一转矣，而不肯脱罗衣，又是一转。后二句自家开释，又是一转。直是赋尽醉公子也。”

明人杨慎《词品》一书中称：“唐人醉公子词云：‘门外狗儿吠，知是萧郎至。刬袜下香阶，冤家今夜醉。扶得入罗帷，不肯脱罗衣。醉则从他醉，还胜独睡时。’唐词多缘题所赋，《临江仙》则言水仙，《女冠子》则述道情，《河渎神》则咏祠庙，《巫山一段云》则状巫峡。如此词题曰《醉公子》，即咏公子醉也。尔后渐变，与题远矣。”《钦定词谱》中称：“《醉公子》其以此词为唐人作，未知所据。然宋人罕有作者，史达祖有《醉公子》一首，乃一百六字之长调，与五代时《醉公子》曲迥异。”任半塘《唐声诗·杂考》：“‘醉公子’之人物，在唐代社会中颇为现实，其名乃贬义，非褒美。唐诗人或称为‘繁华子’，或唤作‘轻薄儿’，或呼以‘豪家子’，或讽曰‘天上郎’。日本所传唐曲中有《酒胡子》，一名《醉公子》，一作《酒公子》或《清酤子》。(见《大日本史·乐志》)”在《教坊记笺订》一书中，任半塘考证道：“词乃五言四句声诗。另有五言八句者或为四句之二首也，此三字原唐人习用语。惟开元中刘希夷《公子行》内称曰‘繁华子’，后顾况《公子行》内称‘轻薄儿’，已说明其人是何种人。李山甫《曲江》诗曾有句曰：‘千队国娥轻似雪，一群公子醉如泥。’刘诗：‘天津桥下阳春水，天津桥上繁华子’，此桥正上文‘筋斗、竿木’条所述东都繁华之区也，此曲创始年代可知。”

在《钦定词谱》中，收录历代词826调，2306体⑦。《教坊记》中收录曲牌约467个，其中与酒有关联、在题面上就显示这种酒文化的词调六十余个，而以“醉”为主题的词调有近三十个。细品其词旨，无不是以酒、以醉为中心宗旨，无不是缘题而赋。如在位八年即被后唐所灭、蜀后主王衍所留下来的一首《醉妆词》中，我们即可窥其一斑：“者边走，那边走，只是寻花柳。那边走，者边走，莫厌金杯酒。”在崔令钦《教坊记》中，都曾记有一个叫《踏谣娘》的曲调："踏谣娘，北齐有人姓苏，疱鼻，实不仕，而自号为郎中。嗜饮，酗酒，每醉辄殴其妻，妻衔怨，诉于邻里。时人弄之：丈夫着妇人衣，徐步入场行歌。每一迭，旁人齐声和之云：'踏谣，和来，踏谣娘苦和来。'以其且步且歌，故谓之'踏谣'。以其称冤，故言苦。及其夫至，则作殴斗之状，以为笑乐。今则妇人为之，遂不呼郎中，但云'阿叔子'。"这则故事讲的是一个漂亮、多才的女子嫁给了一个相貌丑陋、自称郎中的人，这个男人"嗜饮，酗酒"，每次喝醉了就殴打他的妻子，而妻子每次都苦苦哀求她的丈夫少喝酒，可是丈夫根本不听，妻子非常痛苦，就让街坊、邻居们也一起劝他少喝酒。有擅长演戏的人听说了这件事情，就把这件事编成了一个短戏来演出。在演出过程中，周边的观众会随着音乐的节拍一同问道：你为什么这般痛苦？为什么这般害怕以致浑身颤抖？而表演者也是一句一叹，凄苦之状不可言表，浑身颤抖着向大家哀诉她的痛苦。

从上述事例中可以看出，虽然中国的酒文化源远流长，但无论是上层人物的纸醉金迷还是下层百姓的喜怒哀乐，从《醉公子》这种文学形式的表现手法来看，贬义的倾向大于褒义。当然凡事都要一分为二地看待，有一些词确有积极向上的因素。如大家熟知的唐人王翰《凉州词》："葡萄美酒夜光杯，欲饮琵琶马上催。醉卧沙场君莫笑，古来征战几人回。"以军魂和战魂来塑造酒魂，表达了热血男儿守疆卫土的豪情。此和王衍《醉妆词》相较，其雅、俗之境毕现。

《醉公子》词的格律共有两体，其一为：双调五言八句四十字者，上下片均为二十字四句两仄韵、二平韵。其二为：双调一百六字者始于宋人史达祖，前段五十三字十二句六仄韵，后段五十三字十句六仄韵，且仅此一调。

诗词赏析

醉公子	格律
顾敻	
河汉秋云澹[8]。	平⃝仄⃝平平⃝仄。（仄韵）
红藕香侵槛。	平⃝仄⃝平平⃝仄。（韵）
枕倚小山屏。	仄⃝仄仄平平。（换平韵）
金铺向晚扃。	平⃝平仄⃝仄平。（韵）
睡起横波慢。	仄⃝仄⃝平平⃝仄。（换仄韵）
独望情何限。	仄⃝仄⃝平平⃝仄。（韵）
衰柳数声蝉。	平⃝仄仄平平。（换平韵）
魂销似去年。	平平仄⃝仄平。（韵）

此词即为双调五言八句四十字者，上下片均为二十字四句两仄韵、二平韵体。在《钦定词谱》中，此词被列为正体。这首词的上片是通过淡淡的秋云、侵阶的荷花、闭门倚枕的少妇以及那隔开她与情郎的屏风，来述写孤独之人的相思之情。在这里“枕倚小山屏”的这个“小山屏”寓意深远。在前面我们曾经讲过“屏风”一词在古诗词中的用法。屏风是一个符号，它既是一种装饰物，又是一个内敛的阻隔物，它所起的作用是思妇把思春或愁苦阻隔于内，它所代表的是古代思妇的一种孤独寂寞感，因为这小小的屏风既是二人幸福生活的见证，又寓意现在情郎远隔千山

万水，而对应自己目前的孤寂幽独。还有那香满庭院侵槛的红藕。这个“槛”是指栏杆，是一种阻隔，所起到的是一种将思念与孤独深锁于心的作用。屏风外面是天高云淡，香藕侵槛，而屏风里面却是愁容满面、枕倚屏山的怨女思妇，这就是一种反差，反差越大，艺术效果越强烈，心境上的震撼就越深邃。“金铺向晚扃”，这里的“金铺”就是门上的铺首。常见的铺首一般制作成龙虎等诸兽之形，用以衔环，以达到驱邪、避晦的目的。它既有装饰、美化的功能，也有叩门拉门的功效，更是权威、地位、等级的象征。所以这个“金铺”代表了一个至高的等级。“扃”字本义是从外面关门的门闩，《说文解字》中称之为“外闭之关也”，在这里指上闩，关门，从里面把门关上之意。这里关上的不仅仅是一扇门，而是关上了那孤独少妇的整扇心扉。这是表示少妇那避开尘乱，躲入孤寂的一种无奈的心态。

下片以孤独之人睡梦初醒、那独处又独望的“情何限”，而愈显孤独之人的孤独无助之状，来诉其“金铺向晚扃”的凄苦无奈之举。最后两句的“衰柳数声蝉。魂销似去年”更是道出了思妇经年苦盼丈夫不归的痛苦。以“衰柳”道出了思妇秋日的凄楚，以入秋之蝉的凄哀之声，道其年华不再的苦吟之心酸，“销魂似去年”更是道出了丈夫经年不归而引来妻子的愁怨。此词通过渲染周边景物“秋云”“红藕”“栏杆”“小山屏”“金铺”“衰柳”“鸣蝉”“销魂”的描写，抒发了离人为情所困、为情所苦、为情所思、为情所忆的种种相思之情。

《十国春秋》[9]中称：“敻善小词，有《醉公子》曲，为一时艳称。”《五代诗话》[10]：“《花间集》顾敻《醉公子》词云：‘衰柳数声蝉，魂销似去年。’陈声伯[11]爱之，拟作一绝句云：‘拥被忽听门外雨，山中又作去年秋。’甚脱化。”俞陛云《唐五代两宋词选释》：“此词意境与《杨柳枝》相似。《醉公子》之‘小山屏’一句，言室内孤寂之况；‘衰柳蝉声’言室外萧瑟之音。乃言玉郎一去，相逢之难，其本意也。以词句论，‘红藕’、‘秋云’之写景，‘倚枕’、‘横波’之含情，胜于《杨柳枝》调。其‘衰柳’、‘魂销’二句，尤神似《金荃》[12]。”《栩庄漫记》：“‘衰柳’二句，语淡而味永，韵远而神伤。”

在龙榆生[13]先生《词学著作选》中，对顾敻是这样描述的：“前蜀通正时，以小臣给事内庭，会秃鹙鸟翔摩诃池上，敻作词刺之，祸几不测。久之，擢御史。已而复事高祖（孟知祥），累官至太尉。敻善小词，有《醉公子》曲，为一时艳称。（《十国春秋》卷五十六后蜀九）”况周颐在《餐樱庑词话》中称：“顾敻艳词，多质朴语，妙在分际恰合。孙光宪便涉俗。”又称：“顾太尉[14]，五代艳词上驷也。工致丽密，时复清疏。以艳之神与骨为清，其艳乃益入神入骨。其体格如宋院画工笔折枝小帧，非元人设色所及。”

附　双调一百六字词

醉公子	**格律**
史达祖	
神仙无膏泽。	平平平平仄。（韵）
琼琚珠佩，	平平平仄，
卷下尘陌。	仄仄平仄。（韵）
秀骨依依，	仄仄平平，
误向山中，	仄仄平平，

得与相识。	仄仄平仄。（韵）
溪岸侧。	平仄仄。（韵）
倚高情、自锁烟翠，	仄平平、仄仄平仄，
时点空碧。	平仄平仄。（韵）
念香襟沾恨，	仄平平平仄，
酥手翦愁，	平仄仄平，
今后梦魂隔。	平仄仄平仄。（韵）

相思暗惊清吟客。	平平仄平平平仄。（韵）
想玉照堂前、树三百。	仄仄仄平平、仄平仄。（韵）
雁翅霜轻，	仄仄平平，
凤羽寒深，	仄仄平平，
谁护春色。	平仄平仄。（韵）
诗鬓白。	平仄仄。（韵）
总多因、水村携酒，	仄平平、仄平平仄，
烟墅留屐。	平仄平仄。（韵）
更时带、明月同来，	仄平仄、平仄平平，
与花为表德。	仄平平仄仄。（韵）

注释

①李山甫：唐人，籍贯、生卒年等不详。唐咸通中累举不第，依靠于魏博幕府作从事。其人文笔雄健，名著一方。其《曲江》："江色沈天万草齐，暖烟晴霭自相迷。蜂怜杏蕊细香落，莺坠柳条浓翠低。千队国娥轻似雪，一群公子醉如泥。斜阳怪得长安动，陌

上分飞万马蹄。”

② 尹鹗：约公元896年唐昭宗乾宁前后在世，成都人。事前蜀后主王衍，为翰林校书，累官至参卿，《花间集》中称之为尹参卿。工诗词，《花间集》《尊前集》中录其词十七首。王国维另辑有《尹参卿词》一卷。其《醉公子》词："暮烟笼藓砌，戟门犹未闭。尽日醉寻春，归来月满身。离鞍偎绣袂，坠巾花乱缀，何处恼佳人，檀痕衣上新。”

③ 陈模：生卒年不详，字中行，泉州永春（今属福建）人。南宋庆元二年（1196年）进士。历任秘书省正字，兼国史院编修，又兼实录院检讨官、校书郎等职。其《怀古录》共三卷，上卷论诗，中卷论乐府，下卷论文。

④ 猧（wō）：小狗。

⑤ 刬（chǎn）袜：刬，削也，不穿鞋子，踩着袜子走路叫“刬袜”。

⑥ 韩子苍（1080—1135）：即韩驹，北宋末南宋初江西诗派诗人，诗论家。字子苍，号牟阳，陵阳仙井（今四川仁寿）人。宋徽宗政和初，召试舍人院，赐进士出身，除秘书省正字，中书舍人兼修国史。绍兴五年（1135年）卒。有《陵阳集》四卷存世。

⑦ 在《钦定词谱》中收录历代词826调，2306体。其中包括别名、别调。如《忆秦娥》这个词牌，其别称就有《秦楼月》《碧云深》《蓬莱阁》《双荷叶》《玉交枝》《子夜歌》《中秋月》《华溪仄》《花深深》《忆秦郎》《灞桥雪》《楚台风》《曲江花》《庚楼月》等。曲牌约467个中，也包括这种宫、商调之间的互换。

⑧ 澹：即淡、浅薄的意思。

⑨《十国春秋》：共一百一十四卷，是清人吴任臣编撰的纪传体史书。《十国春秋》写十国君主之事迹，采自五代、两宋时的各种杂史、野史、地志、笔记等文献资料。

⑩《五代诗话》：清人王士祯著。大致以朝代国别分卷，对于五代诗人之逸闻、逸事著述翔实，为五代文学史的重要参考资料。

⑪ 陈霆（约 1477—1550）：字声伯，号水南居士、渚山真逸，晚号可仙道人。明代浙江德清县新市镇人。其所著《渚山堂词话》为明代词学著作中之佳者，存录元明之际诸多散佚词作。

⑫《金荃》：即《金荃集》，是温庭筠词集。

⑬ 龙榆生（1902—1966）：名沐勋，号忍寒公，江西万载人。龙榆生的词学成就与夏承焘、唐圭璋并称，是 20 世纪最负盛名的词学大师之一。

⑭ 顾太尉：顾敻因官至太尉，故有是称。

玉树后庭花与后庭花破子

词牌题注

《玉树后庭花》的前身叫《后庭花》，是隋唐时期民间流行的一种小曲，从隋唐时期笔记文献中透露出的信息来看，“后庭花”应该是源于一种花草的名字。南宋王灼在《碧鸡漫志》中记载道：“吴蜀鸡冠花有一种小者，高不过五六尺，或红，或浅红，或白，或浅白，世谓曰‘后庭花’。”《碧鸡漫志》是南宋人王灼所著，王灼是四川人，其所记应该是南方吴蜀一带的一种常见植物，因此其民间所咏应该是日常所见之物。到了南北朝时期，南朝的亡国之君陈后主陈叔宝，以《后庭花》这个曲调为基础，重新填写了一组新词，由于所填之词过于艳丽且淫荡，以至于这个词调被后人指为“亡国之音”，从而被打入冷宫，其词调虽然名气大，但后世填此词调之人非常谨慎小心，以免被打上“亡国之音”的标签。

《碧鸡漫志·卷五·后庭花》中记载：“后庭花，《南史》云：‘陈后主每引宾客，对张贵妃等游宴，使诸贵人及女学士与狎客共赋新诗相赠答。采其尤艳丽者，为曲调，其曲有《玉树后庭花》。’《通典》云：‘《玉树后庭花》《堂堂》《黄鹂留》《金钗两鬓垂》，并陈后主造，恒与宫女、学士及朝臣相唱和为诗。太乐令何胥[1]，采其尤轻艳者为此曲。’予因知后主诗，胥以配声律，遂取一句为曲名。故前辈诗云：‘玉树歌翻王气终，景阳钟动晓楼空。’又云：‘《后庭花》一曲，幽怨不堪听。’又云：‘万户千门成野草，只缘一曲《后庭花》。’又云：‘彩笺曾䙰[②]欺江总，绮阁尘销玉树空。’又云：‘商女不知亡国恨，隔江犹唱《后庭花》。’又云：‘玉树歌阑海云黑，花庭忽作青芜国。’又云：‘后庭余唱落船窗。’又云：‘后庭新声叹樵牧。’又云：‘不知即入宫前井，犹自听吹《玉树花》。’吴蜀鸡冠花有一种小者，高不过五六尺，或红，或浅红，或白，或浅白，世谓曰‘后庭花’。又按《国史纂异》：‘云阳县多汉离宫故地，有树似槐而叶细，土人谓之玉树。’扬雄《甘泉赋》：‘玉树青葱’，左思以为假称珍怪者，实非也，似之而已。予谓云阳既有玉树，即《甘泉赋》中，未必假称。陈后主《玉树后庭花》，或者疑是两曲，谓诗家或称《玉树》，或称《后庭花》，少有连称者。伪蜀时，孙光宪、毛熙震、李珣有《后庭花》曲，皆赋后主故事，不著宫调，两段各四句，似令也。今曲在，两段各六句，亦令也。”

《南史·陈后主本纪》云：“后主每引宾客，与张贵妃（丽华）等游宴，使诸贵人及女学士与狎客共赋新诗相赠答，太乐令何胥采其尤艳丽者，为曲调，其曲有《玉树后庭花》。”《隋书·乐志》中记有：“陈后主于清乐中造《黄骊留》《玉树后庭花》《金钗两鬓垂》等曲，与幸臣制其歌词，绮艳相高，极于淫荡，男女唱和，其音甚哀。”《隋书·五行志》：“祯明（587—589）初，陈后主作新歌，歌词哀怨靡丽，其中有：‘玉树后庭花，花开不复久’之句。”

以上所引著述无一例外都是讲《玉树后庭花》《堂堂黄鹂留》

《金钗两鬓垂》等曲调和词极为“哀怨靡丽”，是“陈亡之兆”之曲。任半塘在《教坊记笺订》中考证道：“除乳本及述古本外，诸本之名均无‘玉树’二字。此调原陈曲，入唐为五言四句声诗。玄宗时入法曲，穆宗长庆间，沈亚之撰卢金兰墓志铭，谓金兰‘为绿腰、玉树之舞，故衣制大袂，长裾，作新眉愁嚬，顶鬓为娥’。可略见其舞容。传至日本者，据云亦女舞，壹越调，已佚。”

那么我们先欣赏一下陈后主陈叔宝这首哀怨靡丽的被视为亡陈之兆的《玉树后庭花》词。

诗词赏析

《玉树后庭花》

陈叔宝

丽宇芳林对高阁，新妆艳质本倾城。映户凝娇乍不进，出帷含态笑相迎。妖姬脸似花含露，玉树流光照后庭。花开花落不长久，落红满地归寂中。

这首诗从字面上看，与“花间词人”所作之艳词丽曲大同小异。首开句“丽宇芳林对高阁，新妆艳质本倾城”，“丽宇”是指富丽华美的宫殿；“芳林”是指宫殿内茂林修竹、芳林花草竞相争辉；“高阁”是指高大的重楼高阁。本就貌美如花、有着那倾城之美貌的妃子们再盛装打扮，更是娇艳妖媚。作者在这里用了一个汉代李延年赞美妹妹的“倾国倾城”的典故。“映户凝娇乍不进，出帷含态笑相迎。”这些嫔妃们最初来到我的宫殿之时，还含羞带娇伫立在门外，娇羞地欲迎还拒地不好意思进来，屋外的光线将她们的丽影映衬得更加妩媚。而当她们从我的帷帐中走出来的时候，个个面露喜色，对我笑脸盈盈。“妖姬脸似花含露，玉树流光照后庭。”嫔妃们的脸庞就像那带露的鲜花一样娇嫩艳丽无比。那如玉树般颀长妖娆的身姿，似那流水的月光般光耀着我的后宫。“花开花落不长久，落红满地归寂中。”艳丽的花朵从绽放到凋零，显得是那样的时光短暂；当那艳丽的花瓣撒满大地的那一刻，一切都归于虚无寂然。最后的“花开花落不长久，落红满地归寂中”两句在郭茂倩《乐府诗集》等著作中，未有记录，或为遗漏，或为后人所加，这也就解释了为什么陈叔宝的《玉树后庭花》词，有的版本为六句，有的版本是八句。但是要知道，“花间词派”的词人是由大臣、文人所组成，官职最大者为宰辅之臣，余者亦有官职，这些人在后蜀这个富庶之地，不思进取，一味地贪图享乐，一副国家命运与我何干的嘴脸，写一些艳词丽曲是意料之中之事。但是陈叔宝不同，他是谁？是皇帝，是一个执掌国家命运的人，是决定民众、百姓生存的人，是手握战争机器的人。下人荒唐，做君主的要去纠正，要用帝王的威势去强力地制止各种荒唐事件的发生，但是，作为一国之君的君主要是荒唐了，又没有任何监察机制，那么其结果必然是国破家亡，随之而来的是百姓的困顿和流离失所。

陈叔宝的幼年也经历过惨痛的坎坷。在他刚出生不久，就曾经和他的父亲、母亲一同当过质子，质子就是人质。《陈书·卷五·本纪第五·宣帝》：“高祖平侯景③，镇京口，梁元帝④征高祖子侄入侍，高祖遣高宗赴江陵。”《陈书·卷七·列传第一》：“侯景之乱，后与弟盼往江陵依梁元帝，元帝以长城公主⑤之故，待遇甚厚。及高宗赴江陵，元帝以后配焉。承圣二年，后生后主于江陵。明年，江陵陷，高宗迁于关右，后与后主俱留穰城。”这里所说的“高祖”叫陈霸先，是陈叔宝的祖父，作为梁朝大将的陈霸先在平定“侯景之乱”以后，势力壮大，引起梁元帝萧绎的猜忌，于是命令陈霸先把儿子陈顼[⑥]等宗亲，送到江陵当人质。后来为了笼络陈霸先，萧绎把自己的侄女即长城公主的女儿柳敬言嫁给了陈顼。陈顼后来成了陈宣帝，柳敬言成了皇后，这就是陈叔宝的亲生母亲。当时陈霸先领军驻守在京口，陈叔宝刚刚出生的第二年，西魏南侵，攻陷江陵。陈叔宝的父亲陈顼被魏军掳至长安（今陕西西安），陈叔宝与母亲和舅舅柳盼同时作为人质，被扣留在穰城（今河南省邓县）。太平二年（557 年）十月，陈霸先代梁建陈，是为陈武帝，但是没有多久就驾崩了。陈叔宝的大伯陈蒨[⑦]即位后，命使臣出使北朝，陈顼以及陈叔宝和陈叔宝的母亲及舅舅等人终于回归南朝，这一年陈叔宝才十岁。按说命运多舛的少年时光，会使一个懵懂之人尽快成长，但事与愿违，陈叔宝并没有从坎坷的经历中悟出道理，一旦安逸了，却反而淫奢起来。虽然陈叔宝在老师的指导下，系统地学习了一些儒家经典，但这些本来应该学以致用的儒家经典，最后却被他致用在花天酒地的吃喝玩乐上。这一时期，陈叔宝也曾写下过一些比较优秀的诗文如：

饮马长城窟行

征马入他乡，山花此夜光。离群嘶向影，因风屡动香。月色含城暗，秋声杂塞长。何以酬天子，马革报疆场。

有所思

荡子好兰期，留人独自思。落花同泪脸，初月似愁眉。阶前看草蔓，窗中对网丝。不言千里别，复是三春时。

长相思　其一

长相思，久相忆，关山征戍何时极。望风云，绝音息。上林书不归，回纹徒自织。羞将别后面，还似初相识。

长相思　其二

长相思。怨成悲。蝶萦草，树连丝。庭花飘散飞入帷。帷中看只影，对镜敛双眉。两见同见月，两别共春时。

再以后陈叔宝的老爹陈顼，在他那当皇帝的哥哥死了以后，杀死了身为皇太子的自己的小侄子，成功篡位，是为陈宣帝。但是陈顼登基仅仅十四年就驾崩了。而就在陈叔宝老爹驾崩的一刹那，身为太子、马上要继承大统的陈叔宝正在痛哭之时，却冷不丁、毫无防备地，被他的亲弟弟陈书陵用刀刺在脖子上，最终在他人的阻拦下，陈叔宝才捡回了一条命。养伤期间，陈叔宝的贵妃张丽华随侍左右，此时的陈叔宝不思治国理政，反而嫌其居处简陋，于是下旨在他住所临光殿的前面，又起临春、结绮、望仙三阁，每阁各高数十丈，袤延[⑧]数十间，穷土木之奇，极人工之巧。窗牖[⑨]墙壁栏槛，均为沉檀之木，饰以金玉珠翠，以珍珠为帘，阁内设有龙床宝帐，其珍玩奇物，精巧瑰丽，皆艮[⑩]古未有。阁下积石为山，引水为池，植以奇树名花，每当微风吹过，香闻数十里。陈叔宝自居临春阁，张贵妃居结绮阁，龚、孔二贵嫔，居望仙阁，每阁之间有复道连接。又有王、季二美人，张、薛二淑媛，袁昭仪、何婕妤、江修容等七人，都以才色见幸，轮流召幸。这些美人们每日或于阁上梳妆，或临轩独坐，或倚栏遥望，远远望去似仙子降临人间。就这样，陈叔宝在温柔乡里度过了快乐的近七年的时间。隋开皇八年（588年），隋文帝杨坚命其子杨广、大将韩擒虎领五十一万大军讨伐陈朝。此时的陈叔宝以长江为天险，根本就没有把来犯之敌放在眼里，继续和嫔妃们喝酒欢宴，直到大将韩擒虎带兵占领了朱雀门，就是现在南京的中华门，陈叔宝这才慌张起来。韩擒虎攻入皇宫以后，一面收图籍，封府库，一面查找陈叔宝和他的嫔妃们的下落。奇怪的是，所有嫔妃中单单少了贵妃张丽华和孔贵嫔，而且更奇怪的是，正主陈叔宝也不见了，灭国先灭王，王既跑了，则视其国未灭也。于是韩擒虎严令士兵继续查找。士兵们在搜查时，遇到一个废弃的枯井，发现里面似乎有人，于是士兵们喊话，而下面的人也不回应，士兵们恐吓道：如再不回答，就向井里投放石块。听到士兵要投放石头，下面的人才赶忙求饶。当士兵们用绳索向上拽人时，发现根本就拽不动，士兵们还戏言说真龙天子肯定是体积厚重。好不容易把井里面的人弄上来一看，士兵们都笑了，只见一根绳索上穿起了陈叔宝和张、孔二位妃子，估计这就是现实版的落井下石的故事吧。故而杜牧在其《台城曲》[11]诗中有“门外韩擒虎，楼头张丽华”之句。陈朝灭亡以后，陈叔宝及其家人被掳至长安，受封为长城县公。隋文帝杨坚赐予他宅邸，礼遇甚厚，但陈叔宝不但不反思国破家亡的成因，反而仍旧沉湎酒色，醉生梦死。其间还竟然向隋文帝讨要官职，而这一行为也创新及突破了降国之君耻辱的底线，令隋文帝杨坚对他冷眼相加。被俘十五年以后，隋仁寿四年（604年），陈叔宝病逝于洛阳，终年五十二岁，此时隋文帝才赐予他正三品的官职，也算圆了这位陈后主的生愿。这里还有一个小插曲，陈叔宝有一个妹妹被封为乐昌公主，在陈朝灭亡之前，就嫁给了太子舍人徐德言为妻。夫妻二人眼看国家灭亡在即，心中恐慌万分，因为按照惯例国破以后，原宫中女子必定会被战胜国国君纳入后宫，而男子除了乐师等有用之人以外，宗室之人几乎都是被杀的下场，更何况是驸马，其结果是必死无疑。因此他二人就破开一面铜镜，各执其半，并约定于每年正月望日，二人都卖这半面铜镜于都市，以期能够有朝一日相见。陈亡以后，公主果然被纳入越国公杨素家中，而这个杨素就是隋文帝杨坚的族弟，这个人为隋炀帝杨广成为太子并登基立下过汗马功劳。徐德言依二人约定的期限来到京城，见有一位老人卖半面铜镜于市场，于是出其另一半，果然相合。徐德言在铜镜上题诗云："镜与人俱去，镜归人不归。无复嫦娥影，空留明月辉。"公主得诗，悲泣不食。杨素知道了这件事情，即召徐德言入府并酒席款待，酒席间令公主作诗，公主诗曰："今日何迁次，新官对旧官。笑啼俱不敢，方验做人难。"杨素被二人的情谊感动，遂将公主交还给徐德言，从此二人偕归江南而终老。这也就是成语"破镜重圆"的由来。陈朝灭亡了，带给我们的是无尽的反思，历朝历代对此亦多有吟咏，后蜀毛熙震[12]曾有一组《玉树后庭花》之词，尽道抚今追昔之喟叹。

诗词赏析

后庭花　其一	格律
毛熙震	
轻盈舞妓含芳艳。	㊉平㊀仄平平仄。（韵）
竞妆新脸。	仄平平仄。（韵）

步摇珠翠修蛾敛。　　仄⃝平⃝平仄⃝平平⃝仄。（韵）

腻鬟云染。　　仄平⃝平仄。（韵）

歌声慢发开檀点。　　平⃝平仄⃝仄平平仄。（韵）

绣衫斜掩。　　仄平平仄。（韵）

时将纤手匀红脸。　　平⃝平⃝平⃝仄⃝平平⃝仄。（韵）

笑拈金靥[13]。　　仄平⃝平仄。（韵）

其二

莺啼燕语芳菲节。　　平⃝平仄⃝仄平平平。（韵）

瑞庭花发，　　仄平平平，

昔时欢晏歌声揭。　　平⃝平⃝平仄⃝平平⃝平。（韵）

管弦清越。　　仄平⃝平仄。（韵）

自从陵谷追游歇。　　仄⃝平平⃝仄平平平。（平韵）

画梁尘黦[14]。　　仄平平仄。（换仄韵）

伤心一片如珪月。　　平⃝平⃝平⃝仄⃝平平⃝仄。（韵）

闲锁宫阙。　　平⃝仄⃝平仄。（韵）

此两调其一为双调四十四字，上下片各四句四仄韵，《钦定词谱》中以毛熙震这首词为正体。其二为双调四十四字，上片四句两平韵一仄韵，下片四句一平韵三仄韵。

毛熙震的这两首词，其一是描写陈氏朝廷艳丽奢华的生活，其二是抚今追昔，感叹昔日“莺啼燕语”的繁华，而今“闲锁宫阙”的荒芜，读来令人唏嘘。上片词人以“莺啼燕语芳菲节”这大好春景起首，“芳菲”指花草鲜美、繁茂、芬芳之意。“瑞庭花发”的“瑞庭”是对皇宫的美称。这两句写出了祥和、安宁的皇宫中，时时可听黄鹂争喧，春燕呢喃，满眼所见，处处是芳草鲜美，百花争艳，一片盎然生机。“昔时欢宴歌声揭。管弦清越”，“揭”原意是高举，在此指歌声嘹亮。宫中欢乐宴饮的喧嚣声、歌舞声此起彼伏，更有那清澈激扬的管弦之音。“管”和“弦”是两大类乐器，“管”是吹奏部，“弦”是弹拨部，在此指各种乐器。古时帝王或豪贵之家，酒宴间必设歌舞而助兴，这两句尽写皇宫中欢宴的场面。然而，这两句起首的“昔时”二字告诉我们，这里所描绘的一切豪华之场景、美妙之盛宴都是对过去那美妙之景的回忆。“昔时”二字，给人一种时空之感，是抚今追昔的感叹。

下片，词人一改上片的“瑞庭花发”“管弦清越”的繁丽，而追述由于此种“繁丽”而导致亡国的悲苦。“自从陵谷追游歇。画梁尘黦”，这里的“陵谷”一词，华钟彦先生在《花间集注》中称：“陵谷：谓变迁也，与沧桑同意。”《诗经·小雅·十月之交》：“高岸为谷，深谷为陵。”此以“陵谷”谓历史变迁，朝代更迭，而点明世事沧桑，与沧海桑田同意。“追游歇”这三个字，意义深远，是以历史老人的眼光看朝代更迭，看人们追随游宦、争名夺利最后只落得“画梁尘黦”之下场。这个“黦”字，有两层意思，一个是黄黑色，一个是各种污渍层层堆积而形成的累累斑痕，使得往日那金碧辉煌的画栋雕梁，由于时间的暌隔、历史的尘埃而变得黯然失色。“伤心一片如珪月。闲锁宫阙”，这个“珪”是一种古代贵族所使用的礼器，时值国家衰亡，于是在作者眼中，那轮弯月就如同当年上朝时手执的珪板一样，见之而令人伤心，此句物是人非之感盈怀。一个“闲”字，一个“锁”字，道出了历史的变迁，道出了亡国之人的无奈。作者以上片的繁花似锦、莺歌燕舞、管弦清越，反衬下片的陵谷变迁、画梁尘黦、闲锁宫阙，对比强烈，令人叹惋。

王国维在其《人间词话》中曾云：“周密《齐东野语》，称毛词新警而不为儇薄，余尤爱其《后庭花》，不独意胜，即以调论，亦有隽上清越之致。”此语即为本词最好的评价。

另外还有一个词调叫《后庭花破子》。此调与唐人的《后庭花》、宋人的《玉树后庭花》是不同的调体。这里所说的“破子”，历史典籍上只是说：“是以其繁声入破”。我们现在只是知道，唐宋的大曲，每套都有十余遍之多，归入散序、中序、破三大段。“入破”就是“破”这一段的第一遍，而“破子”是大曲或联章的尾声结曲。在《阴法鲁学术论文集·唐宋大曲的结构》一文中，阴法鲁先生考证道：“‘破者’，破碎之意，是自入破遍起，繁声加多，节拍逐渐加速，故谓之‘破碎’也。”也就是说，“破子”是用在一支大曲的最后一节，而这最后的音节，一定是以繁急之曲来加速，用来结尾。为此阴法鲁先生在其文章中列举了大量证据，在此不一一赘述。沈雄《古今词话·词辨》卷上引《乐书》：“本清商曲赋《后庭花》，孙光宪、毛熙震都赋之。又有《后庭花破子》，李后主、冯延巳相率为之。《词律补遗》谓此调创自金元，列元王恽所作，《词谱》卷二亦谓‘此金元小令’，皆误。王国维辑本《南唐二主词·补遗》收此调一首，定为李煜所作。《词谱》云：‘《太平乐府》注仙吕调，《唐书·礼乐志》注夷则羽，俗呼仙吕调。’”

下面我们列一首李煜《后庭花破子》之词。

诗词赏析

后庭花破子	格律
李煜	
玉树后庭前，	ⓧⓧⓧ㊥平，（韵）
瑶草妆镜边。	㊥㊥㊥仄平。（韵）
去年花不老，	ⓧ㊥平ⓧ仄，
今年月又圆。	平平ⓧ仄平。（韵）
莫教偏，	仄平平，（韵）
和月和花，	㊥平㊥仄，
天教长少年。	㊥平㊥仄平。（韵）

此词单调三十二字，七句五平韵。此调格律是《钦定词谱》中列为正体之格律，而李煜词与其格律略有小异。

注 释

① 何胥：南朝陈诗人，字孝典。陈后主时任太常令。善音乐，采宫中女学士及朝臣唱和艳诗，配以管弦，以为新曲。《先秦汉魏晋南北朝诗》中存其诗四首。

② 襞（bì）：原指衣服上的皱纹，此指裂开，如“襞笺”，即谓裁纸作画之称。

③ 侯景：本为东魏叛将，被梁武帝萧衍所收留，后起兵自立为帝，攻占建康（今南京）并将萧衍饿死于囚室。后陈霸先收复建康，侯景乘船出逃，被部下所杀。

④ 梁元帝：萧绎（552—555 年在位），字世诚，南兰陵（今江苏常州）人。南北朝时期南朝梁皇帝。梁武帝萧衍第七子，梁简

文帝萧纲之弟。

⑤ 长城公主：即萧玉婞（líng）。梁武帝萧衍之女，嫁给了柳世隆之孙柳偃，生女柳敬言。柳敬言在侯景之乱之时，和弟弟柳盼去往江陵依靠舅舅梁元帝萧绎，梁元帝因长城公主之故，待遇甚厚，并把她嫁给了陈顼。陈顼后来成了陈宣帝，柳敬言成了皇后，这二人就是陈叔宝的亲生父母。

⑥ 陈顼（xū）（530—582）：即陈宣帝，本名陈昙顼，字绍世，小字师利，籍贯吴兴长城（今浙江省长兴县）。南朝陈第四位皇帝（568—582 年在位），始兴昭烈王陈道谭次子，陈武帝陈霸先的侄子，陈文帝陈蒨的弟弟。

⑦ 陈蒨（qiàn）（520—566）：即陈文帝，本名陈昙蒨，字子华，号荃菺，吴兴长城（今浙江省长兴县）人。南朝陈第二位皇帝，陈武帝陈霸先的侄子，始兴昭烈王陈道谭长子，陈宣帝陈顼长兄。

⑧ 袤（mào）延：《说文解字》：南北曰袤，东西曰广。即广指横长或东西距离，袤指纵长或南北距离，袤延即伸展延续。

⑨ 牖（yǒu）：窗户。

⑩ 艮（gěn）：边界、极限。

⑪ 杜牧《台城曲》：整整复斜斜，随旗簇晚沙。门外韩擒虎，楼头张丽华。谁怜容足地，却羡井中蛙。王颁兵势急，鼓下坐蛮奴。潋滟倪塘水，叉牙出骨须。干芦一炬火，回首是平芜。

⑫ 毛熙震：生卒年、字号不详，蜀人（今四川），仕后蜀，官至秘书监，故《花间集》中称为毛秘书。其人工词，为花间派词人之一。《齐东野语》云："熙震集二十余调，中多新警，而不为偎

薄。”《栩庄漫录》谓其词曰：“浓丽处，似学飞卿（温庭筠），然亦有清淡者，要当在毛文锡（花间词人）上，欧阳炯、牛松卿、牛峤（俱为花间派词人）间耳。”《花间集》中收其词二十九首。

⑬金靥（yè）：是指唐代妇女在脸颊上点染的一种金黄色装饰物。

⑭黦（yuè）：黄黑色。此指各种污渍层层堆积形成的累累斑痕。

风光好

词牌题注

《风光好》是词牌名，这个词牌伴随着一段跨越国界、风光旖旎的风流韵事。事件中的男主人公是五代十国时期，后周[①]的翰林学士陶谷[②]，女主人公是南唐[③]官妓秦弱兰，他们二人在邮亭[④]中演绎了一场用今天的语言称之为一夜情的爱情故事。而促成这一夜情的幕后推手，就是历史上大名鼎鼎、著名画作《韩熙载夜宴图》中的主角——韩熙载。

在宋僧人文莹《玉壶清话·卷四》中记载了这样一则故事："朝廷遣陶谷使江南，以假[⑤]书为名，实使觇[⑥]之。李相（谷）[⑦]密遗（韩）熙载书曰：'吾（疑为"谷"之误）之名从五柳（陶渊明）公，骄而喜奉，宜善待之'。至，果尔容色凛然，崖岸高峻，燕（宴）席谈笑，未尝启齿。熙载谓所亲曰：'吾辈绵历久矣，岂烦至是耶？观秀实公，非端介正人，其守可隳[⑧]，诸君请观。'因令宿留，俟写《六朝书》毕，馆泊半年。熙载遣歌人秦弱兰者，诈为驿卒之女以中之。弊[⑨]衣竹钗，旦暮拥帚洒扫驿庭，兰之容止，宫掖殆[⑩]无。五柳乘隙因询其迹，兰曰：'妾不幸夫亡无归，托身父母，即守驿翁妪[⑪]是也'。情既渎[⑫]失独慎之戒，将行翌日，又以一阕赠之。后数日，宴于澄心堂[⑬]，李中主[⑭]

命玻璃巨钟满酌之，谷毅然不顾，威不少霁[15]。出兰于席，歌前阕以侑[16]之，谷渐笑捧腹，簪玥[17]几委，不敢不釂[18]。釂罢复灌，几类漏卮[19]，倒载吐茵，尚未许罢。后大为主礼所薄。还朝日，止遣数小吏携壶浆，薄饯于郊亭。迨归京，鸾胶之曲已喧，陶因是竟不大用。”宋僧人文莹在这段笔记文献中，为我们详细讲述了这个曲调由来的前因后果。

我们都知道南唐后主李煜，这是一个令人又恨又爱、因无能而亡国、因诗词而流芳于世的皇帝。在他的父亲南唐中主李璟年间，国力已遭外族侵扰，大不如他的祖父李昪时期。但就是再不济，南唐在当时也称得上是一个富庶之地，具体富庶到什么地步呢？这里有“三千里地山河，凤阁龙楼连霄汉，玉树琼枝作烟萝，几曾识干戈”（李煜·《破阵子》）。当时的南唐，作为“五代十国”中地盘最大、人口最多、实力最强的一个国家，坐拥 19 个州、108 个县、65 万户人口，物产丰富，且有精兵、有良将、有能臣，建国还比宋朝早二十多年，更控制着富庶江南的一大半地盘。就像李煜词中所说：其国土面积幅员辽阔、山河壮丽，宫殿高大雄伟与天际相接，宫苑内珍贵的草木茂盛，鲜花遍地，藤萝缠蔓。建国近四十年又何时经历过刀枪剑戟的洗礼、战火烽烟的熏陶呢？如此富庶的家园，自然会引起周边国家的觊觎。周太祖郭威建立后周以后，一直想把南唐划归到自己的版图中，于是后周朝廷派翰林学士陶谷以学习为由、借书为名，出使江南的南唐国，以便窥探南唐国内的虚实，而为以后的战争做好准备。在陶谷很小的时候，他当节度使的父亲就在战乱中被人杀了，他就只能跟随改嫁的母亲一起生活。他在学习上非常刻苦努力，可能是父爱缺失的原因，长大以后，陶谷非常善于钻营，其察言观色的本事简直达到了炉火纯青的地步。他历仕后晋、后汉、后周、北宋。当年陶谷和赵匡胤同在后周朝为官。大将赵匡胤在陈桥兵变中黄袍加身以后，当即带兵杀回京城，逼迫年仅七岁的周恭帝柴宗训禅位于他。由于事发突然，赵匡胤举行登基仪式的时候，谁都没想到要准备禅位诏书，这时还是后周官员、翰林承旨的陶谷像变戏法儿一样，迅速递上一份禅位诏书，从而解决了赵匡胤登基时所遇到的尴尬局面。赵匡胤登基之后，任命陶谷为礼部尚书，虽然对他的才华很欣赏，但对他投机取巧的人品却是极为不齿，这是后话。当陶谷来到南唐以后，他对南唐朝廷派来接待他的人，所表现出来的是容色凛然，不苟言笑，就是在欢迎他的酒宴上，也是不说不笑，一副正人君子的模样。南唐派出的接待使臣，就是大名鼎鼎的韩熙载。韩熙载这个人少有大志，文采尤佳，其《行止状》写得更是文采飞扬，这个《行止状》虽然只是介绍他自己的简历，就是我们现在所说的“求职信”，但气势恢宏，颇有指点江山的气势，至今是我们学习的典范之作。这个南唐三朝老臣韩熙载，通过密报已经得知这个陶谷凡事“骄而喜奉，宜善待之”，就是说他是非常骄傲的一个人，喜欢别人对他拍马屁。了解到陶谷的特点，又见陶谷此刻所表现出来的这么不近人情，韩熙载就对他的随从说：“我们这些人在官场上历练了这么长久，怎么会这么令人讨厌呢？据我观察这陶谷也并不是一个非常正直的君子，我一定会有办法让他原形毕露的。”于是韩熙载就非常谦逊地对陶谷说：您是大国的仙使上臣，屈尊来到我们这个小地方，本应该是我们的皇帝亲自接见您，但是，最近皇帝小有微恙，您也是一路上舟车劳顿，就先在驿馆中多歇息一段时间，观看一些我们国家的典籍，或者在周边走一走、转一转，以方便了解我们的国情，等皇帝身体痊愈后会马上召见您的。无奈的陶谷只得宅在驿馆中，每日以看书、写字来打发时间，而这一等，就是半年多的时间。这期间，韩熙载在官府的官妓[20]中找了一个诗、书、色、艺绝佳，名叫秦弱兰的女子，来冒充驿馆老板的女儿。秦弱兰每天穿着破旧的衣服，负责在驿馆中洒扫庭院、收拾房间，做一些杂碎的活。而秦弱兰这个人，可以说是腹有诗书气自华之人，其出尘的容貌举止，非一般的低级官妓所比拟，因此她的出现，一下子就抓住了陶谷的眼球。某日陶谷趁秦弱兰打扫房间的时候两人就攀谈起来，秦弱兰用艾艾戚戚的呢哝软语对陶谷述说道："我的夫君不幸去世了，我又无依无靠，无奈之下我只能回来投奔在驿馆工作且年老体弱的父母了。"就这样，秦弱兰用那可怜的小温柔，一步一步地把陶谷引诱到了自己的温柔乡中。为了坐实其结果，在秦弱兰的请求下，陶谷在一次志得意满之后，挥笔写下了一阕《风光好》的词，并把这阕词赠送给了秦弱兰，而且在秦弱兰的恳求下，在词的下面，陶谷不但签上了自己的大名，而且还盖上了自己的官印。当韩熙载拿到这首词的第二天，南唐皇帝李璟的病竟然奇迹般地好了，并在大名鼎鼎的"澄心堂"中宴请这位后周使臣。宴席上，中主李璟命人用巨大的玻璃杯斟满美酒给陶谷喝，然而陶谷即便面对南朝的皇帝也是"毅然不顾，威不少霁"。这个"霁"字，原意是雨雪停止，天空放晴，后来引申为怒气消除的意思。也就是说，面对皇帝这样的赐酒，陶谷不但根本就没拿正眼看，而且也没有露出一丁点笑容，全然是一副不屑一顾、貌似矜持、泠泠然不可侵犯的样子。无奈之下，李璟便差人将秦弱兰唤到“澄心堂”，并命她演唱《风光好》之词。刚一开始，陶谷还装作听不懂、不认识秦弱兰的样子，并极力否认是自己写的词，待到韩熙载拿出纸笺，陶谷看到自己的签名和那鲜红的官印印签后，哪里还不明白这一切的前因后果呀，瞬间陶谷是既羞惭又无奈继而又百感交集，无奈间只得用尴尬的捧腹大笑来掩饰这一切，以至于头上戴的发冠和发簪都掉到地上。面对这巨钟美酒，陶谷是不敢不喝了，连酌连饮，就像漏卮一样。“卮”是古代的一种酒器，一卮类似于我们现在的四升，“漏卮”就是没有下底的特大号酒盅。陶谷最后的结局是醉倒狂吐，而就是这样南朝的各位官员们，为了发泄这半年中所受到的委屈，还都不依不饶地要灌他酒喝。南唐君臣们都对他是无比的鄙视，至此中计后的陶谷也不得不听凭南唐的摆布。韩熙载命他回去以后，必须谎奏周太祖郭威，只说：“南唐兵精粮足，万万不可用兵。”陶谷在南唐是没有脸再待下去了，临回国之时，南唐只派遣了几个小吏在郊外设薄宴相送。当陶谷回到后周时，这首《风光好》之词，早已传遍后周朝野，而他也因这一桃色外交丑闻，再也没有得到朝廷的重用。不过周太祖郭威也还是听信了陶谷之言，撤回了准备进攻南唐的军队，使得南唐暂时避免了亡国之祸。再以后郭威的义子柴荣登基，几征南唐，迫使南唐割地赔款，直至北宋将其灭国，这都是后话。这则女间谍成功色诱他国使臣的故事，不但广为流传，到了元代，更是被写成剧本搬上了舞台，把韩熙载为人处世的风格、陶谷虚伪的作风，演绎得淋漓尽致。下面我们就欣赏一下这首著名的《风光好》之词。

诗词赏析

风光好	格律
陶谷	
好姻缘。	仄平平。（平韵）
恶姻缘。	仄平平。（韵）
只得邮亭一夜眠。	仄(平)平平(平)仄平。（韵）
别神仙。	(平)平平。（韵）
琵琶拨尽相思调。	平平仄仄平平仄。（仄韵）
知音少。	平平仄。（韵）
安得鸾胶续断弦。	平(平)平平仄仄平。（换平韵）
是何年。	仄平平。（韵）

此词双调三十六字，上片十六字四句四平韵，下片二十字四句两仄韵两平韵。在前面题注中，我们已了解了此词牌的来历，正是这一段风流韵事，才产生了此词牌，了解了这一段故事，对我们读懂该词是有很大帮助的。

“好姻缘。恶姻缘。只得邮亭一夜眠。别神仙。”在上片词中，作者述说了两个人于驿站所发生的一段旖旎爱情。在我们的生活中，姻缘有好有坏，我们说欣赏一个人，首先始于颜值，敬于才华，合于性格，久于善良，重在人品，基于理解。好姻缘大家都理解，包括美满、幸福、吉祥、如意、夫唱妇随、和谐快乐等等。而“恶”姻缘呢？这里包含的内容同样也有许多，是陶谷对自己原配婚姻的不满意？是对他自己“失独慎之戒”的批判？还是怕“熙载遣歌人秦弱兰者，诈为驿卒之女以中之”的顾虑？

也许这还包含有其他诸多因素。在唐末五代至宋这一段时期，朝代更迭，战争不断，虽说五代十国中各个朝政偏安于一隅，但连年的征战带给人民的是苦难，是流离失所。不断的征战使得国库空虚，男丁锐减。男丁锐减所带来的直接后果，就是军队减员，戍边乏力。故各个朝代的统治者为鼓励生育，大都制定了一系列鼓励生育的政策，因此在这种特定的情况下，纳妾之风于当时颇为流行，形成了财乏者无娶、财薄者少娶、财富者多娶的单身、一夫一妻一妾，或一夫一妻多妾的风气。而那时由于连年征战，男丁本就无多，又多被征兵守边，故而内地男子几乎成为稀缺之状，于是形成了众多女子服侍一夫的局面。中国几千年封建礼教束缚，使得妇女始终处于社会最底端，没有话语权，没有自主婚配的权利，一切只凭父母之命、媒妁之言而定其终身之事，甚至结婚之日，方见其夫君真面。而其夫君的脾气及人品的好坏亦只有听天由命，根本就没有"我命由我不由天"这种说法，唯命是从是其唯一出路。而男子亦然，女子的人品，脾气好坏，也只能日久见人心。而作者陶谷，身为朝中要员，想必身边应不乏女人，而他的这些女人就像《战国策·齐策》中《邹忌讽齐王纳谏》中的女子们一样，全是有"畏"、有"求"、有"私"于他的，因此陶谷不会对那些庸脂俗粉们产生过多的同情。而像"旦暮拥帚洒扫驿亭"的秦弱兰，这样出尘"宫掖殆无"的女子，令陶谷眼前一亮，因为她没有那些庸脂俗粉们的"畏""求""私"与"利"，故令陶谷心动，这也就是南唐政府以有心算无心，才使得他"失独慎之戒"，故而发出了"好姻缘，恶姻缘"只能听天由命，而陶谷认为的好姻缘，奈何只得"一夜之眠"的感叹！然而尽管只是一夜之眠，那种陶醉、那种满足，那种所拥有的神仙般的享受，这一声“别神仙”的喟叹，是外人难以揣测、非经历之人亦难以道出的。

“琵琶拨尽相思调。知音少。”下片作者一上来便大吐“别神仙”之苦。如今与“神仙”分别在即，那今后只能在琵琶弦上说相思，可弦上说尽相思调，却无知音可听，而且今后这相思之调又远隔万里，弹给谁听呢？于是又自然引出了“安得鸾胶续断弦。是何年”的感叹！在这里，作者用了一个典故。据《汉武外传》中载：“西海献鸾胶，武帝弦断，以胶续之，弦两头遂相著，终日射，不断，帝大悦。”故后世称男子续娶为“续弦”或“续鸾”。作者以典喻事、喻人。从今分别后，我俩何年能再见，何时能再续前缘呢？“缘分”二字，一种是有缘无分，另一种是有分而无缘，而最理想的是既有缘也有分。而现在的主人公只能是有分而无缘，相见又不知是何年。故而作者希望能再续前缘，以遂其续弦之乐，免其弦上诉说相思之苦。

陶谷为官妓赠词的故事流传甚广，后世也多有各种演绎版本。如元代剧作家戴善夫根据这一故事，创作了杂剧《陶学士醉写风光好》，却把时代改到宋初，并把结局改为：陶谷无颜回宋，只得投奔吴越国，后与秦弱兰团聚的大团圆结局。到了明代，大画家唐寅则根据陶谷赠词前后的场面，创作《陶谷赠词图》，并在画作右上方题诗一首：“一宿姻缘逆旅中，短词聊以识泥鸿。当时我作陶承旨，何必尊前面发红。”而现代画家傅抱石先生，也曾经创作过同题画作《陶谷赠词图》，描绘的是秦弱兰在“澄心堂”宴会上歌唱《风光好》的场景。

注释

① 后周（951—960）：开国皇帝郭威，是五代最后一个中原王朝，定都开封。后周历经三帝即郭威、柴荣、柴宗训，享国九年。

② 陶谷：生卒年不详，五代人。字秀实，邠（bīn）州新平（今陕西彬县）人。历仕晋、汉、周、宋四朝。仕晋为仓部郎中，仕汉为给事中，仕周为翰林学士、兵部侍郎，入宋后历任礼、刑、户三部尚书，北宋开宝（968—975）年中卒，赠右仆射，有《清异录》传世。

③ 南唐（937—976）：开国皇帝李昪，是五代十国时期在江南建立的十国中版图最大的国家，定都江宁（今江苏南京），后迁都南昌。传三世即李昪、李璟、李煜，享国三十九年。

④ 邮亭：即驿站，是递送文书者投止之处。

⑤ 假：通“借”。

⑥ 觇（chān）：窥探，查看。

⑦ 李相谷（903—960）：即李谷，字惟珍，颍州汝阴（今安徽阜阳）人。五代至北宋初年名臣。二十七岁时举进士，历仕后晋、后汉两朝，后周加平章事（宰相）。与南唐韩熙载交好。

⑧ 隳（huī）：破坏、毁坏、摧毁。

⑨ 弊（bì）：破旧、破败。

⑩ 殆（dài）：大概、几乎。

⑪ 妪（yù）：年老的女人，泛指女人。

⑫ 渎（dú）：轻慢，不敬。

⑬ 澄心堂：是南唐烈祖李昪称帝金陵时，宴居、读书、批阅奏章的殿堂。后因为其孙南唐后主李煜喜欢书画，与工匠一起研制

出一种书画用纸，以“澄心堂”命名。其纸以其“肤卵如膜，坚洁如玉，细薄光润，冠于一时”，而成为千金难求之极品。后清朝皇帝将“澄心堂”复制于圆明园内绮春园景区。

⑭ 李中主：即南唐中主李璟。

⑮ 霁（jì）：怒气消散，脸色转和。

⑯ 侑（yòu）：劝人吃喝，如侑食、侑觞。

⑰ 簪玥（zān yuè）：簪是古人用来绾定发髻或冠的长针，玥是明珠，此指发簪上面的装饰物。

⑱ 釂（jiào）：喝干杯中的酒，古时尽爵曰“釂”。《礼记·曲礼》：长者举未釂，少者不敢饮。

⑲ 卮（zhī）：古代一种酒器，一卮约为现代四升。

⑳ 官妓：古代妓女分为几种。宫妓：服务于皇宫。官妓：服务于各级官府。军妓：服务于军队。市妓：服务于百姓。家妓：服务于个人。

一斛珠

词牌题注

《一斛[1]珠》原为唐教坊曲名，后用为词牌名。调名取义于唐人所著的《梅妃传》，据梅妃江采萍失宠被打入冷宫，因拒绝接受唐玄宗李隆基所赠珍珠一事而来。据《梅妃传》中记载："上在花萼楼，会夷使至，命封珍珠一斛密赐妃，妃不受，以诗付使者曰：'为我进御前也'。曰：'柳叶双眉久不描，残妆和泪湿红绡[2]。长门[3]自是无梳洗，何必珍珠慰寂廖。'上览诗，怅然不乐，令乐府以新声度之，号《一斛珠》，曲名始此也。"

梅妃原名江采萍，今福建省莆田市人。江采萍从小聪明伶俐，诗词歌赋在行医的父亲的指导下，优异于常人。江采萍十五岁那年，由于深受唐玄宗李隆基宠爱的、武则天的侄孙女武惠妃想为自己的儿子李瑁争太子之位，设计害死了太子和其他几位亲王，而她自己也因为作恶多端受到惊吓，患恶疾而亡。李隆基宠爱的妃子死了，其他的嫔妃们李隆基又看不上，于是太监高力士就从江浙、湖广、两粤至福建，不辞辛苦地为皇帝挑选秀女来充盈宫掖，聪颖绝伦的江采萍在众多的秀女中被选中进入皇宫，很快温婉的江采萍就得到了皇帝的宠爱而嬖[4]为专房。江采萍文章写得好，自比晋朝才女谢道韫。她生性喜爱梅花，于是就在她居住的宫苑中，遍植梅花，为此皇帝还在她赏梅的亭楼上，题写了一块叫“梅亭”的匾额，每当梅花盛开的季节，江采萍就在这里赏花填词、写诗作画，每每至夜依然流连忘返，恋恋不舍地在花下低吟浅唱。皇帝因为她这个爱好，便封她为“梅妃”。再以后当了太子的武惠妃的儿子李瑁的侧妃杨玉环被公公李隆基看上，李瑁被废太子位的同时，杨玉环被封为了贵妃，李隆基把“贵妃”这个唐太宗李世民时代就已废置不用的名号，赐给了楚楚动人、肥而不腻的杨玉环。再以后，得宠的杨玉环牢牢地把控着后宫。唐玄宗李隆基本想效仿上古大帝舜的思维与做法，把梅妃江采萍、贵妃杨玉环类比作舜的两个妃子——娥皇和女英。无奈的是，贵妃杨玉环性本忌妒又有心机，梅妃江采萍性本柔弱不谙宫斗，于是柔弱的梅妃只得让出居住了十九年的，当时唐朝最辉煌的权力与政治中心“兴庆宫”[⑤]，自己搬到了洛阳的“上阳东宫”[⑥]去居住。某次唐玄宗思念梅妃，暗中让小太监将梅妃接到自己的寝宫，两人把臂唏嘘间，不觉天已经放亮，侍从惊慌地跑进来通报说：“杨贵妃已经到门口了。”皇帝吓得马上抱起梅妃，把她藏在帘子的夹层间，但仍被杨玉环发现。杨贵妃为此事不依不饶地吵闹了很长时间。事后颜面尽失的唐玄宗虽然在盛怒之下把杨玉环打发回了娘家，但当时已经迷失了自我的玄宗皇帝食无甘味，于是在高力士的劝说下，很快又将杨玉环接回到皇宫中。通过这件事，梅妃也深刻地认识到自己失宠的事实，她曾经对侍女幽怨地言道：“恐怜我则动肥婢情，岂非弃也。”意思就是说：“皇帝喜欢我，便会惹那大胖丫头不高兴，难道这不是皇帝抛弃我了吗？”有一次，正好出使岭南的信使回来，梅妃就问身边的人：“这是从哪里来的驿使？莫非是给我送梅花的使者来了？”小太监说：“这是邻近国家的使者，给杨妃进贡荔枝来了。”梅妃听闻，心里难过，哽咽无言而流下了眼泪。正巧此时又有外国使者来觐见，送给玄宗皇帝一斛珍珠。皇帝见到珍珠，却不自觉地想起了梅妃，于是命人封了这一斛珍珠，派人偷偷地送给了梅妃，说来皇帝做到这个份上也是窝囊。而此刻正心烦意乱的梅妃见到珍珠，联想到自己所遭受的种种委屈，她宁肯饱尝这终身的孤独与寂寞，也不肯接受这廉价的小恩小惠，于是她写了一首诗交给送珍珠来的使者说：“替我送交到皇帝手中。”诗写道：“柳叶双眉久不描，残妆和泪湿红绡。长门自是无梳洗，何必珍珠慰寂寥。”这首诗把一个被打入冷宫之人的幽怨情怀，描写得淋漓尽致。“我的双眉已经很久没有描画了，那脸上的残妆和着泪水打湿了我的衣衫。自从我进入到这‘长门宫’内，就没有认真地梳洗过，你也不必送来珍珠，以安慰我那寂寥的心。”玄宗皇帝看了这首诗，心中也是闷闷不乐，但是又无可奈何，于是在叹息之间，指示教坊乐府为梅妃的这首诗谱一个曲调，曲成后，玄宗皇帝为其取名为《一斛珠》，这就是曲名《一斛珠》调名的由来。再后来安史之乱爆发，匆匆忙忙之间，唐玄宗只顾和杨贵妃与一些近臣逃命，却忘记了昔日曾经恩爱过的梅妃。等平定了安史之乱回到京城，此时已经成为太上皇的李隆基，派人去找寻这位曾经的旧爱，却已经没有了梅妃的音信。再后来唐玄宗于白日做梦，梦境中似乎看见梅妃：“仿佛见妃隔竹间泣，含涕障袂，如花蒙雾露状。妃曰：‘昔陛下蒙尘，妾死乱兵之手。哀妾者埋骨池东梅株旁。’上骇然流汗而寤。”李隆基猛然惊醒，速速令人到“兴庆池”畔，梅花树下挖掘，“得尸，裹以锦裀[⑦]，盛以酒槽，附土三尺许。上大恸，左右莫能仰视。视其所伤，胁下有刀痕。上自制文诔[8]之，以妃礼易葬焉”。梅妃和杨妃虽然都是宫廷斗争的牺牲品，但她们留在世间的种种传说、种种美好、种种逸事、种种美丽、种种才华和种种警示却留给了历史的昨天、今天和明天。

《一斛珠》作为词牌的出现，当以南唐后主李煜词为最早，见《南唐二主词》。《宋史·乐志》名《一斛夜明珠》，属中宫调。《尊前集》注商调。《蒋氏九宫谱目》入仙侣引子。此调又名《醉落魄》《醉落拓》《怨春风》等。

诗词赏析

一斛珠	**格律**
李煜[9]	
晚妆初过。	仄⃝平平⃝仄。（韵）
沉檀轻注些儿个。	平⃝平平⃝仄平平仄。（韵）
向人微露丁香颗。	仄平平⃝仄平平仄。（韵）
一曲轻歌，	仄仄平平，
暂引樱桃破。	仄⃝仄平平仄。（韵）
罗袖裛[10]残殷色可。	平⃝仄仄⃝平平仄仄。（韵）
杯深旋被香醪[11]涴[12]。	平平仄⃝仄平平仄。（韵）
绣床斜凭娇无那。	仄平平⃝仄平平仄。（韵）
烂嚼红茸，	仄仄平平，
笑向檀郎唾。	仄仄平平仄。（韵）

此词双调五十七字，上片二十七字五句四仄韵。下片三十字五句四仄韵。此词非咏题面本意，而是借题面意，另言他事。这首词应该是李煜称帝之前做吴王时，写给新婚妻子的作品。词中描写了李煜和他的吴王妃于闺房中调情的一段乐趣，是在二人爱情生活片段中所截取的一个小片段。

据史书记载：李煜有两位皇后，两位皇后都是南唐国大司徒周宗之女。因此历史上将姐姐称为大周后，将妹妹称为小周后。大周后小字娥皇，十九岁时，因为她的父亲是南唐社稷元老的缘故而进入皇宫，成为了当时吴王李煜的妃子。由于周娥皇美丽聪慧，通史书，善音律，尤工琵琶，采戏弈棋，靡不妙绝。也就是说周娥皇不仅知书达理，而且能歌善舞，除弹得一手好琵琶外，对于下棋、掷骰子等游戏，样样都是绝顶的高手。以至于周娥皇第一次拜见李煜的父亲——南唐中主李璟并给他祝寿时，这个未来的老公公不但对她的才艺大加赞赏，在喜欢之余更是把库府中自己珍藏了多年的焦桐琵琶赏赐给了这个未来的儿媳妇。对于精书法、工绘画、懂诗文、洞晓音律、才高识博、雅尚图书、蓄聚既丰、尤精鉴赏的资深大玩家李煜来讲，周娥皇与其说是他生活中的伴侣，还不如说是他精神与灵魂上的伴侣。对于在意识上根本没想做皇帝的李煜来讲，他只是想在艺术的世界里有更加精妙的钻研而已。比如说李煜依照唐大曲《念家山》调，创作了《念家山破》[13]词，周娥皇便依其词，以琵琶为载体创作新曲。在这里有一个知识点，就是《念家山破》中的这个“破”字。“破”又叫“曲破”，大曲中的第三段，一般称之为“破”；而单演唱此段，则称之为“曲破”。就是将一部大曲破开，用其中的一遍演为歌舞，一般是有曲而无词，是将故事融入歌舞之中，类似于歌舞戏。在《宋史·乐志》中记载："太宗洞晓音律，前后亲制大小曲及因旧曲创新声者，总三百九十。凡制大曲十八、曲破二十九，又琵琶独弹曲破十五曲。"南宋人陆游在《南唐书》卷十六中记载道："(大周后)尝雪夜酣燕，举杯请后主起舞，后主曰：'汝能创为新声则可矣。'后即命笺缀谱，喉无滞音，笔无停思，俄顷谱成，所谓《邀醉舞破》[14]也，又有《恨来迟破》[15]亦后所制。故唐盛时《霓裳羽衣》最为大曲，乱离之后，绝不复传，后得残谱以琵琶奏之，于是开元、天宝之遗音复传于世。"某日，江南大雪，李煜和大周后在雪中宴饮。大周后举杯邀请后主跳舞，后主说：你要是能够创作一首新的曲调，我就与你一起跳舞。大周后闻言即命侍女取来纸笔作新谱，边写曲谱边随声吟唱，是"喉无滞音，笔无停思"，而且是"俄顷谱成"。这就是历史上著名的《邀醉舞破》以及《恨来迟破》等曲调。在唐代所盛行的《霓裳羽衣》曲，由于晚唐时期战乱迭起，使得这个著名的唐大曲中的精品曲谱《霓裳羽衣》曲，竟然失传了。李煜广诏天下，费尽了万千心机，才收集到这个曲调的一些残谱，于是他们夫妻二人在这些残谱的基础上，经过细心的整理，并考订旧谱谬误、增删调整，竟然完整地复原了这个盛唐时期著名的曲调。大周后又将这个曲调改编成适合用琵琶弹奏的琵琶曲，"于是开元、天宝之遗音复传于世"。李煜他们夫妻二人所创作的这些曲调，在南唐时期非常流行，所以李煜在当皇子的时候，就将周娥皇嬖之专房，宠幸无比。在《南唐书》中，陆游还盛赞大周后"创为高髻纤裳及首翘鬓朵之妆，人皆效之"。就是说她所创造的"高髻纤裳"和"首翘鬓朵”等妆容，既雍容华贵不失大国典范，又纤丽袅娜尽显淑女仪容，致使后宫和国人们争相效仿。李煜即位后，周娥皇被册封为皇后，在皇宫众多嫔妃中，周娥皇亦是独享二人之间的幸福。要知道从古至今，哪个帝王不是三宫六院，众多嫔妃，而后宫嫔妃中却少有独享帝王者，即便有也是以其悍霸，其他嫔妃慑于威严而不敢染指而已。因此世人所谓的“威信”二字，关键看你是以“威”来取“信”，还是以“信”来取“威”。周娥皇却是以自己的才艺和绝顶的聪慧才智，使得李煜对后宫的其他嫔妃没有了兴致。而周娥皇那出色的情、艺双绝，也为李煜提供了无尽的创作动力与源泉。李煜其文、其词无论是柔情香艳，抑或是悲哀叹惋，都与这位在灵魂上心仪的女人息息相关。但是天妒美人，乾德二年（964 年），大周后偶然生病，于是便将年仅四岁的次子李仲宣置于别院抚养。这年十月，李仲宣在佛像前玩耍，宫殿中那奢华的大琉璃灯为猫触落，幼子李仲宣被惊吓成疾，竟因此而夭折。大周后闻讯悲伤不已，以致病情加重。李煜朝夕相伴左右，衣不解带，药必亲尝。据马令《南唐书·昭惠周后传》中记载，大周后自感时日无多，对后主有如下一段话：“后虽病亟，爽迈如常，谓后主曰：‘婢子多幸，托质君门，冒宠乘华凡十载矣，女子之荣莫过于此。所不足者，子殇身殁，无以报德。’”就是说我有幸嫁入宫门，得到您的宠幸至今已有十年了，女子之荣，莫过于此。唯一的不足之处就是幼子早夭，而我也即将远去，恐怕无法再报答您的恩情了。病危之际，大周后也料知自己时日无多，于是就命人取出元宗李璟所赐焦桐琵琶和平日佩戴的约臂玉环，和后主嘱托后事。三天后，大周后沐浴更衣，将含玉（玉蝉）放进口中，于“瑶光殿”中与世长辞，时年二十九岁。由于贤惠且多才的大周后英年早逝，令后主哀痛不已，李煜遵从大周后遗愿，将其最钟爱的焦桐琵琶陪葬，又亲自撰写《昭惠周后诔》《挽词》等文章以示悼念。乾德三年（965年）正月，大周后葬于懿陵，谥昭惠。

这首《一斛珠》词，就是作者截取生活中一个小小的片段，紧紧抓住二人之间微小而细致的动作及情态而作，描绘出了夫妇之间、闺房之内那春光无限的亲昵之态。

上片，作者以“晚妆初过”领起全文。傍晚的时候梳洗完毕，“沉檀轻注些儿个”，在身上轻弹些许沉香。据史载：因为大周后喜欢沉香熏雾，李煜便为她专设一“司香局”，广招天下诸多深谙香道之圣女，置于“司香局”中，专为大周后研制各种功效的熏香。大周后所用熏香之用具，精妙绝伦者多达百余件，其精美的程度用旷世稀世之臻品来形容并不为过。美人出浴，香气袭人，本是天生丽质之人，再经着意打扮，大周后那美丽绝艳的姿容便呼之欲出。“向人微露丁香颗”，这句写得十分出色，将美人那微露的牙齿，妙喻为那晚间绽放的、香气氤氲环绕的丁香花，是那样整齐而洁白。在《诗·卫风·硕人》篇中有“手如柔荑，肤如凝脂，领如蝤蛴，齿如瓠犀，螓首蛾眉，巧笑倩兮，美目盼兮”⑯之句，其中的“齿如瓠犀”中的“瓠犀”就是瓠瓜子儿，形容美女的牙齿犹如瓠瓜子儿一样，整齐而洁白。二者相较虽有异曲同工之妙，但那绽放的“丁香”一词，给人的感觉总是要比“瓠犀”一词，平添了几许清香。“一曲轻歌，暂引樱桃破”，这一句则更为有色有声。在白居易诗中曾有“樱桃樊素口，杨柳小蛮腰”句，是说樊素的小口犹如那樱桃一样，小巧而诱人，小蛮的细腰犹如那杨柳一样，细嫩而娇柔。而李煜在词中，更是形象而准确地将大周后那张开的小口，妙喻为樱桃绽放，尤其是词中的“破”字，极为传神，亦为上片的点睛之笔。这个“暂”字，如果换成“绽”字，则应该更为绝妙精伦。

下片，作者描写了大周后酒醉后的娇媚情态。“罗袖裛残殷色可”，这个“裛”字，在这里既有沾湿的意思，亦有酒气醺然之意。“杯深旋被香醪涴”，这里的“香醪”是指香气浓郁的美酒。这个“涴”字，原意是污染、弄脏之意，在这里是填满的意思。这两句话的意思是：大周后全然不顾那宽大的袖袍，被那殷红、芳香四溢的美酒染湿，依然将那香醇的美酒倒满酒杯。这两句说出了大周后恋酒狂欢、醉色沁人之媚态，为下面酒醉后表现出娇憨妩媚的情态做了铺垫。“绣床斜凭娇无那。烂嚼红茸，笑向檀郎唾”，这里的“檀郎”是古时候妇女对自己丈夫或所喜爱男子的美称。大周后酒醉之后斜倚绣床，娇憨可爱，将红茸嚼烂，笑着向心爱的夫君吐去。在这下片词中，作者又同样用了一个“唾”字，这个传神微妙之字，将大周后酒醉后的娇憨之态刻画得惟妙惟肖。这三句写得有血有肉，将人物的情态和盘托出，正所谓“醉过才知酒浓，爱过才知情重”。故后世词人极偏爱此词句，每每化新意而用之。如杨孟载在《春绣》一诗中云：“闲情正在停针处，笑嚼红茸唾北窗”，即是以李煜词意入诗，但比起李煜词来，略显神态不足，亦如赵明诚以李清照的“莫道不销魂，帘卷西风，人比黄花瘦”句入诗一样，总显得意境微薄。

后人对李煜其人其词多有评论，如明人余怀在《玉琴斋词序》

中言道："李重光风流才子，误作人主，至有入宋牵机之恨。其所作之词，一字一珠，非他家所能及也。"王国维在《人间词话》中言道："词人者，不失其赤子之心者也。故生于深宫之中，长于妇人之手，是后主为人君所短处，亦即为词人所长处。"叶嘉莹亦曾言道："李后主的词是他对生活的敏锐而真切的体验，无论是享乐的欢愉，还是悲哀的痛苦，他都全身心地投入其间。我们有的人活过一生，既没有好好地体会过快乐，也没有好好地体验过悲哀，因为他从来没有以全部的心灵感情投注入某一件事，这是人生的遗憾。"

注释

① 斛：古代量器名称，一斛为十斗。

② 绡（xiāo）：生丝织成的薄绢。

③ 长门：即长门宫，冷宫的代名词，是皇宫中失宠的嫔妃所居住之地。

④ 嬖（bì）：宠爱、宠幸，被宠爱的人。

⑤ 兴庆宫：位于长安，即现在的陕西西安。原为唐玄宗做藩王时的官邸，唐玄宗登基以后，兴庆宫成为长安城大内之一，是当时唐朝权力、政治中心。

⑥ 上阳东宫：位于现在河南洛阳，后来成为囚禁宫女的地方。白居易、元稹等人都写有《上阳白发人》。

⑦ 裀（yīn）：褥子。

⑧ 诔（lěi）：叙述死者生前的事迹，即以文悼念之。

⑨ 李煜（937—978）：南唐中主李璟第六子，初名从嘉，字

重光，号钟隐、莲峰居士，汉族，祖籍彭城（今江苏徐州铜山区），南唐最后一位国君。

⑩ 裛（yì）：沾湿。

⑪ 醪（láo）：醇酒。

⑫ 涴（wò）：污染，弄脏。

⑬《念家山破》：《念家山》原为唐大曲名，是以战士久戍边关、思念家乡为题。

⑭《邀醉舞破》：此曲调现已失传，但是其原意必定是大周后酒后邀请李煜共舞，而李煜则令大周后必先创作新曲，方可共舞之意。

⑮《恨来迟破》：历史上以王灼词为正体。

⑯ 手如柔荑，肤如凝脂，领如蝤蛴，齿如瓠犀，螓首蛾眉，巧笑倩兮，美目盼兮：“柔荑（tí）”指植物初生的叶芽，旧时多用来比喻女子柔嫩洁白的手。“蝤蛴（qiú qí）”是天牛的幼虫，黄白色，古代借以比喻妇女脖颈之美。“瓠犀（hù xī）”即瓠瓜子儿，色白，排列整齐。“螓首”，形容前额丰满开阔。“蛾眉”，指蚕蛾触角，细长而曲，这里形容眉毛细长弯曲。

乌夜啼

词牌题注

《乌夜啼》原为唐教坊曲名，后用为词牌名。崔令钦《教坊记》曾经记载过这件事情的本末。后来任半塘在《教坊记笺订》中考证了不同的版本，以及从《乐府诗集·卷四七》中引述，其大体为：“《乌夜啼》者：元嘉二十八年，彭城王义康有罪放逐，行次浔阳；江州刺史衡阳王义季，留连饮宴，历旬不去。帝闻而怒，皆囚之。会稽公主，姊也，尝与帝宴洽，中席起拜。帝未达其旨，躬止之。主流涕曰：‘车子岁暮，恐不为陛下所容！’车子，义康小字也。帝指蒋山曰：‘必无此’！不尔，便负初。宁陵，武帝葬于蒋山，故指先帝陵为誓。因封餘酒寄义康，且曰：‘昨与会稽姊饮，乐，忆弟，故附所饮酒往。’遂宥之。使未达浔阳，衡阳家人扣二王所囚院曰：‘昨夜乌夜啼，官当有赦。’少顷，使至，二王得释，故有此曲。”

这个词牌名称的来历，可以上溯到我国南北朝时期。永初元年（420年）东晋的权臣刘裕废掉晋恭帝司马德文自己做了皇帝，是为宋高祖，亦称宋武帝，国号宋，后人为了与后世赵匡胤建立的宋朝相互区别，故两个宋朝分别以其创建人姓氏来区分，故而刘裕创建的这个宋朝，我们称之为刘宋。然而仅仅过了三年，高祖刘裕病死，太子刘义符继位，是为宋少帝。但是因为这个宋少帝整天不理国政，且游戏无度，于是在景平二年（424年）五月，辅政的司空[①]徐羡之、中书令[②]傅亮、领军将军谢晦、大将檀道济等人发动宫廷政变，废黜[③]了宋少帝刘义符，将其幽禁并派人杀害。因刘义符无子，刘义符次弟刘义真应当继位，然而只是因为司空徐羡之认为：刘义真属于德薄之人不宜为君，因此在废黜宋少帝之前，就先一步将刘义真贬为庶人，为了以绝后患，又派人将刘义真杀害。在废杀了刘义符和刘义真以后，侍中程道惠曾请改立刘裕五子刘义恭为帝，然而徐羡之属意于刘义隆，于是百官上表恭迎作为宋武帝的第三子、宜都王、荆州刺史[④]刘义隆为皇帝，是为宋文帝，并改号元嘉。宋文帝刘义隆登基以后，为了稳住局面，暂且任命徐羡之为大司徒[⑤]、谢晦出任荆州刺史并掌握重兵。

徐羡之有一个侄子徐逵之，就是我们在本丛书之一中所讲过的刘裕的长女、会稽公主刘兴弟的丈夫，曾任彭城内史。徐逵之在战场上被鲁轨所杀，公主悲痛不已，“自问葬送之事，每问辄叹息曰：‘丁督护’，其声哀切”。后人以此而创《丁督护歌》。刘裕因为有徐逵之这层姻亲的关系，所以对徐家人格外关照，但他屡屡对这个家族之人加官晋爵、委以重任的同时，也为这个家族埋下了深深的祸根。刘义隆当上了皇帝之后，他最不能容忍的就是那些大臣们，将皇族成员玩弄于股掌之中、擅行废立、擅杀皇族之人、视人生命如草芥。于是元嘉三年（426年），宋文帝刘义隆就把杀死自己哥哥的徐羡之、傅亮、谢晦等一帮权臣给杀了。因为刘义隆自小体弱多病，于是在元嘉六年，刘义隆让他的弟弟彭城王刘义康监国执政。此时的刘义康是任司徒、录尚书[⑥]事，后又加领扬州刺史，进位大将军，专总朝权，势倾天下。刘义康的势力逐渐大了，逐渐也就不满足于这种代哥哥行使权力的差事了，于是他便和大将军刘湛密谋篡位。而此时刘义隆的姐姐，会稽公主刘兴弟和徐逵之两人所生的儿子徐湛之向宋文帝刘义隆告发了这件事。刘义隆把大将军刘湛和那些参与密谋的人都以谋反罪处以死刑。皇帝顾及亲情，没有杀掉刘义康，但削掉了他的王位，改授为江州刺史出镇豫章（今江西南昌），后来又把这个弟弟及其子女全部废为庶人，绝属籍[⑦]，并囚禁在江西南昌。

一天刘义康的小弟弟时任衡阳王的刘义季，去看望这位被废为庶人的哥哥，刘义季看到哥哥被囚禁，看到那些原本是皇族，应该衣食无忧的子侄们衣食无着、一日三餐无以为继的惨状，想到历史上所有国家的藩王们，最后无一例外都是凄惨的下场，哥俩相顾无言，只好天天饮酒消愁。史书中说此时的刘义季是“留连饮宴，历旬不去”。要知道不光在南北朝时期，历朝历代的藩王之间，都是不能随意聚会、宴饮的，其目的是防其谋反，更何况此时的刘义季“历旬不去”，而且他们的聚饮还是发生在刘义康密谋篡位、被贬为庶人之后不久，所以皇帝闻之异常震怒，下令将二人单独关押，不许外界任何人接触。皇帝的姐姐会稽公主刘兴弟知道这件事以后非常着急，一次在和皇帝吃饭的过程中，公主离席，不停地行叩拜大礼，悲伤得不能自制。宋文帝刘义隆不知她要干什么，只得亲自将姐姐扶起，她说：“车子岁暮，必不为陛下所容，今特请其生命。”“车子”是刘义康的小名，这句话的意思就是说：“眼看就到年底了，刘义康和刘义季我这两个弟弟，估计你是容不下他们俩了，我现在就是特意为他们俩求一条生路，希望你不要杀他们。”说完痛哭不已。要知道刘兴弟是刘裕和原配妻子臧爱亲于贫穷时所生，且二人只有这么一个女儿。而刘裕其他的七子、九女均为其他几位妻妾嫔妃所生，所以宋文帝刘义隆听到大姐的一席话，也是大有感触，于是他郑重地告诉大姐，您不必有这个忧虑，同时他又手指着埋葬他们父亲刘裕的蒋山发誓道：“我刘义隆绝不会加害刘义康和刘义季这两个弟弟，如若违背诺言，就是对不起咱们亡故的父皇。”话说完就把刚才和大姐一起没有喝完的一坛美酒封好，并派人快马加鞭给刘义康他们哥俩送了过去，同时在酒封上亲笔书写道：“昨与会稽姊饮，乐，忆弟，故附所饮酒往。”当刘义康、刘义季二人听到特使传旨皇帝赐酒的时候，二人面面相觑、呆若木鸡，原以为是自己的大限到了，但当二人看了皇帝在酒封上的亲笔书信时，这才知道不是毒酒。而就在当天，皇帝又颁发了赦免两人的诏书，也是让人快马加鞭地赶去宣旨。而就在宣旨的特使赶到的前一天夜里，刘义康的家人听到房屋外面有乌鸦的啼鸣声，于是家人们就非常高兴地用力敲打关押他们的院墙，并大声地告诉他们：“昨夜乌夜啼，官当有赦。”果然天刚刚亮，宣抚使就到了，不但免去了刘义康的死罪，而且还将他改任为南兖州刺史。刘义康的家人因为夜里听到乌鸦啼鸣，而白天刘义康就被释放这件吉祥的事情，心存感念而作了一首歌，其词云：“笼葱窗不开，乌夜啼，夜夜望郎来。”

元嘉二十八年（451 年）北魏拓跋焘的大军南下，宋文帝刘义隆听闻有人借机奉刘义康为首而作乱，对自己的政权不利，于是便秘密派遣自己的心腹、中书舍人[⑧]严龙，赍[⑨]药赐死了自己的亲弟弟。而当时刘义康并不肯服药，说：“‘佛教自杀不复得人身，便随宜见处分。’乃以被掩杀之，时年四十三，以侯礼葬。”后来宋孝武帝刘骏继位，大明四年（460年），刘义康的女儿刘玉秀等后人，上书朝廷请求将父亲归葬旧茔，就是将其葬回祖坟，宋孝武帝刘骏诏听之。

刘义康虽然死了，但这件事和“昨夜乌夜啼，官当有赦”以及刘义康家人所唱的“笼葱窗不开，乌夜啼，夜夜望郎来”的歌词却从此流传了下来。“乌夜啼”所代表的是一种吉祥如意、心想事成、好梦成真、苦尽甘来、绝处逢生的欢快与喜悦。乌鸦在现代习俗中被喻为不祥的象征，乌鸦的啼鸣声更是被喻为不吉利的征兆，但是在古代，乌鸦却是一种代表祥瑞、团圆和吉祥的吉鸟。乌鸦的啼鸣声更是离人归来、象征团聚的吉兆。在中国很早就有乌鸦反哺的说法，故人们把乌鸦称为“孝鸟”。汉人许慎在其《说文解字》[10]中有：“乌：孝鸟也。谓其反哺也”。《尔雅》[11]：“纯黑而反哺者谓之乌。”另外《相和歌辞》[12]载有唐王建咏《乌夜啼》一诗：“庭树乌，尔何不向别处栖，夜夜夜半当户啼。家人把烛出洞户，惊栖失群飞落树。一飞直欲飞上天，回回不离旧栖处。未明重绕主人屋，欲下空中黑相触。风飘雨湿亦不移，君家树头多好枝。”

此曲后来分成燕乐杂曲与雅乐琴曲，在唐朝时非常盛行。燕乐杂曲叫《乌夜啼》，雅乐琴曲叫《乌夜啼引》。在《乐府诗集》[13]卷六十《琴曲歌辞》中，列有张籍《乌夜啼引》，并引李勉《琴说》曰：“《乌夜啼》者，何晏之女所造也。初，晏系狱，有二乌止于舍上。女曰：‘乌有喜声，父必免。’遂撰此操。按清商西曲亦有《乌夜啼》，宋临川王所作，与此义同而事异。”只是我们不知道这个何晏是不是三国·魏时期那个傅粉何郎的何晏。这里所说是“女曰：乌有喜声，父必免”，然历史记载何晏只有一个儿子，所以此处存疑。张籍《乌夜啼引》原词为：“秦乌啼哑哑，夜啼长安吏人家。吏人得罪囚在狱，倾家卖产将自赎。少妇起听夜啼乌，知是官家有赦书。下床心喜不重寐，未明上堂贺舅姑。少妇语啼乌，汝啼慎勿虚，借汝庭树作高巢，年年不令伤尔雏。”另外在唐代，作为吉鸟的乌鸦也会被当神位供奉，如元稹有一首《听庾及之弹乌夜啼引》的诗：

君弹乌夜啼，我传乐府解古题。良人在狱妻在闺，官家欲赦乌报妻。乌前再拜泪如雨，乌作哀声妻暗语。后人写出乌啼引，吴调哀弦声楚楚。四五年前作拾遗，谏书不密丞相知。谪官诏下吏驱遣，身作囚拘妻在远。归来相见泪如珠，唯说闲宵长拜乌。君来到舍是乌力，妆点乌盘邀女巫。今君为我千万弹，乌啼啄啄泪澜澜。感君此曲有深意，昨日乌啼桐叶坠。当时为我赛乌人，死葬咸阳原上地。

在元稹这首诗中我们可以清晰地看出，当年元稹下狱“良人在狱妻在闺，官家欲赦乌报妻”，以及后来元稹当官被贬谪的“谪官诏下吏驱遣，身作囚拘妻在远”的苦楚，以及“归来相见泪如珠，唯说闲宵长拜乌。君来到舍是乌力，妆点乌盘邀女巫”的喜悦。一个“唯说闲宵长拜乌”和“妆点乌盘邀女巫”句，告诉我们当时唐代的一些风俗习惯，一个是拜乌鸦神位而乌神显灵，一个是乌神显灵以后“妆点乌盘邀女巫”的谢神还愿之举。

在乐府诗之中，自魏至唐，有很多以《乌夜啼》之名创作的诗歌，如郭茂倩《乐府诗集卷四十七·清商曲辞四》载《乌夜啼》二十一首、《卷四十八·清商曲辞五》载《乌栖曲》二十四首、《卷六十·琴曲歌辞四》载《乌夜啼引》一首。而事实上，更早的魏武帝曹操《短歌行》中，就已经出现了以“乌鹊”为题的名句：“月明星稀，乌鹊南飞。绕树三匝，何枝可依。”这已相当接近后来《乌夜啼》的诗句了。

在琴曲歌辞之中，古琴曲《乌夜啼》是流传广泛的大操。最早见明朱权[14]《神奇秘谱》[15]，又有晚清版本《自远堂琴谱》[16]和杨时百所著《琴学丛书·琴镜》[17]。从琴曲《乌夜啼》中所表达的音乐内容来看，是曲以月明星稀之景，写乌鹊南飞、哺食、争巢等活动。《浙音释字琴谱》[18]有《乌夜啼》歌词九段。其词有“月明星稀”“别离滋味”“别离人”“何时归”“母满哺儿”“儿方哺母”“绕树三匝”“无枝可依”等内容。

在曲子词之中，《乌夜啼》这个曲调到了唐代被收录于教坊曲中，再到五代十国时期，被南唐后主李煜创为词调。在李煜词中，存有三首《乌夜啼》词，即双调四十七字，上下片各四句两平韵的“昨夜风兼雨”词、三十六字“林花谢了春红”词、三十六字“无言独上西楼”词共三调。然值得大家注意的是，《钦定词谱》中在三十六字《相见欢》词调中言道：“唐教坊曲名，南唐李煜词，有‘无言独上西楼，月如钩’句，更名《秋夜月》，又名《上西楼》，又名《西楼子》，康与之词名《忆真妃》，张辑词中有“唯有鱼竿明月上瓜洲”句，因名《月上瓜洲》，或名《乌夜啼》。”而在四十七字《乌夜啼》词调中言道：“唐教坊曲名，太和正音谱注南吕宫，又大石调宋欧阳修词名《圣无忧》，赵令畤词名《锦堂春》。按郭茂倩《乐府诗集》有清商曲《乌夜啼》，乃六朝及唐人古今体诗，与此不同，此盖借旧曲名另翻新声也。”

现在许多书籍中，都把李煜三十六字“林花谢了春红”词，归结为《相见欢》词牌，这应该是错误的。《相见欢》词调，从字面上看是久别之人相见，而互诉其愉悦互慕、思念心情之词，是语意轻快、盏茶琴音、轻音慢诉之词，是闺蜜私语、友人把盏言欢之词。而李煜三首《乌夜啼》词，都是被俘入宋之后所作，词中所言都是凄风苦雨、孤独寂寞、离愁滋味、思念祖庙之词。李煜在愁苦之际，很难单单挑这样一个《相见欢》的词牌来抒写离愁别恨，况且唐词都是缘题而赋，李煜身陷牢笼，他无时无刻不在思索怎样挣脱樊笼，获得自由之法。而历史知识极为丰富的李煜，对于《乌夜啼》这个词牌的内涵及外延应该是再清楚不过了。所以，他会以“昨夜乌夜啼，君当有赦”为寓意，而绝非是见亡国之仇人，却语意轻快而言《相见欢》之理。所以《古乌夜啼》的别名有《相见欢》为题的，亦应是某个词家词中之句罢了，不能代表其全部。下面我们就解读一下李煜的这首“无言独上西楼”的愁苦之作。

诗词赏析

乌夜啼	格律
李煜	
无言独上西楼。	㊣平㊣仄平平。（平韵）
月如钩。	仄平平。（韵）

寂寞梧桐深院、锁清秋。	㊀仄㊁平㊁仄、仄平平。（韵）
剪不断。	㊀㊁仄。（换仄韵）
理还乱。	㊀㊁仄。（韵）
是离愁。	仄平平。（平韵）
别是一般滋味、在心头。	㊁仄㊀平㊁仄、仄平平。（韵）

此词双调三十六字，上片三句三平韵，下片四句两仄韵、两平韵。此词非咏题面本意，而是依旧曲述亡国之恨。此词是南唐后主李煜降宋后所作。后主从一个风流皇帝，转瞬间变成了一个囚徒，其中的愁苦滋味非经历之人所道不出。故而这种深切的故国之思、亡国之恨，都很好地表现在这首语少而意深的小词中。

“无言独上西楼”这开端之句，其所包含的内容即十分丰富，它表明了词人处境的孤独、心境的孤独以及环境的孤独，作者由于孤独才“无言”、由于孤独才“独上”、由于“孤独”才显得“西楼”是那样的清冷。下面的“月如钩”句，既加重了环境的凝重，又述写了愁人的心境，如钩的一弯残月，映照在面容惨淡的孤独人身上，不由得使人想到，那残月不正是孤独人的象征吗？接下来的“寂寞梧桐深院、锁清秋”，因为人的寂寞，而使深院中的梧桐也感到寂寞。一个“深”字，给人一种深不可测之感，作者在这里再著一个“锁”字，这个字实为全词的中心，是全词的点睛之笔，不仅道出了作者被囚深院、悲愁无尽的忧虑，又写出了作者心中愤恨但又苦言不出，只得和清冷的秋天、孤独的明月、寂寞的梧桐等这无言以对的凄楚境界为伴。上片所写一片凄凉悲楚，这是一种不可言喻的愁苦与无奈。

下片，词人一上来便以“剪不断。理还乱。是离愁”。这一工整、精练的妙喻，写出了词人心乱如麻、愁苦不堪言，既是“剪”也不断，“理”还更乱的去国离愁及亡国之痛。这一句正所谓“国家不幸诗家幸，赋到沧桑句便工”。最后的“别是一般滋味、在心头”这一笔，更是妙极，因为只有经历了这种兴衰巨变、陵谷天地的人，其愁苦才非语言所能表达。这种滋味哽咽在心头，不可道出，一经道出，其中滋味便荡然无存了，词一定要含蓄而有味道，在这里，词人是以情语而道人生巨变，以情语而感叹沧桑世故，以离愁的哽咽不出而道心头之痛。

明沈际飞[19]曾在《草堂诗余正集》[20]中言道：“七情所至，浅尝者说破，深尝者说不破。破之浅，不破之深。”辛弃疾在《丑奴儿·书博山道中壁》一词中说：“少年不识愁滋味，爱上层楼，爱上层楼，为赋新词强说愁。而今识尽愁滋味，欲说还休，欲说还休，却道天凉好个秋。”这种难以言状的愁苦，正是人在愁苦之极境时反而无言可说的表现。故而俞平伯先生说：“别是一番滋味也是离愁。剪不断，理还乱，还可形状，这却说不出，是更深一层的写法。”《唐宋诸贤绝妙词选》[21]中说李煜：“《乌夜啼》一词，最为凄婉……所谓亡国之音哀以思也”。唐圭璋《唐宋词简释》中对此词评价道：“此词写别愁，凄惋已极。‘无言独上西楼’一句，叙事直起，画出后主愁容。其下两句，画出后主所处之愁境。举头见新月如钩，低头见桐阴深锁俯仰之间，万感萦怀矣。此片写景亦妙，惟其桐阴深黑，新月乃愈显明媚也。下片，因景抒情。换头三句，深刻无匹，使有千丝万缕之离愁，亦未必不可剪，不可理，此言‘剪不断，理还乱’，则离愁之纷繁可知。所谓

‘别是一般滋味’，是无人尝过之滋味，唯有自家领略也。后主以南朝天子，而为北地幽囚；其所受之痛苦，所尝之滋味，自与常人不同，心头所交集者，不知是悔是恨，欲说则无从说起，且亦无人可说，故但云‘别是一般滋味’。”

注释

①司空：中国古代官名。西周始置，位次三公，与司马、司寇、司士、司徒并称五官。

②中书令：汉武帝时以宦官担任中书，对外发布皇帝指令，称其主官为中书令。三国后，起用士人，并改秘书为中书，掌握机要。在体制上成为决策机构，以中书省、门下省和尚书省为执政机构。

③废黜（chù）：罢免。

④刺史：汉武帝将全国划分为十三州，各州任免刺史一人，此时的刺史为监察之官。魏晋南北朝，以刺史领州，宋作为虚衔，元以后刺史之名废，清人用作知州的别称。

⑤司徒：汉改丞相为大司徒，以大司马、大司徒、大司空为三公。隋唐时期置太尉、司徒、司空为三公，属正一品。唐代为避李世民讳，改称尚书。宋、元、明、清沿而未改。

⑥尚书：战国时亦作“掌书”，为低级官员，主发布文书。秦及汉初与尚冠、尚衣、尚食、尚浴、尚席，称“六尚”。汉武帝时，选拔尚书、中书、侍中组成“中朝”或称内朝，成为实际上的中央决策机关。隋以后尚书为六部长官，相当于现代中央政府的部长。隋、唐属正三品，明为正二品。

⑦ 属籍：指宗室谱籍。

⑧ 中书舍人：始于先秦，本为国君、太子亲近属官，掌传宣、起草诏令之职，参与机密权力决策。明清时于内阁中亦设有中书舍人，掌书写诰敕、制诏、银册、铁券等，为从七品。

⑨ 赍（jī）：携带。

⑩《说文解字》：汉人许慎根据文字的形体，创立540个部首，将9353个汉字分别归入540部中。这是中国第一部字形字典。

⑪《尔雅》：我国最早的一部解释词义的专著。“尔”是“近”的意思，“雅”是“正”的意思，在这里专指“雅言”，即以雅正之言解释古语词使之近于规范。

⑫《相和歌辞》：《乐府诗集》中的一类，盛行于汉魏时期。《乐府诗集》把乐府诗分为郊庙歌辞、燕射歌辞、鼓吹曲辞、横吹曲辞、相和歌辞、清商曲辞、舞曲歌辞、琴曲歌辞、杂曲歌辞、近代曲辞、杂歌谣辞和新乐府辞等十二大类。相和歌辞又分为相和六引、相和曲、吟叹曲、平调曲、清调曲、瑟调曲、楚调曲和大曲等类。

⑬《乐府诗集》：继《诗经·风》之后，一部总括我国古代乐府歌辞的著名诗歌总集，由宋代郭茂倩所编，现存一百卷，是现存收集乐府歌辞最完备的一部。主要辑录汉魏到唐、五代的乐府歌辞兼及先秦至唐末的歌谣，共五千余首，每曲注有题解。

⑭ 朱权（1378—1448）：号臞仙、涵虚子，明太祖朱元璋第十七子。自幼体貌魁伟，聪明好学，人称“贤王奇士”，参与过“靖难之役”。卒谥献，又称宁献王。

⑮《神奇秘谱》：朱权编纂的古琴谱集，现存最早的琴曲专集，

也是近五百年来保存最完整、史料价值最高的古代音乐作品。

⑯《自远堂琴谱》：清吴虹传谱，李廷敬重订，共十一卷。卷一为范例，卷二为琴音略要，卷三为指法，卷四至卷十一为琴谱，谱内共收九十三曲，流传极广。

⑰《琴学丛书·琴镜》：共四十三卷，约七十万言，收录资料颇多，尤为珍贵的是所录三十二曲附有工尺谱。

⑱《浙音释字琴谱》：明代琴谱，南昌龚经编释。原书残，现存三十九曲。每曲逐音配有文字，但大多难以演唱。

⑲ 沈际飞：生卒年不详。明代戏曲理论家。字天羽，自署震峰居士，江苏昆山人。著有《草堂诗余正集》《草堂诗余新集》。

⑳《草堂诗余正集》：南宋人何士信编辑的词选，以宋词为主，兼收一小部分唐五代词。此书在明代被广泛接受，许多文人才子如杨慎、李攀龙、唐顺之、何良俊、沈际飞、钱允治等都纷纷为其评注、校笺、作序、题跋，而成为明代词学的一项特殊内容。

㉑《唐宋诸贤绝妙词选》：宋人黄昇注。有三卷本和十卷本之分。三卷本所录词人上起唐代李白，终北宋曹元共八十八家，凡一百七十二首；而十卷本则起唐代李白，终北宋王昂，别附方外、闺秀各一卷，共一百三十四家，凡五百余首。

捣练子

词牌题注

《捣练子》是词牌名。这里的重点词是“捣练”二字。“练”这个字始见于战国文字，它是古代丝织品名称的一种。它的本意是一种加工丝或丝织品的工序，是通过水煮等方式把丝麻、布帛煮柔软的一个过程。我们现在所说的“绢”，就是以“练”这种方式制作而成的丝织品，而古代就是把“练”作为“白绢”的代名词。很多人会问：古代人真的那么奢侈吗？他们都是穿丝织品的吗？尤其是古代将士们，他们上战场去打仗，也是穿这种丝织品吗？这些提问，都是比较重要的知识点。在我们现代人的观点中，用棉花制作的布料，穿着舒适、轻盈，冬天的棉衣还保暖。但是棉花并非中国本土作物，最早发现和使用棉花的国家，是古印度和南美洲的秘鲁。在公元前 200 年前后，即秦末汉初这一时期，中国人才逐渐了解、种植和使用棉花。但当时除了极少数地区偶有种植和使用外，在中国绝大部分地区，并不了解棉花这种可以当作战略物资使用的作物，更不会将这种棉织品当成制衣的主要原材料，直至宋、元时期，人们逐渐认识到它的价值，棉花才开始在中国真正得到普及和使用。而在宋、元之前，只有在皇家宫廷和一些富足家庭中，人们的服装大多为丝织品。在本丛书中，我们讲过一个《采桑子》的词牌，这个词牌的来源，就是源于人们采摘桑树的叶子来喂养桑蚕，人们再将蚕吐出的丝做成丝织品。虽然这些丝织品的成品大都出自贫苦的百姓之手，但是这种丝织品价格昂贵，是下层百姓换取生存费用的主要来源，而在这些普通百姓之家，由于经济条件所限，人们不舍得穿这种用丝织品做出来的衣服，于是大多数人家只能穿用“葛麻”制作的衣服。“葛麻”是一种多年生草本植物，其根茎肥大，富含淀粉，将其浸泡出来，是平民百姓餐桌上常见的食物之一。而葛根的药用价值也非常大，具有抗菌、消炎、抗衰老、美容、保健等功效，而最主要的是葛麻的茎皮纤维可以用来织成葛布，制作衣服。但是葛麻最大的缺点就是纤维粗大且含有大量的胶质，这些纤维与胶质会使这些用葛麻做成的衣物极为粗硬，既不利于纺织与缝制，同时穿在身上也极不舒适，所以，为了去除这些胶质，就需要将葛麻浸泡在水中，然后将其放在砧石[①]上，再用木棒等器具反复捶打，这样才能够使这些麻织物迅速脱胶，使其平整柔软。而这个反复“捶打”的过程就叫“捣”。因此，“捣练”就是用葛麻裁制衣服前所必须做的一道工序。自古以来外出打仗的将士们，基本上都是来自于下层的贫困百姓，所以穿葛麻制作的衣服就是他们不二的选择。古代将士们出征打仗，是需要自带食品、衣服和武器的。这一点我们可以从《木兰辞》中找到答案：“东市买骏马，西市买鞍鞯，南市买辔头，北市买长鞭。”这也是造成古代战争中一方攻入城池，通常会发生纵兵抢劫这种惨状的原因之一，因为士兵们需要用物资来装备自己。由于士兵们需要自备衣物，所以为自己的孩子、丈夫制作衣服就成了每家每户必备的工作。尤其是到了冬天，士兵们抵御寒冬的衣物，通常是先由家中做好，朝廷每年会派官员到各地去征收冬衣，再由驿站统一送往士兵们的驻地。而男丁征戍在外，家中的妻子与母亲自然就成了主要劳动力，于是就形成了妇女们白天去耕种、晚上回家“捣练”这种独特的景象。月光下，秋夜漫漫，这些“捣练”的妻子与母亲，那手中上下翻飞的木棒，会将心中的幽怨与相思之情传荡出去很远。魏晋时期的温子昇在其《捣衣诗》中就有“香杵纹砧知近远，传声递响何凄凉”的描绘。而宋词人贺铸在《捣练子·砧面莹》中亦有“砧面莹，杵声齐。捣就征衣泪墨题。寄到玉关应万里，戍人犹在玉关西”的喟叹。因此形成词牌《捣练子》的最初源起，应该就是妇女在捣练时所哼唱的歌曲，后来由文人对其加工，形成了这种歌咏捣练的词曲。其词曲的内容大都以妻子思念远方丈夫、母亲思念戍边儿郎之辞为多，以及相思、闺怨、闲愁辞等。

而关于《捣练子》词牌的来历，归纳起来有如下几点：

其一，据现有的资料，目前我们所知道最早描写“捣练”这一主题的作品是汉代班婕妤的《捣素赋》。这篇作品从宫女的形美、声悲、情哀三个层次来描写宫女捣素的片段，是一篇描写古代宫女命运和悲情的作品。而汉代的辞赋家有很多，估计不会只有班婕妤一人描写这种为制作衣服而“捣素”的辞赋。但也许是其他辞赋家的名气没有班婕妤大的缘故，总之是没有作品流传下来。

随后在魏晋南北朝时期，就出现了《捣衣诗》。如柳恽的作品：“行役滞风波，游人淹不归。亭皋木叶下，陇首秋云飞。寒园夕鸟集，思牖[②]草虫悲。嗟矣当春服，安见御冬衣？”再如温子昇《捣衣诗》："长安城中秋夜长，佳人锦石捣流黄。香杵纹砧知近远，传声递响何凄凉。七夕长河烂，中秋明月光。蠮螉[③]塞边绝候雁，鸳鸯楼上望天狼[④]。"这是一个从赋到诗的变化，同时也为后面成为词做了铺垫。

其二，《敦煌曲子词》中已见完整的《捣练子》词调，其内容为歌咏孟姜女的故事。而关于《敦煌曲子词》所产生的年代，其公认的说法是：大部分作品为唐至五代的词作，因此形成此词调的时间，可以上溯到唐代或更早一些。

孟姜女。杞梁妻[⑤]。一去燕山更不归。造得寒衣无人送。不免自家送征衣。

长城路。实难行。乳酪山下雪纷纷。吃酒只为隔饭病。愿身强健早还归。

堂前立。拜辞娘。不觉眼中泪千行。劝你耶娘[⑥]少怅望。为吃他官家重衣粮。

辞父娘了。入妻房。莫将生分向耶娘。君去前程但努力。不敢放慢向公婆。

以上《敦煌曲子词》中收录的这四首词作，与我们现在已知且写法成熟的词作相比较，差别基本不大。所以这个词调源起的雏形所形成的时间，或许已经超出了我们所认知的有唐一代。

其三，李白诗《子夜吴歌·秋歌》："长安一片月，万户捣衣声。秋风吹不尽，总是玉关情。何日平胡虏，良人罢远征。"李白生活在唐早期，是公元701—762年间人。他以魏晋六朝时期的《子夜吴歌》为题，述写了春、夏、秋、冬四季之景象，每个季节赋一个主题。在其秋歌中，即赋以上思妇"秋日捣衣"之歌。在前面我们已经讲过，秋日捣衣，大都是为远方戍边之人赶制冬装之景象，而这种现象，非唐代独有之现象，是可以上溯到自从有了人类、有了战争即有此现象。历朝历代的辞赋家在他们的作品中有过大量描写战争的景象，而战争的背后所给人们带来的灾难、痛苦无疑是巨大的。其中那夜半声声不息的“捣衣”之音，给人民给社会所带来的震撼，也是一种空前的灾难。但历史上很多这样的作品并没有流传下来，也许是李白的名气足够大的原因，他的这首夜半声声不息、响彻夜空的万户捣衣之诗流传了下来，于是也就有了“捣衣声”和《捣练子》的联系。而南唐后主李煜《捣练子》词，亦咏“捣练”，为唐诗本体。李煜《捣练子》词属于绝对成熟的作品，且为后代之范词。而李煜应该是研究吸收了前人作品的精华，去其糟粕，在完善前人作品的同时，才创作出了可称为典范之词的作品。

其四，《钦定词谱》中称，宋人黄大舆所编《梅苑》中，收入无名氏词八首，其首起句皆为《捣练子》。但《梅苑》的作者黄大舆是南宋人，虽然生卒年不详，但他与《碧鸡漫志》的作者王灼是好友，《碧鸡漫志》成书于南宋，故黄大舆的《梅苑》成书于南宋无疑。而《梅苑》中所收“无名氏”词，应晚于《敦煌曲子词》及李白、李煜。

《捣练子》词有单调和双调两体，单调二十七字，又有平韵和仄韵两体。双调有三十八字、五十二字两种，均为平韵词。另外还有一个双调四十八字体叫《胡捣练》，从调名上看，其本意应该是歌咏胡地妇女捣练，或为前方将士拆洗缝制冬装之辞。《钦定词谱·卷七·胡捣练》：“此调与《捣练子》异，或云似《桃源忆故人》，但前后段起句有押韵不押韵之分。惟《望仙楼》调，本此减字，观《梅苑》刻《望仙楼》词，仍名《胡捣练》，可知矣。”即《胡捣练》与《捣练子》是两个不同的词调，不可混为一谈。但是在曲牌名中，《捣练子》又称为《胡捣练》，是一个曲牌两个不同的称呼。

此词又名《深院月》《夜捣衣》《杵声齐》《夜如年》《剪征袍》《望书归》《古捣练子》《捣练子令》等。

诗词赏析

捣练子	**格律**
李煜	
深院静，	(平)仄仄，
小庭空。	仄平平。（韵）
断续寒砧断续风。	(仄)仄平平(仄)仄平。（韵）
无奈夜长人不寐，	(平)仄(仄)平平仄仄，
数声和月到帘栊。	仄平(平)仄仄平平。（韵）

此词单调二十七字，五句三平韵。调咏《捣练子》本意。这首小词言简意赅，描绘了一个凄凉、孤寂的意境。作者通过对一个因孤苦而失眠，又不得不听那砧上所发出的捣练声之人的描写，道出了一个不寐之人内心难言的焦躁和烦恼。

“深院静，小庭空”首开这两句，作者重点突出了不寐之人所处的环境：小庭空冷，院深而人静，环境极为幽独。“深院”谓之大，指豪门大院，所谓庭院深深深几许、一入侯门深似海，即指此语境。“小庭”谓之内宅，这是以豪门大院深宅，衬其内宅的精巧。这里的“静”字和“空”字，是以大宅的静衬内宅的空，不仅在视觉和听觉上给人以差别，而且还衬托出了这位主人公内心的寂寞与孤独。接下来的“断续寒砧断续风”更加渲染了“静”与“空”的效果。这里用了两个“断续”，一为砧声，一为风声，这两种声音给人一种飘忽不定而又空灵的感觉。这一句是整首词的核心，因为砧上捣衣，历来都是思妇思念征夫的永恒题材。如贺铸《古捣练子》五首，其中那《夜捣衣》的辛勤、那《杵声齐》的心绪、那《夜如年》的不寐以及那《剪征袍》的思念和《望书归》的祈求，每一首都将思妇望夫早日回归的迫切心情描写得淋漓尽致，他词中所反映出的是战争的灾难带给人民的痛苦。而后主的这一句“断续寒砧断续风”，也许并非实写思妇，而可能是以另外一个角度去写自己的亲身感触。如果说这首词是李煜被俘入宋以后所作，那么这位听砧之人也许就是李煜，他只是换了一个角度，换了一种方式，换了一种思维而已，以所听到的捣衣声，想起捣衣人，由夜捣衣中的思妇思念戍边将士、思念亲人，然后自然是思念偌大的一个南唐国，一夜之间土崩瓦解，再然后自己这位皇帝竟然肉袒出降，被囚入宋……李煜是用这一幕幕不堪回首的往事，来表达亡国之痛。那远远的捣练之音，被风刮过，时断时续地搅乱了这位“听砧人”的好梦，也勾起了这位“听砧人”的思念之情。最后的“无奈夜长人不寐，数声和月到帘栊”，明明是那断断续续的寒砧之音，使得主人公睡不着，而作者却偏偏写道，是因为那漫漫的长夜使得这位孤眠之人睡不着，才使得那寒砧之音伴随着月光透入帘栊传到他的耳畔。

俞陛云《唐五代两宋词选释》：“曲名《捣练子》，即以咏之。

乃唐词本体。首二句言闻捣练之时，院静庭空，已写出幽悄之境。三句赋捣练。四五句由闻砧者说到砧声之远递。通首赋捣练，而独夜怀人情味，摇漾于寒砧断续之中，可谓极此题之能事。”

唐圭璋《唐宋词简释》：“此首闻砧而作，起两句，叙夜间庭院之寂静。‘断续’句叙风送砧声，庭愈空，砧愈响。长夜迢迢，人自难眠，其中心之悲哀，亦可揣知。‘无奈’二字，曲笔径转，贯下十二字，四层含意。夜既长，人又不寐，而砧声、月影，得并赴目前，此境凄迷，此情难堪矣。”

注释

① 砧（zhēn）石：砧石有三个意思，一指捣衣石；二是古代用于斩首或腰斩的刑具，犯人伏其上以受刑；三为底座。此指捣衣石。

② 牖（yǒu）：古院落由外而内的次序是门、庭、堂、室。进了门是庭，庭后是堂，堂后是室。室门叫“户”，室和堂之间有窗子叫“牖”，室的北面还有一个窗子叫“向”。上古的“窗”专指开在屋顶上的天窗，开在墙壁上的窗叫“牖”。

③ 蠮螉（yē wēng）：一种腰细长的蜂，俗称“细腰蜂”，身体黑色，翅带黄色，可在地下做巢。

④ 天狼：即天狼星。古人认为这颗星主战争中入侵的异族，它的明暗变化可预示边疆的安危。

⑤ 孟姜女，杞梁妻：战国齐庄公四年（公元前550年），齐国进攻莒国，齐国大将杞梁被莒国士兵俘获并杀害，杞梁妻孟姜前往哭祭。后随着历代大修长城，引起民怨，百姓为发泄不满，创造

出孟姜女哭倒长城的故事，从战国至今历朝历代都有不同版本的传说。

⑥ 耶娘：即父母，后多称爷娘。

虞美人

词牌题注

《虞美人》这个词调最早是琴曲，后为唐教坊曲名，最后成为词牌名。这个词调的由来，是源于楚汉之争时期项羽和虞姬的故事。据《史记》中载：“项王军壁①垓下②，兵少食尽，汉军及诸侯兵围之数重。夜闻汉军四面皆楚歌，项王乃大惊曰：‘汉皆已得楚乎？是何楚人之多也。’项王则夜起，饮帐中。有美人名虞，常幸从，骏马名骓，常骑之。于是项王乃悲歌慷慨，自为诗曰：‘力拔山兮气盖世，时不利兮骓不逝。骓不逝兮可奈何？虞兮虞兮奈若何？’歌数阕，美人和之。项王泣数行下，左右皆泣，莫能仰视。”

这是《史记·项羽本纪》中的一段原文。“本纪”一词，原本专指中国古代纪传体史书中的帝王传记。而项羽并没有成为帝王，他只是一个“楚霸王”，却能留名于《史记·本纪》中，不得不说这是司马迁出于对他的崇高敬重。项籍，字羽，秦始皇死后，秦二世暴政人间，于是各地起义造反不断，而此时项羽也起兵于吴中，自立为西楚霸王。他凭借自己力能拔鼎的威猛神力，让其他各路群雄臣服于自己，但他刚愎自用，平生做出最后悔的一件事，就是不听谋士范增之言，在鸿门宴上放跑了刘邦，以致放虎归山，从而形成了之后楚汉相争的局面，落得个自刎于乌江的下场。而刘邦虚心听取谋士张良的计策，多次打败项羽，并最终将刚愎自用的西楚霸王项羽重重围困于垓下。“垓下”是位于安徽省靠近灵璧市境内的一个地方，这一天夜里已经连续激战几日的项羽刚刚回到营地休息，忽然听到营地四周传来了吴地家乡的楚歌之音，项羽大惊道：“难道汉军已经占领楚国了吗？为什么这么多楚人呀！”项羽自知难以再突出重围，也知道必有一场恶战，于是起身令将士们埋锅造饭，然后便与常年陪伴他征战天下，和他不离不弃的虞美人把酒夜饮。此刻的项羽，想起当初带领八千江东子弟兵南征北战，五年间横扫天下、势如破竹的场面，再看看现如今仅余区区的八百将士，再面对眼前那对自己不离不弃的虞姬虞美人和那日行千里、名叫骓的骏马，不禁慷慨悲歌道：“力拔山兮气盖世，时不利兮骓不逝。骓不逝兮可奈何？虞兮虞兮奈若何？”面对四面楚歌的局势，此刻项羽的心中已经没有了那些征战天下、铸就宏图霸业的理想与名垂千古的愿望，面对着不离不弃的宝马和那生死相随的美人，此刻项羽的眼中只是多了一片柔情，面对此情此景，项羽心中应是百感交集。原文中有这么一句话“歌数阕，美人和之”，就是说项羽把“力拔山兮气盖世”这首著名的《垓下歌》歌唱了几遍，而虞姬也是在悲愤交加情绪的感染下，一边为自己的英雄跳舞，一边含泪随着项羽歌声的旋律和唱了一首《和垓下歌》。关于虞姬的这首和歌，《史记》和《汉书》中都没有记载过，而历史上也极少有人知道或提起过这首歌。楚汉之争是发生于公元前 206 年至公元前 202 年一月之间的事情，而《史记》的作者司马迁，出生于约公元前 145

年或前135年前后，而当他受腐刑[③]写《史记》之时，是公元前99年前后，这之间相跨一百年的光阴，因此司马迁所写这段历史一定是有所依据的。那么司马迁所参考的依据是什么呢？这就是楚汉相争时期，以幕僚身份而追随汉高祖刘邦的陆贾所写的《楚汉春秋》[④]一书。书中记载了虞姬的这首尽显女子豪气、大气凛然、不输男儿的慷慨之歌："汉兵已略地，四方楚歌声。大王意气尽，贱妾何聊生。"而这首结构严谨的五言诗，在历史上对其作者是谁一直有所争议，但是无论历史上谁是它的真正作者，都不重要，重要的是它出现在西汉初年，应该是目前为止我们所知的、我国最早的一首结构比较严谨且成熟的五言诗。至此《楚汉春秋》和《史记》中，几乎再也没有留下任何关于虞姬信息的记载。但是到了唐代，出现了一部叫《歌楼格》的书籍。《歌楼格》又叫《骷髅格》，该书名最早见于明末徐于室初辑、清初钮少雅著作完成的戏曲音乐著作《南曲九宫正始》[⑤]中。钮少雅在《南曲九宫正始自序》中称："他在一次访友途中，偶遇一王姓老翁，赐与此书，并告之：'此乃汉武帝及唐玄宗之曲谱也。……上古名曰《骷髅格》，至汉易为《蛤蟆贯》。'"在书中有这样一则记载："汉籍姬游于霸上，乞食。市人敺[⑥]之，报籍，遂留不出。三日亡，汉作《虞美人歌》记之。"任半塘在《教坊记笺订》中评论道：此调"所列之句格为'三三五四四五三三'十六板。《歌楼格》一书，相传出玄宗时，其可信成分何在，程度如何，尚俟详考。姑存其说。"也就是对《歌楼格》中这种说法，任先生认为一时尚难置信，但未经具体分析考察，亦无从完全否定。在《史记》中有这样一句话："项王泣数行下，左右皆泣，莫能仰视。"

俗话说“英雄有泪不轻弹，只因未到伤心处”。所以我们应该相信虞姬只是不想给自己的英雄增加拖累，歌罢抽出宝剑自刎而死，否则在《史记》中，也不会有力能拔鼎的西楚霸王项羽和其将士“泣数行下，左右皆泣，莫能仰视”之言。当然无论是《楚汉春秋》还是《史记》中所载，都是陆贾和司马迁等人的一家之言，因为在如此惨烈的战斗环境下，能把一些细节记得如此详细，恐怕应该有一些臆想和夸大英雄的成分。尔后，项羽匆匆掩埋了虞姬的尸体，随后上马带领余下的八百壮士又冲向敌阵，几个回合下来，项羽看着仅存的二十八位英雄，再看看乌江边几千汉军的重重围困，项羽叹声说道：“并不是我打不过他们，这是天要亡我呀。”这时一直守候在乌江边的老船工对项羽说：“江东虽小，地方千里，众数十万人，亦足王也。愿大王急渡。今独臣有船，汉军至，无以渡。”老船工对项羽说：“江东地方虽然狭小，但也有千里之广，十万民众，您足可以在这里称王了，希望您马上渡过江去，而且这里只有这一条船，如果汉军追赶过来，我们是谁也无法走脱的。”而此时项羽笑道：“天之亡我，我何渡为？且籍与江东子弟八千人渡江而西，今无一人还，纵江东父兄怜而王我，我何面目见之？纵彼不言，籍独不愧于心乎？吾知公长者，吾骑此马五岁，所当无敌，尝一日行千里，不忍杀之，以赐公。”项羽说：“上天要我在这里灭亡，我为什么还要渡过江去呢？况且当年我带领江东八千子弟兵渡江而征伐天下，现在没有一个人活下来，纵然江东父老怜悯我，让我在这里称王，我又有什么脸面见他们？纵使他们不责备我，我心里边难道就没有愧疚吗？”随后他指着自己的战马对老船工说道：“我知道您是一位善良的老人，我骑此宝马纵横沙场征战五年，所向无敌，骑着它曾经日行千里，我不忍心它就这样死去，我把它送给你，你赶快走吧。”言罢，跳下战马复又杀入敌军中。“杀汉军数百人，项王身亦被十余创。顾见汉骑司马吕马童，曰：‘若非吾故人乎？’马童面之，指王翳曰：‘此项王也。’项王乃曰：‘吾闻汉购我头千金，邑[⑦]万户，吾为若德[⑧]。’乃自刎而死。王翳取其头，余骑相蹂践争项王，相杀者数十人。最其后，郎中骑杨喜，骑司马吕马童，郎中吕胜、杨武各得其一体。五人共会其体，皆是。故分其地为五：封吕马童为中水侯，封王翳为杜衍侯，封杨喜为赤泉侯，封杨武为吴防侯，封吕胜为涅阳侯。”这段话的意思是：项羽见到自己的旧部下吕马童，说：“这不是我的老部下吗？”吕马童仔细看了看项羽，对自己的长官王翳说：“这个人就是项羽。”项羽丝毫不惧地对他们说：“听说刘邦悬赏：得我首级者得千金、封万户侯。既然你我是旧相识，那么我就成全你。”于是挥剑自刎在乌江边。项羽虽然死了，但以其宁愿死，也坚决不投降、不逃跑的气势，捍卫了自己的尊严，赢得了千古美誉。如唐人胡曾评论道：“争帝图王势已倾，八千兵败楚歌声。乌江不是无船渡，耻向东吴再起兵。”宋代女词人李清照路过乌江之时，想起自己的丈夫曾经因害怕金国夜袭，不顾百姓而夜间逃亡背叛大宋的事情，愤而写下了“生当作人杰，死亦为鬼雄。至今思项羽，不肯过江东”之言。

再以后，出于人们对英雄的敬仰、对虞姬的叹惋，有人将此事迹谱成琴曲，在《乐府诗集·五十八》中记载道：“按《琴集》有‘力拔山操’，项羽所作也。近世又有《虞美人》曲，亦出于此。”因为项羽和虞姬的故事，在民间还演绎出许多传说故事，如虞姬死后，在其墓上长出了一种草，形状如鸡冠花，枝叶对生，叶长飘逸，无风自动，似美人起舞，娇媚可爱。民间传说这是虞姬精魄所化，于是就把这种草称为“虞美人草”，其花称作“虞美人”，虞美人花朵上鲜艳的红色是虞姬的鲜血幻化而成。

在北宋沈括所著《梦溪笔谈·乐律一》中，曾经记载了这样一则传说：“高邮人桑景舒性知音，听百物之声，悉能占其灾福，尤善乐律。旧传有‘虞美人草’，闻人作《虞美人曲》，则枝叶皆动，他曲不然。景舒试之，诚如所传。乃详其曲声，曰：‘皆吴音也。’他日取琴，试用吴音制一曲，对草鼓之，枝叶亦动，乃谓之《虞美人操》。其声调与《虞美人曲》全不相近，始末无一声相似者，而草辄应之，与《虞美人曲》无异者，律法同管也。其知音臻妙如此。景舒进士及第，终于州县官。今《虞美人操》盛行于江、吴间，人亦莫知其如何者为吴音。”这段话说了虞美人草，听到吴音即可枝叶皆动，他音则不然的神奇之处。此话虽然经不起推敲，但是从侧面也说明了此调在宋代时在江、吴间已经非常盛行。

《碧鸡漫志》中云：“曾子宣夫人魏氏作《虞美人草行》其中有云：三军散尽旌旗倒，玉帐佳人坐中老。香魂夜逐剑光飞，青血化为原上草。芳菲寂寞寄寒枝，旧曲闻来似敛眉。”这里所说的“原上草”在唐人张洎所著《贾氏谭录》中有一段说明：“褒钭山⑨谷中有虞美人草，状如鸡冠，大而无花，叶相对。行路人见者，或唱《虞美人》，则两叶渐摇动，如人抚掌之状，颇应节也。或唱它辞，即寂然不动也。贾君亲见之。”在这里出现了“虞美人草”、《虞美人草行》《虞美人曲》《虞美人操》这几种不同的称呼，很多人不知所云，其实“草”所对应的是植物的名称、“行”所对应的是乐府的名称、“曲”所对应的是演唱的名称、“操”所对应的是琴曲的名称而已。虽然名称不一样，但都是以项羽、虞姬事迹为底本。在敦煌原卷为伯九九四[10]中，有一原卷题为“鱼美人”之词：

东风吹绽海棠开，香榭满楼台。香和红艳一堆堆，又被美人和枝折，坠金钗。

金钗钗上缀芳菲，海棠花一枝。刚被蝴蝶绕人飞，拂下深深红蕊落，污奴衣。

这首题词从体裁上看，与《虞美人》词虽然微有差别，但两者大体接近，如是同一体，那么这应该是目前为止最早的一首《虞美人》词之雏形。如是，也就对《虞美人》词创自李煜的传统看法，提出了质疑。王重民在词集《引用敦煌卷子号码及收藏记》一文中言道：“《鱼美人》一首，书法在诸曲子词卷中为最佳，惜亦不著撰人姓氏。”因此此词或许出自于民间词家之手。

此词亦有别称，计有《忆柳曲》《一江春水》《玉壶冰》《桃园忆故人》《宣州竹》《巫山十二峰》《虞美人影》《虞美人令》等。

诗词赏析

虞美人	格律
李煜	
风回小院庭芜绿。	(平)平(仄)仄平平仄。(仄韵)
柳眼春相续。	(仄)仄平平仄。(韵)
凭阑半日独无言。	(仄)平(仄)仄仄平平。(平韵)

依旧竹声新月、似当年。　㊥仄㊀平㊥仄、仄平平。（韵）

笙歌未散尊罍在。　㊥平仄仄平平仄。（换仄韵）

池面冰初解。　㊥仄平平仄。（韵）

烛明香暗画阑深。　仄平平仄仄平平。（换平韵）

满鬓清霜残雪、思难禁。　㊀仄㊥平㊥仄、仄平平。（韵）

此词双调五十六字，上下片各四句，两仄韵两平韵。在此调中，历史上名气最大的一首词，却是李煜的另外一首“春花秋月何时了”之词：

“春花秋月何时了。往事知多少。小楼昨夜又东风。故国不堪回首、月明中。雕栏玉砌应犹在。只是朱颜改。问君能有几多愁。恰似一江春水、向东流。”

此词非咏题面本意，而是借此题面抒亡国之恨。这首《虞美人·春花秋月何时了》之词，是李煜词中的名篇，也是李煜的绝笔，写作年代为北宋太平兴国三年（978年）七月七日，这一天又恰逢后主生日。据王铚（zhì）《默记》中云：

“徐铉归朝，为左散骑常侍，迁给事中。太宗一日问：‘曾见李煜否？’铉对以：‘臣安敢私见之！’上曰：‘卿第往，但言朕令卿往相见可矣。’铉遂径往其居，望门下马，但一老卒守门。徐言：‘愿见太尉。’卒言：‘有旨不得与人接，岂可见也！’铉云：‘我乃奉旨来见。’老卒往报，徐入立庭下久之。老卒遂入取旧椅子相对。铉遥望见，谓卒曰：‘但正衙一椅足矣。’顷间，李主纱帽道服而出。铉方拜，而李主遽下阶引其手以上。铉告辞宾主之礼，主曰：‘今日岂有此礼？’徐引椅少偏乃敢坐。后主相持大哭，及坐默不言。忽长吁叹曰：'当时悔杀了潘佑、李平。'铉既去，乃有旨再对，询后主何言。铉不敢隐，遂有秦王赐牵机药之事。牵机药者，服之前却数十回，头足相就如牵机状也。又后主在赐第，因七夕命故妓作乐，声闻于外，太宗闻之大怒；又传'小楼昨夜又东风'及'一江春水向东流'之句，并坐之，遂被祸云。"

这里所说的徐铉，本是南唐大臣。当初李煜执政期间，曾经有几次猎杀围捕后周及宋军大部队的机会，但就是这个主降派徐铉力主投降，以保国家子民的安全为由，而劝说李煜放弃抵抗，从而使南唐丧失了几次击败敌军的机会。徐铉降宋以后，又做了宋朝的官员，并奉宋太宗赵光义之命监视李煜的一举一动。七月七日这一天，是后主李煜四十二岁生日，徐铉奉命前来探视自己的这位前主人，李煜看到自己的这位老臣，心中感慨万千,二人相见不禁相持大哭，是呀，以前的帝王生涯，现今的被囚生涯，二者反差是如此之大，此时的后主感慨万千，忽然长声喟叹道："当初悔不该错杀了潘佑和李平呀！"这潘佑、李平二人，皆是南唐老臣，潘佑是江南内史舍人，因为向李煜劝谏力主迎战而被下狱，后被逼在狱中自缢身亡。李平是户部侍郎，也因为向李煜劝谏痛击来敌，而下狱并被缢死于狱中。而这二位主战之士之死，正是这位主降之人徐铉的杰作。故此时后主这一句"当时悔杀了潘佑、李平"之言，是感慨万端之言，既有悔恨、惋惜，又有对徐铉这些主降之人的谴责。徐铉走后，宋太宗把徐铉宣进宫中，仔细询问后主的一言一行，徐铉不敢隐瞒，当即便将后主之言详细说给宋太宗听。当宋太宗听到后主那悔杀潘佑和李平言论的时候，其杀意顿起。而这一天正好赶上中国传统节日七夕，又恰逢后主李煜生日，于是后主召集宫人聚会，宴饮间，后主追思往事，怀念故国，即兴提笔写了几首词，其中就有这首《虞美人》词，而其中的“小楼昨夜又东风”和“一江春水向东流”句，更加刺激了宋太宗赵光义这个人。因为此时的李煜被囚禁在大宋的都城汴京，即现在的开封，而李煜的南唐恰恰在汴京的东边，这难道不是有还乡复国的企图吗？而不知情的李煜写完词以后，在被囚禁的小院里，又让乐伎演唱了这首《虞美人》词，由于声音比较大，歌唱的声音传到了小院的外面，被赵光义听到，于是赵光义用牵机毒药，毒杀了一代帝王、一代词家圣手李煜。因此正是这首思念故国之词，才使李煜招来了杀身大祸，所以说这首词是李煜的一首绝命之词。

词的上片，作者以“春花秋月”发端于篇首。这“春花秋月”本是一年中最美好的季节，可是作者却在这美好季节之后加以“何时了”三字，而使得本意全改。这三字内涵极深，道出了李煜对囚居生活的恚恨和对自由生活的憧憬。接下来的“往事知多少”句，其内涵同样也极为丰富，这“往事”既有儿时的欢乐，也有对家族的恐惧。据史载：烈祖李昪在世时，对太子李璟即李煜的父亲并不满意，临终时原想立四子景达继位，但没有成功。李璟即位后，曾立三弟景遂为“皇太弟”，到周世宗柴荣（954—958 年在位）亲征南唐时，李璟又将“兄弟传国”变为父子传国，立长子弘冀为太子，但太子性情刚愎，李璟又打算复立“太弟”，而作为太子的弘冀，为保住皇位索性下毒，毒死了自己的亲叔叔，而他自己也在这件事一个月后突然死亡。而李煜是李璟的第六子，按“嫡长子继承制”[11]的规矩，怎么也轮不到李煜继位，无奈他的五个哥哥为皇权、利益所驱使，最终都命归黄泉，所以李璟在周世宗柴荣命他去帝号称国主被迫迁都南昌时，便立李煜为太子，让他留在金陵“监国”。而李璟迁到南昌半年便死在南昌，而作为“监国”的太子李煜于是登上皇位，这一年李煜二十五岁。所以，这一句“往事知多少”，既有登基后的兴奋，又有婚后的温馨、琴瑟和谐、吟唱作乐的喜悦，更有错杀潘佑、李平二人的悔恨和那肉袒出降的耻辱，这一件件、一桩桩的往事，简直达到了令人思绪凌乱的地步。下面“小楼昨夜又东风”，本来“小楼”“东风”再加上昨夜的“明月”，这本是一组永恒吟咏的诗情画意的意象，但句中的一个“又”字，内含深意。李煜于太平兴国元年（976年）正月被俘，随即由金陵（今南京）押往汴京（今开封），到太平兴国三年（978年）的七夕这一天，李煜一直处于被囚禁的状态，所以这个“又”字，意味着那令人憎恶的囚居生活又迎来了新的一年，旧的一年离去，可是又一年新的、更加令人憎恶的囚居生活又开始了，词人诅咒这阴暗的年景，悲恨交加，以至于那“昔日”吟咏不已的明月，也无心赏玩。写到这里，词人顺理成章地推出了“故国不堪回首、月明中”这一句至情缠绵，都是满纸血泪之喟叹，尤其是“故国”二字，痛彻心扉。

下片以“雕栏玉砌应犹在”起句，南唐虽亡，但宫阙犹存。接下句的“只是朱颜改”，这一句包含几层意思：其一是言作者本人即“雕栏玉砌”的原拥有者，容颜已老，年华已去；其二是言那美丽的雕栏、华贵的玉砌，还是旧时之物，但国土已改，而易他人之手；其三是一代帝王被囚的无奈，如果直言其江山易主，恐怕早已惨遭不测，故而虚以容颜已老，年华已去之朱颜不再为托，这江山易主之恨、囚居于小楼之悲，使词人自然而然地道出了“问君能有几多愁。恰似一江春水、向东流”的情语。这两句中，后主将自己几多的愁苦，将自己几多的悲恨，妙喻为东流之水，以滔滔不绝的江水作为自己的哀愁，从而很好地表达出了作者那“剪不断，理还乱”的思绪。

王世贞《艺苑卮（zhì）言》曾评道：“‘问君能有几多愁？恰似一江春水向东流’，情语也。后主直是词手。”这一句被后人认为是“最佳”之句，李煜因而获得了“千古情种”的美称。唐圭璋《唐宋词简释》中道：“此首感怀故国，悲愤已极。起句，追思往事，痛不欲生！满腔恨血，喷薄而出：诚《天问》[12]之遗也。‘小楼’句承起句，缩笔吞咽；‘故国’句承起句，放笔呼号。一‘又’字惨甚。东风又入，可见春花秋月一时尚不得遽了。罪孽未满，苦痛未尽，仍须偷息人间，历尽磨折。下片承上，从故国月明想入，揭出物是人非之意。末以问答语，吐露心中万斛愁恨，令人不堪卒读。通首一气盘旋，曲折动荡，如怨如慕，如泣如诉。”

注释

①壁：军营的围墙。

②垓下：古地名，位于安徽灵璧境内，是楚汉相争最后的决战之地，成语“四面楚歌”“十面埋伏”“霸王别姬”等均出于此。

③腐刑：又称蚕室、宫刑、阴刑和椓刑。指对男子或女子的阴处施刑。称为腐刑是因为对受害者来说，不但肉体痛苦，心灵更

受屈辱，从此像一株腐朽之木。

④《楚汉春秋》：西汉陆贾撰，共九卷。从刘邦、项羽起事起，至汉文帝初期止，为一部杂史。司马迁撰《史记》时，曾采用此书。西汉末年后散佚，后清人有辑本。

⑤《南曲九宫正始》：九宫，指南北曲常用的九个宫调，即仙吕宫、南吕宫、中吕宫、黄钟宫、正宫、大石调、双调、商调和越调。明代以后，习惯上用“九宫”泛指南北曲宫调。本书主要依据宋元南戏旧本，考证南曲曲牌宫调源流。作者认为，“凡今之词调，多从上古之乐府来源”而自古圣先王之后，“太和日远，元气不留”，古乐亦“不可得而闻”，作曲者“初则忽于填词，继乃讹于演唱”，“多昧其本原，难于制伏”。徐、钮二人心存救正之思，遂参照古谱，“按仇商略，殚厥苦心”，前后共历二十四年，易稿九次，方“宫无舛节，调有归宗，一准金元之旧焉”。

⑥ 敞：接纳。

⑦ 邑：城市、郡县、国都。

⑧ 吾为若德：我为你做一件好事，或我成全你的意思。

⑨ 褒钭山：即褒禅山，亦称含山，位于安徽马鞍山附近。

⑩ 敦煌经卷的编号，是以收藏地点为代号，如“斯号”代表大英博物馆，“伯号”代表法国国家博物馆。

⑪ 嫡长子继承制：是指宗法制度最基本的一项原则，即王位和财产必须由嫡长子继承，嫡长子是嫡妻（即正妻）所生的长子。要遵循“立嫡以长不以贤，立子以贵不以长”的原则。即正妻所生的众多子女中，不管其他子女多么优秀，而长子就算是弱智他也是太子，叫“立嫡以长不以贤”；而即便其他嫔妃所生的子女比皇后

所生的孩子大，但是因为嫔妃的地位不尊贵，所以皇后所生的孩子也必须立为太子，叫“立子以贵不以长”。

⑫《天问》：战国时期楚人屈原创作的一首长诗。此诗从天地离分、阴阳变化、日月星辰等自然现象，一直问到神话传说乃至圣贤凶顽和治乱兴衰等历史故事，表现了作者对某些传统观念的大胆怀疑，以及追求真理的探索精神。语言句式以四言为主，不用语尾助词，四句一节，每节一韵，被誉为“千古万古至奇之作”。

忆余杭

词牌题注

《忆余杭》是词牌名。据《钦定词谱》中记载："《忆余杭》见《湘山野录》，潘阆自度曲，因忆西湖诸胜，故名《忆余杭》。《词律》编入《酒泉子》者误。"

《忆余杭》这个词牌，是潘阆当年游览江浙一带，见诸多名胜古迹，且印象深刻，事后凭借回忆而创作的一组词。万树在编纂《词律》的时候，将这组词归入《酒泉子》词牌的名下，而《钦定词谱》的编纂者认为是错误的，并在《酒泉子》词牌中提出："至《词律》所收潘阆'长忆孤山'与'长忆西湖湖上水'二词，按《湘山野录》，本名《忆余杭》，且与以上诸词体制不合，（此指《钦定词谱》中所列《酒泉子》二十二体）故仍按字数，另列在后。"从而把《忆余杭》从《酒泉子》词牌中分析出来，单列为一体。《历代诗余》一百十四引《古今词话》："潘逍遥狂逸不羁，往往有出尘之语。自制'忆余杭'三首，一时盛传。东坡爱之，书于玉堂屏风，石曼卿使画工绘之作图。"查《知不足斋》本，纪昀主编的《四库全书馆纂修本·逍遥集》中，把"长忆孤山"，与"长忆西湖湖上水"等十首词，均列为《酒泉子》名下。唐圭璋的《宋词纪事》中亦称："案：潘阆《逍遥集·忆余杭》十首作《酒泉子》。”唐圭璋《全宋词》中录潘阆词十一首，在《酒泉子》十首下小注称：“以上《逍遥词》，用南京图书馆藏明录本。”故由此可见《忆余杭》和《酒泉子》是一调还是二调，历来存在争议，抑或《忆余杭》与《酒泉子》都是对方之别称而已，二者只是在用韵和用字上有别。但是在用韵上，潘阆这十首《忆余杭》词共分两体，一体为上片四句两平韵，下片四句两仄韵换两平韵的四十八字体；一体为上片四句两平韵，下片四句两仄韵换两平韵的四十九字体。而《酒泉子》词，从《钦定词谱》中列有四十字至四十五字等共二十二体格式，句式大同小异，而用韵却多有变化。故二者相较从字数到韵脚全然不同。

余杭，地处浙江省北部，素有鱼米之乡、文化之邦的称号，是良渚文化的发祥地，山水如画，钟灵毓秀，此地人才辈出，而潘阆就是其中的佼佼者之一。说起潘阆这个人，他的完整资料比较少，一些趣闻逸事散见于宋人的笔记小说中，其中在宋人文莹《湘山野录·卷下·潘阆预谋立秦邸》中记载了潘阆的一些事迹：潘阆其人有大才，性诙谐，不拘小节。潘阆在太宗和真宗两朝做过几任小官，宋太宗赵光义时期，潘阆与宰相卢多逊来往密切，并与秦王赵廷美即赵匡胤和赵光义的亲弟弟密谋策划，准备依照已故太后生前所立的“金匮之盟”即兄弟传位、不得父子传位的遗训，夺取皇位。但是最后事情败露，所有参与密谋者是死的死、逃的逃，主谋者卢多逊与秦王赵廷美等人被流放。而潘阆也是主谋者之一，在捕快全城搜捕潘阆的时候，潘阆却跑到自己的邻居家，并威胁他们说：“吾谋逆事彰，吾若就诛，只一身，奈汝并邻，皆知吾谋，编鼠屠戮者不下数十人。今若匿得吾一身，则脱汝辈数家之祸。”就是告诉邻居说：我谋逆的事情犯了，我要是被抓住，死的是我一个人，可是你们家和周边的邻居，都知道我谋逆的事情，如果是按连坐的罪名，你们这几十口人，按律法都会被杀头的，可是现在如果你们把我隐藏起来，我没有事情，你们这几家人就都能活命。于是他就藏匿于邻居家夹墙里躲避，等追捕的风声一过，潘阆就化装成和尚，剃了须发，穿了件僧袍，手持佛磬，连夜逃出了城。但是由于走得紧急，身无分文的潘阆无法生存，于是他马不停蹄地逃到朋友阮思道家中，假扮成箍桶匠，拿走了阮思道给他留下的一些钱财，又逃到了扬州。因为潘阆有文辞之美誉，宋太宗爱惜人才，最后赦免了他的罪名，并在朝廷中安排了一个“四门助教”的官职给他。一次柳公权的五世孙柳开，调任全州去做知州，途经潘阆隐居的扬州，朋友来了，自然要招待一下。二人酒足饭饱后，潘阆把柳开送到驿馆。柳开看见一个房间的门窗严闭，显得十分诡秘，就问是怎么回事，驿馆的店小二就告诉他：“此间凡宿者多不自安，无人居已数十年。”柳开一听，顿时来了精神说：“吾文章可以惊鬼神，胆气可以詟夷夏[①]，有何畏哉？”当下便命人打扫了一下，自己就住了进去。潘阆见状就想戏弄一下这个胆大妄为，号称自己的文章可以惊天地泣鬼神之人，于是心生一计，当夜潘阆以墨涂身，脸上画上斑纹，装扮成厉鬼的模样，悄悄爬到了驿馆的房上。待潘阆展目往下一瞧，只见此时的柳开提心吊胆地手拿宝剑正四处窥视。见此情景，潘阆一声巨吼，把本来就提心吊胆的柳开吓得肝胆皆碎，惶恐战栗不止。这个柳开平时也是性格暴躁之人，在十三岁时，他就拿剑斩断过盗贼的脚趾，但此时的柳开却胆战心惊地对这个厉鬼说道：大人饶命，我只是路过这里，并不是有意干扰您的清净，您千万别生气。潘阆此时把柳开平日胡作非为的一些不法之事一一道来，同时厉声喝问道："阴府以汝积戾如此，俾[2]吾持符追摄，便须急行。"柳开急忙下跪拜倒："事诚有之，其如官序未达，家事未了，傥[3]垂恩庇[4]，诚有厚报。"柳开痛哭流涕说完叩头再拜。此时潘阆却笑着问他："汝识吾否？"柳开战战兢兢说道："尘土下士，不识圣者。"潘阆大笑道："吾便是潘阆也。"柳开闻言愣了愣，仔细辨认了一下，然后气急败坏地拔出宝剑就追。潘阆心知玩笑开大了，更知道柳开生性暴躁，于是当夜就又逃到了杭州。再以后，潘阆在流落到杭州的几年间，饱览了这里的山山水水，尤其是钱塘江潮涌之盛况，给他留下了极为深刻、难以磨灭的印象，以致多年以后他还经常在梦中惊现钱塘江潮涌的壮观景象。

在潘阆的《逍遥集》中，共有词十首，都是回忆余杭秀美山水之作。其中"长忆钱塘"二首、"长忆西湖"二首，余为"长忆孤山""长忆西山""长忆高峰""长忆吴山""长忆龙山""长忆观潮"各一首。而且每首均以"长忆"二字为起首句，后半阕第三句俱冠以"别来"二字。从"长忆"与"别来"二字看，应该是作者对在余杭当年生活的回忆之作。

诗词赏析

忆余杭	**格律**
潘阆	
长忆观潮，	平仄平平，

满郭[5]人争江上望，　　平仄平平平仄仄，
来疑沧海尽成空。　　平平仄仄仄平平。（平韵）
万面鼓声中。　　平仄仄平平。（平韵）

弄潮儿向涛头立。　　仄平平仄平平仄。（换仄韵）
手把红旗旗不湿。　　仄仄平平平仄仄。（仄韵）
别来几向梦中看。　　仄平平仄仄平平。（换平韵）
梦觉尚心寒。　　平仄仄平平。（平韵）

钱塘江涌潮又被称为海宁潮，以每年农历八月十八日前后在海宁所见最为壮观，因钱塘江口呈喇叭形，向内逐渐呈浅、狭、小的态势，而潮汛流涌又受浅、狭、小态势的约束，渐由缓慢潮涌而猛然形成巨浪，潮涌来袭时，潮头壁立，波涛汹涌，有如万马奔腾一般，潮头巨浪瞬间可高达近四五米，潮间落差可达十余米，惊险壮观。这种涨潮之后浪壁云霄，似乎要刺破天穹的心惊盛况，给潘阆带来了无以言表的震撼，也留下了终生难以磨灭的印象，以致后来潘阆经常于梦中惊现钱塘涨潮的壮观景象。这首词就是潘阆多年以后又一次于梦中惊现钱塘江涌潮，并于梦中惊醒后提笔所记录的景象。

“长忆观潮，满郭人争江上望”首开句，作者直抒观潮主题。经常回忆起那观潮的往事，满城的百姓争相拥挤在钱塘江边，争看涌潮盛况。在宋人周密[6]的《武林旧事》[7]中，曾经记载了豪民贵宦，以及普通民众在观潮期间的情景：“豪民贵宦，争赏银彩，江干上下十余里间，珠翠罗绮溢目，车马塞途，饮食百物皆倍穹常时，而僦[8]赁看幕，虽席地而不容间也。禁中例观潮于天开图

画，高台下瞰，如在指掌，都民遥瞻黄伞雉扇于九霄之上，真若箫台蓬岛也。”下面的“来疑沧海尽成空”一句道出了钱塘大潮的神韵。这句话我们在《武林旧事》中亦能找到相关描述：“浙江之潮天下之伟观也，自既望[⑨]以至十八日为最盛，方其远出海门，仅如银线，既而渐近，则玉城雪岭，际天而来，大声如雷霆，震撼激射，吞天沃日，势极雄豪，杨诚斋诗云：‘海涌银为郭，江横玉系腰’者是也。”在潮水将起之时，远远望过去，起初只能望见一条如丝的白练，随后那如丝的白练逐渐推进，瞬时间，那白练如高山雪岭，一下子巨大起来、咆哮起来，如沧海横流，一片汪洋遮天蔽日，白浪滔天，似倾尽沧海之水席卷而来。就像杨诚斋诗中所说的：“海涌银为郭，江横玉系腰。”作者下面再以“万面鼓声中”句，道其大潮的气势。那潮水越近，声势越大，声如雷鸣，山鸣谷应，犹如万面巨鼓齐声擂动，动人心、摄人魄。

如果说上片作者描写的是那潮水排山倒海而来的恢宏气势，那么下片作者则着重选取了一组人物的特写镜头来突出其重点。“弄潮儿向涛头立”，这一句把那些勇于戏水的弄潮儿立于潮头之上，在风口浪尖上向钱塘涌潮这种自然极限去挑战，并戏弄于潮头、藐视潮水的那些钱江健儿们的种种勇武神韵，描绘得完美无瑕。《武林旧事》中对此描述道：“吴儿善泅者数百，皆披发文身，手持十幅大彩旗，争先鼓勇，溯迎而上，出没于鲸波万仞中，腾身百变，而旗尾略不沾湿，以此夸能。”下面的“手把红旗旗不湿”一句，更是将弄潮儿于惊涛骇浪中那令人惊心动魄的神韵，描绘得惟妙惟肖。健儿们手中拿着彩旗，随着潮头上下翻飞，一会儿跌入浪底，一会儿立于潮头，可是手中所拿的彩旗竟然不被这凶悍澎湃的潮水打湿，这份勇敢、神韵，非常人所有，非常人所能。“别来几向梦中看”，俗话说：日有所思、夜有所梦，更何况是令作者耳闻目睹、心惊胆战的平生仅见呢。所以事后作者多次于梦中留有钱塘观潮的影像，那壁立千仞的大潮，那似万鼓雷鸣的震撼，那出没于鲸波万仞中的弄潮儿，那手握彩旗、伫立而不倒、腾身百变的形象，是那样的清晰、那样的历历在目，以至于“梦觉尚心寒”，以至于睡梦中被惊醒以后，尚感惊心动魄，令人回味无穷。作者通过自己切身的感受、细致入微的描写，使我们领略到了弄潮儿的种种神韵，领略到了一个真实的宋代民间风俗中健儿们那不俗的风采。

注 释

① 詟（zhé）夷夏：詟：丧胆，惧怕。夷夏：古代指四夷，即北狄、南蛮、西戎、东夷和华夏。

② 俾（bǐ）：使、让。

③ 傥（tǎng）：同倘，假如。

④ 庇：遮蔽，掩护。

⑤ 郭：原意为外城，后引申为城市。

⑥ 周密（1232—1298 或 1308）：字公谨，号草窗，晚年号弁阳老人，吴兴（今浙江湖州）人。宋末元初词人、文学家、书画鉴赏家。周密擅诗词，作品典雅浓丽、格律严谨，与吴文英（号梦窗）齐名，时人将他们合称为“二窗”。有《草窗旧事》《蘋洲渔笛谱》《云烟过眼录》《浩然斋雅谈》等传世。编有《绝妙好词笺》，收录词家一百多人。笔记体史学著作有《武林旧事》《齐东野语》

《癸辛杂识》等。

⑦《武林旧事》：宋人周密著。作者本着词贵在纪实的精神，根据自己目睹耳闻，详述大宋朝廷典礼、山川风俗、市肆经纪、四时节物、教坊乐部等情况，为今人了解南宋城市经济、文化和市民生活以及都城面貌，提供了较丰富的史料。

⑧僦（jiù）：租赁。

⑨既望：指的是小月农历十六日，大月农历十七日，表示满月后一天。“望”即“望日”，指阴历每月十五。“既”表示达到的状态。

渔歌子

词牌题注

《渔歌子》原是唐教坊曲名，后用作词牌名。说起这个词牌的来历，可以说它的历史渊源非常古老，但这个词牌最初的起因比较复杂，它并不是只因某个事件而促成的，而应该是沉隐于每个人内心深处的一种情结，这种情结是在社会经历与生存奋斗中不断纠结、凝练、提升后而形成的一种行为行动。在中国文学表现形式上，“渔父”一词既代表了风雨中捕鱼网虾的渔夫，又代表了一种浪迹烟波、不问俗事的孤高隐士。在历史典籍中，前有“磻溪[①]渔父”的典故，即传说中姜太公以八十岁的高龄在磻溪钓鱼，以求明君能够慧眼识珠，最终做了周文王的军师，并辅佐武王，推翻了商纣王政权，雄霸天下而成为周朝的开国功臣。后有我们耳熟能详、被三顾茅庐，计谋万端，最后奠定三分天下格局的诸葛亮。汉代赵晔[②]在其著作《吴越春秋·王僚使公子光传·第三》中，曾经记载了春秋时期一首著名的以民谣形式出现的《渔父歌》：“日月昭昭乎寖已驰，与子期乎芦之漪。”“日已夕兮予心忧悲。月已驰兮何不渡为？事侵急兮将奈何？”这首歌也叫《渡伍员歌》，讲的是伍子胥的父亲和哥哥被楚平王所杀，而他自己一夜之间愁白了头，好不容易混过了昭关[③]，正准备逃奔去吴国，但前有大江，后有追兵，忧急当中，此时一个楚国的渔父出现了，他唱道："星空璀璨啊天色已晚，我和你相遇在芦苇岸边。"接着他又唱道："天色已晚，你的心情忧伤；月已当空，为什么你还不渡江？事情很紧急啊，该怎么办？"这应该是目前我们知道最早的，一个渔夫以民歌形式所唱的歌，我们姑且将其称为《渔父歌》。到了魏晋时期，虽然朝廷每年会去民间选拔一些人才，但也仅仅局限于世家门阀子弟，一些平民百姓即便再有本领，也很难得到社会上层人士的认可。于是一些高人雅士为了提高自己的社会地位，进而寻求更高的官职，往往会去名山大川隐居，行为越古怪、越标新立异，可能越会招致更高层次人士的关注，从而会得到一些更高的权位，比如著名的"竹林七贤"。由于魏晋时期政治的高度集权统治，"竹林七贤"这七个人并没有什么社会地位，故而他们的政治主张和思想理念不能付诸于社会实践，也得不到社会的认同，于是这七个人就经常聚集在当时的山阳县（今河南辉县、修武一带）竹林之下，喝酒、纵歌，放浪形骸，并以高人隐士自居，故后世将他们称为"竹林七贤"。由于他们敢于放浪形骸、标新立异，最终魏司马集团准备聘这七贤为高官。而嵇康、阮籍、刘伶对司马氏集团均持不合作态度，嵇康因此被杀，阮籍、刘伶一向诗酒自娱，向秀在嵇康被害后被迫出仕，阮咸入晋曾为散骑侍郎，山涛投靠司马氏，历任尚书吏部郎、侍中、司徒等，成为司马氏政权的高官，王戎入晋后，长期为侍中、吏部尚书、司徒等，历仕晋武帝、晋惠帝两朝，至八王之乱[4]以后，仍然不失其高位。所以假如这七个人当时都不去隐居，不知道现在的人们是否还会记得有他们这个"竹林七贤"的称谓。再比如陶渊明，大家都知道陶渊明不为五斗米折腰，但很少有人去探寻他这样做的背后原因。陶渊明写了“采菊东篱下，悠然见南山”，为什么在东篱下采菊，却悠然见南山呢，历史上很多人由此称他为陶斜眼。其实真正的原因在于，南山之上有无数的奴隶在给他们家耕作种地，所以他自然看不上那区区五斗米的俸禄，因此他挂印而去，从而在历史上博得了有骨气的赞叹。陶渊明写了一篇《桃花源记》，叙述一个以捕鱼为业的武陵人，发现了一处与乱世隔绝的太平社会，从此捕鱼人理想的桃花深处，就成为想归隐之人努力寻找的方向。这是一种既躲避战乱，又躲避纷繁复杂社会的现象。在历史上有数不清的高人隐士，在他们的内心深处都有一种归隐的情结。他们归隐的地点与方式不同，但其归隐的原因，无外乎就是自己心中的理想王国没有实现、政治主见和思想理念得不到社会的认同而已。故而“渔父”一词的出现，其所代表的就有了更深一层的符号含义，同时这也就上升到一种思维高度的状态问题，以及孤高傲世、归隐避俗的社会现象问题。

说起大家耳熟能详的“渔父词”，不得不说起一个唐代著名的隐士张志和。张志和（约 730—约 810），原名龟龄，字子同，道号玄贞子，浙江金华人，幼时博学强记，他和在朝为官的父亲游历了不少大山名川。他十六岁的时候，在明经[⑤]及第的同时，将自己的治国策略献给了唐肃宗皇帝李亨，并得到了皇帝的重赏，任命他为待诏翰林，授左金吾卫录事参军，并且皇帝还亲自赐他一个新的名字叫“志和”。要知道年仅十六岁得到如此的殊荣，实为举朝罕见。后来，张志和因为一些小事得罪了权臣，被贬为南浦尉，但没过多长时间，就被招归朝，官复原位。这个时候，正好赶上张志和的母亲去世，于是张志和就以丁母忧[⑥]为名回家守丧。三年期满后，其妻程氏亦故，在办完妻子的丧事之后，张志和最终认识到，人生就是一场梦，官场就是一具摸不着而且看不见形状的枷锁，这具枷锁牢牢地扼杀了每个人内心深处自由呼吸的欲望。于是张志和看破俗念，看透了自己过去认为美好的仕途执念，人到头来不过是一捧黄土而已。自此他无意官场纠纷与世事俗念而离家出走，浪迹于江湖，往来于苕霅溪[⑦]间，泛波于湖光山色中，以垂钓自娱于江湖为快，并自称“烟波钓徒”。朝廷多次令其回朝复命为官，张志和刚一开始还虚与周旋，后来干脆避而不见。唐肃宗李亨也是爱惜人才之君，听闻张志和的夫人去世，为了笼络这位奇人，不但大加体恤，还特意赏赐给他一奴一婢，专门侍候他，供他驱遣。而张志和却和这二人结为夫妻，将奴取名为“渔童”，将婢取名为“樵青”。据唐代颜真卿《浪迹先生玄真子张志和碑铭》记载：“唐肃宗赐张志和奴婢各一。张志和遂配为夫妇，号曰渔童、樵青。人或问其故，答曰：‘渔童使捧钓收纶，芦中鼓棹；樵青使苏兰薪桂，竹里煎茶。’”就是令其渔童每日划船提竿钓鱼，樵青每日为他砍柴煮茶烧饭，而他自己却于舟中著书立说、泼墨山水，闲时酌一杯清酒与渔童、樵青一起读书、品茶、吟咏风情。这期间张志和创作了五首《渔歌子》词，分咏西塞山、钓台、松江、雪溪、青草湖，其中最著名的就是大家熟知的咏“西塞山”一词。

据《钦定词谱》中记载：“张志和传，志和居江湖，自称烟波钓徒，每垂钓不设饵，志不在鱼也。宪宗图真求其人不能至，尝撰渔歌即此词也，单调体，实始于此，至双调体昉[⑧]自《花间集》。”此调又名《渔歌曲》《渔父》《渔父乐》《渔父词》《渔夫辞》《渔家乐》。这个《渔歌子》的“子”字，即“曲”或“歌”的意思。另外还有一个叫《渔父引》的词牌名，也是曲牌名，又叫《渔父行》，是单调十八字，三句三平韵体，以顾况的“新妇矶边月明。女儿浦口潮平。沙头鹭宿鱼惊”为正体。再以后苏轼沿用张志和《渔歌子》调，添字作《浣溪沙·渔父词》。《钦定词谱》中指出：“此与张志和《渔歌子》，极为宋人传诵，黄庭坚、徐俯，曾取二词合为《浣溪沙》歌之，见《乐府雅词》注。”在清人王奕清所著《历代词话·卷一·唐一》中，详细记录了这件事情的由来：“东坡云：元真子《渔父词》极清丽，恨其曲度不传。加数语以《浣溪纱》[⑨]歌云：‘西塞山边白鹭飞。散花洲外片帆微。桃花流水鳜鱼肥。自庇一身青箬笠，相随到处绿蓑衣。斜风细雨不须归。’山谷见之，击节称赏。且云：‘惜乎散花与桃花字重叠，又渔舟少有使帆者。’乃为《浣溪纱》云：‘新妇矶连眉黛愁。女儿浦口眼波秋。惊鱼错认月沉钩。青箬笠前无限事，绿蓑衣底一时休。斜风细雨转船头。’东坡云：‘鲁直此词，清新婉丽，以水光山色替却玉肌花貌，真得渔父家风。然才出新妇矶，便入女儿浦，此渔父毋乃太澜浪乎。’山谷晚年亦改编前作之未工，因表弟李如篪方言《渔父词》，以《鹧鸪天》歌之，甚协律，恨语少声多，因以宪宗画像求元真文章，及元真之兄松龄劝归之意，足前后数句云：‘西塞山前白鹭飞。桃花流水鳜鱼肥。朝廷尚觅元真子，何处而今更有诗。青箬笠，绿蓑衣。斜风细雨不须归。人间欲避风波险，一日风波十二时。’东坡笑曰：‘鲁直乃欲平地起风波也。’徐师川作《浣溪纱》、《鹧鸪天》各二阕，盖因坡、谷异同而作。”这里最后所说的即徐师川《浣溪沙》：“西塞山前白鹭飞。桃花流水鳜鱼肥。一波才动万波随。黄帽岂如青箬笠，羊裘何似绿蓑衣。斜风细雨不须归。”和《鹧鸪天》：“西塞山岗白鹭飞。桃花流水鳜鱼肥。朝廷若觅元真子，长在晴江理钓丝。青箬笠，绿蓑衣。斜风细雨不须归。浮云尤里烟波客，惟有沧浪孺子知。”

诗词赏析

渔歌子	**格律**
张志和	
西塞山前白鹭飞。	平⃝仄⃝平⃝平⃝仄仄⃝平。（韵）
桃花流水鳜鱼肥。	平⃝平⃝平仄⃝仄平⃝平。（韵）
青箬笠，	平⃝仄⃝仄，
绿蓑衣。	仄平平。（韵）
斜风细雨不须归。	平⃝平⃝仄⃝仄⃝仄平⃝平。（韵）

此词单调二十七字，五句四平韵，中间两个三言句式为对偶句。在这首词中，作者描写了西塞山前的湖光山色。词中的西塞山是指位于浙江湖州吴兴的西塞山，在明万历《湖州府志》中记载：“西塞山在湖州城西二十五里，有桃花坞，下有凡常湖，唐张志和游钓于此。”清雍正《浙江通志》：“吴兴南门二十余里，下菰青山之间一带远山为西塞山。山明水秀，真是绝境。其谓之西塞者，下菰城为（楚春申君）屯兵之处，坐西向东故也。”

首开句“西塞山前白鹭飞”，便道出了一种作者向往自由的情绪。因为白鹭是一种自由、优雅、闲适的象征，而张志和这个所谓的“烟波钓徒”，他所追求的也是一种自由、优雅和闲适以及不被世间俗事所累的生活。“桃花流水鳜鱼肥”一句道出了作者写此词的时间是春天。两岸桃花、溪流江水，鳜鱼正肥。而此时但见那身着“青箬笠，绿蓑衣”的渔夫，于那烟雾迷蒙的青山绿水间款款而来，任由那春风从你的身边掠过，任由那细雨从你的衣襟滑落。这一切似幻似真令人迷恋。此刻一幅画面展现在我们眼前：碧绿的青山，翔空的白鹭，两岸的桃花，雨中溪流，春江水中不时跃起那肥美的鳜鱼，远处还有那悠然而行的渔舟。那青色的斗笠，那绿色的蓑衣，那细雨斜风中安然自适的渔父，面庞中流露出的是雨中乐而忘归的一份悠然，一份安逸的恬淡，那宁静但又充满活力的江水，或许还有几声互答的渔歌，几许啁啾水鸟的婉转，几声草虫的互鸣，这美妙的仙境真的令人神往，令人怦然心动。

就这样张志和与渔童和樵青三人，于青山绿水间过着无忧无虑、世外桃源般的隐居生活。张志和的哥哥时任浦阳（今浙江浦江县）县尉的张鹤龄，恐怕弟弟浪迹不还，真的遁迹于世，于是便在会稽，就是现在的浙江绍兴一带，为他买地盖房。他知道弟弟喜欢清静，因此这片房屋就建筑在花竹掩映丛中，环境极为优美，在这里既无车马之喧，还可以让张志和沿溪垂钓。同时这个做哥哥的还用弟弟的《渔父词》之韵，写了一首《和答弟志和渔父歌》寄给张志和：“乐是风波钓是闲，草堂松径已胜攀。太湖水，洞庭山。狂风浪起且须还。”这就是告诉弟弟，你玩归玩、乐归乐，给你盖的草堂中，那些松树都已经成材了。你玩够了、乐够了就回家来吧。于是张志和的晚年就是在玩够了、乐够了的情况下在此隐居。张志和与当时的名士如书法家颜真卿、茶圣陆羽等人都是莫逆之交。一次颜真卿见张志和那出没于风波间的小船有些破旧，就想给他换一只新船，张志和曰：“愿为浮家泛宅，往来苕、霅间足矣。”然令张志和没有想到的是，自己的《渔父词》一经吟出，其迷离的意境，其超世脱俗的情怀，立即引起了满朝文武大臣的交口称赞，前有顾夐、孙光宪、魏承班、李珣诸人，后有苏轼、黄庭坚等人，和词者众多。到了唐宪宗李纯登基，李纯本人治国一般，但他是一个求仙问道的高手，因为他很早就听闻张志和的大名，及看到了张志和所著的《玄真子》一书和其《渔父词》之后，他深爱张志和的才华，于是就想召见张志和。由于张志和行踪无定，这位唐宪宗皇帝便派人写真画像，并晓谕各州府，并许以重利访求其人。而此时的张志和正带着二位夫人，游玩于山水间，纵情于舞笔飞墨中，毫不理会皇帝访求一事。结果唐宪宗到死也没有见到这位世外方家的真面目。后来张志和的《渔父词》不仅传诵海内，长盛不衰，且远播异域，被编入日本汉诗集《国经集》中，为东邻日本的汉诗作者开启了填词门径。

注释

①磻溪（pán xī）：溪名，在今安徽歙县磻溪乡境内，相传是姜太公钓鱼的地方。郦道元《水经注·清水》：“城西北有石夹水，飞湍浚急，人亦谓之磻溪，言太公尝钓于此也。”

②赵晔（？—约83）：字长君，会稽山阴（今浙江绍兴）人，东汉史学家、文学家，今仅存《吴越春秋》一书，主要记述春秋末期吴越二国杂史。

③ 昭关：位于安徽省巢湖市含山县城以北。京剧《文昭关》一折，即言此事。古时昭关四周一片沼泽，只有昭关一条路，自古为兵家重地。

④ 八王之乱：发生于中国西晋时期的一场皇族为争夺中央政权而引发的内乱，历时七年。其核心人物有汝南王司马亮、楚王司马玮、赵王司马伦、齐王司马冏、长沙王司马乂、成都王司马颖、河间王司马颙、东海王司马越等八王。西晋皇族中参与这场动乱的王不止八个，但这八王为主要参与者，且《晋书》将这八王汇为一列传，故史称这次动乱为“八王之乱”。“八王之乱”是中国历史上最为严重的皇族内乱之一，导致了西晋亡国以及之后近三百年的动乱，使中原北方进入十六国（五胡乱华）时期。

⑤ 明经：汉武帝时期已经出现用明经选举官员的政策，被推举者须学习经学，故以“明经”为名。明经与进士二科为唐代科举的基本科目。唐代科举以诗赋取士谓之进士，以经义取士谓之明经。到明清时代，明经便作为贡生的别称。

⑥ 丁母忧：丁，遭逢。母忧，母亲的丧事。古时父母死后，子女要守丧，三年内不做官、不婚娶、不赴宴、不应考等。

⑦ 苕霅（tiáo zhà）溪：苕霅是苕溪和霅溪的简称，均为浙江水系。苕溪分为东苕溪与西苕溪，均发源于天目山，分流至湖州市区后汇合，溪水湍急，霅然有声，故名霅溪，再往北而注入太湖。

⑧ 昉：起源。

⑨《浣溪纱》：也作《浣溪沙》。

点绛唇

词牌题注

《点绛唇》是词牌名。这个词牌的来源，取意于南北朝[①]时期梁朝[②]江淹[③]《咏美人春游》诗："江南二月春，东风转绿苹。不知谁家子，看花桃李津。白雪凝琼貌，明珠点绛唇。行人咸息驾，争拟洛川神。"这首诗虽然不是江淹的成名之作，但也是后世追捧的名篇之一。诗中描写了一个绝世美人，于春暖花开之际在遍布桃李之花、周边满是绿萍的岸边赏春游玩。她的肤色柔嫩，如白雪凝成的琼脂一样美艳无双，她的唇色明亮，恰似一颗明珠点缀于红唇之上晶莹而玉润。过往的行人都停下匆忙的脚步，争相看向这如洛神一般的美人。最后一句"争拟洛川神"句，江淹是用了曹植《洛神赋》中，那"其形也，翩若惊鸿，婉若游龙。荣曜秋菊，华茂春松。髣髴兮若轻云之蔽月，飘飖兮若流风之回雪。远而望之，皎若太阳升朝霞；迫而察之，灼若芙蕖出渌波"的洛神神女形貌，来形容这美人倾国倾城的绝世容颜。词牌《点绛唇》就是来源于江淹诗中的名句"白雪凝琼貌，明珠点绛唇"句。"绛"为大红色，"唇"为嘴唇。"点绛唇"的原意，是古代贵族女人为了彰显个人魅力，依据自己所梳妆的不同发髻再画不同的妆容，然后再用不同的色彩，将自己的嘴唇点染成不同的形状。其中一种是把嘴唇点染成红色，但并不是把整个嘴唇都涂满红色，而只是在上下嘴唇中间，各画上一个半圆形的红点，嘴唇合在一起，恰恰能够呈现出一个樱桃的形状，于是人们将其称为“点绛唇”或“点樱桃”。这就好像白居易诗中所言的“樱桃樊素口，杨柳小蛮腰”一样，所呈现的是一张诱人的樱桃小口。

明杨慎在《词品》中言道：“《点绛唇》则取江淹‘白雪凝琼貌，明珠点绛唇’以为调名。”清舒梦兰《白香词谱》引毛先舒《填词名解》云：“江淹诗：‘白雪凝琼貌，明珠点绛唇’，本词采以名。按此名甚艳，盖谓女郎口脂也，故又名《点樱桃》。至《南浦月》《沙头雨》，则取作家词中语耳。”此词牌又可称为《寻瑶草》《十八香》《万年春》等。在京剧中，《点绛唇》又被通称为“点将”，用于元帅升帐、江湖豪客的排山等，其作用是为了表现场面的宏大和增强气氛。这个词牌的创调，从目前能够查找到的历史资料看，是五代南唐时期冯延巳[4]最早使用。

诗词赏析

点绛唇	**格律**
冯延巳	
荫绿围红，	(平)仄平平，
飞琼家在桃源住。	(平)平(平)仄平平仄。（韵）
画桥[5]当路。	(仄)平(平)仄。（韵）
临水开朱户[6]。	(平)仄平平仄。（韵）
柳径春深，	(仄)仄(平)平，

行到关情处。　　㊥仄平平仄。（韵）

颦[⑦]不语。　　㊥㊀仄。（韵）

意凭风絮。　　㊀平㊥仄。（韵）

吹向郎边去。　　㊥仄平平仄。（韵）

这首词就是在《钦定词谱》中列为正体的，双调四十一字，上片四句三仄韵，下片五句四仄韵的冯延巳词。说起冯延巳，这真的是一个毁誉参半之人。他在史书上既被描写为奸佞小人，又被说成是敦厚儒雅之人，在被帝王宠爱的同时，也因为自己的一身才华而三度拜相。这位才华横溢之人，不但开北宋一代词风，而且其精词妙语延传后世被奉为圭臬。因此王国维在其《人间词话》中评论道："冯正中词虽不失五代风格而堂庑特大，开北宋一代风气。中、后二主皆未逮其精诣。《花间》于南唐人词中虽录张泌作，而独不登正中只字，岂当时文采为功名所掩耶？"刘融斋在《艺概》中言："冯延巳词，晏同叔得其俊，欧阳永叔得其深"。陈廷焯在《云韶集》卷一中言："正中词为五代之冠，高处入飞卿之室，却不相沿袭，时或过之。"这些评论足见冯延巳词魅力之深厚。

词的上片，作者描绘了一个清新优雅、景深而别致的环境。满目绿荫掩映，时见几许红色的围墙，走过那如画似梦境般的小桥，在那桃源深处的水边，在那朱红色的大门内，就是飞琼的家。词的下片是描写飞琼家的内景和飞琼小姑娘的思绪。盎然的春色间，幽幽的柳径深处，小姑娘来到那曾经令她动情的地方皱眉不语。是恨那春色将残？抑或是春心已萌动？还是曾经的往事令她思绪万千？真诚希望这天空中轻灵的风儿，将这飘荡的柳絮和我那万端的情思，都吹到我心上人的身边。词写得短小而精致。我们知道小词最是难写，因为它必须言简意赅，语短而味隽，方能体现出其韵味之美。在这个词调中，北宋王禹偁[8]的一首词，也是他留存于世唯一的一首词，亦堪称经典之作。

诗词赏析

点绛唇

王禹偁

雨恨云愁，江南依旧称佳丽。水村渔市。一缕孤烟细。

天际征鸿，遥认行如缀。平生事。此时凝睇。谁会凭栏意。

这首词是迄今为止我们仅见到的、唯一一首王禹偁之词。据《宋史·王禹偁传》中记载：王禹偁于后周显德元年（954年）出生于山东巨野，虽然家境贫寒，但他九岁能文，宋太宗太平兴国八年（983年）二十九岁的他登进士第，被朝廷授予成武县（今山东成武）主簿，后迁大理评事，并于次年（984年）改任长洲（今江苏苏州）知县。此时的王禹偁，与同为吴县知县的同僚罗处约因志趣相投而成为好朋友，两人经常写诗词，互赠对方，其酬答之作据《宋史》中言道“日相与赋咏，人多传诵”。这首词就是王禹偁与好友罗处约的酬答之一。而此时恰恰是宋朝建国初期，武将出身的赵匡胤黄袍加身后，先后灭亡了南平、楚、后蜀、南汉、南唐等众多南方国家，在他正欲北伐大辽的时候，却突然去世，留下“烛影斧声”[9]的历史疑案。随后其弟赵光义即皇帝位。赵光义在稳定了自己的皇权位以后，便继续执行开国初期既定的、那些未完成的国家统一事业。先是拿下福建的漳、泉两地，继而逼迫吴越钱氏归降，其后再灭亡北汉。太平兴国四年（979年）趁灭亡北汉的余威，他又派兵从太原出发北伐辽国，并一度收复易州和涿州，并立志要收复燕云十六州。由于连年的征战，使得此时的大宋王朝用地广人稀、百废待兴来形容也不为过。而本就少有大志，一心图谋上进的王禹偁，面对皇帝让他担任长洲知县的职位，心中欣喜异常，他认为这是自己施展抱负与理想的起点，其济苍生、建功业的宏图远志即将实现。他曾在所写的《吾志》一诗中坦诚地表露道："吾生非不辰，吾志复不卑，致君望尧舜，学业根孔姬"，并立志要"兼磨断佞剑，拟树直言旗"。就是要磨快能斩佞臣的宝剑，树立起直言敢谏的大旗。正是在这种历史大背景下，王禹偁写出了这首《点绛唇》词。

"雨恨云愁"，江南多阴雨天气，但是"雨"和"云"是没有感情的，可是作者此时却在恨雨愁云，这"恨"与"愁"要归结到宋朝初期那无休无止的战争与征伐，以及苛捐与杂税所带给人民的痛楚。然后作者笔锋一转，"江南依旧称佳丽"，那江南的山山水水，却依旧秀美无比。"水村渔市。一缕孤烟细。"那水边的村落与渔市，依山傍水，疏疏寥寥，错落有致。村落中不时还腾起一缕缕袅袅的炊烟。这一切所写，恰如一幅淡雅的山水画卷，给人一种忘俗见仙之感，清新而雅致。

"天际征鸿，遥认行如缀。"这里的"行如缀"一词，出自《荀子·修身》，原句是："道阻且长，行则将至，行而不辍，未来可期。"这句话的意思是：道路险阻而又漫长，但是坚持走下去，就一定会到达目的地；如果凡事都能够坚持不懈地去努力，那么美好的未来就一定值得期待。此"天际征鸿，遥认行如缀"

句，既写景又喻人，写景是指那天上的征鸿，首尾相连，向着远方既定目标奋飞不止；喻人则是言那征鸿的既定目标，不也正是词人所要努力实现的理想与抱负吗？因此满腹经纶，一心欲以才学报效祖国的王禹偁，遥见冲天远去的征鸿，他内心所触发的是“平生事。此时凝睇。谁会凭栏意”。此时作为小小知县的作者，身份与地位虽然卑微，不能像征鸿一样展翅高飞，尽展其抱负，但以其“天际征鸿”“行如缀”那不屈的冲天理想为目标，作者凭栏远望，又有谁能真正了解自己所具有的济苍生、建功业的远大理想与深意呢？这里的一个“天际征鸿”，把作者远大的理想与抱负展现无余。一句“谁会凭栏意”，把作者那纵有远大的理想与抱负，可是却无人能理解的怅惘心情亦坦露无余。

我们知道宋初小令秉承五代花间词人的风格，多为雍容华贵、柔靡典雅之调，而王禹偁之词却显示出了别具一格的面目，他运用比拟的手法来衬托自己的抱负，层层深入不温不燥，语言清新自然，不事雕饰，读来令人心旷神怡。

注 释

① 南北朝：东晋元熙二年（420年），刘裕废除晋恭帝，建立刘宋，此时在中国南方地区，相继出现了宋、齐、梁、陈四个汉人政权，史称“南朝”。北方鲜卑人在北方地区建立北魏、东魏（北齐）、西魏（北周）等北朝政权，故合称此时期为南北朝。

② 梁朝（502—557）：亦称南梁，中国南北朝时期南朝第三个朝代，由雍州刺史萧衍，取代南齐称帝，定都建康（今南京），国号梁。

③ 江淹（444—505）：字文通，宋州济阳考城（今河南省商丘市民权县）人。南朝政治家、文学家，历仕宋、齐、梁三朝。《梁书》与《南史》中均有传。

④ 冯延巳（903—960）：字正中，其父冯令頵早年追随南唐烈祖李昪，南唐建国后出任吏部尚书，故而安家于广陵（今江苏省扬州市）。冯延巳是五代十国时期南唐著名词人、宰相。仕于南唐烈祖、中主二朝，三度拜相，官终太子太傅，卒谥“忠肃”。他的词多写闲情逸致，文人的气息很浓，对北宋初期的词人有比较大的影响。宋初史温在《钓矶立谈》评其“学问渊博，文章颖发，辨说纵横”。有词集《阳春集》传世。

⑤ 画桥：雕饰华丽的桥梁。

⑥ 朱户：为“九锡”之一。“九锡”即车马、衣服、乐县、朱户、纳陛、虎贲、斧钺、弓矢、秬鬯，是古代帝王赏赐诸侯或有功大臣的九种礼器，也是受最高礼遇的表示。

⑦ 颦：皱眉。

⑧ 王禹偁（chēng）（954—1001）：字元之，济州巨野（今山东省巨野县）人。宋太平兴国八年（983 年）登进士第。历仕右拾遗拜左司谏、翰林学士、判大理寺。他遇事敢言，常批评朝廷人物，著有《小畜集》三十卷、《五代史阙文》等，现存词仅一首。

⑨ 烛影斧声：是指宋开宝九年（976 年）十月壬午夜，太祖赵匡胤大病，召晋王赵光义进宫议事，席间有人遥见烛光下赵光义离席，有躲避之状，又听见太祖引柱斧戳地，并大声说：“好为之”。第二天赵匡胤死，晋王赵光义继位，史称宋太宗。对此事件后世议论不一，有说赵光义谋害太祖篡位，又有说太后杜氏去世前与太

祖、赵普立下“金匮之盟”，定下太祖去世后由其弟赵光义继位，所以当时只是太祖向晋王嘱咐后事，并不是赵光义行篡逆之事。对此事件史料记载不一。

望海潮

词牌题注

《望海潮》是词牌名。这个词牌的首词创调是北宋的柳永，但是柳永创调所依据的又是什么呢？有这样一种说法：在彭大翼[①]《山堂肆考》[②]中有这样一段记载称："望潮，本为海中蟹属，小如蟛蜞[③]骨，壳白，潮欲来，举螯如望，不失常期，俗名招潮。"这个所谓的"望潮"，其实就是我们俗称的小螃蟹，每到涨潮的时候，它都会望向潮水的方向，并举起自己的两只蟹螯，迎着潮水的方向勇敢地前进，因此人们给它取名叫"招潮"。同时因为"望潮"每次举起它的两只蟹螯，犹如人用手搭在眼前向远方眺望一样，所以古人以其"举螯如望，不失常期"这样一个定期向潮水而望的举动，寓意思妇每日于岸边祈盼风和日丽，于码头祈望渔舟早归、盼望亲人早日平安回家，而命其为"望海潮"。彭大翼虽然是明代人，但是其所著《山堂肆考》却是他历经四十余年博览群书，采集辑录而成的大型类书。而所谓类书，就是采摭群书，辑录各门类或某一门类的资料，随类相从而加以编排，以便于寻检、征引的一种工具书。因此柳永以"望潮"寓意而写思妇愁思，而创此词牌也未可知。

而自宋以后历代的笔记文献、诗话、词话中，均记载有此词牌的写作缘由。如宋人杨湜《古今词话》、宋人罗大经《鹤林玉露》、明人陈耀文《花草粹编》、明人蒋一葵《尧山堂外记》、清人田汝成《西湖游览志余》以及唐圭璋《宋词纪事》等，各家所记虽不尽相同，或有引用，但内容却基本相似。大都为“柳耆卿[④]与孙相何[⑤]为布衣交。孙知杭州，门禁甚严。耆卿欲见之不得，作《望海潮》词，往谒[⑥]名妓楚楚曰：‘欲见孙相，恨无门路，若因府会，愿借朱唇歌于孙相公之前。若问谁为此词，但说柳七。’中秋府会，楚楚宛转歌之，孙即日迎耆卿预坐[⑦]”。也就是说，这首《望海潮》词，是柳永写给孙何的一首干谒词。“干谒”，就是古人推销自己的一种方式，类似于现在的求职信。当年柳永的父亲柳宜，曾经在南唐为官，后来跟随南唐后主李煜一同降宋。在宋廷为官期间，柳宜与同为北宋官员的王禹偁及孙何的父亲孙镛成为莫逆之交，而柳永与孙何又都曾经是王禹偁的门下学生，虽然那时柳永还是小孩，孙何比柳永要大近二十岁，但这并没有影响二人的友谊交往。咸平五年（1002年），年仅十八岁的柳永准备进京参加礼部的科举考试。也许是他的父亲当年在南唐为官期间，与中主李璟、后主李煜诗词酬唱所带给柳永那不可磨灭的烙印，也许是柳永要看看父亲当年生活与工作过的南唐故郡，于是他从福建武夷故里崇安一路北上，准备先到杭州，然后到苏州、南京、扬州，最后沿着隋唐大运河一路西北，再直达北宋的首都汴京，就是现在的河南省开封市去参加考试。可是当柳永刚刚踏入杭州，这位年轻才俊，用一句话来形容就是“刘姥姥进了大观园”，他立即就被这里的湖光山色以及那五彩缤纷、繁华似锦的都市所吸引。此时，时隔赵匡胤“杯酒释兵权”的年代不远。当年赵匡胤夺得帝位，为了保证自己以及子孙万代能够长久地坐稳江山，赵匡胤让所有的武将们放下兵刃，朝廷多赐予他们歌儿舞女、金银田宅令他们颐养天年。而这些武将们，也是厌烦了厮杀拼打的生涯，于是借皇帝的旨令，整天伴着歌儿舞女，数着金银田宅而颐养天年。故而，这一时期全国各个城市是娇声莺语频现，歌楼舞馆如雨后春笋般耸立，尤其是江浙一带，凭借其得天独厚的地理优势和吴侬软语的娇羞媚态，其歌楼舞馆内的质量与规模比其他内陆城市更胜一筹。柳永在他的家乡福建崇安，也算是个官宦子弟，眼界自然是有一些的，但这种大都市中莺莺燕燕的诱惑力和杀伤力，比起自己的家乡实在是太大了，这使得柳永一下子就迷失了自我，进而迷恋于这千姿万彩的秦楼楚馆中，沉沦于听歌买笑的浪漫生活之内，不知不觉间，柳永纸醉金迷地在杭州惬意地生活了近一年时间。这期间他既为了自己的生存，同时也为迎合杭州众多的歌儿舞女们，写下了大量的一唱三叹的慢词长调，以至于杭州城内上层的歌儿舞女们无不敬慕他，以认识他、见到他、亲近他、服务他为一种荣誉。那个时候若有谁说不认得柳三变，这些歌儿舞女们都会笑她不是大牌、上不了台面。所以当时流传于这些女孩子们之间的口号是：“不愿穿绮罗，愿依柳七哥，不愿君王召，愿得柳七叫，不愿千黄金，愿中柳七心，不愿神仙见，愿识柳七面。”因柳永经常为这些乐工歌女们写作新词，故“教坊乐工每得新腔，必求永为辞，始行于世”。因此柳永在杭州乃至全国的娱乐界，都闯出了偌大的名气，同时他所写的这种一唱三叹、长腔慢调的词作风格，也受到了百姓大众的喜爱，进而由下到上而直达宫廷。但柳永的词作只是受到百姓大众的喜爱，也只能单单解决他暂时的温饱问题，而作为一个科举制度下的文人，如果只是单单解决温饱问题就不是其目的了，尤其是作为官宦子弟的柳永，在他的骨子里、血液中流淌的都是为了实现出人头地而科举登高第、光宗耀祖的目的。为了这个目的，于是乎众多的经营者、钻营者、投机者们整天都在忙忙碌碌地奔波着，而柳永亦是这芸芸奔波众生中的一员。在某一次的宴会雅集中，柳永偶然听说，他多年以前那个忘年交的好友孙何，不但早已经成为了状元，而且现在还担任了两浙转运使，成为了朝廷大员。而宋朝初期的“转运使”，在名义上是由中央政府委派来主管运输事务的官员，但实际上却是为了削夺各地节度使的职权，而由中央政府任命，来掌管任辖之地的最高行政长官。于是柳永就想去拜会一下，顺便看看有没有机会得到这位忘年好友的推荐和提拔。因为柳永的父亲柳宜和孙何的父亲孙镛也是旧相识，而孙何的弟弟孙仅和柳永的叔叔柳宏，二人又是同榜进士，柳永又与孙何同为王禹偁的弟子，再加上孙何、孙仅、孙侑[⑧]这孙氏三兄弟，都是文采出众、精通诗词歌赋之人，在其家乡号称“荆门三凤”。柳永便想一定要填一首好词，作为觐见之礼送给孙何，于是就有了柳永的这首传诵千古的名篇——《望海潮》词。然而词是填好了，可是孙何的府第却是门禁森严外人进不去。孙何这个人虽然是一个官宦子弟，而且文采出众，但是他做官和治学的态度都非常严谨，以至于连他的家人以及身边的工作人员，都有着非常严谨、认真的工作态度，所以闲杂人等根本不可能见到孙何。以至于大名鼎鼎、风流倜傥的柳大公子几次拿着拜帖前去拜访，都让门卫给阻拦了，根本就没有给柳永任何见孙何的机会。无奈之时柳永忽然想到了一个关键人物，于是柳永就找到了经常去孙何府上唱歌的歌伎楚楚并对她道：“我很想见孙何一面，但苦于门卫森严，我没有办法进去。眼看中秋节快到了，孙何府上一定会举行宴会，假若他请你去他府上演唱，就请你在孙何面前唱这首《望海潮》词。孙何一定会对这首词非常感兴趣，也一定会问你这首词是谁写的，你就告诉他说是柳七写的。”果然过了不久，孙何在中秋节举行家宴，并邀请楚楚去自己的府中唱歌佐欢。楚楚应柳永之托，在酒宴上唱起了这首《望海潮》词。柳永的这首词不但意境写得极美，把孙何治理下的杭州全视野、无死角地夸了一遍，而且还直接大大夸赞了孙何一番，同时再加上楚楚那婉转动人的歌喉，将那慢声长调与所抒之情完美结合，将这音律娴婉、情致婉约的千古传世绝唱之作演绎得淋漓尽致，多次引起众位宾客的一片叫好之声。不出柳永所料，此调果然引起了孙何的高度赞扬，并连忙追问到底是谁把这音调和词写得如此娴婉，当得知这首词是昔日故交柳七所写，而且其人就在杭州之时，孙何立即派人请柳永入府，奉为上宾。二人见面追叙往日情谊，并与嘉宾一起共度中秋良宵。

诗词赏析

望海潮	格律
柳永	
东南形胜，	(平)平平仄，
三吴都会，	平平平仄，
钱塘自古繁华。	(平)平(仄)仄平平。（韵）

烟柳画桥，	平仄仄平，
风帘翠幕，	平平仄仄，
参差十万人家。	(平)平(仄)仄平平。（韵）
云树绕堤沙。	(平)仄仄平平。（韵）
怒涛卷霜雪，	仄(平)(仄)(平)仄，
天堑无涯。	(平)仄平平。（韵）
市列珠玑，	(仄)仄平平，
户盈罗绮竞豪奢。	(仄)(平)(平)仄仄平平。（韵）

重湖叠巘[9]清嘉。	(平)平(仄)仄平平。（韵）
有三秋桂子，	仄(平)平仄仄，
十里荷花。	(仄)仄平平。（韵）
羌管弄晴，	平仄仄平，
菱歌泛夜，	平平仄仄，
嬉嬉钓叟莲娃。	(平)平(仄)仄平平。（韵）
千骑拥高牙。	(平)仄仄平平。（韵）
乘醉听箫鼓，	(平)(仄)平(平)仄，
吟赏烟霞。	(平)仄平平。（韵）
异日图将好景，	(仄)仄平(仄)仄仄，
归去凤池夸。	(平)仄仄平平。（韵）

此词双调一百七字，上片十一句五平韵，下片十一句六平韵。这首词是柳永从福建崇安走向社会，其人生第一站的立基之词，奠定了他在词史上长词慢调的帝王之位。为什么说柳永可以荣登长词慢调的帝王之位呢？因为唐末五代这一时期，酒肆茶坊间流

行的都是小词小令，其慢调长词的数量极为稀少，而五代花间词人的作品也都是以小令为主，从五代至宋朝初期，柳永之前的词人如王禹偁、潘阆、范仲淹等人也没有什么长词慢调之作，柳永其后的词人如张先、晏殊、欧阳修、尹洙等人，虽有一些长调，但不成气候且自创调不多。而词至柳永，其以一人之力就创作了慢词八十余首，首创一百二十余新调，并完善和提高了各种令、引、近、慢、单调、双调、三叠、四叠等长调与短令的数量与质量，从根本上改变了唐五代以来，词坛上以小令一统天下的格局，为宋词的发展，在内容和视野上开拓了无尽的空间，亦由此开创了婉约一脉的先驱，使后继者有了灯塔下行路的感觉。

此词描绘了杭州的秀美景色，同时也反映了当时人们安居乐业，到处一片歌舞升平的繁荣景象。首开句“东南形胜，三吴都会，钱塘自古繁华”。这里的“三吴”是指古代的吴兴、吴郡、会稽。吴兴，即现在的浙江省湖州市；吴郡，即现在的江苏省苏州市；会稽，即现在的浙江省绍兴市，此为三吴。而三吴所居之处又都在钱塘江畔，故而词人一上来便告诉我们，这三吴所在之地的钱塘江畔，不但山川秀美，而且自古以来便是繁华盛地。接着词人进一步描写其“繁华”的程度，这里不但到处都是“烟柳画桥，风帘翠幕”之美景，而且这里还有“参差十万人家”。据南宋孟元老所著《东京梦华录·自序》记载，北宋开封当时的盛况是：“举目则青楼画阁，绣户珠帘。雕车竞驻于天街，宝马争驰于御路。金翠耀目，罗绮飘香。新声巧笑于柳陌花衢，按管调弦于茶坊酒肆。八荒争凑，万国咸通。集四海之珍奇，皆归市易；会寰区之异味，悉在庖厨。花光满路，何限春游；箫鼓喧空，几家夜宴。伎巧则惊人耳目，侈奢则长人精神。”再联想到北宋画家张择端《清明上河图》中所描绘的昌盛之景，我们不难想象其繁华的程度。虽然孟元老的《东京梦华录》和张择端的《清明上河图》二者所描绘的都是北宋都城汴京的盛景，而柳永所咏则是江南三吴盛景，一南一北，但江南水乡的三吴之地，也确另有一番春色。在南宋人吴自牧所著的《梦粱录》、周密所著的《武林旧事》和西湖老人所著的《西湖老人繁胜录》中，都将南宋都城临安的城市风貌、市肆经纪、宫室园囿、年节风俗、食物烹制、湖光山色等描绘得美轮美奂。如在《西湖老人繁胜录》中记有：“回头看城内山上，人家层层叠叠，观宇楼台，参差如花落仙宫。下节步行，争说城里湖边有千个扇面，不啻说，我北地草木都衰了，你南中树木尚青。”下面的“云树绕堤沙”句，由人文景观过渡到自然景观，“云树”即相连成片如云之树木，这一句将钱塘江堤上那江南绿色，美轮美奂如画般的风景呈现于我们面前，这里一个“绕”字，使人顿生迤逦曲折之感。接着词人笔锋一转，继而描写钱塘之潮“怒涛卷霜雪，天堑无涯”。在这里，词人用“怒涛卷霜雪”来形容钱塘潮水之盛、景色之壮，而“天堑”原指天然形成的硕大沟壑，“无涯”是指一眼望不到边际，无穷尽的样子。钱塘观潮是当地的一大景观，历代文人多吟咏其事。钱塘潮又被称为海宁潮，以每年夏历八月十八日在海宁所见者为最，因钱塘江口呈喇叭形，向内顿缩逐渐狭小，潮波奔涌受约束而形成。潮波奔涌来袭时，潮头壁立，波涛汹涌，有如万马奔腾，潮头高度可达四米，潮差可达九米，惊险壮观，令人胆寒。如宋人潘阆写有《忆余杭》一词：“长忆观潮，满郭人争江上望，来疑沧海尽成空。万面鼓声中。弄潮儿向涛头立。手把红旗旗不湿。别来几向梦中看。梦觉尚心寒。”下面的“市列珠玑，户盈罗绮竞豪奢”句，更是令人眼花缭乱，在这里词人笔锋又一转，描写此地的富庶。市面上店铺林立，琳琅满目的珠玉珍宝随处可见，家家户户存满了绫罗绸缎，相互争豪比富。这里的“珠玑”“罗绮”和“竞豪奢”几个词语将盛世中民众的殷富、市场的繁荣盛况描绘得令人向往。另外这里还暗含了一个知识点，就是古代的很多人为什么都穿绫罗绸缎，而不穿棉织品，而棉织品穿着舒适、轻盈，冬天的棉衣还保暖。其实棉花并非中国本土作物，最早发现和使用棉花的国家，是古印度和南美洲的秘鲁。中国直至宋、元时期，人们才逐渐认识到棉花的实用价值，并开始使用和普及。而在宋、元之前，在皇家宫廷和一些富足家庭中，人们的服装大多以丝织品为主，而下层百姓则只能用葛麻制作衣服（见本书《捣练子》）。

下片，词人进一步描绘杭州这座城市的形胜与繁华。“重湖叠巘清嘉”，江南地区多湖水，尤其是苏杭境内贯通几大水系，其境内湖水重重叠叠，数不胜数，故而有“重湖”之称；“叠巘”中的“叠”意为重复，“巘”意为大山上的小山，“叠巘”就是重重叠叠数不尽的山峦的意思；“清嘉”是指这种美好的状况。“有三秋桂子，十里荷花。”古人将每年的十二个月中的每一个月，都赋予一个应时好听的名字，依次为：孟春、仲春、季春，孟夏、仲夏、季夏，孟秋、仲秋、季秋，孟冬、仲冬、季冬。故而“三秋”就是指孟秋、仲秋、季秋。山清水秀之处，处处透着三秋桂花的幽香，绿荫丛丛，一眼望不到边的满目荷花，香气远扬。这一句令人马上想到了杨万里的《晓出净慈寺送林子方》那“毕竟西湖六月中，风光不与四时同。接天莲叶无穷碧，映日荷花别样红”的佳诗美句。“羌管弄晴，菱歌泛夜，嬉嬉钓叟莲娃。”更有那月光下悠悠的羌笛，伴随着静月下舟影中那妙味无穷的小调，以及悠然垂钓的白发老叟和那顽皮嬉笑的垂髫幼童。接下来，词人再由咏景而专事写人“千骑拥高牙”，“千骑”是谓兵将之多，古代将军之旗谓为牙旗，“高牙”就是高高的树立起将军的旗帜，这一句即是指题注中所言的此时已经是高官厚爵的“孙何”。“乘醉听箫鼓，吟赏烟霞。”乘着微微醉意来听那优美的箫鼓之乐，欣赏那“落霞与孤鹜齐飞，秋水共长天一色”的美妙之景。继而作者又联想到，如此美妙胜境佳地，“异日图将好景，归去凤池夸”。以上这一切美好的景致，一定要好好记下来，以后回到皇都，也一定向别人好好地夸耀夸耀。这一句的潜台词，就是告诉孙何，我柳永某一天到了京城，一定会向皇帝夸耀一下您在杭州这里的功绩。

《望海潮》词一经唱出，很快就响彻大江南北，没隔多久就传到了千里之外的皇都汴京，并引起朝野轰动。这一期间以致宋真宗赵恒每至宴饮必闻柳永词调，达到了如饮甘露、始知饭香的地步。星移斗转以至于一百三十多年后的南宋时期，金国国君完颜亮听乐工唱此词，对词中所描述的杭州美景赞叹不已，并欣然有慕于其“三秋桂子”“十里荷花”之佳句，遂起投鞭渡江之志，于是暗中派人前往杭州绘制了西湖全景图，并加画上他本人于西湖边骑马戎装像，命人将画图裱成屏风，并在画上题诗称：“万里车书尽混同，江南岂有别疆封。提兵百万西湖上，立马吴山第一峰。”南宋高宗绍兴三十一年（1161 年），完颜亮下令由御前都统骠骑卫大将军韩夷耶率兵攻打南宋，临行前，完颜亮为鼓励士气，亲自填写了一首《喜迁莺》赐予韩夷耶将军："旌旗初举，正駃騠[10]力健，嘶风江渚。射虎将军，落雕都尉，绣帽锦袍翘楚，怒磔[11]戟髯[12]，争奋卷地，一声鼙鼓[13]。笑谈顷，指长江齐楚。六师飞渡。此去，无自坠。金印如斗，独在功名取。断锁机谋，垂鞭方略，人事本无今古。试展卧龙韬韫，果见成功旦莫。问江左，想云霓望切，玄黄迎路。"从此拉开了宋金长达几十年的战争序幕。由此可见柳永词的文句之佳，所描绘的景色之盛，亦足令后人自叹不如。

注 释

①彭大翼（1552—1643）：字云举，又字一鹤。早年科场不顺，时人称其"冠军诸生二十有余年，竟不得一登贤书"。明嘉靖年间曾任广西梧州通判，后任云南沾益州知州，最后官衔为奉训大夫。彭大翼性好读书，勤于著述，除《山堂肆考》外，还有《一鹤斋稿》《明时席珍》等。

②《山堂肆考》：彭大翼撰著的大型类书。全书共二百四十卷，经史子集、释经道藏，无所不涉。全书分宫、商、角、徵、羽五集，共四十五门。清乾隆年间，《山堂肆考》被收进《钦定四库全书》。

③蟛蜞（péng qí）：淡水产小型蟹类。学名相手蟹，又称磨蜞、螃蜞，因习惯横行，偶尔直行时两只前螯合抱，一步一叩首，摇摇摆摆，彬彬有礼，两只大螯似古人"拱手行礼"，故而被称为"礼云子"。

④ 柳耆卿（约 984—约 1053）：即柳永，原名三变，字景庄，字耆卿，因排行第七，又称柳七，后改名柳永。福建崇安人，北宋著名词人，婉约派宗师级人物。柳永一生困顿清贫，暮年及第，历任睦州团练推官、余杭县令、泗州判官等职，以屯田员外郎致仕，故世称柳屯田。他是北宋前期最有成就的词家，亦善诗文，多佚，存世词作有《乐章集》。

⑤ 孙相何（961—1004）：即孙何，柳永称其为“相”，应该是美化之意。字汉公，北宋汝州人，曾任两浙转运使，嘉升为知制诰，赐金腰带、紫蟒袍。后因操劳过度，年仅四十四岁便英年早逝。其人一生笃古好学，著有《两晋名贤赞》《宋诗十二篇》《西桓集》《孙何文编》四十卷等存世，《宋史》有传。

⑥ 谒（yè）：拜见。

⑦ 预坐：入座。

⑧ 孙侑（yòu）：大中祥符年间（1008—1016）进士，与其兄孙何、弟孙仅同被列为荆门乡贤，并称“荆门三凤”。

⑨ 巘（yǎn）：意为大山上的小山。

⑩ 駃騠（jué tí）：古代良马，一千只公骡与一千只母骡之中，约只有一对可生育，故曰“骡骡之子，千里駃騠”。与汗血宝马齐名。

⑪ 磔（zhé）：古代祭祀时裂牲称为磔。

⑫ 戟髯：原意是方形人脸的胡须，此代指人头。

⑬ 鼙鼓：原意为在将帅身边做指挥用的军中大鼓，此代指皇帝。

鹤冲天

词牌题注

《鹤冲天》是词牌名。《钦定词谱》中注释道："调见柳永《乐章集》[①]"。此调是柳永以《鹤冲天》为名，首作词牌而创的新调。这个词调的由来，柳永首先是借鉴了《韩非子·喻老》中记载的一段故事："楚庄王莅政三年，无令发，无政为也。右司马御座而与王隐曰：'有鸟止南方之阜，三年不翅，不飞不鸣，嘿然无声，此为何名？'王曰：'三年不翅，将以长羽翼；不飞不鸣，将以观民则。虽无飞，飞必冲天；虽无鸣，鸣必惊人。子释之，不谷知之矣。'处半年，乃自听政。所废者十，所起者九，诛大臣五，举处士六，而邦大治。举兵诛齐，败之徐州，胜于河雍，合诸侯于宋，遂霸天下。庄王不为小害善，故有大名；不蚤见示，故有大功。故曰：'大器晚成，大音希声'。"这段故事就是我们平时所说的"不鸣则已，一鸣惊人"最早的出处。另外我们在本丛书之一中，曾经介绍过一首韦庄的《喜迁莺》词："街鼓动，禁城开，天上探人回。凤衔金榜出云来，平地一声雷。莺已迁，龙已化，一夜满城车马。家家楼上簇神仙，争看鹤冲天。"这首词的意思是士人及第，一旦"凤衔金榜出云来"，就如"平地一声雷"，恰似一"鹤冲天"。而观柳永《鹤冲天》词中意，其所指正是因为柳永没有状元及第，并遭到皇帝的痛斥惨遭淘汰后，反用《喜迁莺》和《鹤冲天》的寓意，既表述了对当权者和社会现状的不满，又告诉当权者和世人，我柳永不论早晚一定会“不鸣则已，一鸣惊人”，就像仙鹤一样一飞冲天。

另外需要注意的是，韦庄因为在《喜迁莺》词中有“家家楼上簇神仙，争看鹤冲天”句，因此《喜迁莺》也叫《鹤冲天》；另外在《喜迁莺》词调中，因为冯延巳词有“拂面春风长好”②句，因此《喜迁莺》亦有《春光好》之别称。但是词牌《春光好》并不叫《喜迁莺》，这一点需要注意。而且《喜迁莺》的别称《鹤冲天》与《春光好》，这二者都与我们要介绍的柳永注为正宫调的这首《鹤冲天》词牌不同。其二者的区别在于：柳永两首《鹤冲天》词，一为双调八十四字，上片九句五仄韵，下片八句五仄韵；一为双调八十八字，上片九句六仄韵，下片九句五仄韵之体。而韦庄词，则是双调四十七字，上片五句三平韵，下片五句两仄韵两平韵之体。而《春光好》词，是双调四十字，上片五句三平韵，下片四句两平韵之体。（见本丛书之一《春光好》）这些都是不同的词调，望填者慎之。

诗词赏析

鹤冲天	格律
柳永	
黄金榜上，	平平仄仄，（韵）
偶失龙头望。	仄仄平平仄。（韵）
明代暂遗贤，	平仄仄平平，

如何向。	平平仄。(韵)
未遂风云便,	仄仄平平仄,
争不恣[③]游狂荡。	平仄仄平平仄。(韵)
何须论得丧。	平平平仄仄。(韵)
才子词人,	平仄平平,
自是白衣卿相。	仄仄仄平平仄。(韵)
烟花巷陌,	平平仄仄,
依约丹青屏障。	平仄平平平仄。(韵)
幸有意中人,	仄仄仄平平,
堪寻访。	平平仄。(韵)
且恁[④]偎红倚翠,	仄仄平平仄仄,
风流事、平生畅。	平平仄、平平仄。(韵)
青春都一晌。	平平平仄仄。(韵)
忍把浮名,	仄仄平平,
换了浅斟低唱。	仄仄仄平平仄。(韵)

这首词应该是柳永在饱览了杭州各处名胜、观遍了所有的秦楼楚馆、留下了“凡有井水处，皆能歌柳词”的美名以后，信心满满地进京参加第一次科考，本想龙榜题名，却不料铩羽而归，在极度失望、失意与不甘中，这位年轻才俊难掩心中之愤懑，提笔而就写下了这首带给他羁旅不断、困顿终身的著名词作。而也正是这次少不更事的无心怨愤，才迫使生活窘迫的柳永不得不流连曲坊，写下大量偎红倚翠的长词慢曲，来换取微薄的财物，以应付自己那窘迫的生存状况。这些适合歌唱的长词慢曲，受到艺

人及广大市民的极大喜爱，以至于“教坊乐工每得新腔，必求永为辞，始行于世”，而后又发展到“凡有井水饮处，皆能歌柳词”的地步。但这一举动，却受到正统文人以及嫉贤妒能之人的诋毁。柳永这种偎红倚翠的行为，被看成是有才无行，以至于影响了柳永一生的功名进取。柳永出生于福建的一个仕宦家庭，从小饱读诗书，本来以为一到京城，就“定然魁甲登高第”（《长寿乐》），然后一路高歌，仕途通畅。但令他无奈且没有想到的是，京城人才济济，以至于想法高调的柳永，进京后第一次科考放榜就泯然于芸芸众学子中。

“黄金榜上，偶失龙头望。”这起首句是一种无奈、一种自嘲、一种不甘，但这一个“偶”字，却透出了无奈、自嘲与不甘的背后是血液中滚动的、骨子里散发出的再次“魁甲登高第”的信心。从古至今没有哪个学子是不希望金榜题名的，我只不过是偶然失去了这次金榜题名、取得状元的机会罢了。因为柳永把高中状元作为自己人生的理想与目标，而这次的落榜只是“偶然”的失误罢了。“明代暂遗贤，如何向。”在如今这圣明时代的科考中，却偏偏暂时遗漏了我这位高明贤德的人。这一句“明代暂遗贤”，是一声无限的辛酸与自嘲的喟叹，而这一声喟叹，又道出了历史上多少失意文人内心的酸楚和遗憾。然而自嘲、辛酸、遗憾、喟叹过后，任何人都会思忖起自己的将来：这下一步怎么办？这今后的路又该怎么走？“未遂风云便，争不恣游狂荡。”我既然没有争到这一场功名，没有得到这一场大的机缘，那么我为什么不开开心心地、随心所欲地、放浪形骸地去游乐于人世间呢？这种思维不仅仅是柳永落第失意之后的无聊颓废之感，同时也是当时所有科考文人的一种心态，这是科举落第后所产生的一种逆反心理，就是想用极端的方式、极端的行为来发泄一下心中的愤懑，以求得一时的心理平衡。“何须论得丧”，何必为这些徒有虚名的功名利禄患得患失呢，这一句自是有大丈夫的豪情所在。从“偶失龙头望”的祈盼朝廷关注，到“明代暂遗贤”的无可奈何，再到“如何向”的对下一步自身何去何从的思考，继而“争不恣游狂荡”的宣泄发狠，直至“何须论得丧”这一扫心中阴霾的转折，让我们充分了解了一个古代知识分子内心的纠结与矛盾、挣扎与解脱。“才子词人，自是白衣卿相。”做一个倜傥才子、傲骨词人，即使没有大红大紫的官服，而只是身着白衣，我的才华气度、我那不羁的傲骨也不亚于朝廷上的任何公卿将相。这是一种疏狂与傲世的不羁，是以一种挺拔的傲骨、高仰的尊面、俯视的眼神来秒杀世间那些权贵的尊严。可是虽然柳永在词中有“忍把浮名，换了浅斟低唱”和“才子词人，自是白衣卿相”句，但科举登高第、光宗耀祖的思想，却刻进骨子里、融入血液中，最终会落实到他的行动上。此词的上片是作者“满纸荒唐言，一把辛酸泪”⑤的真实写照，但也为下片“都云作者痴，谁解其中味”⑥的抒情做好了铺垫。

“烟花巷陌，依约丹青屏障。”曲折的巷陌深处，坐落着几许秦楼楚馆，典雅的绣房中摆放着绘有丹青的画屏。在前面我们讲过，“画屏”既是一种装饰物，也是一种内外情感的阻隔物，它所起到的作用是：对内把思妇的思春或愁苦阻隔于内，对外是青山绿水呢喃春色的喧嚣，一动一静从而使二者形成一种巨大的反差。“幸有意中人，堪寻访。”然而并没有形成这种反差，因为幸运的是她还有我这个意中人，使得我殷勤频繁地前去探望。在古代的科举考试中，不管是每三年一次的乡试，还是每两年一次的会试和殿试，全国的才俊们都会集于乡里和京城，这些人背井离乡、远离故土，大都有一种茫茫然举目无亲的孤独感，他们渴望交流，渴望会友，渴望抚慰，所以就有了他乡遇故知、两眼泪汪汪的情景和“同是天涯沦落人”的感叹。于是各种会馆、同乡会等等应运而生，这其中更是少不了秦楼楚馆中的那份温柔，这些秦楼楚馆对于远游的学子们是一种慰藉，因为它是一个驿站，尤其是对于科举失意的学子，这秦楼楚馆代表的是一种感情宣泄后，如家般的思念和向往之地，吾心安处便是家，有女人的地方，自然会形成家，形成村落。人是讲感情的，尤其像柳永这种狂傲不羁的才子，其狂傲的内心深处那不被外人知晓的内心世界，更是汪洋般的、深不见底的感情沼泽，一旦陷入，对任何人都将是一种情感上致命的灾难，它会无休无止、如影随形般地潜入你的灵魂中。“且恁偎红倚翠，风流事、平生畅。”而此时的柳永正是处于科举失意、宣泄完情感后又堕落于沼泽深处无法自拔的时期，故而他发出了偎红倚翠、享受这如梦幻般的风流生活，才是我平生最畅快、最欢乐之事的喟叹。这一句表面看来是柳永自我暴露、自甘堕落的表现，但他却远比那些故作风雅、庄重却又道貌岸然之人纯洁和高尚了许多。“青春都一晌。忍把浮名，换了浅斟低唱。”人生苦短，稍纵即逝，还不如把追求这虚幻功名的时间，换成醉人的美酒，伴随耳畔那低回婉转的浅斟低唱，而细细地品味人生。

这首词虽然是作者自我解嘲、抒发牢骚的感慨之作，但它更多地反映出了古代失意文人的一种颓废思想。在南宋人吴曾的

《能改斋漫录》卷十六里记载了一则柳永因为写这首词而受瘪、导致他一生困顿的故事：宋仁宗皇帝留意儒雅，而柳永好为淫冶讴歌之曲，在第一次落榜后，柳永写《鹤冲天》词，里面有“忍把浮名，换了浅斟低唱”句。后柳永再次应试，本已中试，临发榜时，仁宗皇帝忽然思起柳永的这首《鹤冲天》词，于是说道：“此人好去风前月下，去浅斟低唱，何要浮名，且去填词。”故将其黜落。直至柳永中年以后，将自己的名字由柳三变改为柳永以后，不知是改名带来的好运气，还是因为朝廷对多次考试不中，出于照顾老人的目的，柳永在第五次考试中了进士之后，朝廷才正式授予他官职，从团练推官开始，直到柳永晚年，才给了他一个“屯田员外郎”[⑦]的小官职。当年皇帝的一句话，就注定了这个毫无根基、曾经恃才傲物的毛头小伙的终身命运。而柳永仅仅是一次无心的逞强泄愤，就注定了自己一生的命运多舛，这是何等残酷的现实。从此以后柳永每当填词时，便自嘲地说：我这是“奉旨填词”，又戏称自己为“奉旨填词柳三变”。其实就这首词来说，作为底层一介文人的柳永，既是恃才负气的表现，也是表示抗争的一种方式，更是科举落第后所产生的一种逆反心理。然而说到底，一个人在纷繁复杂、光怪陆离、千变万化的社会中，其德行如何，温、良、恭、俭、让的操守如何，品性如何，会直接影响其人生观和价值观，以及其人生的轨迹。有才固然重要，但是无行却是人生致命的缺陷。通过柳永的人生轨迹，希望我们的文人学子们永远记住，做人既要有“才”，而更重要的是一定要有“德行”。附柳永八十四字体《鹤冲天》。

诗词赏析

鹤冲天	格律
柳永	
闲窗漏永，	平平仄仄，
月冷霜华堕。	仄⃝仄平平仄。（韵）
悄悄下帘幕，	仄⃝仄仄平仄⃝，
残灯火。	平平仄。（韵）
再三思往事，	仄平⃝平仄⃝仄，
离魂乱、愁肠锁。	平平⃝仄、平平仄。（韵）
无语沈吟坐。	平⃝仄仄平仄。（韵）
好天好景，	仄平仄⃝仄，
未省展眉则个。	仄⃝仄仄平仄⃝仄。（韵）
从前早是多成破。	平平仄仄平平仄。（韵）
何况经岁月，	平⃝仄⃝平仄仄，
相抛亸[8]。	平平仄。（韵）
假使重相见，	仄仄平平仄，
还得似、当初么。	平仄仄、平平仄。（韵）
悔恨无计那。	仄仄平仄⃝仄。（韵）
迢迢良夜，	平⃝平平仄，
自家只恁摧挫。	仄平⃝仄仄⃝平仄。（韵）

注　释

①《乐章集》：柳永词集。这个词集的版本较多，各家所收之

词为二百余首。

② 冯延巳《喜迁莺·雾濛濛》：雾濛濛，风淅淅，杨柳带疏烟。飘飘轻絮满南园，墙下草芊绵。燕初飞，莺已老。拂面春风长好。相逢携酒且高歌，人生得几何？

③ 恣（zì）：放纵而没有拘束。

④ 恁（nèn）：原意为思念，或思忖、思量。

⑤⑥《红楼梦》开篇词。

⑦ 屯田员外郎：宋在工部下设屯田司，置屯田郎中、员外郎，掌屯田、营田、职田、学田、官庄之政令及其租入种刈，兴修给纳诸事。

⑧ 亸（duǒ）：躲避。

甘州曲、甘州遍、甘州令与八声甘州

词牌题注

《甘州曲》《甘州遍》《甘州令》《八声甘州》此四调的本体在唐教坊曲中称为《甘州子》，在教坊大曲序列中称为《甘州》，进入唐末及五代，成为词牌名以后，才被称为《甘州曲》《甘州遍》《甘州令》《八声甘州》。这里的“子”“曲”“遍”“令”以及“八声”，都是由“甘州”这个曲调所衍生出的各种形式而已。

首先在这里要解读的就是“甘州”二字。“甘州”本是地名，即今天的甘肃省张掖市。据文字记载，张掖市已有五千余年的历史，从夏商到春秋战国这一时期，先后有羌、西戎、狄等少数民族在这里居住。到汉武帝刘彻时期，霍去病在沉重地打击了匈奴以后，为防御匈奴人再次进入汉朝版图辖区内捣乱，汉武帝在河西走廊的西北部建立了张掖郡；再到两晋南北朝时期，沮渠蒙逊[①]在张掖郡这一带建立了北凉国。在那个年代，因为整个张掖郡地区水草肥美、甘泉遍地且泉水清冽甘甜，所以至西魏时期，在废帝元钦[②]掌权年间，就将张掖郡改为了“甘州”，而“甘肃省”首字的“甘”，即源于此。到了唐代，在这里主要居住与生活的是西突厥部落一个叫突骑施的分支，他们这些人生性彪悍，经常抢掠汉人的财物，于是在公元702年，武则天为了进一步巩固西北边疆，打击来犯之敌，就以张掖郡为中心，设立了“北庭都护府”，并派有重兵驻扎此地，当时这支驻扎部队的首领叫盖嘉运。盖嘉运是一员具有战略眼光的武将，他带领将士以“北庭都护府”为中心，向外修筑城池，完善设施，并极力扩充兵力和马匹，同时还组建了一支叫“瀚海军”的军队，多次将入侵的突厥部队歼灭，并成功利用突厥部落汗位继承人之间的矛盾，调遣唐朝大军对敌人采取分兵围剿、各个击破的战术，并且亲自带领“瀚海军”攻入碎叶城（今俄罗斯托克马克附近）和坦罗斯城（今哈萨克的江布尔城），杀敌无数，并俘获大批突厥王室成员，从此盖嘉运一战成名，威震西陲，使得西北其他各个种族部落纷纷归降。唐开元二十八年（740 年）三月，盖嘉运将匈奴王室成员押解到长安，引起了朝野上下一片惊叹之音，唐玄宗李隆基亲御“花萼楼”，设盛宴款待盖嘉运，并当着陪宴的满朝文武官员，封盖嘉运为河西、陇右两镇节度使，同时负责经略吐蕃③事务，其辖下所掌管的兵力达十几万人。但此时的盖嘉运却自恃战功卓著而沉溺于酒色，流连于曲坊酒楼，以各种借口一再拖延赴任时间，且长期滞留于长安。要知道一个手握重兵的边陲大将，长期滞留于首都且天天腻在皇帝身边，皇帝能不毛骨悚然吗？他能睡安稳觉吗？唐玄宗在极度不满和忍无可忍的情况下，下旨连连催促盖嘉运即刻上任。见到皇帝震怒，再加上吐蕃觊觎大唐疆土已久，双方战事不断，于是盖嘉运只好奉旨赶往前线。到任后，为了讨好唐玄宗，消除他的怒气，盖嘉运将西北地区流传的《胡渭州》《甘州大曲》《伊州曲》等曲调统统收集起来，派人专程献给玄宗皇帝，同时也将演奏这些曲调的独特的乐器、乐工及歌女一同进献给了皇帝。唐玄宗本身就酷爱音乐，自谓是“八音领袖”④，审听完这些异域曲调，龙心大悦，拍案叫绝，立命教坊乐工将这些曲调与中原曲调相融合并加以改编演出，从此这些优美的曲调盛行于宫廷。因为这些曲调来源于甘州，因此在唐教坊中，就将其冠名为《甘州》《甘州子》《甘州歌》，在教坊大曲序列中，称之为《甘州大曲》。进入唐末及五代，乐工、文人们将《甘州大曲》各个组成部分又进行艺术加工，使之成为词牌名，就是今天我们熟知的《甘州曲》《甘州遍》《甘州令》《八声甘州》。这里的“子”“曲”“遍”“令”“歌”以及“八声”，都是由《甘州》这个曲调所衍生出的各种形式而已。后来这些曲调又在长安的歌舞伎馆、茶楼酒肆、街坊里巷中广为流传，以至于盛传到域外各国。至今在日本还保留着一些曲谱，但是具体有多少，是否完整，我们不得而知。而这里所说的《大曲》，就是大型乐曲，是兼有乐器演奏的大型歌舞曲。我们今天所看到的这些含有“甘州”的词牌或曲调，原本都是《甘州大曲》中的一个个小乐段，后经文人雅士的改编，才成为今天我们熟知的词牌。下面我们将逐一介绍这几个词牌形成及其演变的过程。

诗词赏析

甘州曲	**格律**
王衍	
画罗裙。	仄平平。（韵）
能结束，	平仄仄，
称腰身。	仄平平。（韵）

柳眉桃脸不胜春。　　仄平平仄仄平平。(韵)
薄媚足精神。　　仄仄仄平平。(韵)
可惜许、沦落在风尘。　　仄仄仄、平仄仄平平。(韵)

此词单调二十九字，六句五平韵。《钦定词谱》中称此调为：“唐教坊曲名，《唐书·礼乐志》：‘天宝间乐曲，皆以边地为名，《甘州》其一也。’”此调顾敻词又称《甘州子》，因其词中有“私语口脂香”句，故此调又称为《口脂香》。《甘州子》是在《甘州曲》调的基础上，起首句多四字而已。这里的“曲”和“子”字，既有歌的意思，于“大曲”中也有“第几遍”的意思。

关于王衍的这首词，宋人吴任臣的《十国春秋》中有这样一段记载：“蜀王衍奉其太后太妃祷青城山，宫人皆衣云霞之衣。后主自制《甘州曲》，令宫人唱之，其辞哀怨，闻者凄惨。衍意本谓神仙而在凡尘耳，后降中原，宫伎多沦落人间，始悟其语。”宋佚名《分门古今类事》云：“伪蜀少主，季年[⑤]游豫[⑥]无度。时徐贵妃姊妹皆有文辞，善应制，各赋诗留题丈人观[⑦]。及晨登上清宫，遣内人悉衣羽服、黄罗裙帔画云鹤、金逍遥冠，前后妓从，动箫韶[⑧]，奏《甘州曲》，盖王少主意在秦庭[⑨]也。登山将半，少主甚悦，命止乐，自制词应云。”

四川历来是富庶之地，其织锦闻名于世，因制作工艺复杂，耗时费力，故云：“锦，金也，作之用功重，其价如金，故其制字从帛与金也。”就是说：锦，就是金子，因为它做工繁复，其价值如同黄金一样，因此古人在创造“锦”这个字的时候，就是把金和帛结合起来造的字。寸锦寸金的说法即由此而来。就是这么珍贵的物品，王衍为了在视觉上追求一种强大的冲击力，他亲自设计服饰，并命人在昂贵的蜀锦上描绘各种图案，或为云霞，或为道袍，或为宫服，同时在宫人的脸上用脂粉画上各种图案，或为求仙祈祷，或为宫廷舞会，其每出一款新衣、每有一个创意、每有一个理念，都会引起国人的赞叹与效仿，其如此奢侈的后果最终导致亡国。这首词就是前蜀后主王衍和他的母亲及妃子们去青城山游玩时，以边地“甘州”地名为题所作之曲。（可参见本丛书之一王衍《醉妆词》）

诗词赏析

甘州遍	格律
毛文锡	
春光好，	平平仄，
公子爱闲游。	平仄仄平平。（韵）
足风流。	仄平平。（韵）
金鞍白马，	平平仄仄，
雕弓宝剑，	平平仄仄，
红缨锦襜[⑩]出长秋。	平平仄仄仄平平。（韵）
花蔽膝，	平仄仄，
玉衔头。	仄平平。（韵）
寻芳逐胜欢宴，	平平仄仄平仄，
丝竹不曾休。	㊣仄仄平平。（韵）
美人唱、揭调是甘州。	仄平仄、仄仄仄平平。（韵）
醉红楼。	仄平平。（韵）

尧年舜日，　　　　　　　　㊣平仄仄，
乐圣永无忧。　　　　　　　仄仄仄平平。（韵）

此词双调六十三字，上片六句三平韵，下片八句五平韵。《钦定词谱》中言道：“按唐教坊大曲有《甘州》，凡大曲多遍，此则《甘州》曲之一遍也。”这里说的是什么意思呢？所谓的“大曲”就是有器乐演奏，即我们通常所说的大型歌舞曲。在王国维先生所著《宋元戏曲史·宋之乐曲》中引《碧鸡漫志·卷三》：“（唐）大曲遍数，多至一二十，其各遍之名，则唐时有排遍、入破、彻。而排遍、入破，又各有数遍。彻者，入破之末一遍也。”也就是说，大曲是由若干遍小乐曲组成，如《伊州》大曲歌五遍，前两遍各有一首七言诗，后三遍各有一首五言诗；破五遍，前三遍各有一首七言诗，后两遍各有一首五言诗。所以说《甘州遍》就是《甘州》大曲中的一遍而已。

诗词赏析

甘州令　　　　　　　　**格律**

柳永

冻云深，　　　　　　　　仄平平，
淑气浅，　　　　　　　　仄仄仄，
寒欺绿野。　　　　　　　平平仄仄。（韵）
轻雪伴、早梅飘谢。　　　平仄仄、仄平平仄。（韵）
艳阳天，　　　　　　　　仄平平，
正明媚，　　　　　　　　仄平仄，
却成潇洒。　　　　　　　仄平平仄。（韵）

玉人歌，	仄平平，
画楼酒，	仄平仄，
对此早、骤增高价。	仄仄仄、仄平平仄。（韵）

卖花巷陌，	仄平仄仄，
放镫台榭。	仄平平仄。（韵）
好时代、怎生轻舍。	仄平仄、仄平平仄。（韵）
赖和风，	仄平平，
荡霁霭，	仄仄仄，
廓清良夜。	仄平平仄。（韵）
玉尘铺，	仄平平，
桂茎满，	仄平仄，
素光里、更堪游冶。	仄平仄、仄平平仄。（韵）

此词双调七十八字，上片十句四仄韵，下片九句四仄韵。《钦定词谱》中认为："《碧鸡漫志》：仙吕调有《甘州令》，《乐章集·甘州令》注'亦仙吕调'。字句与《甘州子》《甘州遍》《八声甘州》不同。"在本丛书《雨中花令与雨中花慢》一章中，我们曾经谈到过"令"这种形式。令是由民间的酒令演化而来。在明刻本《类编草堂诗余》中，提出了一种观点，就是根据一首词的字数多少，来区别小令、中调和长调，并以五十八字以内者为小令，以五十九字至九十字为中调，以九十一字以上者为长调，这种论调被广泛采用并沿用至今。但此类区分法也有特例，如：字数最多的《六幺令》有九十四字，更有《百字令》即一百字，不过它是《念奴娇》的别称。另外还有长达二百十五字的《胜州

令》，虽然叫令，但它却属于慢声长调。因此柳永的这首双调七十八字《甘州令》，虽然名为“令”，但它也是属于特例范畴。

诗词赏析

八声甘州	**格律**
柳永	
对潇潇暮雨洒江天，	仄平⃝平仄⃝仄仄平平，
一番洗清秋。	仄⃝平⃝仄平平。（韵）
渐霜风凄紧，	仄平⃝平平⃝仄，
关河冷落，	平⃝平仄⃝仄，
残照当楼。	平⃝仄平平。（韵）
是处红衰绿减，	仄⃝仄平⃝平仄⃝仄，
苒苒物华休。	仄⃝仄仄平平。（韵）
惟有长江水，	平⃝仄平⃝平仄，
无语东流。	平⃝仄平平。（韵）
不忍登高临远，	仄⃝仄平⃝平平⃝仄，
望故乡渺邈，	仄仄⃝平仄⃝仄，
归思难收。	平⃝仄平平。（韵）
叹年来踪迹，	仄平⃝平平⃝仄，
何事苦淹留。	平⃝仄仄平平。（韵）
想佳人、妆楼长望，	仄平⃝平⃝、平⃝平平⃝仄，
误几回、天际识归舟。	仄仄⃝平、平⃝仄仄平平。（韵）
争知我、倚阑杆处，	平平仄、仄⃝平平⃝仄，

正恁凝愁。　　　　　　　　㊀仄平平。(韵)

此词双调九十七字，上下片各九句、四平韵。要想解读《八声甘州》这个词调，关键在于“八声”二字。《钦定词谱·卷二十五》中，引“《碧鸡漫志》：‘《甘州》，仙吕调，有曲破，有八声，有慢，有令。’按此调前后段八韵，故名‘八声’，乃慢词也，与《甘州遍》之曲破，《甘州子》之令词不同。《乐章集》亦注‘仙吕调’。”这就是说《八声甘州》这个词调系截取大曲一段增减声腔而成，因为全词上下片共有八韵，因此称之为“八声”。另外，《八声甘州》也是曲牌名，南北曲均有，属仙吕宫。北曲字数、格律与词牌字句不同，是用在套曲中。南曲又有二：一与词牌同，用作引子；一与词牌不同，而与北曲略同，用作过曲。此词又名《甘州》《潇潇雨》《宴瑶池》。其中《潇潇雨》是根据柳永词“对潇潇暮雨洒江天”句而来。

首发句“对潇潇暮雨洒江天，一番洗清秋”。“潇潇”是形容风雨暴疾的样子，秋日那透明、清亮的天空，不是用暴风疾雨就能洗出来的，可作者在此偏要说那秋日天空的“清”是“洗”出来的，一个“洒江天”，我们可以想象那暴风疾雨的气势是多么的恢宏，以及那秋日的天空经此洗礼后是多么澄明、清透。柳永在《木兰花慢》一词中亦曾写道：“坼[11]桐花烂漫，乍疏雨、洗清明。正艳杏烧林，缃桃绣野，芳景如屏。”两首词一春、一秋，极写雨后所“洗”出的璀璨锦绣。“渐霜风凄紧，关河冷落，残照当楼。”秋风凄冷、残阳映照关河楼头，这一句境界绮丽而悲壮，气象开阔，笔力苍劲，对此句的描写，历代都有极高的评论。宋代赵令畤《侯鲭录·卷七》东坡云：“世言柳耆卿曲俗，非也。如《八声甘州》云：‘霜风凄紧，关河冷落，残照当楼。’此语于诗句不减唐人高处。”“是处红衰绿减，苒苒物华休。”这两句是作者当时心绪的描写。情从景出、愁因境生，“苒苒”本是形容草木茂盛的样子，而此时因作者是孤旅独处，又逢“悲落叶于劲秋”的“红衰绿减”之时，故而作者眼中的景物，自然是“物华休”。剩下的，“惟有长江水，无语东流”。只有那默然无语的长江之水，向东而去。这一句作者以东逝之水，喟叹时光荏苒、韶华易逝，并流露出深深的离愁之感。上片词人专事写景，以潇潇之暮雨、清冷之寒秋、凄紧之霜风、残照之楼头以及那红衰绿减、物华已休的草木，而喻心境之凄冷。这种凄冷是科举屡次不第的凄冷，是自己仕途无望的凄冷，是对屡次欲以才华报国而屡次受挫的凄冷。面对无语的长江之水，他也只能将哽咽于口中的话语默忍于心，望江水而吟叹。同时也道出了江水表面貌似平静而内里波澜，以水的流逝道自身年华的流逝，以水的波澜喻自己内心的思念之情。意象层层展开，将自然季节中景物的转换，寄托于无语的内心世界。

下片，作者直抒离愁别绪。“不忍登高临远，望故乡渺渺，归思难收”。以“不忍”二字领起下文，再以“登高临远”四字总收上片文意。作者登高临远，本是遥望家乡，以图满足自己的相思之情。但故乡渺渺，相思之情自然是无法满足，虽是无法满足，可是因登高临远而引起的“归思”之情，却是再难以平复。“叹年来踪迹，何事苦淹留。”这两句是作者继“归思难收”之后的又一感叹，这一句以作者苦叹年年浪迹他乡，而不能守在亲人身边而苦恼，道出了作者落拓、潦倒的窘况。柳永生于约北宋太平兴国九年（984年），卒于约北宋皇祐五年（1053年），在近七十年的过往生涯中，他一共参加过五次科举。宋真宗赵恒大中祥符二年（1009年），柳永踌躇满志，自信“定然魁甲登高第”，却被真宗指责他“此人好去风前月下，去浅斟低唱，何要浮名，且去填词”。柳永初试落第，愤慨之下作《鹤冲天·黄金榜上》，发泄对科举的不满。大中祥符八年（1015年），柳永第二次参加礼部考试，再度落第。真宗天禧二年（1018年），柳永第三次落第。宋仁宗赵祯天圣二年（1024年），柳永第四次落第后，愤而离开京师，并写下了著名的《雨霖铃·寒蝉凄切》。景祐元年（1034年），宋仁宗亲政，特开恩科，对历届科场沉沦之士的录取尺度放宽，是年，柳永与其兄柳三接，同登进士榜，随即被授予睦州团练推官一职，这是柳永有生以来的第一份国家级的正式工作。庆历三年（1043年），柳永调任泗州判官，不久，柳永进献新词《醉蓬莱·渐亭皋叶下》，本意想改官提升，但词中因有“太液波翻”等语，引起皇帝忌讳与震怒，联想到江山社稷，故而责问道：“为何不是太液波澄”，因不合圣意进阶无望，转而求晏殊改官而又无果。几年以后，才改为著作佐郎，授西京灵台山令。宋仁宗皇祐（1049—1054）中，又迁屯田员外郎，但不久即客死于旅途中。观柳永的一生，虽做过一些职位不高的小官，但为官时间都比较短，且所俸微薄，其生活窘迫根本入不敷出。尤其是前四次科考的失败，更是使得柳永的经济状况长临捉襟见肘的窘态，以致到了“落叶添薪仰古槐”[12]的地步，为了生存，柳永只能凭借才华寻求作幕，但作幕一来辛苦，二来不自由，且常年奔波在外，苦不堪言。所以我们在柳永词中，所读到最多的就是孤旅与独宦。故而柳永生活极为困顿，大多靠填词卖给歌楼曲坊换来的微薄薪资以维持生计。以至于晚年的他处境凄凉，去世之后无钱埋葬，最终还是由歌女出资，将其旅殡于润州即今江苏省镇江北固山下一处僧寺中（见叶梦得《避暑录话》卷下）。“想佳人、妆楼长望，误几回、天际识归舟。”这两句是继上句感叹后的幽思遐想。想远方的佳人倚楼待人归，却一而再、再而三地失望。其实以柳永的才情本应该有一个温馨的家，有令人羡慕的爱情。历史文献上所记柳永的生平资料极少，他或许有婚姻有家庭，但多年的作幕生涯使得他常年奔波，居无定所，而大宋律法规定，官员上任是不得带家眷的，更何况柳永只是这么一个小官呢。因此每次孑然一身的奔波，他所面对的都是生离死别。而这首词所写，就应该是柳永数不尽奔波中的某一次、旅途上某一天的场景。俗话说：有人辞官归故里，有人星夜赶科场。有人饱经历风霜，有人独立在寒江。只因为少年不知愁滋味，老来方知行路难。温庭筠曾有《梦江南》一词：“梳洗罢，独倚望江楼，过尽千帆皆不是，斜晖脉脉水悠悠，肠断白蘋州。”柳永的这两句“想佳人、妆楼长望，误几回、天际识归舟”与温庭筠的《梦江南》手法契合，都是以思妇望尽天涯路而道思人离情。最后的“争知我、倚阑杆处，正恁凝愁”，以写己身遍倚栏杆，亦是思念远在他乡的亲人而总收全文。

柳永此词写得情真意切，将情感与景物交织在一起，既写出了作者漂泊天涯的孤旅之愁，又写出了作者对其佳人的思念之情，故此词历来享有极高的赞誉。清代刘体仁赞誉道：“关河冷落，残照当楼，即敕勒之歌也。”清代郑文焯赞道：“柳词本以柔婉见长，此词却以沉雄之魄，清劲之气，写奇丽之情。”作为中国慢词的奠基之人，柳永无愧此誉。

注释

①沮渠蒙逊（368—433）：临松人，匈奴族，北凉第二位国君。庙号太祖，谥号武宣王。

②元钦（？—554）：河南洛阳人。西魏政权第二位皇帝（551—554年在位），北魏孝文帝元宏曾孙，西魏文帝元宝炬嫡长子，母为乙弗皇后。

③吐蕃（618—842）：由古代藏族在青藏高原建立的政权。吐蕃王朝是西藏历史上第一个有明确史料记载的政权，松赞干布被认为是实际立国者。

④八音领袖：八音，是我国古代对乐器的统称，通常为金（钟、镈）、石（磬）、丝（琴、瑟）、竹（箫、篪）、匏（笙、竽）、土（埙、缶）、革（鼗、雷鼓）、木（柷、敔）八种不同材质所制。唐玄宗喜爱击打羯鼓，而羯鼓其声焦杀鸣烈，唐玄宗称羯鼓为“八音领袖”，后遂因以称之。

⑤季年：晚年。

⑥游豫：春巡为“游”，秋巡为“豫”。此指帝王出巡。

⑦丈人观：宫观名，在四川灌县。

⑧箫韶：此泛指美妙的仙乐。

⑨秦庭：此代指唐朝故都长安。

⑩襜（chān）：指系在衣前的围裙，或指衣服整齐的样子。

⑪坼（chè）：裂开。

⑫ 落叶添薪仰古槐：唐人元稹《遣悲怀三首·其一》：谢公最小偏怜女，自嫁黔娄百事乖。顾我无衣搜荩箧，泥他沽酒拔金钗。野蔬充膳甘长藿，落叶添薪仰古槐。今日俸钱过十万，与君营奠复营斋。

雨霖铃

词牌题注

《雨霖铃》又被称为《雨淋铃》，原为唐教坊曲名，后用为词牌名。这个曲调，原是唐玄宗李隆基年间的教坊大曲，至宋代另制新曲，并用作词牌名。段安节《乐府杂录》中载："明皇自西蜀返，乐人张野狐所制。"在《碧鸡漫志》《明皇杂录》和《杨妃外传》中都记载有这样一则故事："帝幸蜀，初入斜谷，霖雨弥旬，栈道中闻铃声与山呼应。帝方悼念贵妃，采其声，为《雨霖铃》以寄恨。时，独梨园善觱篥①乐工张徽②从至蜀，帝以其曲授之。因吹之，遂传于世也，世传明皇宿上亭，雨中闻牛铃声，怅然而起。问黄幡绰③，铃作何语，曰：'谓陛下特郎当'，特郎当，俗称不整治也。明皇一笑，遂作此曲。"《杨妃外传》又载："上皇还京后，复幸华清，从官嫔御多非旧人。于望京楼下命张野狐奏《雨霖铃》曲，上四顾凄然，自是圣怀耿耿，但吟'刻木牵丝作老翁，鸡皮鹤发与真同。须臾弄罢寂无事，还似人生一世中。'为此张祜④曾有诗云：'雨霖铃夜却归秦，犹见张徽一曲新。长说上皇和泪教，月明南内更无人。'"

天宝年间，以唐玄宗李隆基为首的李氏集团和与杨贵妃为首的外戚杨氏集团，这两大政治、经济统治势力，因承平日久，于是上上下下形成了一种骄奢淫逸的状态，尤其是杨贵妃的族哥杨国忠，利用杨贵妃的娇宠而当上宰相以后，大肆发展其杨氏家族的势力，一时间杨家外戚权势滔天、无人能及。他们对内横征暴敛，无恶不作，为其家族积累了大量的财富。为了彰显自己的能力，杨国忠对外大肆用兵，与所有外藩交恶，最终导致了天宝十四年（755 年），安禄山以清君侧为名的“安史之乱”的爆发，从而使大唐帝国一夜之间从顶级的繁荣开始走向崩溃，就连叱咤风云、开创了“开元盛世”的唐玄宗李隆基，也迫于无奈而狼狈地逃往蜀地避难。在马嵬坡前，就是现在的陕西兴平，太子李亨鼓动乱军，先是杀死了杨国忠一家，为了斩草除根又要挟他的父亲唐玄宗李隆基交出杨贵妃。这样一来，唐玄宗既忍泪葬送了其一生挚爱杨玉环的性命，无奈间又被迫与儿子李亨分道扬镳。最终太子李亨逃到朔方，就是现在的宁夏回族自治区，在灵武这里即帝位，是为唐肃宗。而唐玄宗李隆基一路逃亡，进入到现在的四川，被迫成为太上皇。由于四川是盆地的原因，本就多雨、多山道，这一日以唐玄宗为首的逃亡大军，走到一个狭长的峡谷下方，此时是“霖雨弥旬”。“霖雨”这个词，如果用在皇帝或朝廷恩赐方面，则可以引申为恩泽，但是这里的“霖雨”，却是实实在在的、南方所下的大雨，而且还是指连绵三日以上、不间断的大雨。“弥”是指长久，“旬”为十日，也就是说这场大雨已经连续下了很多天，此时逃亡的路上雾气弥漫，栈道中车马行走所传出的銮铃之声在低压与雾气中，虽然此起彼伏，但气氛却是异常沉闷与压抑。本来这马踏栈道、雨淋銮铃之音很有诗意，但此刻是在逃亡的路上，又在这恼人的天气下，加上唐玄宗与心爱之人杨贵妃刚刚经历了生离死别，再想到造成动乱的祸首，那令人厌恶、恨不得食其肉的安禄山，以及这一路逃亡中所受到的各种惊吓，玄宗皇帝百感交集从心起，于是将这雨淋銮铃的诗意、对贵妃的爱意、对匪首安禄山的恨意糅合在一起，伴雨淋之清冷，念惆怅之心音，玄宗皇帝守着孤独的缠绵，遥寄着蜿蜒的思念，在这如泣如诉的丝雨中，思绪缭绕，迷离间他提笔写下了《雨霖铃》这支爱恨交加、如泣如诉的乐曲。由于是匆忙出走，跟随玄宗皇帝一起逃亡的乐工，只有一个善于吹奏觱篥叫张徽（张野狐）的乐人，玄宗皇帝把这支写好的曲调交给他，张野狐按照曲谱吹奏，于是这支著名于当世并流传于后世的曲调，就在这雾雨蒙蒙间的雨中栈道中诞生了。安史之乱平定以后，此时已经是太上皇的李隆基回到长安，这支饱含玄宗皇帝爱与恨、情与仇的《雨霖铃》曲调，就成了教坊曲中的一员。因为其曲调之音过于哀怨，每次玄宗皇帝听到，心中那思念之潮顿生，故而教坊乐工也很少演奏这支曲子。时光斗转，二百余年过去，到了宋仁宗天圣二年（1024 年），此年正值大考之年，而已经经历过前三次科考不第、本已垂头丧气的柳永，经过几年的休养，此时又是满血复活、斗志昂扬地出现在考场中。但考试放榜时，那龙头榜上亦如前三次一样，没有柳永的大名，柳永沮丧到极点。看到自己手中无多的散碎银两，在喟然的长叹声中，心情复杂的柳永又一次无奈地与自己心爱的女人分别，颓然地离开了京师，又开始了他新一轮的幕僚生涯。谁个不想在帝都生活？哪个不愿与自己心爱的女人厮守？但生活是需要费用的，囊中羞涩的柳永于无奈之际，只好孤身一人又踏上了这只命运的孤舟。在旅途上，孤苦的柳永思起往事，悲由心生、痛由爱起，刹那间脑海中浮现出唐玄宗李隆基作《雨霖铃》曲时，心中那五味杂陈、各种愁苦的景象，于是援笔而写下了这首著名的、令后世奉为经典的《雨霖铃》词。

诗词赏析

雨霖铃	格律
柳永	
寒蝉凄切。	平平平⃝仄。（韵）
对长亭晚，	仄平平仄，
骤雨初歇。	仄仄平仄。（韵）
都门帐饮无绪，	平平仄⃝仄⃝平⃝仄，
方留恋处，	平平仄仄，
兰舟催发。	平平平仄。（韵）
执手相看泪眼，	仄仄平平仄⃝仄，
竟无语凝咽。	仄平仄⃝平仄。（韵）
念去去、千里烟波，	仄仄仄⃝、平仄平平，
暮霭沉沉楚天阔。	仄仄平平仄⃝平仄。（韵）
多情自古伤离别。	平⃝平仄仄平平仄。（韵）
更那堪、冷落清秋节。	仄平平、仄仄平平仄。（韵）
今宵酒醒何处，	平⃝平仄仄⃝平⃝仄，
杨柳岸、晓风残月。	平⃝仄仄、仄平平仄。（韵）
此去经年，	仄仄平平，
应是良辰，好景虚设。	平仄平平，仄仄⃝平仄。（韵）

便纵有、千种风情， 仄仄仄、㊣仄平平，

更与何人说。 仄仄平平仄。（韵）

此词双调一百零三字，上片十句五仄韵，下片八句五仄韵。柳永这首被历代各词家推为正体的《雨霖铃》词，非咏题面本意，而是借题面意，言作者的离情别绪。本词之腔，极尽哀怨、愁苦之意，委婉曲折，将人世间的离愁别绪描绘得淋漓尽致，使全词笼罩于一片忧伤和哀婉的情绪之中，实为唐明皇《雨霖铃》曲之遗声。

上片，写在清冷的清秋节时分，一对恋人在江边难舍难分的离别场面。前三句“寒蝉凄切。对长亭晚，骤雨初歇”，词人以“寒蝉”点出时令，蝉又称为百日虫，它夏鸣秋殒。而“寒蝉”是什么？是晚秋的蝉，是时日无多的蝉，而秋雨后那若断若续、时日无多的寒蝉哀鸣更为凄惨。作者以“寒蝉”那悲切的哀鸣，点出即将别离的伤痛和那心心念念间的不舍，并以“长亭”点出分手之地。古时在首都城外的大道旁，每隔三里之地设有一些短亭，五里之地设有一些长亭，其目的是专供离别远行之人饯别之用，亦如李白《菩萨蛮》中“何处是归程，长亭更短亭”一样。在题注中我们已经讲过，这是柳永第四次科考失败后，囊中羞涩的他在万般无奈之际，只得在一个寒秋日，于暴雨间歇的空间、于凄冷的傍晚时分告别心上人，转而踏上为了生存而去打工的漫漫孤独之路。“都门帐饮无绪，方留恋处，兰舟催发。”“都门”就是国都之门，在即将离开国都之门的时刻，喝一杯离别之酒。作者在这里用“无绪”来表明离别之酒，是那样难以下咽。“留恋”二字，点出了二人不忍分别、恋恋不舍之态。此时双方的心情已经很压抑了，可作者为了渲染气氛，再加一笔“兰舟催发”。恋人不忍相别，可那恼人且无情的船只却催人出发，使人分别。这是一种残酷无情的现实与双方当事人内心痛苦的博弈。由此引出下文的“执手相看泪眼，竟无语凝咽”，这一句将“兰舟催发”后，恋人即将分手前，那一瞬的泪眼婆娑、呜咽相视，那欲语泪先流之状，那殊不忍别之情，那眷恋不舍且又无可奈何的伤心失魂之状，描绘得极为传神。最后词人以“念去去、千里烟波，暮霭沉沉楚天阔”而收上片文意。这一句，具有承上启下的作用，明是写景，而实际上却饱含了作者的深情。正所谓景无边而情无限之意，另外也同时说出了作者之所以“无语凝咽”、殊不忍别的原因正是“念去去、千里烟波”而引出的结果，衬托出了主人公前途渺茫、情人相见无期，但为生计又不得不远行的无奈与凄楚。

下片，词写对离别以后那孤独生活的种种遐想，并通过对离别之人内心活动的描写，再一次将惜别之情委婉地表达了出来。“多情自古伤离别。更那堪、冷落清秋节。”是啊！自古以来有多少人痛伤离别？所谓的人无情亦无所谓离别，但正是人与人之间产生了感情，于是就有了惦念与相思，有了离别与痛苦，更何况在这寒冷凄清惨淡的寒秋季节，更易使人产生寂寞怅惘之感。“今宵酒醒何处，杨柳岸、晓风残月。”此句则纯是设想，设想酒醒后所看到的杨柳参差的江岸、和煦的晨风，以那破晓后的残月为托，道出了优美如画的景色中，所带有的几分迷蒙，几分清冷，几分孤寂，几分情感缺失的无奈和幽独。这一句是带有一种极具朦胧美的孤独情语，真切而细腻，脍炙人口，以至于流传千年而不衰。同时，引出下文的“此去经年，应是良辰，好景虚设”句，“经年”是一年以上或许多年的意思，这一句是延上句情语而再一次设想别后的孤寂与无奈，经此一别后，即便前方的良辰再好、美景再佳、风情再浓，对于柳永而言也如同虚设而无心欣赏。最后的“便纵有、千种风情，更与何人说”这一句，则是真正的伤神揪心之言，分别之后，纵使心中有那千般柔情、万种恩爱、无限思念，又能对谁去倾诉呢？这一句大有余恨无穷、余味未尽之意。

此词清婉哀丽至极，将那情人间将别、临别、惜别，以及别后的种种神态描写得极为精细，以景托情，以情言景，写景写情虽长于铺叙，但层层点染，将分别伤感之情态，刻画得真切而形象。故俞文豹在《吹剑续录》中赞道：“（此词）最宜给十七八女子，拍红牙板，歌‘杨柳岸、晓风残月’。”宋翔凤亦曰：“柳词曲折委婉，而中具浑沦之气；虽多俚语，而高处足冠群流。倚声家当尸[⑤]而祝之。”又曰：“慢词当始耆卿，盖起宋仁宗朝。中原息兵，汴京繁庶，歌名舞席，竞睹新声。耆卿失意无俚，流连坊曲，遂尽收俚俗语言，编入词中，以便伎人传习。一时动听，散播四方。东坡、少游辈继起，慢词遂盛。”清人黄蓼园在其《蓼园词评》中对此词评论道：“送别词，清和朗畅，语不求奇，而意致绵密，自尔稳惬。”

注释

①觱篥（bì lì）：由古代龟兹即今新疆库车县一带，以竹为管流行的一种簧管类乐器。

②张徽：唐代著名音乐家。擅长参军戏，能吹角篥及弹奏箜篌，供奉宫廷。安禄山作乱，随玄宗入蜀，后同返京，途中为玄宗

制《雨霖铃》(一作《雨淋铃》)与《还京乐》二曲。

③ 黄幡绰：唐代宫廷乐师。凉州（今甘肃武威）人氏，其擅长“参军戏”，入宫三十余年，侍奉唐玄宗。

④ 张祜（hù）(约785—849)：字承吉，唐代清河（今邢台市清河县）人。家世显赫，有“海内名士”之誉。在诗歌创作上取得了卓越成就。以一曲“故国三千里，深宫二十年”(见本丛书《何满子》)，张祜得以闻名于世。《全唐诗》收录其三百四十九首诗歌。

⑤ 尸：本义是古人祭祀时，所代表死者受祭的人。后来汉字简化后，将这个“尸”，等同于人死后的尸体，即屍，其意义与古时则不符。

六幺令

词牌题注

《六幺》[①]又名《绿腰》《录要》《宛溪柳》《乐世》，是唐代汉族统治者，从西域少数民族地区引进来的一个大曲名称。进入唐朝宫廷后，最先成为唐教坊曲，入宋成为词牌名后，而称之为《六幺令》。关于《六幺》的起源、传承、经历以及演奏方式和其中的细节衔接等问题，由于历史的睽隔已经很难弄清它的具体缘由，这也是迄今为止音乐学者研究唐代曲调的难题之一，但在一些唐宋私人笔记文献和诗词中，尚有一些零散的关于《六幺》话题的描述。

首先我们不管是从典籍上还是唐人诗句描绘中，都可以分析出，其《六幺》《绿腰》《录要》《宛溪柳》《乐世》等，都应该是琵琶曲。如在段安节所著的《乐府杂录·琵琶》一节中，对此就略有描述称："绿腰，本自乐工进曲，上令录其要者，今以为名，设言《绿腰》也。"这句话说的是唐贞元年间，乐工进献给皇帝一首新的琵琶曲调，这支乐曲的曲调因为清新委婉，唐德宗李适非常喜爱。然而乐曲虽然好听，但是唐德宗却嫌这个曲调太长，于是命乐工节录其中精彩、重要的部分进行演奏，因此《绿腰》亦称为《录要》，就是录取主要的部分。另外如唐人元稹在其《琵琶歌》一诗中有“凉州大遍最豪嘈，六幺散序多拢捻”以及“管儿还为弹六幺、六幺依旧声迢迢”句。白居易《琵琶行》中亦有“先为《霓裳》后《六幺》”句，由此我们知道《六幺》是琵琶曲无疑，且与《霓裳羽衣曲》是紧密相关的，而其中的“拢捻”一词，是弹奏琵琶的两种专用指法，就像琵和琶一样，原也是弹奏琵琶的两种手法名称，琵是右手向前弹，琶是右手向后挑，虽然琵琶进入中国人的视野已经有两千余年的历史，传说是“乌孙公主”即西汉宗室刘建之女刘细君远嫁位于西域的乌孙国主，因思念中原、思念家乡而制作的乐器，但后来盛行于隋唐时期的琵琶，却是由西域曹国即今天的乌兹别克斯坦一带引进的。在前言中我们曾经总结过音乐兴盛的由来，首先是帝王的喜爱，然后通过战争在削平了各个割据小王国后，不但俘其国君、获其财物，同时还要将其国内大批技艺高超的乐工歌伎带回京师，使得这些乐工歌伎与本朝艺人得以进行技艺的切磋，这对音乐的发展、歌曲的演唱、诗词的创作和传播，都起到了极大的推动作用。比如出生于隋代的西域曹国人曹妙达，就因为善弹琵琶而在北齐时被封王，入隋后又被任命为宫中乐官，教习琵琶技艺，其后人也都是著名的琵琶演奏家。这一点从唐代诗人白居易的著名诗篇《琵琶行》中可见一斑，白居易非常形象地对琵琶演奏及其声响效果进行了描述：“大弦嘈嘈如急雨，小弦切切如私语。嘈嘈切切错杂弹，大珠小珠落玉盘。”另外从敦煌壁画和云冈石刻中我们也可以读出，佛教曲与琵琶的各种关系。但不管是最早的横式琵琶，还是后来的竖式琵琶，以及包括反弹琵琶等各种技艺的表现形式上，都可见琵琶在当时那个年代的影响力是非常之大的。王灼《碧鸡漫志》另记有："白乐天《杨柳枝》词云：'六么水调家家唱，白雪梅花处处吹。'又《听歌六绝句》内，《乐世》一篇云：'管急弦繁拍渐稠。绿腰宛转曲终头。诚知乐世声声乐，老病人听未免愁。'注云：'《乐世》一名《六么》。'王建《宫词》云：'琵琶先抹六么头。'故知唐人以'腰'作'么'者，惟乐天与王建耳。或云，此曲拍无过六字者，故曰《六么》。（但此说应该只限于教坊曲调，词牌《六幺令》因其字数的问题故不在此列。）至乐天又独谓之《乐世》，他书不见也。'曲有《录要》者，录《霓裳羽衣曲》之要拍。'《霓裳羽衣曲》之官调，与此曲了不相关。士大夫论议，尝患讲之未详，卒然而发，事与理交违，幸有证之者，不过如聚讼耳。若无人攻击，后世随以愦愦[②]，或遗祸于天下，乐曲不足道也。"另据段安节《乐府杂录·琵琶》一节中记载：唐"贞元（785—805年）中，有康昆仑第一手。始遇长安大旱，诏[③]移南市祈雨，及至天门，街市人广，较胜负，斗声乐。即街东有康昆仑，琵琶最上，必谓街西无以敌也。遂令昆仑登彩楼，弹一曲新翻羽调《绿腰》。其街西亦建一楼，东市大诮[④]之。及昆仑度曲，西市楼上出一女郎，抱乐曲，先云：'我亦弹此曲，兼移在枫香调中。'及下拨，声如雷，其妙入神。昆仑即惊骇，乃拜请为师。女郎遂更衣出见，乃僧也。盖西市豪族厚赂庄严寺僧善本，姓段。以定东廛[⑤]之声。翊日，德宗召入，令陈本艺，异常嘉奖，乃令教授昆仑。段奏曰：'且请昆仑弹一调。'及弹，师曰：'本领何杂？兼带邪声。'昆仑惊曰：'段师，神人也。臣小年初学艺时，偶于邻舍女巫授一品弦调，后乃易数师。段师精鉴如此，玄妙也。'段奏曰：'且遣昆仑不近乐器十年，使忘其本领，然后可教。'诏许之，后果尽段之艺。"再其后王灼在《碧鸡漫志》中，对段安节《乐府杂录·琵琶》这一段评价道："今《六么》行于事者四，曰黄钟羽，即俗呼般涉调。曰夹钟羽，即俗呼中吕调。曰林钟羽，即俗呼高平调。曰夷则羽，即俗呼高平调，皆羽调也。昆仑所谓新翻，今四曲中一类乎，或他羽调乎，是未可知也。段师所谓'枫香调'，无所著见。今四曲中一类乎，或他调乎，亦未可知也。欧阳永叔云：'贪看六么花十八。'此曲内一叠，名'花十八'，前后十八拍，又四花拍，共二十二拍。乐家者所谓'花拍'，盖非其正也。曲节抑扬可喜，舞亦随之。而舞筑球六么，至花十八益奇。"这里所说的"花十八"又叫"六幺花十八"，是舞曲名，因其前后共十八拍而得名。"花拍"就是指乐曲正拍以外的附加节拍。而关于"舞筑球六么"一句，虽然贺铸在其《木兰花》一词中有"舞腰轻怯绛裙长，羞按筑球花十八"句，但这一句具体是怎么个解释，由于缺失典籍的记载，现在已经无人能回答。任半塘所著《教坊记笺订》中略记有："穆宗长庆间，沈亚之撰卢金兰墓志铭，谓金兰'为绿腰、玉树之舞，故衣制大袂、长裾，作新眉愁颦，顶鬓为娥'。可略见其舞容。传至日本者据云亦女舞，壹越调，已轶。"这一段记录中的"作新眉愁颦"，似乎与白居易的"诚知乐世声声乐，老病人听未免愁"句暗合。或另有一说"幺"，就是小的意思，因此调中羽弦最小，节奏繁急，故有是称。另外现代戏曲曲牌中亦有此调，且南北曲均有。京剧中亦有《六幺令》，系吹打曲牌，无唱词，多用于官员上朝、回府时音乐。《钦定词谱》中称，此调在柳永《乐章集》中注："'仙吕调'，即《碧鸡漫志》所云'羽调'之一。"并以柳永词为正体。

诗词赏析

六幺令	格律
柳永	
澹烟残照，	仄平平⃝仄，
摇曳溪光碧。	平⃝仄平⃝平仄。（韵）
溪边浅桃深杏，	平⃝平仄⃝平⃝平仄，
迤逦染春色。	平⃝仄仄⃝平仄。（韵）
昨夜扁舟泊处，	仄⃝仄平平仄仄，
枕篝[6]当滩碛[7]。	仄⃝仄平平仄。（韵）
波声渔笛。	平⃝平平仄。（韵）
惊回好梦，	平⃝平仄⃝仄，
梦里欲归怎归得。	仄⃝仄仄⃝平仄平仄。（韵）
辗转翻成无寐，	仄仄平平平仄，
因此伤行役。	平⃝仄平平仄。（韵）
思念多媚多娇，	平⃝仄平⃝仄平平，
咫尺千里隔。	仄仄平仄⃝仄。（韵）
都为深情密爱，	平仄⃝平平仄仄，
不忍轻离拆。	仄⃝仄平平仄。（韵）
好天良夕。	仄⃝平平仄。（韵）
鸳帷寂静，	平⃝平仄⃝仄，
算得也应暗思忆。	仄⃝仄仄⃝平仄平仄。（韵）

此词双调九十四字，上下片各九句五仄韵。在前面几篇文章中，我们对柳永的生平有了一个大概的了解，柳永的一生是官

场失意、曲坊得意的一生；是浅斟低唱与倚红偎翠的一生；是白衣卿相与羁旅孤苦相交的一生；是封建统治者为维护上层尊严与下层士子们科考无望以至放纵自己而矛盾纠结的一生。严格说起来柳永出身于儒学官宦之家。祖父柳崇为著名隐士，并以儒学知名乡里；父亲柳宜，曾任南唐监察御史，入宋后登进士第，官至工部侍郎，并以孝行闻名于世；五个叔父及两个哥哥都有科第功名，故柳永从小即受到良好的文化熏陶。然而造化弄人，咸平五年（1002 年）柳永由福建崇安出发，准备参加由礼部举行的进士考试。他先是来到苏杭地区，准备游览一番以后再到扬州，然后乘船直奔汴京参加考试。然而柳永刚刚到达杭州，便被这里的湖光山色之美好、都市繁华之昌盛所吸引，遂滞留杭州，并很快就迷失于秦楼楚馆中，沉陷于倚红偎翠的温柔乡而不能自拔。在杭州荒唐的几年间，其“魁甲登高第，光宗耀祖时”的思绪亦不时涌现于脑海间，于是他辞别新旧相识，赶到汴京参加进士考试，自认为考得非常不错，而且他自己也信心满满，认为“定然魁甲登高第”。虽然此时柳永的名望早已达到了“凡有井水处，皆能歌柳词”的高度，以至于宋真宗赵恒每至宴饮必以闻柳词之后方能尽兴。但由于柳永在杭州的放浪生活，让素以留意儒雅的皇帝感到有辱斯文，于是有诏曰“读非圣之书，及属辞浮糜者，皆严谴之”。皇帝的旨意就是告诉大家，如果你所读的书不是圣贤之书，以及你文章中所写的语辞属于轻浮、淫靡的，此次考试不管你的成绩如何，都不能录取。不但不能录取，而且还要严厉地谴责他。于是柳永自然而然地落榜了。这是柳永第一次遭到严重的心理打击，于是愤慨之下他写下了《鹤冲天·黄金榜上》一词，其中有“才子词人，自是白衣卿相”和“忍把浮名，换了浅斟低唱”句，这样一来更加惹怒了皇帝，故而柳永也为自己的一时少年荒唐，只因为少年不知愁滋味，老来方知行路难，而付出了三十余年无缘功名的代价。无缘功名，就意味着没有官职，也意味着没有收入，所以为了生计，柳永不得不频繁地出入曲坊巷陌，大量地填词作曲来维持生计。据罗烨《醉翁谈录·丙集卷二》云：“耆卿居京华，暇日遍游妓馆。所至，妓者爱其有词名，能移宫换羽，一经品题，声价十倍。妓者多以金、物资给之。”这种现象直到他于宋仁宗景祐元年（1034年），将自己柳三变的名字更改为柳永以后，或是朝廷开恩，对于多次考试不中的老人施以“特开恩科”的恩惠，或是改名以后，皇帝忽略了这位“奉旨填词”而“忍把浮名，换了浅斟低唱”的“自是白衣卿相”的“才子词人”的存在，让柳永钻了空子，总之柳永在历经五次考试以后，终于高中进士，他窘迫的生活状况才略有改变。这期间柳永一直漂泊于淮、楚、江、浙及成都、西北一带，投靠地方官员以寻求作幕。故从宋真宗咸平五年（1002年），到宋仁宗景祐元年（1034年），这三十余年漂泊生涯中，作者述写了大量羁旅孤宦之词，这些苦涩艰难的困顿生涯带给柳永的是什么呢，是大半个人生所经历的惨痛。而本词即是作者这大半个惨淡人生中，某一天或某一段孤苦羁旅中的一段真情袒露。

“澹烟残照，摇曳溪光碧”起首句，作者描绘了一派旖旎的水上风光。在那淡淡的夕阳余晖映照下，水波弥漫处，一只小船悠游自得地摇荡于溪流碧波之间。“溪边浅桃深杏，迤逦染春色。”作者于小船之上抬望眼展目观看，但见两岸之上，那近处的桃花、远处的杏花，延伸处曲折而连绵不断，这一句将春色点染得生动而瑰丽。以上四句，作者以明媚的春光替代了以往词作里那无奈的凄凉窘境中，所呈现出的凄风苦雨的秋景，而以这满目的春色带给人以温馨、带给人以生机、带给人以快乐而起意，如此下去，这将是一首令人愉悦而欢快的词作。然而至此作者却将春景陡然打住，陷入痛苦的追忆之中。“昨夜扁舟泊处，枕簟当滩碛”，“枕簟”就是枕席，“当”是正对着，“滩碛”是指布满碎石的河滩。这两句道出了作者漂泊孤旅的苦楚与寂寞。试想扁舟一叶，夜泊于沙石浅滩之中，四周寂静而空阔，只有那江水裹挟着浅滩上的沙石，一遍又一遍，循环往复地拍打着船舷，无休无止。而这无休止的拍打声，却反而起到了“蝉噪林愈静”之效果，使人愈显孤寂与无奈。这一句同时也为下面几句起到了铺垫作用。“波声渔笛”，波涛阵阵，以及偶尔从不知何处的远方传来的悠悠笛声，这一句“波声渔笛”环境的描写，关键看放在何种环境下，如若是春光明媚好山好水间，这一句与周边景物相融，会令人诗意顿生，然而作者的一句“惊回好梦，梦里欲归怎归得”，却无由地搅乱了这充满诗情画意的美好意境，惊断了作者梦中回家，并与家人团聚的好梦。唉！就连这梦里归家的路，怎么也如此之难呀！这一句道出了孤宦离人的思念之苦。本是孤旅独处，又逢孤舟夜泊于滩碛，故而自然而然地引起思乡之愁，亦越发地引起思人之念。

下片，作者一上来便续写上片的“梦里欲归怎归得”的原因，“辗转翻成无寐，因此伤行役”。这两句是紧承上片的“惊回好梦，梦里欲归怎归得”而言。梦已醒，可梦中思念的人儿已无处寻觅，至此，作者为整日的在外漂泊而伤悲。这里的“伤”是伤悲、愁苦之意。“行役”中的“行”字是奔忙，是为“役”而行走，去追求、去奋斗之意。而“役”字，本谓功名、利禄，为生存、生计之谋。然而“伤行役”的真正原因何在，目的何在呢？令作者“惊回好梦”，而梦中不得回的原因到底是什么呢？“思念多媚多娇，咫尺千里隔”。彻夜无眠而思念的，是那远在千里之外的多媚多娇之人。由于柳永写词触怒过皇权，故柳永虽屡次欲结交各位朝廷权贵，而权贵们虽然都喜欢柳永的词作，但又都怕忤逆皇帝旨意，所以大家都对柳永敬而远之，因此柳永每次到这些朝廷权贵家中去登门拜访，以求得提拔重用，都是无功而返。又由于柳永为生计所迫，常年流连于秦楼楚馆，名声不好，故在正史或野史中记录其生平事迹极少，有限的资料都是从他的词中或于他人所记野史，或于他人笔记文献中获得。柳永的婚配情况或情人为谁者？是长期？是固定？或临时者？其子女及后人情况如何？对此我们知之甚少。只知柳永留有一子柳涚（shuì），曾官至著作郎，宋仁宗嘉祐六年（1061 年）为秘书省校书郎，守陕州司理参军，因为政绩突出，被皇帝闻之，特改大理寺丞。而词中的“多媚多娇”，或谓家人而有所特指，或为泛指，我们不得而知。而“咫尺”是指其思念或谓梦中思念近在咫尺，而路途却相隔万里之遥之喟叹。“都为深情密爱，不忍轻离拆”两句是至情之语。性情中男女，哪个不是如胶似漆，哪个不言柔情蜜意，又有哪个愿轻言离别呢？更何况这种离别容易，而相见却又不知在何年何月，这种经岁又经年的离别，是何其痛楚，令人铭于心肺而暗伤其神。“好天良夕。鸳帷寂静，算得也应暗思忆”。这三句应是作者在自己思念亲人的同时，也在设想亲人此刻的寂寞和相思。“鸳帷”指绣着鸳鸯的帷帐，自己的亲人在月圆之夜亦应陡感空寂，算来今日此时，也应正在思念我吧！这几句情深之遐想，应是作者自我安慰之语吧。

柳永的游宦之词，不论他写什么，一山一水间、一生一世叹，总是能让人从他的羁旅孤宦中体念出温婉的情语，这就是柳永的特点，这就是“凡有井水处，皆能歌柳词”的魅力。

注释

①《六么》：也作《六幺》，遵从引用文献原文，此处不作统一。

② 愦愦（kuì kuì）：烦乱、纷乱状。

③ 诏：本意是帝王召集大众讲话，后引申为帝王发布的文书或命令。

④ 诮：讥讽。

⑤ 廛（chán）：本意是指古代城市平民百姓所居住的房地，此代指百姓。

⑥ 簟（diàn）：凉席。

⑦ 滩碛（tān qì）：指浅水下的沙石滩。碛，水中的沙石。

曲玉管

词牌题注

《曲玉管》原为唐教坊曲名，入宋后柳永在《乐章集》中注“大石调”，而成为词牌名，故此词牌由柳永始，又由于所押之韵极险，故后人再无复用者，遂成绝调。任半塘在《教坊记笺订》中提出：“此与《七星管》《嵇琴子》皆因乐器名名调，‘曲’义未通。柳永词调仍作《曲玉管》。（周密《志雅堂杂钞》上载射覆牌上刻曲名，亦作《曲玉管》。）郑处晦《明皇杂录》：‘安禄山自范阳入觐[①]，献白玉箫管数百事，皆陈于梨园，自是音响殆[②]不类人间。’（宋《乐史·杨太真外传》：上谓禄山进三百事管色，俱用媚玉为之。）白居易《长恨歌》序：‘梨园弟子玉琯[③]发音，闻《霓裳羽衣》一声，则天颜不怡’，亦指其物。唐王起有《白玉琯赋》。”由此我们知道《曲玉管》这个曲调，本应该是管状类的箫或是笛曲，且不排除是安禄山进献给朝廷数百根白玉制作的箫或笛以后，而开始以此物制曲，否则也不会有王起的《白玉琯赋》。在中国关于用管状物吹奏音响，并调校发音的历史记录，最初见于吕不韦所著《吕氏春秋》[④]一书。《吕氏春秋·古乐》中云：“昔黄帝令伶伦[⑤]作为律。伶伦自大夏之西，乃之阮隃[⑥]之阴，取竹于嶰溪[⑦]之谷，以生空窍厚钧者，断两节间，其长三寸九分而吹之，以为黄钟之宫，吹曰‘舍少’[8]。次制十二筒，以之阮隃之下，听凤鸣之鸣，以别十二律，其雄鸣为六，雌鸣亦六，以比黄钟之宫适合，黄钟之宫皆可以生之。故曰黄钟之宫，律吕之本。”这就是中国本土所诞生律管最初的由来。因此按照《吕氏春秋》的说法，律管是黄帝命伶伦创造出来的，那么中国最早制作律管的年代，距今应该已有五千余年。而从河南舞阳贾湖考古发现的“中华第一笛”，经“碳十四同位素”测定，距今已有八千余年的历史。在远古时代箫或笛都属于巫师用的法器，古人认为箫或笛所发出的声音能与神灵沟通，所以它只能在皇权仪式中使用，而“曲”字在字义上亦有“法”或“佛法”的意思，因此《曲玉管》的本意，我们是否可以理解为“吹奏佛曲的玉笛”之意？下面我们就欣赏一下柳永的这首绝唱之调。

诗词赏析

曲玉管	格律
柳永	
陇首云飞，	仄仄平平，
江边日晚，	平平仄仄，
烟波满目凭阑久。	平平仄仄平平仄。（叶）
一望关河萧索，	仄仄平平平仄，
千里清秋。	平仄平平。（韵）
忍凝眸。	仄平平。（韵）
杳杳神京，	仄仄平平，

盈盈仙子，	平平平仄，
别来锦字终难偶。	仄平仄仄平平仄。（叶）
断雁无凭，	仄仄平平，
冉冉飞下汀州。	仄仄平仄平平。（韵）
思悠悠。	仄平平。（韵）

暗想当初，	仄仄平平，
有多少、幽欢佳会，	仄平仄、平平平仄，
岂知聚散难期，	仄平仄仄平平，
翻成雨恨云愁。	平平仄仄平平。（韵）
阻追游。	仄平平。（韵）
悔登山临水，	仄平平平仄，
惹起平生心事，	仄仄平平平仄，
一场消黯，	仄平平仄，
永日无言，	仄仄平平，
却下层楼。	仄仄平平。（韵）

此词双调一百零五字，上片十二句五十六字，两叶韵四平韵，下片十句四十九字三平韵。《钦定词谱》中对此词注释道："此词前段截然两对，即《瑞龙吟》调所谓拽头也。间叶两仄韵，亦是本部三声叶，无别首宋词可校。"此词既可以分成上下两片，也可以分成三片而称之为三叠，前两叠短而句法相同，后叠较长。大凡三片之词，以音律论，前两片为双拽头，后一片称换头，或谓过片，而文词也是前两片大致一体，而过片另作一意，从而使词声情相应。

这首词应该是柳永在第四次落榜之后所作，为了生计，他不得不离开汴京，前往西北陕西或甘肃一带去寻求作幕[⑨]，以期能谋取一官半职，为下一次的科考而备战和积蓄能量。也许是朋友推荐，也许是故交招引，因为缺乏史料，我们不知道柳永此去，具体是落往何地，投奔何人，但从词中我们可以感念出这次的孤宦羁旅，也许是受环境之感念，也许是几次科举不第而令他身心俱疲，故而此词给人的印象，较之以往的孤宦羁旅之词，自有一番细腻与不舍，其意象更为凄悲苍凉，读之令人有一种悔教夫婿觅封侯的无奈。

第一片，作者先景而后情，到“忍凝眸”处打住，写出了作者对景而怀人，不堪久望、不忍久凝眸之意。

“陇首云飞，江边日晚，烟波满目凭阑久”。“陇”，是甘肃省的简称，“首”，是最高处，“陇首”是指陇山，这是位于宁夏、甘肃、陕西三省（区）交会处的一座高山。作者以山、以水、以满目的烟波入手，将羁旅游宦的孤独之愁，寓之于深秋的凄凉晚景之中，写出了江边日晚所见的暮云纷飞、落日之时的烟霞满目，以及那触目所及清秋后的萧条景色。一句“烟波满目凭阑久”，给人以无限遐想。在古诗词中，我们经常看到“凭阑”或“倚楼”的字样，一般来讲描写男性主人公心事重重的样子，多以“凭栏”起句，如南唐后主李煜《浪淘沙令》“独自莫凭栏，无限江山，别时容易见时难”。宋人岳飞《满江红》“怒发冲冠，凭栏处、潇潇雨歇”。而描写女主人公心意委婉悱恻的样子，则多用“倚楼”二字起句，如宋代朱淑真“迟迟花日上帘钩，尽日无人独倚楼”。温庭筠《望江南》“梳洗罢，独倚望江楼”。这里所说的“栏”也好、“楼”也罢，都是主人公欲诉其心事的媒介，正所谓：独自莫凭栏，无限江山意，尽在不言中。而主人公此时是凭栏已久，而抬望眼凝眸所见则是“一望关河萧索，千里清秋”。这两句悲壮苍凉，亦如其《八声甘州》中“渐霜风凄紧，关河冷落，残照当楼”句一样，其语境不减唐人高处，尽写登高望远，千里江山凭栏所见之壮阔。“忍凝眸”三字，将即将展开的壮阔之景戛然打住，“凝眸”是深情、目不转睛地看，而此时作者却要忍住这种专注的凝视，为什么呢？作者到底想要看见什么，但又不忍见呢？

“杳杳神京，盈盈仙子，别来锦字终难偶。”这第二片，作者先情而后景，将第一片“忍凝眸”的原因，非常直白地告诉我们：所望之处，那里有渺茫无际且看不清出路在何方的帝都，有令人朝思暮想、仪态万千的美人，然这一切都随着自己为了生存而寄人篱下的离开，而与心上之人再难以见面、难以书信、难以成偶。这里的“别来锦字终难偶”，是用《晋书》中的典故，称苻秦时，窦滔因罪徙流沙（古指我国西北、新疆一代的沙漠地区），其妻苏蕙因思念丈夫而作《回文璇玑图》诗，并将其织于锦帕上寄与其夫，其词写得哀婉感人。作者这是借苏蕙寄书信给丈夫，意祈希望自己也能够收到心上人哪怕是只言片语的问候书信。然而，“断雁无凭，冉冉飞下汀州”，“断雁”是什么？是一只失群之雁，是一只孤独之雁，是一只被抛弃了的伤心之雁，这只雁渐渐地离我而去，渐行渐远地飞向了遥远的他乡，而留给我的，只剩下这无休无尽、撕心裂肺、绵绵不绝的“思悠悠”。这个“思悠悠”的内涵与味道，非经历之人不可道也。

过片，作者继“思悠悠”往日之惆怅后写道，“暗想当初，有多少、幽欢佳会，岂知聚散难期，翻成雨恨云愁”。作者在经历了前几次科考而始终名落孙山的仕途无望之后，无奈间为了生存，他不是整日地流连于楚馆秦楼，歌酒填词为生，就是舟旅劳顿，于作幕赚钱的旅途之上，故有“暗想当初，有多少、幽欢佳会”句。然而此时作者却语锋一转，“岂知聚散难期，翻成雨恨云愁”。这是一句心酸之语，柳永一生宦游沉浮、浪迹江湖，在其今人所见二百余调诗词中，有六十多首是描写孤舟、羁旅、行役、寒馆的旅宦之词，所反映出的是柳永大半人生中的追求、挫折、矛盾、苦闷、辛酸、失意、无奈等复杂心态。人生最痛苦的经历，就是相爱之人有情无缘，常相思却不能常相依恋。此所谓是醉过才知酒浓，爱过才知情重。为了功名，柳永的一生都在奔波忙碌当中。为了利禄，他放弃了温暖的家庭和本应该令人羡慕的爱情，本来企图要用这种奔波忙碌，来换取更高的利禄，但令人没想到的却是，利禄一次次地抛弃了他，随着利禄对他的一次次的无情抛弃，本身应该得到的爱情也一次次无情地抛弃了他，种种的生活负担、种种的莫名担忧，困扰着这个此时相思的人，困扰着这个无时无刻不在祈盼以仕途改变命运的人。对于仕途来讲，爱有时候显得无比残酷，而对于爱来讲，仕途的诱惑力又是无比的巨大。生活的艰辛、生存的无奈，种种矛盾怎么办？作者只能无力地喟叹道：“阻追游。”这里的“追游”二字，原意是寻胜而游，追随游览的意思，而在此词中，却要作为“追随游宦”而言，那么是谁要追随在柳永身边，和他一起游宦于天涯？又是谁悔教夫婿觅封侯，而阻止他去游宦？这里一个“阻”字，真是别有一番滋味在心头，不可道，亦道不出。在前几篇介绍柳永的诗篇中，我们曾经详细讲过，柳永年轻时期因为张狂而目无皇权，因而我行我素地过着“才子词人，自是白衣卿相”那梦幻般倚红偎翠的生活，故而在他以后的大半个人生间，一直在为他年轻的张狂而买单，因此这里有无奈也有后悔，有呐喊也有愤慨，这是一种为自己年轻的荒唐而无奈、而后悔的情感。“悔登山临水，惹起平生心事，一场消黯，永日无言，却下层楼。”此刻思念繁多的柳永，后悔此时此刻的登山临水，因为登山临水从望见了来时的帝京之路开始，而令他思起了柔情的仙子、想到了繁华的过去、想到了看不到出路的未来，风光过，落魄过，先相聚，后相离，既相离，难相聚，往事如烟，思起以往这些无情的、有情的是是非非，故而使他万千思绪飞扬。他黯然销魂、愁绪满腹而默默无语地走下高楼。此处的高楼与首句的“凭阑”前后呼应，使整首词达到词尽而意不尽之意境。

其词中的“忍凝眸”“思悠悠”“阻追游”这几个关键词句，用得细密而妥帖，清人郑文焯在《大鹤山人词论》中说：“屯田，北宋名家，其高深处不减清真。长调尤能以沉雄之魄，清劲之气写奇丽之情，作挥棹之声。冥探其一词之命意所在，确有层折；如画龙点睛，其神观飞越，只在一二笔直便尔破壁飞去也。”此段议论，真正道出了柳词的风骨所在。

注释

①觐（jìn）：古代政治礼仪之一。“秋见曰觐”。其本意就是古代众多诸侯，集中在秋天拜见帝王，属于礼节性的短暂拜访，这个拜访过程就叫作“觐”。

② 殆（dài）：几乎、大概。

③ 玉琯（guǎn）：琯同“管”。古代管乐器，用玉制成，似笛共六孔。

④《吕氏春秋》：又称《吕览》，是在秦国丞相吕不韦主持下，集合门客们编撰的一部名著。以儒家学说为主干，以道家理论为基础，以名家、法家、墨家、农家、兵家、阴阳家思想学说为素材，熔诸子百家学说于一炉，是战国末期杂家的代表作，成书于秦始皇统一六国前夕。

⑤ 伶伦：黄帝时代的乐官，是中国古代发明律吕、据以制乐的始祖，也是中国音乐的始祖。

⑥ 阮隃：此有二指，其一，是指山势连绵、层叠高大的地方；其二，王国维先生认为，此为“昆仑”之误。（见马福荣《古“大夏”在何处》一文。）

⑦ 嶰溪（xiè xī）：有水为涧，无水为嶰，嶰溪即小山涧。

⑧ 舍少：即舍箫，原为阿尔泰语系，汉译为“皇宫之箫”。（见 2015 年张旭著《一个笛文化史千古之谜的破解》）

⑨ 作幕：古代将军或地方官吏聘请的类似于现代的参谋、副官、秘书等，并由他们来管理文书及各类档案。

二郎神

词牌题注

《二郎神》原为唐教坊曲名，入宋后在柳永《乐章集》中，注商调而成为词牌名。关于“二郎神”成为曲调、词调的来历，有多种说法，现归纳如下，以飨读者。

一、李冰父子说：李冰父子都是战国时期著名的、自学成才的水利工程专家。公元前256年前后，李冰被秦昭王嬴稷任命为蜀郡太守。当时蜀郡水患严重，于是李冰和他的儿子一同主持并治理了辖区内许多水患，其中最著名的就是修建了都江堰水利工程。其间，李冰的儿子李二郎助父斩蛟锁龙，筑堰平患，蜀人为感念李冰父子对蜀郡做出的巨大贡献，在都江堰附近立祠为“二王庙”，其中之一即奉之为“灌口二郎神”以祭拜。当时蜀郡也有将李冰称为“大郎”者，其子故被称为“二郎”一说。而关于李冰儿子到底是谁这个问题，历史典籍中众说纷纭。五代时期，“灌口二郎”即李冰儿子被蜀政权封以王爵，被蜀人当作“护国”神祇供拜。《元史》本纪第三十四·文宗三中有：“加封秦蜀郡太守李冰为圣德广裕英惠王，其子二郎神为英烈昭惠灵显仁祐王。”而历史上对李冰儿子李二郎的称呼共有三个，分别为李昱、李泰、李兆。在南宋人曾敏行所著的《独醒杂志·卷五·崇德庙》一文中对此曾有一段详细记载："有方外士，为言蜀道永康军城外崇德庙，乃祠李太守父子也。太守名冰，秦时人，尝守其地。有龙为孽，太守捕之，且凿崖中断，分江水一派入永康，锁孽龙于离堆之下，有功于蜀人，至今德之，祠祭甚盛。每岁用羊至四万余，凡买羊以祭，偶产羔者，亦不敢留。永康藉羊税以充郡计。江乡人今亦祠之，号曰：'灌口二郎'，每祭，但烹一膻，不设他物，盖有自也。"

二、邓遐说：晋人邓遐（324—370），字应远，东晋大将，勇力、胆略异于常人，当时人们都将他比作楚汉之争时期鸿门宴上的樊哙，在他任襄阳太守期间，城北沔水[①]中有蛟龙，经常兴风作浪，危害周边的百姓。《太平御览》卷六二引南朝宋盛弘之《荆州记》："沔水隈[②]潭极深，先有蛟为害。邓遐为襄阳太守，拔剑入水，蛟绕其足，遐自挥剑，截蛟数段，流血丹水，勇冠当时，于是后遂无蛟患。"乡人感其恩德，遂立庙祭祀，尊为二郎神。

三、佛教护法神说：相传是四大天王中，北方多闻天王毗沙门天[③]的二儿子独健。独健是佛教的护法神之一，相传唐玄宗时，西域各国起兵围攻安西即今天的新疆库车一带，唐玄宗命法师施请神之大法，请求毗沙门天保佑胜利，结果独健显灵，将敌军的武器全部毁损，并击敌无数，于是唐军大胜。另有一说是安史之乱时，当时正逃难于四川的唐玄宗被乱军追赶，危急时刻独健显灵，吓退了乱军。安史之乱平定以后，唐玄宗下令在各个州府的西北角，安置独健的塑像进行供奉和拜祭。

四、赵昱说：宋王銍《龙城录》以及宋祝穆《方舆胜览》中均记有：赵昱年轻的时候，曾经隐居于四川的青城山，因他的名声显赫，就被隋炀帝任命为嘉州太守。其间辖区内的嘉陵江潭中，有老蛟危害民众，于是赵昱率甲士千人，以及上万的青壮儿郎，驾驶舟船，沿着夹江两岸擂鼓吹乐，声震于天地。此时赵昱乃持刀入水，有顷间，江水尽赤，石岸半崩，吼声如雷。片刻间只见赵昱左手持蛟首，右手持刀，奋波而出。于是州人跪谢膜拜，将赵昱视为神明。后来赵昱弃官归隐，不知所终，但在其后的几次嘉陵江水患中，赵昱几次于危难中显灵，平定水灾，救百姓无数。于是民感其德，立庙奉之为二郎神。

五、杨戬说：我们所知道的“二郎神杨戬”这个人物，大部分来源于一些神话传说和古典小说，如明朝人吴承恩所著《西游记》与明朝人许仲琳所著《封神演义》中都言道：玉皇大帝外甥姓杨名戬，神通广大，曾诛六怪、力抗天神、劈桃山救母，也曾出手阻挠其外甥沉香救母。而“杨戬”名字的由来，据《西游记》第六回书“观音赴会问原因，小圣施威降大圣”中，孙悟空对二郎神说：“记得玉帝妹子思凡下界，配合杨君生一男子，曾使斧劈桃山的，是你么？”[④]这里是典籍中第一次使用“杨”姓，并被后人普遍认可，这个“戬”字的基本字义是：既有剪除、剪灭的意思，亦有吉祥、福禄等意思，所以“杨戬”二字的本意，就是除恶扬善、造福民众之谓，这与小说作者所要宣扬的主旨是契合的。

以上五种“二郎神”说法的来源，带有大众认知的普遍性。另外还有很多具有地方特色的来源说法，在此不一一赘述。故综上所述，“二郎神”的说法几乎贯穿于中华民族的历史，而作为一个惩恶扬善的神话人物，在历朝历代都是被推崇为英雄的，只是他们的名字不同罢了。到了唐代，由于皇帝酷爱音乐，于是就由宫廷中的音乐家，根据民间“二郎神”的传说制成《二郎神》这个曲牌，并且由崔令钦记录在《教坊记》中。到了宋代，此调出现在宋人柳永的《乐章集》里成为词牌名。再以后清代人编著的《钦定词谱》中，对此词调更是加以细分：“此调有两体，前段起句三字者，名《二郎神》；前段起句四字者，名《转调二郎神》。其前段第三、四句，后段第四、五句，第六、七句，及两结句读，亦不同。《词律》疏于考证，以转调为本调，误矣。谱内各以类列，庶不蒙混。”因此在《钦定词谱》中，以柳永词“炎光谢”三字体，为《二郎神》正体，以徐伸“闷来弹鹊”四字体，为《转调二郎神》正体。

在南宋吴文英[⑤]《梦窗词稿》中，列有一词，其首句四字“素天际水”一词，词牌名为《十二郎》。有学者考证，此调原为《石二郎》，起因有二，一是李冰父子为在都江堰测定水位、观深浅而知潮汛加以防范；二是为防止水怪破坏堤岸，而凿石为己身像，沉于江中镇压水怪，后人感念其德，故以“石二郎”为题，歌咏之。在仙游山道士彭致中所编《鸣鹤馀音》[⑥]卷一中，列有元人马钰一起首句三字“应仙举”一词，词牌名为《二郎神慢》，此二调《词律》和《钦定词谱》中均没有收录。另外在南宋人吴曾[⑦]撰写的《能改斋漫录》[⑧]卷一中，乐府名“大郎神”词条下有：“本朝乐府有《二郎神》，非也。按唐《乐府杂录》曰：‘《离别难》：武后朝，有一士人，陷冤狱，籍其家。妻配入掖庭，善吹筚篥，乃撰此曲以寄情焉。初名《大郎神》，盖取良人行第也。

既畏人知，遂三易其名，曰《悲切子》，又曰《怨回鹘》。'乃以大为二，传写之误。"这里所讲的"乃以大为二，传写之误"即《大郎神》为《二郎神》之误。然观《离别难》词，为双调八十七字，上片四十三字，九句四平韵、四仄韵；下片四十四字，十一句四平韵、六仄韵，与此《二郎神》本体格调不协（见本丛书之一·薛绍蕴《离别难》）。故二者实应为两个词调，不可看为同一词调。

诗词赏析

二郎神	**格律**
柳永	
炎光谢。	平⃝平仄。（韵）
过暮雨、芳尘轻洒。	仄仄⃝仄、平平平仄。（韵）
乍露冷风清庭户爽，	仄仄仄平⃝平平仄仄，
天如水、玉钩遥挂。	平⃝平⃝仄、仄⃝平平仄。（韵）
应是星娥嗟久阻，	平仄平⃝平平仄仄，
叙旧约、飙轮欲驾。	仄⃝仄仄、平⃝平仄⃝仄。（韵）
极目处、微云暗度，	仄⃝仄⃝仄、平平仄⃝仄，
耿耿银河高泻。	仄⃝仄平平平仄。（韵）
闲雅。	平仄。（韵）
须知此景，	平平⃝仄⃝仄，
古今无价。	仄⃝平平⃝仄。（韵）
运巧思、穿针楼上女，	仄仄⃝仄、平平平仄仄，

抬粉面、云鬟相亚。　　　　　㊥㊀仄、㊥平平仄。（韵）
钿合[9]金钗私语处，　　　　　仄仄平平平仄仄，
算谁在、回廊影下。　　　　　㊀㊥仄、平平仄仄。（韵）
愿天上人间，　　　　　　　　仄平㊀平㊥，
占得欢娱，　　　　　　　　　仄仄平平，
年年今夜。　　　　　　　　　平平平仄。（韵）

此词双调，一百零四字，上片八句五仄韵，下片十句五仄韵，此即起首为三字的《二郎神》正体。

此词以七夕乞巧、牛郎织女、唐玄宗李隆基和贵妃杨玉环的爱情故事为引，调咏七夕之夜的美好和静谧，并表达了祈祷天下太平，“愿天上人间，占得欢娱，年年今夜”的美好祝福心愿。这是柳永借咏“七夕”，以他人的团聚，而道自己孤独一人的无奈。细观此词意，虽然是祝福之语洋溢满篇，但联想到柳永那无奈的仕旅孤宦，其赞溢的背后，隐隐流露出深深的心痛和无奈。我们不知道柳永这首词具体的创作时间，但从词意中我们可以分析出，此词应该是柳永早期的作品，但也绝不会是刚从崇安走出来、到达杭州时那个毛头小伙的作品。首开句“炎光谢”直点时令。“炎光”谓暑气，“谢”是告辞、告别、消退的意思。“过暮雨、芳尘轻洒。”一阵黄昏暮雨后，地上的尘土被一扫而空。这两句开场白，为后面的层层抒情做了铺垫。其中的“谢”和“芳”字，匠心独运，用得高雅。“乍露冷风清庭户爽，天如水、玉钩遥挂”。“乍露冷风清庭户爽”是对“炎光谢。过暮雨、芳尘轻洒”的呼应。秋高气爽之际，暮雨之后清风徐徐，令人神清气爽，此刻碧天如水，一弯新月挂在遥远的苍穹。这一句“天如水、玉钩遥挂”

又为下面牛郎织女相会做了铺垫。“应是星娥嗟久阻，叙旧约、飙轮欲驾。”牛郎织女的故事，在中国几乎是家喻户晓，各个地方传说的内容虽略有不同，但大体相当。故事最早源于天象星宿中的牛郎星和织女星，后来人们由此演绎出了众多的爱情版本，各个版本都是牛郎织女虽然远隔千山万水，但每年的七月七日这一天，一定会“金风玉露一相逢，便胜却人间无数”。这里的“星娥”即指织女星，“嗟”是叹息的声音。织女所叹息的是，如此长久的离别令人唏嘘，好不容易盼来了每年约定相见的日子，正准备驾驶御风而行的神车去赴约。“飙”是迅疾狂暴的意思，这里“飙轮”二字，将亲人间即将见面的迫切心情描绘到了极致。“极目处、微云暗度，耿耿银河高泻”。“极目处”是眼目凝神所能看到最远的地方，那个地方的彩云，正在隐秘地度脱于牵牛星，而使得明亮的银河高悬若泻。这个“度”字，在这里是一个佛教用语，谓超度解脱人世间一切的生死苦难，到达仙佛快乐的境界。“耿耿”是明亮的样子。这几句柳永写得比较隐晦，从“应是”以及“极目处”，这两处修辞手法用得极佳，将一种可能不确定的、似有似无猜测之词，又用似非而是、似是而非的语气委婉道出，给人以无尽的遐想空间。牛郎织女的故事，虽然是美好的神话传说，但漫长岁月中，这种始于初见之美，止于终老真爱的理念，确实应该是任何一个时代的楷模。

下片首开句“闲雅”二字，是一个承上启下的感叹词，优雅宁静是柳永对“七夕节”的高度赞美。七夕这一天从汉代开始，既成为女人向织女乞巧的节日，同时也成为青年男女互诉情感的节日，鉴于牛郎织女的爱情观，青年男女们会在这一天，向相爱的人表白：愿得一心人，白首不相离。像牛郎织女一样，始于初见般美好，止于终老之坚贞，故而柳永才有“须知此景，古今无价”的感慨。“运巧思、穿针楼上女，抬粉面、云鬟相亚。”这两句是柳永对七夕女孩子乞巧的具体描写。女孩子们虔诚地手持针线，仰望星空望月穿针，那乌黑秀美的云发向下低垂。而所谓的“乞巧”，大都是妇孺所为，就是以特制的扁形七孔针和彩线，望月穿针，向织女乞取巧艺，旨在乞美、乞巧、乞遂人事。据南朝梁宗懔《荆楚岁时记·七月七日》中载：“七月七日为牵牛、织女聚会之夜，是夕，妇女结彩缕，穿七孔针，或以金、银鍮石[10]为针，陈瓜果于庭中以乞巧，有喜子网于瓜上，则以为符应。”古人在拜星月的时候认为，天上的星宿，即为凡间的帝王、将、相。这些大富大贵之人，在天上都有对应的星宿。而每个人的凶、吉、福、祸，都可以从中得到相应的应验。天上有对应自己星宿的人，必是手握重权之人。另外在唐人金盈之《醉翁谈录·卷四·京城风俗记·八月》中载：“俗传齐国无盐女，天下之至丑，因幼年拜月，后以德选入宫，帝未宠幸。上因赏月见之，姿色异常，遂爱幸之，因立为后，乃知女子拜月，有自来矣。旧传是夜月色明朗，则兔弄影而孕，生子必多。海滨老蚌吐纳月影，则多产明珠。比每年采珠捕兔者，卜此夕为验。”这也许是古籍中为数不多的谈到女子因拜月而美容，被立为皇后，以及兔弄影而孕，生子必多，老蚌吐纳月影，则多产明珠的记载（见本丛书之一《拜新月》）。“钿合金钗私语处，算谁在、回廊影下。”在这里作者用了一个典故，“钿合金钗”原意是指钿盒和金钗，相传为唐玄宗与杨贵妃定情之信物，语出白居易《长恨歌》中“唯将旧物表深情，钿合金钗寄将去”“七月七日长生殿，夜半无人私语时”，唐玄宗与杨贵妃的爱情佳话，虽然令人唏嘘，但七夕定情的风俗确是古已有之，男女双方选择七夕定情，交换信物，回廊影下，夜半私语，这种风情不但在唐宋间，就算在而今这个年代，也应该是一道亮丽的风景吧。“愿天上人间，占得欢娱，年年今夜。”这收尾一句，既总结全词，又点明主题，把对普天之下有情人的美好祝福表露无遗。

注 释

① 沔水：古水名，即长江第一大支流汉江，发源于秦岭南麓，流经沔县（今勉县），故称。

② 隈（wēi）：山水曲折的地方。

③ 北方多闻天王毗（pí）沙门天：即平时我们常说的四大金刚之一，身绿色，穿甲胄，右手持宝伞（又称宝幡），左手握神鼠——神鼠用以制伏魔众，护持众生财物。

④ 传说杨戬的母亲是玉帝的妹妹，因为羡慕人间恩爱生活，偷偷下凡来到人间，结识了一位叫杨君的书生，并与之结为秦晋之好，育有一子，就是杨戬。玉帝龙颜震怒，就把自己的亲妹妹镇压在桃山底下。后来二郎神杨戬“斧劈桃山”救出母亲。所以杨戬因为此事迁怒于玉帝，对玉帝的旨令是“听调不听宣”，即可以听你调遣，但如果你以玉帝身份下旨宣召，我就不去。而传说中玉帝有九个妹妹，又名“九天仙女”。杨戬的母亲是大妹子。三妹妹嫁刘彦昌，西王母骗二郎神去破坏了好事，将三仙女囚禁于华山，其表弟沉香，学表哥杨戬的样子“力劈华山”救母。七妹妹嫁董永，由

"槐荫老人"做媒（见天仙配故事）。八妹妹嫁巴特尔，一个蒙古族英雄，西王母同样想破坏，但这次二郎神反而帮助八姨娘，躲过了西王母的迫害，使其在大草原过上了自由幸福的生活。

⑤ 吴文英（约 1200—约 1260）：南宋词人。字君特，号梦窗，四明（今浙江宁波）人。原出翁姓，后出嗣吴氏，一生未第，游幕终身。曾任浙东安抚使吴潜的幕僚、荣王府门客等。其人知音律，能自度曲。有《梦窗甲乙丙丁稿》传世。

⑥《鸣鹤馀音》：旧本题仙游山道士彭致中编。时代不详。采辑唐到元间佛、道中人诗词汇编而成。所选多为方外之言，所收不以文字工拙论，而以寄托幽旷为本。

⑦ 吴曾：字虑臣。江西省崇仁县人，南宋笔记文作家。

⑧《能改斋漫录》：南宋吴曾撰。记载史事异闻，辩证诗文典故，保存了若干有关唐宋间文学史的资料，对研究唐宋文史有重要参考价值，在南宋笔记著作中亦堪称佳本，是书现仅存十八卷。

⑨ 钿（diàn）合：钿，是首饰镶嵌的一种手法，钿合就是把各种金属或宝石等镶嵌在器物上作装饰。

⑩ 鍮（tōu）石：自然黄铜矿石。

夜半乐

词牌题注

《夜半乐》原为唐教坊曲名，后用作词牌名。王灼《碧鸡漫志·夜半乐》中载有："唐史云：民间以明皇自潞州还京师，夜半举兵，诛韦皇后，制《夜半乐》《还京乐》二曲。"段安节《乐府杂录·夜半乐》云："明皇自潞州入平内难，正夜半，斩长乐门关，领兵入宫翦逆人，后撰《夜半乐》曲。今黄钟宫有《三台夜半乐》，中吕宫有慢、有近拍、有序，不知何者为正。"《碧鸡漫志》与《乐府杂录》中所记述的，是唐代历史上一次著名的宫廷政变——唐隆政变。公元683年，享年五十六岁的唐高宗李治去世，立自己的第三子李显为帝，是为中宗。第二年，因为中宗李显要委以自己的老丈人副宰相的爵位，而遭到了大臣们的反对，于是在气愤之下，李显口吐狂言道："天下都是我家的，我就是把这偌大的江山全都送与他又便如何？"于是此时正值花甲之年，一直就觊觎皇帝宝座的武则天，就是那位曾经被唐太宗李世民纳为才人，后来又被李世民的儿子、唐高宗李治纳为后妃，最终李治又将自己这位曾经的后妈，封为了自己皇后的武则天，立即废其三子中宗李显为庐陵王，立四子李旦为帝，是为睿宗。李旦虽然名义上是唐朝皇帝，但武则天只允许他处理一些简单的公文，不许他临朝听政，朝廷的军政大权都被武则天牢牢地控制着。公元690年，年已六十七岁的武则天去唐朝国号，建立武周朝并自己称帝，同时改年号为“天授”。转眼到了神龙元年（705年），此时已经八十二岁的武则天病危，身边只有其男宠张易之、张昌宗兄弟二人服侍，于是宰相张柬之等人发动兵变，先杀掉了服侍武则天的男宠张易之、张昌宗兄弟二人，然后再逼迫武则天退位。无奈之下，武则天被迫禅位于皇太子李显，自己迁居于上阳宫。李显即位以后仍为中宗，复唐国号。此时中宗李显的皇后韦氏，依靠其娘家外戚韦氏家族，勾结一些朝廷权臣，大肆卖官鬻爵并干预朝政，同时重用韦氏宗亲，从而形成了庞大的韦氏权力集团，并准备效仿婆婆武则天自立为女皇帝。而李显和韦皇后的女儿安乐公主，也曾经多次请求中宗李显，立自己为皇太女，以便今后继女皇位，但是中宗李显怕再次引起朝政混乱，就没有答应。于是公元710年，韦后与自己的亲生女儿安乐公主合谋，先将李显的第三子、太子李重俊设计杀死，然后又用毒药杀死了中宗李显，而后秘不发丧，自揽朝政，并调集府兵五万余人进驻长安城内，先由其韦氏族人统领。随后韦后才将众宰相及文武百官召入宫中，再为中宗李显发丧，同时立李显第四子、年仅十六岁的李重茂为皇帝，是为殇帝，改年号为“唐隆”，并宣布由她亲自主持大局，总揽朝政大权。此时韦皇后离登顶皇帝大位仅一步之遥，而这一步之遥的阻力，就是来自于曾经的睿宗皇帝李旦以及李旦的妹妹太平公主和李旦的儿子李隆基。于是一场根除李旦、太平公主以及李隆基和其他一些碍手碍眼的朝臣们的行动便迅速展开。但早有准备的李隆基、太平公主等人，决定先发制人，提前发动政变。

于是李隆基从潞州（治所在今山西长治）带兵回师京城长安，于夜间率军突袭羽林营，并策反了羽林军，攻入玄德门。李隆基引兵进入内宫，守卫内宫的武士们纷纷倒戈响应。韦后于慌乱中逃入飞骑营，反被飞骑营守将斩首，并将其首级献与李隆基。平叛部队随后将安乐公主和平时为韦皇后出谋划策的上官婉儿，以及凡身高高于马鞭的韦氏集团中的男性成员尽皆处死。随后李隆基与太平公主又迫使李重茂禅位，由睿宗李旦重新即皇帝位，并改元“景云”。当日，李隆基被他的父亲睿宗李旦封为平王，兼殿中监，同中书门下三品、兼押左右万骑。随后睿宗李旦与大臣们议立太子人选，按嫡长子继承制[①]，长子宋王李成器应该成为太子，但李成器坚决辞让说：“国家安则先嫡长，国家危则先有功；平王有功于国，自己决不居平王之上。”而此时参与消灭韦氏集团的功臣们，也多主张立李隆基为太子。睿宗李旦于是顺水推舟，遂立李隆基为太子。这次事件史称“唐隆政变”。政变成功以后，在举国欢庆的同时，宫廷中的音乐家们，如张野狐等人，依据这一历史事件，创造出了一系列音乐曲调，如《夜半乐》《还京乐》《喜回銮》《帝归京》《喜还京》等。这些曲调真实地记录了“唐隆政变”这一重大历史事实。另外这里要说明的是，在历史上应该有两个《还京乐》调，一个是我们现在介绍的，李隆基诛杀韦皇后以后所创作的《还京乐》。这个《还京乐》词，柳永在《乐章集》中将此词注为中吕调，是借旧曲名，另倚新声。另外还有一个《还京乐》，这个《还京乐》在《乐府杂录》中记述为“明皇自西蜀返，乐人张野狐所制”。其具体缘由与内容，可参看本书《雨霖铃》。另外《乐府杂录·夜半乐》中所言：“今黄钟宫有《三台夜半乐》，中吕宫有慢、有近拍、有序，不知何者为正。”这个《三台夜半乐》中，其《三台》也是曲调名，在历史上有《突厥三台》《河西狮子三台》《宫中三台》《江南三台》等，在本丛书中有《三台》的详细介绍，可参考。而《三台夜半乐》这个曲调，据现存的资料来看，基本上可以认定为是已经失传的曲调。

诗词赏析

夜半乐	格律
柳永	
冻云黯淡天气，	仄平仄仄平仄，
扁舟一叶，	平平仄仄，
乘兴离江渚[2]。	平仄平平仄。（韵）
渡万壑千岩，	仄仄仄平平，
越溪深处。	仄平平仄。（韵）
怒涛渐息，	仄平仄仄，
樵风乍起。	平平仄仄。（韵）
更闻商旅相呼，	仄平平仄平平，
片帆高举。	仄平平仄。（韵）
泛画鹢[3]、翩翩过南浦。	仄仄仄、平平仄平仄。（韵）
望中酒旆[4]闪闪，	仄平仄仄仄仄，
一簇烟村，	仄仄平平，
数行霜树。	仄平平仄。（韵）
残日下、渔人鸣榔归去。	平仄仄、平平平平平仄。（韵）

败荷零落，	仄平平仄，
衰杨掩映，	平平仄仄，
岸边两两三三，	仄平仄仄平平，
浣纱游女。	仄平平仄。（韵）
避行客、含羞笑相语。	仄平仄、平平仄平仄。（韵）

到此因念，	仄仄平仄，
绣阁轻抛，	仄仄平平，
浪萍难驻。	仄平平仄。（韵）
叹后约、丁宁竟何据。	仄仄仄、平平仄平仄。（韵）
惨离怀、空恨岁晚归期阻。	仄平平、平仄仄仄平平仄。（韵）
凝泪眼、杳杳神京路。	平仄仄、仄仄平平仄。（韵）
断鸿声远长天暮。	仄平平仄平平仄。（韵）

此词三段一百四十四字，第一片十句五仄韵，第二片九句四仄韵，第三片七句五仄韵。前边已经讲过，大凡分为三片之词，第一、第二片大致一体，第三片，即过片另作一。本词亦为三片，第一、第二片，写词人在孤旅途中所经、所见；过片，是作者通过所经和所见以后的所思所感而发出的喟叹。

“冻云黯淡天气，扁舟一叶，乘兴离江渚。”首开句中所出现的“冻云”以及后面词中出现的“霜树”“败荷”“衰杨”“断鸿”等意象，都是旨在点出其时令为秋冬季节。上面是凝固的云以及昏暗的天空，乌云下面是一叶小舟，这种寒冷的天气真的很难令人提起兴致，或许心中还有一些反感与厌恶，但作者却偏要说“乘兴离江渚”，这说明了什么？说明作者此时的兴趣极高、心情极佳。我们不知道柳永此次出行的具体目的地何在，但从词中“越溪”和“南浦”中，我们大约可以推断出，他此次出行应该是经过了江南、江浙一带，但不管他具体目的是出游还是作幕，总之，此刻他的心情是兴奋的、是期望的，所以才有“乘兴”一词的出现。在柳永词集中，收录有二百余调词作，有近三分之一的词作，都是描写孤馆羁旅的行役之苦、男别女恋的相思之情，如本词的“冻云黯淡天气”、“一望关河萧索，千里清秋，忍凝眸”（《曲玉管》）、“今宵酒醒何处？杨柳岸、晓风残月”（《雨霖铃》）、“满目败红衰翠”（《卜算子慢》）、“晚秋天，一霎微雨洒庭轩”（《戚氏》）、“断鸿声里、立尽斜阳”（《玉蝴蝶》）等等。而在这众多的羁旅行役、伤神别情之词中，作者大都以“秋冬”为描绘背景述写这种孤旅与别情，这里大约不外乎有两个原因：一是词本身，作于悲落叶于劲秋的秋冬时节，而这第二个缘故，在极大的程度上，又与柳永本身的经历密切相关。我们试想一下，满腹经纶自称是白衣卿相，定然魁甲登高第的俊杰才子，本想科考以后会立足于高堂之上，然后去指点江山拯救众生，却不料悲惨惨只落得不得不出没于秦楼楚馆为歌女去创曲、填词才能勉强维持温饱、得以生存的地步，这种心理上的反差可谓巨大。柳永所想不透的是，朝廷的官员们都去歌楼酒楼唱歌听曲，自己为什么去不得？朝廷大员们都去妓馆行走倚红偎翠，自己为什么去不得？满朝文武们都在私自蓄养家妓，自己为什么养不得？都在做同一件事，为什么只有自己会饱受文人学士的白眼、官府的诟病，甚至受到皇帝的指责呢？其实这个原因很简单，就在于大部分官员等，虽然乐此不疲地热衷于此，但他们都会在言行举止上收敛一些，是悄悄地只做不说，朝堂之上正人君子，朝堂之下纨绔公子。而性情中人的柳永却恰恰无遮无拦，心口一致、言行一致地我行我素地率真起来，是既做了也说了。这样一来即便你没有做，别人也认为你做了，于是满桶的脏水毫不费力地就泼在他的身上。所以柳永不被当时的官场认可，认为他是有才无行。但在柳永的血管里，原本就涌动着家族为他所灌输的功名利禄的血液，他从小所受到的教育，就是以考取功名为第一要务。所以柳永并没有因为皇帝的指责、官府的诟病、文人学士的白眼而放弃考取功名。于是他这个心高气傲的人，为了生存又不得不四处贴赔笑脸，求告于官宦世家而寻求作幕的机会，寻求提拔的机会，这其中之甘苦、之艰辛、之酸楚，非经历之人所不能道。这无奈的现实，使作者感到了"凄凉"二字真正的分量，尤其是在他终生饱尝了"游宦成羁旅"的孤独与凄凉滋味后，他更加体味到世态炎凉、人情冷暖中苦涩的味道，早年那颗曾沉醉于功名的心，被无情的社会、无情的现实所击垮，于是词人那满眼、满腹及心中之愿望，都化成了满眼的离愁、满腹的别恨，化作了被秋风扫荡后遗下的"败红衰翠"。因为秋日那萧索的景观，更能渲染离愁别恨的气氛，更能体现羁旅行役之人的心情。因此历代描绘离情别绪、羁旅行役，恐怕大都是以秋天为背景而展开的。就本词而言，也是如此。"扁舟一叶，乘兴离江渚。"带着极为高兴的心情，乘坐着小舟离开了江岸。注意，这里的"乘兴"二字，是为过片的"惨离怀"而作的伏笔。有了前面的"乘兴"，才有后面的"惨离怀"。然而既是"乘兴"而去，又何言"惨离怀"呢？这也正是柳永工于羁旅别愁之词，所使用的一波三折的高明手段。"渡万壑千岩，越溪深处”这两句是作者在旅途中所经历的。“万壑千岩”一词是形容山谷、峰峦之多。“越溪”一词，是一个特定的词语，狭义的说法是，越溪也叫若耶溪，位于浙江绍兴市诸暨一带，以当年西施曾经在这里浣纱而名；广义的叫法是越地，指绍兴地区，为古代越国首都，也是唐宋时期的越州，所以又称绍兴为越地。因为我们不知道柳永是从何处而来，又到何处之去，总之他是历经长途跋涉，千辛万苦才到达越溪这一带，此时“怒涛渐息，樵风乍起”。汹涌的波涛逐渐平息，使得船只顺风而行。这里的“樵风”指顺风，该词语出《后汉书·郑弘传》：“汉太尉郑弘尝采薪，得一遗箭，顷有人觅，弘还之，问何所欲，弘识其神人也，曰‘常患若耶溪载薪为难，愿旦南风，暮北风’。后果然。故若耶溪风至今犹然，呼为‘郑公风’也。”后特以“樵风”指顺风。“更闻商旅相呼，片帆高举。”波涛平息以后，忙忙碌碌的商人和旅客们催促着船家扬起高帆而出征。“泛画鹢、翩翩过南浦。”“鹢”，是一种水鸟，善于飞翔，不怕风暴，在船上画上鹢鸟的图案以图吉利。“翩翩”二字，既道出了船行的轻快，又道出了此时柳永怡然自乐、轻松愉悦的心境。“南浦”在这里不一定是指具体的地名或村寨，也许就是南边的水浦；也许是语出江淹《别赋》中“春草碧色，春水绿波，送君南浦，伤如之何”而隐喻送别之地；也许是隐喻时光如逝、物华不再之意。而柳永词中之意，应该就是南边的水浦。

第二片，词人写船只所过之处，眼中所见到的两岸景色，“望中酒旆闪闪，一簇烟村，数行霜树”。岸边丛树下，隐约可见烟霭朦胧掩映之下的村落和那高挑飘动的酒旗。这几句给人一种宁静和心有所属的感觉。“残日下、渔人鸣榔归去。”在残阳的映照下，渔家摇着满载的船只，叩舷而歌驶向岸边。这一句诗情画意全在其中，人生安逸、满足、幸福感全在于此。渔船向岸，而岸上是什么景色呢？“败荷零落，衰杨掩映，岸边两两三三，浣纱游女。”一句“败荷零落”，不由得想起了元人刘秉忠的《干荷叶》一词：“干荷叶，色苍苍，老柄风摇荡。减了清香，越添黄。都因昨夜一场霜，寂寞秋江上。”岸边是残荷，岸上是枝条干枯的杨柳，然而透过这些残荷败柳，不由得使人眼前一亮，岸边出现的几位浣纱游女，却猛然触动了作者内心的情怀，尤其是这些浣纱游女们“避行客、含羞笑相语”，躲避行客的目光，女伴们含羞带笑、款款地低声相语，这偶然看见的一幕，立即触动并唤醒了柳永内心深处思念的情怀。这第二片词中所出现的“霜树”“残阳”“败荷”“衰杨”这几个意象，很好地渲染了秋冬的凄凉景色。而“酒旗”“烟村”“归家的渔舟”以及“浣纱游女”这几个意象又为过片“绣阁轻抛”的“惨离怀”而引起的深深悔意埋下了伏笔。

“到此因念，绣阁轻抛，浪萍难驻。”过片词人一上来直抒愁怀。原是“乘兴”离去，但见秋色满目，心中已是怅惘，既见那渔舟晚唱，心中又添孤寂；再有一群活泼可爱的浣纱女郎出现，从而心中陡添一段愁怀与叹念，这才后悔当初与佳人的分别，考虑得是那样的不周全，以至于今日的自己，如同浪中那无根的浮萍一样，难有驻足之地。从其中的“轻抛”“浪萍难驻”等用语中，我们不难看出柳永此刻的后悔之意溢于言表。是呀，行役匆匆，千山万壑，旅途凄凉，更有那数不尽的无眠之夜，都说“吾心安处便是家”，但此刻涌上柳永心头的却是心无所归，人无所依，家在何方的喟叹，这一切都是为了什么？“叹后约、丁宁竟何据。”接下来词人感叹与佳人分别之前，佳人反复叮咛、殷殷再嘱并和自己约定相见之期，是那样难以实现。“惨离怀、空恨岁晚归期阻。”这两句是言：悲莫悲兮惨离怀，而归期无望，空遗余恨而已。“凝泪眼、杳杳神京路。”眼中噙着泪水，凝视那通往国都的大路，那本应是与我约定后会有期的佳人所在之地，本应是我人有所依、心有所归的所住之地，然而此刻路依旧，而佳人何在呢？前方路途漫漫，苍茫暮色中长空雁叫，“断鸿声远长天暮”，最后词人想用“雁鸿”为佳人捎信，可那鸿影已“断”、声音已“远”，只剩下那苍茫的暮色和那被暮色拉长的、渐行渐远的鸿影与人孤独的背影。这结尾的一笔以景而言情，充满了人生的感悟，这句话韵远、境深且余音袅袅，念人怀远、词之神婉意境，全在其间。

古人曾经评论道：“柳词曲折委婉，而中具浑沦之气；虽多俚语，而高处足冠群流。倚声家当尸而祝之。”又有：“慢词当始耆卿，盖起宋仁宗朝。中原息兵，汴京繁庶，歌名舞席，竞赌新声。耆卿失意无俚，流连坊曲，遂尽收俚俗语言，编入词中，以便伎人传习。一时动听，散播四方。东坡、少游辈继起，慢词遂盛。”

注释

① 嫡长子继承制：指宗法制度中最基本的一项原则，即王位和财产必须由嫡长子继承，嫡长子是指嫡妻（即正妻）所生的长子。因此有“立嫡以长不以贤，立子以贵不以长”之言。

② 渚（zhǔ）：水中小块陆地。

③ 鹢（yì）：古书中一种水鸟，不畏风浪。

④ 旆（pèi）：同“斾”，本意是古代旌旗末端形如燕尾的装饰物，现引申泛指旗帜。

戚氏

词牌题注

《戚氏》是词牌名。关于这个词调的由来，唐宋间历史典籍以及古人笔记文献，如《教坊记》《碧鸡漫志》等，都没有这个词调的记录。这个词调始见于柳永词。“戚”这个字，在古代汉语中有多种用法，其中用作形容词，有窘迫、忧愁、悲伤的意思。而柳永词中一些饱经风霜的言语，如萧疏、凄然、黯淡、败叶、衰草、憔悴、空惨愁颜、无眠等，也全部都是窘迫、忧愁、悲伤的意思。那么柳永用此词牌写此调的本意，是否就是喟叹一下自己那窘迫、忧愁、悲伤中的无奈？而这个“氏”字，在古代汉语中也有多种用法，其中如果以姓氏论，那么旧时妇女出嫁后，方可称氏，但是一定要在其前冠以夫姓。因此以“戚氏”之名，是否就是悲感于自己“孤馆度日如年”，凄楚地远离亲人之后，于更阑处，望长天，见绛河清浅，皓月婵娟，而在夜永对景的思绵绵中，惦念自己的亲人，为其亲人所写呢？

此词柳永《乐章集》中注中吕调，丘处机[①]词名《梦游仙》。本词是柳永长调中最长的一篇，共计二百一十二字。纵观整个宋词的历史，在《钦定词谱》所收八百二十六调，二千三百零六体中，以字数论，本词仅次于郑意娘二百一十五字的《胜州令》、吴文英二百四十字的《莺啼序》。注意这个《胜州令》，可不是我们通常所讲的“小令”，平时我们常说的“令词”，一般字少调短，常见的令词中，字数最少的是《十六字令》，仅十六字，最多的是《六幺令》，有九十四字，另外有《百字令》即一百字，但《百字令》是《念奴娇》的别称，不能算真正的令词，另外就是二百十五字的《胜州令》，虽然它也被称为“令”，但却属于慢声长调。

诗词赏析

戚氏	**格律**
柳永	
晚秋天。	仄平平。（韵）
一霎微雨洒庭轩。	仄⃝仄⃝平仄仄平平。（韵）
槛菊萧疏，	仄仄平平，
井梧零乱惹残烟。	仄平平⃝仄仄平平。（韵）
凄然。	平平。（韵）
望江关。	仄平平。（韵）
飞云黯淡夕阳间。	平平仄⃝仄仄平平。（韵）
当时宋玉悲感，	平平仄仄平仄，
向此临水与登山。	仄仄⃝平仄仄平平。（韵）
远道迢递，	仄⃝仄⃝平仄，
行人凄楚，	平平平⃝仄，
倦听陇水潺湲。	仄平仄⃝仄平平。（韵）
正蝉鸣败叶，	仄平平仄仄，

蛩响衰草，	平〔仄〕〔平〕仄，
相应声喧。	〔平〕仄平平。（韵）
孤馆度日如年。	平仄仄仄平平。（韵）
风露渐变，	平〔仄〕仄仄，
悄悄至更阑。	仄仄仄平平。（韵）
长天净、绛河清浅，	平平仄、仄平〔平〕仄，
皓月婵娟。	仄仄平平。（韵）
思绵绵。	仄平平。（韵）
夜永对景，	仄仄仄仄，
那堪屈指，	平平仄仄，
暗想从前。	仄仄平平。（韵）
未名未禄，	仄平仄仄，
绮陌红楼，	仄仄平平，
往往经岁迁延。	〔仄〕仄〔平〕仄平平。（韵）
帝里风光好，	仄仄平平仄，
当年少日，	〔平〕平仄仄，
暮宴朝欢。	仄仄平平。（韵）
况有狂朋怪侣，	仄仄平平仄仄，
遇当歌对酒竞留连。	仄平平仄仄仄平平。（韵）
别来迅景如梭，	平平仄仄平平，
旧游似梦，	仄平仄仄，
烟水程何限。	平仄平平仄。（叶）

念利名、憔悴长萦绊。	仄仄平、平⃝仄平平仄。（叶）
追往事、空惨愁颜。	平仄仄、平仄平平。（韵）
漏箭移，	仄仄平，
稍觉轻寒。	仄⃝仄平平。（韵）
听呜咽、画角数声残。	仄平⃝仄⃝、仄仄仄平平。（韵）
对闲窗畔，	仄平平仄，
停灯向晓，	平平仄仄，
抱影无眠。	仄仄平平。（韵）

本词三段二百一十二字，第一段十五句九平韵，第二段十二句六平韵，第三段十六句六平韵两叶韵。

这首词从其饱经风霜的言语“当年少日，暮宴朝欢”，和其他词意中，我们大致可以判定出，这是柳永中年以后的作品。从其“当时宋玉悲感，向此临水与登山。远道迢递，行人凄楚，倦听陇水潺湲”句中可知，似乎还有一些谜团没有解开，如果只看“当时宋玉悲感，向此临水与登山”这一句的“宋玉悲感”之言，此时似乎柳永是在湖北一带，而从“远道迢递，行人凄楚，倦听陇水潺湲”句中的“陇水潺湲”，我们似乎又读出了陕甘西北一带的味道。但是不管柳永具体是从何地而来到何地而去，总之这应该是他人生众多旅宦中，某一次行程中的某一天的某一个场景。

第一片作者以“晚秋天”这深秋之句，而领起全文。在上一首词中，我们谈了关于旅宦之词，为什么大都以秋天开场，一是本身词作于秋天，二是缘于作者内心的凄苦，而导致以寒冷的秋冬为背景，这样更能体现其凄楚的意境。而纵观柳永的一生，他是把这种秋冬的寒冷与凄楚，永远地留给了自己。“一霎微雨洒庭轩。”以秋天的冷风冷雨，洒向庭轩中所见的凄凉后，作者层层展开其所见“槛菊萧疏，井梧零乱惹残烟”，写了洒在庭轩中的微雨、栏杆边萧疏的菊花、天井旁零落且已凋败的梧桐，以及傍晚凄迷之际的烟雾迷茫之感。深秋能给人以凄冷、孤独、无助之感，更何况是雨后的深秋，那份孤寂无助感以及孤旅独宦的凄冷，这些都加起来怎不令人“凄然”而痛苦，这几句以景而说情，到“凄然”处，既结上几句的写景，又领起下文之所见“望江关。飞云黯淡夕阳间”，凄楚过后，抬望眼，但见雨后的江关上空，灰暗的浓云在夕阳中飘荡，作者这是以满眼的萧疏、满腹的凄凉而写其所见。这里“江关”一词，联系下文所言的“宋玉”，似乎应该是湖北省枝城的荆门山与宜昌县的虎牙山一带。这里是两山夹一江而形成对峙之态，因此古称此地为“江关”。而在战国时，此地为楚国境内，而宋玉亦是楚国人，曾经和楚倾襄王一起，游览云梦之泽，并于此写下了著名的《高唐赋》和《神女赋》。柳永此时既已能“望江关”，说明他应该正行走在湖北枝城或宜昌一带。“当时宋玉悲感，向此临水与登山。”“宋玉悲感”这一句，也是有许多内涵于其中。宋玉年轻的时候，受到楚襄王的礼遇，任命他担任文学侍臣。这一时期宋玉创作了大量的、以赋为主体的文章。楚襄王死后，有“战国四公子”之称的春申君黄歇，担任了楚国的丞相，于是宋玉先被疏远，继而被免除一切职务。宋玉心中苦闷，悲从心来有感而发，写下了著名的《九辨》。其开篇语就是“悲哉秋之为气也，萧瑟兮草木摇落而变衰。憭栗[②]兮若远行，登山临水兮送将归。”《九辨》一文，表达了一种对君王依赖无着的失落，以及平生有志而不得展现的喟叹。而这种喟叹，对于此时此刻跋山涉水，不辞万里之艰辛，只为仕途与生计的游宦之人柳永来讲，恐怕心中涌起的波澜不比宋玉少，心中苦涩的喟叹亦不比宋玉少。柳永面对此情此景，自然而然地想到了楚人宋玉，当年失落而悲秋时的愁苦感叹。故而柳永这是借古人之口，道自家之事。“远道迢递，行人凄楚，倦听陇水潺湲。”这句话道出了行宦之人跋山涉水，经历了非经历之人所不能道出的凄凉苦楚。一个“倦”字，道出了作者一生之中，所经历无数次跋山涉水的困顿与无奈。这里的“陇水”一词，似乎又是陕西陇县至甘肃平凉、几近六盘山一带。因此这里有一种可能的推断就是：柳永从甘肃游览或作幕以后回陕西，再到湖北。这种旅宦，柳永是既厌恶又无奈，故而此刻心情不佳的他，道出了“正蝉鸣败叶，蛩响衰草，相应声喧”的喟叹。而这几句，也是对“倦听陇水潺湲”的具体描述。俗话说“虫之将死，其鸣也哀”，“蝉”与“蟋蟀”都被称为“百日虫”，深秋以后，它们自感时日无多而哀鸣嘶哑，尤其是秋雨过后，其鸣更衰。作者在这里以“败叶”，对应首句的“晚秋天”；以寒蝉凄切之呻吟，而言旅人的疲惫与愁苦；再以秋后衰草丛中，蟋蟀所发出短促的凄鸣声，而道作者心中诸多不如意之事。而这句词也是对当时社会所产生不满的抗争。然而心中再有诸多不满与不甘，却也只能在心中，声喧不平的对鸣几声而已，然而这种不平的对鸣，“更能消几番风雨”呢？在晚秋的疾风骤雨过后，那不满与不平，自然会被风吹雨打去，而消失得了无踪迹。

第二片，词由上片傍晚的对景伤情，而感悟到的凄楚，回到眼前已至深夜，且度日如年的孤馆之中。一句“孤馆度日如年”，饱含了柳永多少的心酸。柳永的一生是功名利禄与灯红酒绿相交的矛盾体，是觥筹交错与旅宦奔波的矛盾体。柳永的祖父柳崇五代时期，曾隐居于福建崇安县，虽然没有功名，但以儒学知名乡里。柳永的父亲柳宜，曾任南唐监察御史，入宋后，登进士第，官至工部侍郎，并以孝行闻名天下。柳永的五个叔父、两个哥哥都有科举功名在身。因此，柳永可以说是生长于一个崇尚儒学的传统文化世家之中。但造化弄人，几经磨难后，他却沉醉于歌楼曲馆，且流连忘返以致经年，虽然他在词中有“忍把浮名，换了浅斟低唱”和“才子词人，自是白衣卿相”句，但科举登高第、光宗耀祖的思想，却刻进骨子里、融入血液中，最终会落实到他的行动上。为了科举与生存，他放弃了温暖的家庭和本应该令人羡慕的爱情，为什么这么说呢？因为以柳永的才情，本应该有一个温馨的家，有令人羡慕的爱情，但历史文献上所记柳永的生平资料极少，他或许有婚姻有家庭有子女，但都没有详细记载。为了生存，为了他那一时的口舌之快，柳永付出了一生劳碌奔波的代价，本来企图要用这种奔波劳碌，来换取更高的功名与生存空间，但令人没想到的是，功名一次次地抛弃了他，而随着功名对他的无情抛弃，本身应该得到的爱情，也一次次无情地抛弃了他。在柳永的生命中，既有光宗耀祖的使命感，也有情感交织的无奈感，二者对冲在一起、缠绵在一起，“剪不断、理还乱”。他的人生，就是不断地在这种事业与爱情、功名与利禄相遇的过程中颠簸过来的。“风露渐变，悄悄至更阑。”是啊，本是羁旅孤宦，又逢晚秋天气、霜风渐起，夜已更阑，恰逢孤人、孤旅又于孤馆之中，其中孤苦的滋味，只能用心去体味。“长天净、绛河清浅，皓月婵娟。”抬头望，夜空清澈，天上的银河清晰可见，还有那皓月当空的妩媚倩影。一句“思绵绵”，这看似不经意的一笔，却正是作者感情宣泄骋纵[③]的起点。明月长空，最是往事悠悠、思人的时刻，故而柳永幽幽地叹道：“夜永对景，那堪屈指，暗想从前。”长空皓月、明月婵娟，面对如此美妙的夜晚，作者却无法入睡，只能任凭思绪飞扬，面对着孤馆、孤人、孤灯、晚秋、寒雨、羁旅，眼前之境道不得，不堪屈指细思索，还是回忆一下我从前的快乐生活吧。“未名未禄，绮陌红楼，往往经岁迁延。”以前少年之时，自己无名无利、无忧无虑，整日在秦楼楚馆，依红偎翠，而且还经常是整年在此流连忘返。柳永一方面是感叹羁旅愁苦，孤馆的度日如年，另一方面又是回忆昔时的韵事绮梦。两者相较，说明什么？说明这是一种怨气，一种发自内心不甘的怨气，这种怨气既有对皇权统治下自己没有一席之地的愤懑，也有自己终年漂泊而居无定所的无奈，更有那相爱之人有情而无缘的痛苦，这一切在相互纠缠与交织后，是作者所发出的孤人倍觉孤寂之喟叹。

第三片是作者以前两片的凄苦，转到回忆当年在帝京时呼朋唤友时的酣畅淋漓；再由当年狂妄不羁的无限风光，回到眼下处境的凄惨，一波三折，层层展开而反复吟叹。“帝里风光好，当年少日，暮宴朝欢。”这几句道出了帝京的繁华，以及柳永年轻时在京城暮宴朝欢之景象。柳永不是什么道德圣人，这种暮宴朝欢的生活，他向往过、陶醉过、拥有过、沉迷过，现在的这种回忆，也只是对自己年华流逝的感叹而已。“况有狂朋怪侣，遇当歌对酒竞留连。”那时年轻的柳永流连于坊间，喝花酒，写艳词，周边聚集了一大群狂朋怪侣。北宋是准许妓女存在的，同时也准许官员狎妓。宋太祖赵匡胤用“陈桥兵变”的方式当了皇帝以后，深深地感到那些手握重兵的大将们潜在的威胁。在《宋史·石守信传》中，载有宋太祖赵匡胤一段公开教导大臣的话：“人生驹过隙尔，不如多积金、市田宅以遗子孙，歌儿舞女以终天年，君臣之间无所猜嫌，不亦善乎。”皇帝都发话了，于是将军大臣们，纷纷交出手中的权力，转而去追求歌儿舞女、享乐式的太平生活。这样一来，就导致全国各地歌楼、舞馆、妓院蜂起，艳帜大竖，官员狎妓之风自此大开，并人人以此为夸耀、人人以此为荣。如若当时有不狎妓、不养妓的官员出现，那么这些北宋的大员们，都不好意思出门与同僚见面，以至于当时只是身为幕僚的柳永，也留下了“相见了、执柔荑，幽会处、偎香雪”《孤塞·一声鸡》的诸多艳词。而艳词多了，自然也就成了柳永仕途上的绊脚石。可为什么上到皇帝、宰相，下至各级官吏，人人狎妓，人人写艳词，别人无事，柳永却屡屡受到皇帝的排斥呢？其原因就在于，大部分官员人等虽然热衷于此，但他们都会在言行举止上收敛一些，朝堂之上正人君子，朝堂之下纨绔公子。而柳永却恰恰无遮无拦，心口一致、言行一致地我行我素地率真起来，因此自然为当权者所不容，故而他仕途蹭蹬④。柳永本想做一个有抱负、有作为的文人雅士，却始终摆脱不掉对俗世生活中男欢女爱的雨润云温；而醉里眠花宿柳的时候，他却又时时挂念自己，何时能光宗耀祖的科举功名。然而也正是这种仕途与爱欲上的反复缠绵，反倒成就了柳永的艺术才华。“别来迅景如梭，旧游似梦，烟水程何限。”这几句是对往事回忆的结束，从离开帝京到现在光阴如梭，回想起过去，那如梦般的旧游，再看看现在，为名为利而离开皇都，整日地奔波漂游，前途迷茫何时是终点？一句“旧游似梦”的感慨，是以往日之欢娱，衬今日之落寞。“念利名、憔悴长萦绊。追往事、空惨愁颜。”这两句是采用了今昔对比，因为“名利”二字贯穿于官场的险恶之中，是柳永一生痛苦的根源，为保住名利，柳永自然挖空心思去经营，自然会令人憔悴，而此种憔悴也自然会萦绊他的一生。他因科举而活，却也因科举而受伤，而思起往事，又令人踌躇满怀，那些绮陌红楼、羁旅困顿、忤旨被逐以及情人执手相见、泪眼无语的分别等等，往事是如此不堪回首，每每思起这一桩桩一件件往事，柳永不觉愁颜满目。他因爱而活，却也因爱而离恨终身。“漏箭移，稍觉轻寒。”作者在这里缠绵悱恻，审视过往人生，不知不觉间，夜已深，那渐变之风露，令人身上寒意顿起（“漏箭”一词是古代计时的工具，具体见本丛书《更漏子》)。“听呜咽、画角数声残。”这两句是将所有的追忆笔墨，拉回到眼前的现实，抬望眼已临拂晓，城头之号角，已凄咽地鸣响。这一句呜咽代表的是什么？那是天明之后，又要踏上羁旅征程的呜咽，是前途茫茫然，却又无助的呜咽，是骨子里想抗争，可现实却很残酷的呜咽。“对闲窗畔，停灯向晓，抱影无眠。”窗畔下，一盏孤灯映出作者孤苦、苍老的身影，由晚至夜，由夜至晓，伴随着作者彻夜的相思、彻夜的回忆、彻夜的孤愁……这一幕幕就是柳永人生中众多旅途的一个剪影罢了。

这首词，以众多的“追往事”之联想，来反复表现作者在孤馆中度日如年的凄楚心境。本词的第一片、第二片，作者都是以凄楚的孤馆不眠之景，从而联想到昔日绮陌红楼之状；第三片，作者再由昔日暮宴朝欢之状，回到眼前空惨愁颜之景，错落而有致。故宋人王灼在《碧鸡漫志》中有称："《离骚》寂寞千载后，《戚氏》凄凉一曲终。"将柳永的《戚氏》与屈原的《离骚》互比，这也说明了柳永此词在词史上的分量，堪称旷世凄凉之咏。周济在《介存斋论词杂著》中言："（耆卿）为世訾謷[⑤]久矣。然其铺叙委婉，言近意远，渺秀幽淡之趣在骨。"并在《宋四家词选》中盛赞柳词的艺术特点为："清真词多从耆卿夺胎，思力沉挚处，往往出蓝。然耆卿秀淡幽艳，是不可及。"诚哉这些先贤斯言，认真体味柳永词之风骨，其中情味需在慢声长吟中细加品味，方可有悟。

注释

① 丘处机（1148—1227）：字通密，道号长春子，登州栖霞（今属山东省）人，道教全真道掌教，被奉为全真道"七真"之一，以及龙门派的祖师，后圆寂于长春宫宝玄堂即今北京白云观内。

② 憭栗（liáo lì）：凄凉、战栗。

③ 骋纵（chěng zòng）：恣意放纵。

④ 蹭蹬（cèng dèng）：险阻难行、失意困顿。

⑤ 訾謷（zǐ áo）：攻讦诋毁。

满江红

词牌题注

《满江红》是词牌名。关于这个词调的具体来源已经不可考，但清人毛先舒在《填词名解》中言：《满江红》调名，可能是出于《上江虹》，并引唐人朱庆馀①志怪小说《冥音录》②中，所载有《上江虹》曲名。言善于弹筝的年轻女艺人死后，在阴间为唐穆宗的妃子们，传授弹筝的技艺，一个偶然的机会，她又把阴间的一些曲调，秘密传给了她在阳间的亲人，这其中就包括二十八叠、属于正商调的《上江虹》曲。虽然这是以阴间之人传阳间亲人之曲，但令今人无法弄清楚的是，《上江虹》最后是如何转变成为《满江红》的？二者之间的关联何在？还有一种说法是，有一种布满在江水中，含有某种色素的植物，于秋冬时节经霜冻以后，能够呈现出红色，一眼望去满江红遍，故而得名。另有一种说法是，因白居易《忆江南》词中有“日出江花红胜火”句而得名。查崔令钦《教坊记》所列曲牌名中，既无《满江红》亦无《上江虹》。在钦定四库全书《御定曲谱·卷六》中，录有一《满江红急》曲：“身遭兵火。（韵）兄妹逃生受奔波。（韵）怎禁他风雨摧残，田地坎坷。（韵）泥滑路生行未多。（韵）军马追急怎奈何。（韵）弹珠颗，（韵）冒雨冲风，沿山转坡。（韵）犯大喊一声过。（韵）唬得人獐狂防窜，那里去也哥哥。（韵）怎生撇下了我。（韵）此身无处安存，无门可躲。（韵）”这首曲是元代施惠[③]创作的传奇戏剧《拜月亭》[④]中，第十六折《违离兵火》中的唱词。但是这个《满江红急》的唱词，与我们所认知的《满江红》词，在体例以及用韵上截然不同。在《钦定词谱》中则言道：“此调有仄韵、平韵两体，仄韵词，宋人填者最多，其体不一，今以柳词为正体，其余各以类列。《乐章集》注‘仙吕调’，元高拭词注‘南吕调’。平韵词只有姜词一体，宋元人俱如此填。”

诗词赏析

满江红　仄韵体	**格律**
柳永	
暮雨初收，	仄⃝仄平平，
长川静、征帆夜落。	平⃝平⃝仄、平⃝平仄⃝仄。（韵）
临岛屿、蓼烟疏淡，	平⃝仄⃝仄⃝、仄⃝平平⃝仄，
苇风萧索。	仄⃝平平仄。（韵）
几许渔人横短艇，	仄⃝仄平⃝平平仄仄，
尽将灯火归村落。	仄⃝平平⃝仄平平仄。（韵）
遣行客、当此念回程，	仄平⃝仄⃝、平⃝仄仄平平，
伤漂泊。	平平仄。（韵）
桐江好，	平平⃝仄，
烟漠漠。	平仄⃝仄。（韵）
波似染，	平仄⃝仄，

山如削。	平平仄。（韵）
绕严陵滩畔，	仄平平平仄，
鹭飞鱼跃。	仄平平仄。（韵）
游宦区区成底事，	平仄平平平仄仄，
平生况有云泉约。	平平仄仄平平仄。（韵）
归去来、一曲仲宣吟，	平仄平、仄仄仄平平，
从军乐。	平平仄。（韵）

此词双调九十三字，上片四十七字，八句四仄韵，下片四十六字，十句五仄韵。这首词从其深婉成熟的格调上看，应该是柳永中年以后的作品，且词写于浙江境内，不排除这是他于景祐元年（1034年），宋仁宗亲政，特开恩科，柳永和他的哥哥柳三接同榜考取进士，柳永被朝廷所授予第一个正式国家级公务员编制的职位——睦州团练推官后，于上任路上所写的作品。古睦州是现在浙江环千岛湖一带的建德、淳安、桐庐一线，是于隋朝年间，因此地“俗阜人和，内外辑睦”而建。“睦州”得其名的缘由，就是此地虽然物产不丰富，但民风朴实，希望大家都非常和睦地团结在一起。而“团练推官”又是什么官职呢？“团练”一词，是由唐代延续下来的一种民间的自卫队组织，是州府一级的常设机构，其最高长官叫“团练使”，属于武官系列，是从五品或正六品的官职，类似于现在正厅或副厅级干部。而“推官”又是什么官职呢？“推官”，就是类似于正职的副手，既有协助办理政务的职责，也有监视、督查的职能，是从六品或正七品的官职，类似于现在的县处级干部。“团练推官”这个职位对于满腹学识的柳永来讲，虽然官职不大，但这却是柳永半生努力，历经无数磨

难考取进士以后，才好不容易被朝廷任命的第一个国家级的正式官职，所以柳永是本着跳蚤再小也是肉的心理，欣然前去任职。这首词应该是他在上任途中，或是在任职期间，去下面所管辖的州府视察时所写。而词中所描写的场景，也不过就是柳永人生众多旅宦中的一个场景、一个镜头而已。

此词先景而后情，“暮雨初收，长川静、征帆夜落”两句，情景交融，如诗如画，意境极佳，寥寥数语，便勾勒出一幅渔舟晚唱的美丽风景。那傍晚的小雨初歇，断岸江流间一片寂静，就连那远航的船只，也因为日暮而抛锚落下了桅帆。这是放眼望去的远景，而近景又是什么呢？“临岛屿、蓼烟疏淡，苇风萧索。”句中的“疏淡”和“萧索”，作者委婉地告诉我们，这又是一个入秋的季节，临近岛屿，但见秋风瑟瑟，直吹得蓼花凌乱、芦苇稀疏，茫茫然一片肃然秋杀之气，那满视野都是茫茫然萧索的景色。这几句虽然一片萧索茫茫然状，会令人感到寂静与孤独，但其秋景中亦含无尽之情态，如果顺延此刻的思路，那么肯定会进入到一种“悲秋”的话题。然而此刻作者话题忽而一转，于这寂静中忽见，“几许渔人横短艇，尽将灯火归村落”。（这里的“横”“将”二字，现在有很多版本记载为“飞”与“载”。而“飞”与“载”这两个字，确实比“横”“将”二字灵动，且充满了动感，但本书现在所依据的版本，是康熙年间《钦定词谱》中所记载，故依其原貌。）这两句情景的转移实为以动破静，将那肃杀之气与茫然寂静打破，从而给人以流动之美感，且为其下面的喟叹做好铺垫。傍晚时分渔人驾着小艇满载一天收获，尽载其灯火飞奔而回归家中。日暮归家，是一件令人神往的事情，尤其是对于外出之游子，

"家"是一个神圣而温馨的词汇。俗话说"在家千日好，出门一日难"。宅家之人自然是不能理解游宦之人的苦楚，因此这一幕归家之场景，必然会引起漂泊孤旅之人凄苦之愁感。我们在读柳永词的时候，此时的这种场面可谓是再熟悉不过了，先是以景而衬情，以秋而铺垫，继之以动而破静，接着是喟叹其相思之愁苦。果然作者接下来写道："遣行客、当此念回程，伤漂泊。"这是当词人见到那归村之短艇，回家之渔舟，自然而引出的痛伤漂泊之感慨、思念亲人之喟叹，此情此景令这个孤旅行宦之人，刹那间有了思家的感念，有了"针线闲拈伴伊坐"[⑤]的冲动，有了痛感人生漂泊的悔意。一个是傍晚归家，一个是沿途漂泊；一个是举家团聚，一个是孤旅独处；一个是炊烟袅袅尽显其温馨，一个是箪食瓢饮[⑥]单栖而独宿，两两相较怎不令作者感念其"伤漂泊"之痛楚。

下片，作者也是先景而后情，"桐江好，烟漠漠。波似染，山如削。绕严陵滩畔，鹭飞鱼跃"。下片写词人清晨所见之美景：桐江之上似烟如雾，给人以朦胧之美感，清澈的江水湛蓝碧透，岸上峰峦高耸直入云霄，船过严子陵滩，抬望眼但见：白鹭翻飞、鱼虾跳跃。这几句一气呵成，句虽短但语意连贯，且一扫昨晚孤独的愁苦与悲伤，这种上下天光一碧万顷之景象，令人赏心悦目。但是作者在这里巧妙地利用了地名"严陵滩"，嵌入了一个"独向桐江钓烟水"[⑦]羊裘老子严子陵的历史典故：严光字子陵，是东汉著名的隐士。史书上说他小时候就有"高名"，但因为缺少资料的原因，还真不知道其具体高在什么地方，是文采或是谋略，抑或是刘秀当了皇帝他没有当上，我们不得而知。严子陵与东汉光武帝刘秀既是同学，亦为好友，二人曾经一起举兵打天下，后来刘秀当了皇帝，严子陵就归隐于山野。曾经于严冬季节，严子陵穿着羊皮大衣，在浙江桐庐的富春江上钓鱼。刘秀多次聘请他到朝廷做官，为国家出力，但严子陵已经无意于功名，而宁愿“侣鱼虾而友麋鹿”[8]，过着这种隐居的生活。严子陵这种不贪慕富贵、不图名利的思想品格，一直受到后世人的称誉。曾经有上京城赶考的秀才，路过当年严子陵钓鱼的地方，题诗道：“君为名利隐，我为名利来。羞见先生面，夜半过钓台。”这就是“有人辞官归故里，有人星夜赶科场”[9]的真实写照，而且也正应了那句“天下熙熙，皆为利来；天下攘攘，皆为利往”（见司马迁《史记·货殖列传》）的古训。而柳永在此时写这些，并非只是怀古抒情，他这是为下面的喟叹而埋下的伏笔。“游宦区区成底事，平生况有云泉约。”“游宦”泛指离开家乡、亲人，外出做官或谋求职业，以维持自己和家人的生计。“区区”一词，是古人对自己称呼的一个谦语，“底事”古语为“何事”的代名词。这一句的喟叹又是一个转折，是继昨天傍晚见渔舟唱晚，家家户户炊烟袅袅尽显其温馨后，而悔意顿生的喟叹；今晨风景如画，抬望眼但见鹭飞鱼跃，过严陵滩而思起那“君为名利隐”的高人隐士严子陵，过着那“侣鱼虾而友麋鹿”的惬意生活，思起往日和心上人所说的：世界那么大，一起携手去看遍的约定，其“游宦区区成底事”的喟叹，从肺腑自然而涌出。是呀，这整日地东奔西走到底是为什么？这句久亘于心中的喟叹，问得非常好，这是柳永一种自我的反思与反省。“归去来、一曲仲宣吟，从军乐。”这句话可以看成是柳永反思、反省以后的幡然悔悟。这里暗含了两个柳永了然于心且耿耿于怀的典故。“归去来”三字，是借用了陶渊明辞官之初，所创作的《归去来兮辞》之意。《归去来兮辞》叙述了陶渊明脱离仕途，归隐田园后，其生活和内心的感受，表现了他对官场的厌恶以及对人生的思索，表达了陶渊明洁身自好、不与世俗同流合污的高尚情操。“一曲仲宣吟，从军乐”里的“仲宣”，指的是东汉时期的王粲[⑩]。王粲是“建安七子”之一，且在七人中，学识文章排名第一，是曹操帐下重要的名士，曾经参与了曹操多次对外的征战，并在途中写下了五首《从军行》诗，五首中之一为《从军乐》：“从军有苦乐，但闻所从谁。所从神且武，焉得久劳师。相公征关右，赫怒震天威。一举灭獯虏[⑪]，再举服羌夷[⑫]。”诗中歌颂了曹操出征天下，同时也表达了王粲想从军征战、建功立业的思绪。但从整体看，这五首诗主要还是抒发行役之苦和思妇之愁。那么这一句“归去来、一曲仲宣吟，从军乐”所要表达的是什么呢？柳永是要以《从军乐》中行役之苦、思人之愁，来表达自己对这种宦游生活的厌倦，同时对陶渊明躬耕田园、回归家园的羡慕，才以这种渴望归隐而作结。另外柳永到睦州任职，没有想到的是，睦州太守吕蔚是柳永忠实的粉丝，吕蔚本就仰慕柳永的大名，没想到上天却把柳永送到了自己身边，所以吕蔚待柳永为上宾。柳永上任没多久，吕蔚就奏请朝廷为柳永提职，但因为御史郭铨认为，柳永任职不久，未见到其做出任何政绩而作罢。由于柳永是老而得官，且又叹老嗟卑[⑬]，因此以“仲宣吟”行役之苦、思人之愁，而慕其陶渊明躬耕田园之雅淡，而产生这种归隐之思是不足为怪的。

本词中有几个转折，可以看作是柳永词的特点。上片从“暮雨初收”起，到“苇风萧索”止，是写傍晚的景色。然后词风一转，用闯入眼帘的归家渔舟，以动破静将静态的晚景打破。然后词风再次转折，以渔舟唱晚的温馨，而喟叹漂泊的行客。下片词风再转，以清晨之美景掩盖昨夜之孤苦。到严陵滩后，思起无意功名的羊裘老子，词风顿转，而向自己的心灵发出问讯。紧接着再继转到其“归去来”的田园生活而作结。短短的九十三字中，几唱几叹，迂回婉转，反复缠绵。这也正是柳永词令人迷恋之所在。

下面我们再介绍一下姜夔平韵体《满江红》。姜夔在词前有一段小序，详细记述了写这首平韵体《满江红》的由来：“《满江红》旧调用仄韵，多不协律。如末句云‘无心扑’三字，歌者将‘心’字融入去声，方协音律。予欲以平韵为之，久不能成。因泛巢湖，闻远岸箫鼓声，问之舟师，云：‘居人为此湖神姥寿也。’予因祝曰：‘得一席风径至居巢⑭，当以平韵《满江红》为迎送神曲。’言讫，风与笔俱驶，顷刻而成。末句云‘闻佩环’，则协律矣。书于绿笺，沉于白浪，辛亥正月晦也。是年六月，复过祠下，因刻之柱间。有客来自居巢云：‘土人祠姥，辄能歌此词。’按曹操至濡须口⑮，孙权遗操书曰：‘春水方生，公宜速去。’操曰：‘孙权不欺孤’，乃撤军还。濡须口与东关相近，江湖水之所出入。予意春水方生，必有司之者，故归其功于姥云。”姜夔小序中提到的“无心扑”，是指周邦彦所作《满江红》：“昼日移阴，揽衣起，香帏睡足。临宝鉴、绿云撩乱，未忺妆束。蝶粉蜂黄都褪了，枕痕一线红生玉。背画栏、脉脉悄无言，寻棋局。重会面，犹未卜。无限事，萦心曲。想秦筝依旧，尚鸣金屋。芳草连天迷远望，宝香薰被成孤宿。最苦是、蝴蝶满园飞，无心扑。”

诗词赏析

满江红　平韵体	格律
姜夔	
仙姥来时，	平⃝仄平平，
正一望、千顷翠澜。	仄⃝仄⃝仄、平仄⃝仄平。（韵）
旌旗与、乱云俱下，	平平⃝仄、仄⃝平平⃝仄，
依约前山。	平⃝仄平平。（韵）
命驾群龙金作轭[16]，	仄⃝仄平平平仄仄，
相从诸娣玉为冠。	平⃝平平⃝仄仄平平。（韵）
向夜深、风定悄无人，	仄仄⃝平、平⃝仄仄平平，
闻佩环。	平仄平。（韵）
神奇处，	平平⃝仄，
君试看。	平⃝平⃝平。（韵）
奠淮右，	仄⃝平⃝仄，
阻江南。	仄平平。（韵）
遣六丁雷电，	仄仄⃝平平⃝仄，
别守东关。	仄⃝仄平平。（韵）
应笑英雄无好手，	平⃝仄平⃝平平仄仄，
一篙春水走曹瞒。	仄⃝平平⃝仄仄平平。（韵）
又怎知、人在小江楼，	仄仄⃝平、平⃝仄仄平平，
帘影间。	平仄平。（韵）

注 释

① 朱庆馀（生卒年不详）：名可久，字庆馀。越州（今浙江绍兴）人，唐代诗人。宝历二年（826 年）进士，官至秘书省校书郎。《全唐诗》存其诗两卷，有《朱庆馀诗集》。

②《冥音录》：是一篇朱庆馀以心理描写细腻见长的志怪小说。

③ 施惠：字君美，一作均美，或云沈姓。杭州人。世居吴山城隍庙前，以坐贾为业。巨目美髯，好谈笑。戏曲作家钟嗣成、赵良弼、陈彦实常至其家，每承接款，多有高论。诗酒之暇，惟以填词和曲为事。

④《拜月亭》：全名《王瑞兰闺怨拜月亭》，也称《蒋世隆拜月亭》或《幽闺记》。南戏剧本，四十出。是元人施惠，根据关汉卿《闺怨佳人拜月亭》杂剧改编。讲述王尚书之女瑞兰和母亲因避兵乱而走失，瑞兰路上遇到蒋世隆并与之结成夫妻。后与王尚书相遇，王尚书迫令瑞兰回家。之后，瑞兰思念世隆，于庭中拜月祈求再得相会。蒋世隆去应考，状元及第，被王尚书招赘为婿，原来就是瑞兰日夜思念的夫君，遂圆满结局。

⑤ 针线闲拈伴伊坐：见本丛书柳永《定风波·自春来》。

⑥ 箪（dān）食（sì）瓢饮：箪食，指一小碗饭；瓢饮，指一瓢汤。语出《论语·雍也》，多用于形容读书人安于贫穷的清高生活。

⑦ 独向桐江钓烟水：此为方孝孺评严子陵语：敬贤当远色，治国须齐家。如何废郭后，宠此阴丽华。糟糠之妻尚如此，贫贱之交奚足倚。羊裘老子早见机，独向桐江钓烟水。

⑧ 侣鱼虾而友麋鹿：见苏轼《前赤壁赋》。

⑨ 有人辞官归故里：见吴敬梓《儒林外史》：有人辞官归故里，有人星夜赶科场。少年不知愁滋味，老来方知行路难。

⑩ 王粲（càn）（177—217）：字仲宣，东汉末年著名文学家，“建安七子”之冠，与曹植并称“曹王”。现有《王粲集》存世。

⑪ 獯虏（xūn lǔ）：指古匈奴。

⑫ 羌夷：此泛指四夷，是古籍对中土以外，四方各族之泛称，即东夷、南蛮、北狄和西戎的合称。

⑬ 叹老嗟卑（tàn lǎo jiē bēi）：感叹年龄已老，而犹未显达。

⑭ 居巢：古地名，即现在的巢湖地区。

⑮ 濡（rú）须口：三国时期古城，现在位于安徽省无为县附近，以当年吴国与魏国在此共发生四次战争而闻名。

⑯ 轭（è）：本意是指驾车时，套在牲口脖子上的曲木，引申义是束缚、控制。

迎新春

词牌题注

《迎新春》是词牌名。此词牌始于柳永，是柳永为迎接新春之作。因所押之韵极险，故后人无复再用此调填词，遂成为孤调。此调在《宋史·乐志》中注“双角调”，柳永《乐章集》注大石调。

“迎新春”即我们现在所说的过年。这个节日在中国虽然已经有几千年的历史，但是在古时，这个“迎新春”的过年不叫春节，而叫“元旦”。传统的说法是，舜即天子位时，带领部落人员祭拜天地，于是就将这一天定为岁首。后来历朝历代对岁首之意，又各有不同规定。到汉武帝刘彻时，他感到以前的历法太乱，于是令公孙卿和司马迁造“太阳历”，以夏朝历法为基础，规定以农历正月为一岁之首，以正月初一为一年的第一天，就是元旦，因此中国元旦，原指的是夏历（农历、阴历）正月初一。直到中华民国时期，孙中山为在历法上与其他各国接轨，实行公历纪年，于是把公历的一月一日称为元旦，而将农历的正月初一称为春节。此历法于民国三年（1914 年），最终由袁世凯大总统批准正式施行。因此我们所说“春节”一词的历史，只有一百余年。柳永所创词牌《迎新春》，即是迎接“新年”、迎接“立春”之称。“立春”之日“迎春”，这在古代是一个重大节日，因为这个节日中包含有“立春”“人日”①“元宵节”等几个重大节日。“立春”这一天，天子要率文武百官向东②而迎春，以祈求风调雨顺、五谷丰登，然后赐福百官。另外还有“人日”。传说神在正月第七天创造了人，这一天是人类的生日，因此正月初七被称为“人日”。这一天皇帝要赏赐群臣并登高而赐宴。而“元宵节”则更是热闹非凡。元宵节又称为“上元节”，时间为农历正月十五日，是一年中第一个月圆之夜，古人称夜为“宵”，所以称为“元宵节”。而元宵节最主要的活动，就是祭神与燃灯，此习俗可以追溯到汉武帝时期，后来随着佛教传入中国，于正月十五燃灯敬佛的习俗延续下来，再后来这个节日就发展成为灯节，并兴起了猜灯谜、放烟花，许多地方还兴起了耍龙灯、耍狮子、踩高跷、划旱船、扭秧歌等活动。到了宋代，从正月十四日到正月十八日，每日都有元宵节燃灯活动，是日“妇女出游街巷，自夜达旦，男女混淆”，还有官员派发福利，君王与百姓同赏灯节、赐福百姓等。辛弃疾在其《青玉案·元夕》一词中曾经描写有宋代元宵节的盛况：“东风夜放花千树。更吹落、星如雨。宝马雕车香满路。凤箫声动，玉壶光转，一夜鱼龙舞。蛾儿雪柳黄金缕。笑语盈盈暗香去。众里寻他千百度。蓦然回首，那人却在。灯火阑珊处。”而柳永的这首《迎新春》词，正是描写元宵节的盛景之词。

诗词赏析

迎新春	格律
柳永	
嶰③管变青律，	仄仄仄平仄，

帝里阳和新布。	仄仄平平平仄。（韵）
晴景回轻煦。	平仄平平仄。（韵）
庆嘉节、当三五。	仄平仄、平平仄。（韵）
列华灯、千门万户。	仄平平、平平仄仄。（韵）
遍九陌、罗绮香风微度。	仄仄仄、平仄平平平仄。（韵）
十里然绛树。	仄仄平仄仄。（韵）
鼇山耸、喧喧箫鼓。	平平仄、平平平仄。（韵）
渐天如水，	仄平平仄，
素月当午。	仄仄平仄。（韵）
香径里，	平仄仄，
绝缨掷果无数。	仄平仄仄平仄。（韵）
更阑烛影花阴下，	平平仄仄平平仄，
少年人、往往奇遇。	仄平平、仄仄平仄。（韵）
太平时，	仄平平，
朝野多欢民康阜。	平仄平平平平仄。（韵）
堪随分良聚。	平平仄平仄。（韵）
对此争忍，	仄仄平仄，
独醒归去。	仄平平仄。（韵）

此词双调一百零四字，上片八句七仄韵，下片十一句六仄韵。《钦定词谱》中对这首词释言道："《词律》刻此词，不分段，今照《花草粹编》分。此调只此一词，无别首可校。"词咏调名本意，尽写元宵佳节盛况，整首词充满了祥和、欢乐、太平盛世之景象。

“嶰管变青律，帝里阳和新布。”“嶰管”是嶰溪之谷所产竹子的简称，语出吕不韦所著《吕氏春秋》一书：“昔黄帝令伶伦[④]作为律。伶伦自大夏之西，乃之阮隃[⑤]之阴，取竹于嶰溪之谷，以生空窍厚钧者，断两节间，其长三寸九分而吹之，以为黄钟之宫，吹曰‘舍少’[⑥]。次制十二筒，以之阮隃之下，听凤鸣之鸣，以别十二律，其雄鸣为六，雌鸣亦六，以比黄钟之宫适合，黄钟之宫皆可以生之。故曰黄钟之宫，律吕之本。”而“青律”即青帝所司之音律。青帝为东方之神，亦为春神。古代为了预测节气，将苇膜烧成灰，放在律管内，按不同方位摆放，每一律管代表一个月，共十二律管，以十二律吕命名，如黄钟、太簇等，到某一月份，相应律管内的灰就会自行飞出。青律，则指代表春天的律管。春天来临，京城里一片春意盎然，在这里作者并没有直接赞美春天的景色，而是借用代表春天的笛音告诉我们春天来了，万物复苏。“晴景回轻煦。”“晴景”代表春天雨后润泽的景象，语出唐人王驾《晴景》诗：“雨来未见花间蕊，雨后全无叶底花。蜂蝶飞来过墙去，却疑春色在邻家。”此句谓雨后和风轻吹，暖煦宜人。“庆嘉节、当三五。”“三五”即指正月十五元宵节，作者于此点明主题。“列华灯、千门万户。”元宵节之际，千门万户，彩灯高悬，这一句道出了宋朝经济的繁华。我们不知道柳永此词具体写于什么年代，但从其词意中判断应该是其考中进士之前，住在帝都开封时期的作品，从其词中所描绘的景象看，此时的北宋应该是国库充盈，人民富足，否则不会有千门万户扎花灯、起彩楼之举。在前面题注中讲过元宵灯节的来历，与佛教传入中国，皇室倡议“燃灯敬佛”的礼仪有关，后逐渐演变为灯节。在唐人郑处晦《明皇杂录》中谈到："上在东都，遇正月望夜[7]，移仗上阳官，大陈灯影，设庭燎[8]，自禁中至于殿庭，皆设蜡烛，连属不绝。时有匠毛顺，巧思结创缯彩[9]，为楼三十间，高一百五十尺，悬珠玉金银，微风一至，锵然成韵。乃以灯为龙凤虎豹腾跃之状，似非人力。"而在宋人孟元老和周密所著的《东京梦华录》及《武林旧事》中也记载有两宋时期灯节的盛况：制灯的原料除丝绸、彩纸、鸟羽外，还配有羊角、琉璃和云母等物；制作的灯饰品种繁多，有牡丹灯、莲花灯、曼陀罗灯、动物灯、壁灯、车舆灯、屏风灯、佛塔灯、子母灯、没骨灯、珠子灯、鱼灯、羊皮灯、罗帛灯、走马灯等。府署、富室于元宵节庆期间，或搭彩楼，或设山棚，或造各种灯山。灯山包括瀑布灯山或巨大的琉璃灯山，并于山上设置机关，点缀一些人物亭阁，再插以彩灯千盏。其时灯火之盛美不胜收，令人目不暇接。这些太平盛景的描述，似乎都已经超出了今人的认知。"遍九陌、罗绮香风微度。"这里的"九陌"一词，原指汉朝长安城中的九条大道，后泛指都市中的大道或繁华闹市；"罗绮"一词，是指观灯之人，人人都身着名贵的绫罗绸缎显得绮丽而风光，人们相拥着走过京城大道，所过之处微风中飘游着淡淡的馨香。下面一句"十里然绛树"，更使元宵灯会的奢华达到了顶峰。"十里"谓其面积广大，"然"通燃，"绛树"原是古书中描绘的仙树，在此指火把。至此我们可以充分想象一下那十里长街上，灯火通明，市面上店铺林立，琳琅满目的珠玉珍宝随处可见，家家户户门前彩灯高悬，相互争豪比富，靓男俊女们携手游逛。这一幕就像宋人孟元老在《东京梦华录》中所记载北宋当时的盛况："举目则青楼画阁，绣户珠帘。雕车竞驻于天街，宝马争驰于御路。金翠耀目，罗绮飘香。新声巧笑于柳陌花衢，按管调弦于茶坊酒肆。八荒争凑，万国咸通。集四海之珍奇，皆归市易；会寰区之异味，悉在庖厨。花光满路，何限春游；箫鼓喧空，几家夜宴。伎巧则惊人耳目，侈奢则长人精神。”以上这些描述，将盛世中市场的繁荣盛况以及民众的殷富，描绘得令人神往。“鼇山耸、喧喧箫鼓。”“鼇山”语出《列子·汤问》中典，是为神仙所居之仙山，此既指帝京的祥和如同仙居之所，亦指其用彩灯堆叠而成的彩楼，如同传说中神仙居住的鼇山一样安稳如磐，更有那此起彼伏、欢天喜地的喧天箫鼓之音。

“渐天如水，素月当午。”下片作者续写其上片文意，并用一个“渐”字，拉开时间与空间的距离并区别上下片文意。皓月当空，犹如正午之阳光，映衬得天空似水般清澈而通透。明月当空下，但见“香径里，绝缨掷果无数”，作者在这里用了两个典故，“绝缨”指男人调戏女人，“掷果”指女人调戏男人。《韩诗外传》卷七中载有楚庄王绝缨的故事：一次战役之后，楚庄王宴饮群臣，楚庄王宠爱的妃子们也轮流向各位将军敬酒。此时一阵大风吹来将大殿上的蜡烛吹灭，黑暗中有人在私下拉扯妃子的衣服，妃子一把就扯下了该人帽子上的缨穗，并告诉楚庄王，要求马上点灯找到并查办这个人。而楚庄王却对妃子说：“王以为赐人酒，使醉失礼，奈何欲显妇人之节而辱士乎。”就没有同意，反而令在场的所有人都扯下自己帽子上的缨穗尽情欢乐。后来吴军攻楚，有一人极为勇猛，击敌无数，楚庄王就问他为何如此勇敢，他说：“‘臣，先殿上绝缨者也。’君王您隐忍而不诛杀我，所以我要报答您。”“掷果”，语出《晋书·潘岳传》：“岳美姿仪……少时常挟弹出洛阳道。妇人遇之者，皆连手萦扰，投之以果，遂满载以归。”在这里形容美男子被妇人所钟爱。而“香径里，绝缨掷果无数”的这种钟爱，非指一人受其钟爱，而是无论男女皆可相互钟爱。在古代，元宵节和三月三日的修契、七夕、重阳等节日一样，都是男女双方借佳节之际，男女约会，互诉爱恋之时，因此作者继写道：“更阑烛影花阴下，少年人、往往奇遇。”这两句以景写情，“更阑”，谓夜已至深，而烛影花阴下，明暗朦胧间，靓男俊女，男欢女爱，又将有多少风流韵事于此而发生。继而作者笔锋一转，“太平时，朝野多欢民康阜”。这句道出了宋初的太平气象，朝野上下君臣一心，以至国力大增，人民安居乐业、欢乐富庶。而且还“堪随分良聚”，“堪”是随时、可以的意思，随时可以愉快地举行美好的聚会。唐代法律规定：日落掌灯以后，人们不得随意聚会与喧哗，宋以后此项规定逐渐被废除，故有是语。“对此争忍，独醒归去。”欢乐的场面此起彼伏，到处是欢乐的海洋，到处是喧天的箫鼓，面对满视野的鼇山胜景，靓男俊女，词人真是有乐而忘返之感，因此怎能忍心独自一个人离开呢？

这首词中作者多次用典，以古之盛景喻今之繁盛。据祝穆的《方舆胜览》记载：范蜀公（范镇）尝曰：“仁宗四十二年太平，镇在翰苑十余载，不能出一语咏歌，乃于耆卿词见之。”而黄裳在其《书乐章集后》称：“予观柳氏乐章，喜其能道嘉祐中太平气象，如观杜甫诗，典雅文华，无所不有。是时予方为儿，犹想见其风俗，欢声和气，洋溢道路之间，动植咸若。令人歌柳词，闻其声，听其词，如丁斯时，使人慨然有感。呜呼！太平气象，柳能一写于乐章，所谓词人盛事之黼藻[⑩]，岂可废耶？”这些先哲们对柳永词的点评记载，或可作为此词之注吧。

注 释

①人日：古代相传农历正月初一为鸡日，初二为狗日，初三为猪日，初四为羊日，初五为牛日，初六为马日，初七为人日。人日这一天人们要戴一种叫人胜的头饰，吃七宝羹，吃面条，登高赋诗。

②东：东南西北四个方向，代表了四个不同季节。东方为春；南方为夏；西方为秋；北方为冬。

③嶰（xiè）：有水为涧，无水为嶰，嶰即小山涧。

④伶伦：为黄帝时代的乐官，是中国古代发明律吕、据以制乐的始祖，也是中国音乐的始祖。

⑤阮隃：此有二指，其一指山势连绵层叠高大的地方；其二王国维先生认为此为“昆仑”误（见马福荣《古“大夏”在何处》一文）。

⑥舍少：即舍箫，原为阿尔泰语系，汉译为“皇宫之箫”。（见2015年张旭著《一个笛文化史千古之谜的破解》）

⑦望夜：望，月满为望，望夜，指农历十五之夜。

⑧庭燎：宫廷中用于照明的火炬。

⑨缯（zēng）彩：缯，古代丝织物的总称，缯彩，彩色缯棉。

⑩黼藻（fǔ zǎo）：指华美的辞藻和文字。

燕归梁

词牌题注

《燕归梁》是词牌名，为晏殊自度曲之一，最早见于晏殊[1]《珠玉集》，因为此词首句有“双燕归飞绕画堂，似留恋虹梁”句，故取其词中的“燕归梁”三字为词牌名。

诗词赏析

燕归梁	格律
晏殊	
双燕归飞绕画堂。	(平)仄平平仄仄平。(韵)
似留恋虹梁。	(仄)(平)仄平平。(韵)
清风明月好时光。	(平)平(平)仄仄平平。(韵)
更何况、绮筵张。	(仄)(平)仄、仄平平。(韵)
云衫侍女，	(平)平(仄)仄，
频倾桂醑[2]，	平平(仄)仄，
加意动笙簧[3]。	(平)仄仄平平。(韵)
人人心在玉炉香。	(平)平(平)仄仄平平。(韵)
逢佳会、祝延长。	(平)(平)仄、仄平平。(韵)

此词双调五十一字，上片二十五字四句四平韵，下片二十六字五句三平韵。《钦定词谱》中称："此调始于此词，换头四字两句者，有张先、石延年、谢选、周邦彦诸作，其余或摊破句法，或减字，或添字，变格颇多，其源皆出于此也。此词前段第二句，作上一下四句法。"

说起这首词，就不得不说作者晏殊。他少年得志、中年富贵、晚年安宁，过着富贵荣华、气象娴雅的一生。北宋淳化二年（991 年）晏殊出生于江西抚州进贤，在他家的附近，就是现在大名鼎鼎的毛笔之都文港镇。晏殊五岁的时候，在当地就以"神童"之称而闻名。当时的江南安抚使、后来成为宰相的张知白，就将晏殊以神童的身份推荐给了朝廷。晏殊十四岁的时候，参加了童子科考试。童子科考试制度始于汉代，以后历朝历代逐步对其完善，至宋以后规定：童子科分上、中、下三品，凡十五岁以下能通经、作诗赋者，皆可应试，对于奇童异子、非常人所及者、天资异禀者，皇帝往往亲试之。成绩优异且能够及第者，授予出身及官职。在史料中曾经这样记载晏殊在考场上的表现："神气不慑，援笔立成。"这个"慑"是恐惧、害怕的意思。别人初临考场，心中一般都是惴惴不安的，而小小年纪的晏殊却是神闲气定地"援笔立成"。于是宋真宗皇帝赵恒一高兴，还没有等到总成绩下来，就赐予了晏殊"同进士出身"。要知道"进士"之名，既是古代科举考试的最高功名，也是最高荣誉称号，它是最高殿试及第者的总称。凡应试者皆谓之举进士，中试者皆称进士，且分为三甲，一甲三名，赐"进士及第"的称号，二甲若干名，赐"进士出身"的称号，三甲若干名，赐"同进士出身"的称号。也就是说，不管最后的成绩如何，此时年仅十四岁的晏殊，就已经名列前三甲。在接下来的诗、词、赋、论的考试中，晏殊展目一观便上奏皇帝道："您所出的这些题我都曾经做过，请您出一些其他的试题考我。"晏殊这份不同凡响的坦诚与扎实的才学，更加受到真宗皇帝的赞赏，马上又授其秘书省正事的官衔。这个职位类似于我们现在国务院办公厅的官员，并且还让他留在秘阁读书深造，就是留在皇家图书馆里读书学习。由于晏殊学习勤奋，交友持重，仅仅过了三年，十七岁的晏殊就被皇帝召试为中书，任太常寺奉礼郎，后来晏殊的父母去世，他请求丁忧④，等服丧结束再去上任，皇帝不但没有允许，反而连连给他加官晋爵，先是迁升为户部员外郎，做了太子舍人，不久又加封知制诰，做了翰林学士，从此晏殊真正开启了他的官宦生涯。在此期间他创办过书院，大兴教育，并提携过大批晚辈，就连我们熟知的范仲淹、欧阳修、张子野等，这些大名鼎鼎的才子俊杰们，见了晏殊的面，都得恭恭敬敬地尊称他一声"恩师"。晏殊在从政、做官、为人方面均经营得如此体面，真的是让同时代的欧阳修、苏轼、秦观等人自愧不如，更不用说比晏殊还略大一些，五十多岁才考中进士的婉约宗师柳永了。晏殊不但事业精进，在文学造诣上更是出类拔萃。他写的文、赋、诗、词，总能令人从那珠圆玉润、风雅闲婉中，感受到一种无形的富贵气象。他为政多年的丰富经验，再与他深厚的艺术才华相结合，就形成了他自己独特的圆融旷达的风格。在其"无可奈何花落去，似曾相识燕归来"（《浣溪沙》）、"昨夜西风凋碧树，独上高楼，望尽天涯路"（《蝶恋花》）等佳句广为流传的同时，他开创了北宋的婉约词风，而且还被冠誉为"北宋倚声家之初祖”的名号。晏殊曾经说过：“余每吟咏富贵，不言金玉锦绣，而惟说其气象”。因此“气象”学说，始终贯穿于晏殊一生中，亦如王国维的“境界”学说一样，这都是前人留给我们现代人极为宝贵的财富。在宋人叶梦得《石林诗话》中，记载了晏殊一桩趣事，很好地表达了作者那“气象”学说的境界：“晏元献公留守南郡，王君玉时已为馆阁校勘，公特请于朝，以为府签判[⑤]，朝廷不得已，使带馆职从公。外官带馆职，自君玉始。宾主相得，日以赋诗饮酒为乐，佳诗胜日，未尝辄废也。尝遇中秋阴晦，斋厨夙为备，公适无命，既至夜，君玉密使人伺公，曰：‘已寝矣。’君玉亟为诗以入，曰：‘只在浮云最深处，试凭弦管一吹开。’公枕上得诗，大喜，即索衣起，径召客治具，大合乐。至夜分，果月出，遂乐饮达旦。前辈风流固不凡，然幕府有佳客，风月亦自如人意也。”从这一段记录中，我们可以想象出，古人对于自然风物、对于美好境界的一种追求，从描写明月“只在浮云最深处，试凭弦管一吹开”这句诗中，能窥到其中秋佳节“云破月初”的秘境，到“索衣起，径召客治具，大合乐。至夜分，果月出”中的“乐饮达旦”，可见其“腹有诗书气自华”的“气象”底蕴，在一个文人身上是多么的重要。叶梦得在《避暑录话》中还记录道：“晏元宪公虽早富贵，而奉养极约，惟喜宾客，未尝一日不燕饮，而盘馔皆不预办，客至旋营之。顷有苏丞相子容，尝在公幕府见每有嘉客必留，但人设一空案、一杯，既命酒，果实蔬茹渐至，亦必以歌乐相佐，谈笑杂出，数行之后案上已灿然矣。稍阑即罢遣歌乐曰：汝曹呈艺已遍，吾当呈艺。乃具笔札相与赋诗，率以为常，前辈风流未之有比。”而我们下面介绍的这首《燕归梁》词，就能够很好地体现出晏殊这份神闲气定、气象非凡的闲婉风格。

这首《燕归梁》词，是一首描写盛宴之词。词的前两句“双燕归飞绕画堂。似留恋虹梁”，一方面点出季节，“燕归飞”之时，即为初春之际，另一方面则是吟咏那富家气魄，因为一般人家，是没有“画堂”和“虹梁”的。“画堂”是指饰有彩绘华丽的厅堂。“虹梁”是如彩虹一样华丽、广大的房梁。去年的燕子又飞回来了，它们绕着那精美如画的厅堂穿来飞去，像是极为喜爱、留恋这美丽的如同彩虹一样的房梁。房屋之广大，气势之宏伟壮观，从始发两句即可看出，晏殊作词所讲究的“气象”之韵。下面的“清风明月好时光”句，与上两句相互呼应。清风徐来、朗月空明，这种景致本身就令人心情极为舒畅。“更何况、绮筵张。”更何况，这时还有那奢华、美味的筵席。整个上片作者写了归来的双燕、精美的厅堂以及清风明月和奢华的酒宴，处处大开大合，大气非凡，笔笔皆是以景而著称，以气象而称道，充满既高调、富丽，又畅快、轻松之感，可谓是字字珠玑，句句锦绣。

下片，作者更加着意描绘华筵之盛。“云衫侍女，频倾桂醑，加意动笙簧。”那身着彩云一样美丽衣衫的侍女，为客人频繁添加着桂花佳酿，身怀绝技的艺人们，鼓动着笙簧，演奏着优美的乐曲。古时帝王之家及豪贵阀阅[6]大宅，饮酒宴会，必要奏乐助兴，这样做的目的，一是表达让人们闻雅乐知国富，二是让人们闻雅乐懂廉耻，三是让人们闻雅乐通旷达。这一点在《诗经》中表现得极为明显，比如《诗经》中的《风》，就是出自各地的民歌；《雅》又分《大雅》《小雅》，多为贵族祈丰年、颂祖德以及祭祀之诗歌；《颂》则为宗庙祭祀之诗歌，其目的就是要提高人们的情操，达到闻音知雅意。“人人心在玉炉香”是指玉炉中，那制作成心字形的香，飘散出那阵阵的幽香。古人制作心字形香，是一种心情、一种祈愿，是把自己个人的情感与所要达成的心愿，以意念的方式默注于这以心为形状的、用心结成的香中，烟飘一缕、经诵一篇，通过飘出的幽香，以期达到自己祝颂的目的。然而作者要达到什么样的目的呢？词人所要达到的，是燃香以祝“逢佳会、祝延长”的目的，从而预祝这种佳节盛会，这种喜庆美筵能够长长久久。

王国维在《人间词话》中言道：“美成（周邦彦）词多作态，故不是大家气象，若同叔（晏殊）、永叔（欧阳修）虽不作态，而一笑百媚生矣。”晏殊的“气象”说与王国维的“境界”说，都是高格，人的学识只有达到了心随境走、境由心生之高度，才能有此二说。

注 释

① 晏殊（991—1055）：字同叔，江南西路抚州临川县（今江西进贤）人。北宋政治家、文学家。十四岁以神童入试，赐同进士出身，被任命为秘书正字。最终官拜集贤殿大学士、同平章事兼枢密使，成为宰相，获封临淄公。谥号“元献”。有《晏元献遗文》、《类要》残本、《珠玉集》一卷，存词 131 首。

② 醑（xǔ）：经多次沉淀过滤的酒。

③ 笙簧：笙，是汉民族古老的吹奏乐器，在金、石、丝、竹、匏、土、革、木，这“八音”分类中，属“匏”。《尚书》《诗经》

中，已有相关记载。簧，指笙中的簧片，“笙簧”，在此代指音乐。

④ 丁忧：父母去世后，子女按古代礼制，须持丧三年，其间不得行婚嫁之事，不预吉庆之典，任官者必须离职，称“丁忧”。

⑤ 签判：宋代官职。宋朝各州、府会选派京官充当判官时，称签书判官厅公事，简称“签判”。

⑥ 阀阅：指有功勋的世家、巨室。“阀”也作“伐”，指功劳；“阅”指经历。“阀阅”一词，最早见于《史记·高祖功臣侯者年表》：“古者人臣功有五品，以德立宗庙定社稷曰勋，以言曰劳，用力曰功，明其等曰伐，积日曰阅。”这些有功勋的大臣以及他们的后裔，为了彰显自己祖上的业绩，就会在大门两侧竖立两根柱子，左边的叫“阀”，右边的叫“阅”。到了宋代这两根柱子，就演化成了“门簪”。一般官员家用两个，高官的府邸用四个。再后来就演化成房屋院落之外的大门，也就是用有屋顶的一至三间房屋来做大门。封建社会里，一般民居，即使家财万贯，也不容许建立阀阅，无论多么气派豪华的宅第，也只能在墙上开门。

渔家傲

词牌题注

《渔家傲》是词牌名，在北宋时期是较为流行的词牌。我们现在所见《渔家傲》词牌的出现，历史上有几种说法。

一、来源于自称“烟波钓徒”、唐代著名的隐士张志和所创《渔歌子》词，词写渔家生活及隐士高人情操。（见本丛书·张志和《渔歌子》）

二、与晏殊同时代，且比晏殊大两岁的北宋名臣范仲淹，他所写的《渔家傲·秋思》一词，是其在宋康定元年（1040年）至庆历三年（1043年）间，任陕西经略副使兼延州知州，镇守西北边疆期间所作。从其创作时间上来看，或约略早于晏殊。《乐府纪闻》[①]中，对此有一段记载：“张志和自称烟波钓徒，愿为浮家泛宅，往来苕霅间，作《渔歌子》。按张志和所作‘西塞山前白鹭飞’一词，亦名《渔父词》，其调之曲拍，不传于后世。而唐宋词人，又多有《渔家乐》之作，其为描写渔人生活之词则同。至范希文（范仲淹）乃有本调之创，题义盖与《渔家乐》无二致也。《东轩笔录》[②]云：范文正公守边日，作《渔家傲》乐歌数曲，皆以‘塞下秋来’为首句，颇述边镇之劳苦。欧阳公（欧阳修）尝呼为‘穷塞王’之词。及王尚书素出守平凉，文忠亦作《渔家傲》

一首以送之。是此调之创自希文（范仲淹），已可证明，惟所咏则渐涉于泛耳。”这一段话把张志和—《渔父词》—《渔歌子》—《渔家乐》—范仲淹—《渔家傲》之间的关系串联了起来，使人一目了然。关键是最后一句话“惟所咏则渐涉于泛耳”，就是明确地告诉我们：在唐、五代、宋这一时期，此调受到人们喜爱，因此流行广泛。《乐府纪闻》所记述的观点与内容，古人与今人的文章中多有引用，但是《乐府纪闻》一书，作者到底为谁，成书于具体年代，至今为谜。

三、始见于晏殊《珠玉词》。因晏殊词中有“神仙一曲渔家傲”句，便取“渔家傲”为词牌名。

四、来源于佛曲。在南宋吴曾所著《能改斋漫录[3]·卷二·事始·八相太常引》中记有：“京师僧念《梁州八相》《太常引》《三皈依》《柳含烟》等，号‘唐赞’。而南方释子[4]作《渔父》《拨棹子》《渔家傲》《千秋岁》唱道之辞。盖本毗奈耶[5]云：‘王舍城南方，有乐人名葛婆，取菩萨八相，缉为歌曲。令敬信者，闻生欢喜。’”

此词牌又有别称为：《吴门柳》《游仙咏》《忍辱仙人》《渔父祠》《渔父咏》《绿蓑令》《渔家乐》《渔家傲引》《添字渔家傲》等。此词因句句用韵，故此调声律和谐婉转，于流畅中不但可用于抒发一般情怀，而且尤宜表达悲凉或悲壮的情感。

诗词赏析

渔家傲	**格律**
晏殊	
画鼓声中昏又晓。	〔仄〕〔仄〕〔平〕〔平〕平〔仄〕仄。（韵）
时光只解催人老。	〔平〕平〔仄〕仄〔平〕平仄。（韵）
求得浅欢风日好。	〔平〕仄〔仄〕平平仄仄。（韵）
齐揭调。	平〔仄〕仄。（韵）
神仙一曲渔家傲。	〔平〕〔平〕〔仄〕〔仄〕平平仄。（韵）
绿水悠悠天杳杳。	〔仄〕仄〔平〕平平仄仄。（韵）
浮生岂得长年少。	〔平〕平〔仄〕〔仄〕平平仄。（韵）
莫惜醉来开口笑。	〔仄〕仄〔仄〕平平〔仄〕仄。（韵）
须信道。	〔平〕〔仄〕仄。（韵）
人间万事何时了。	〔平〕平〔仄〕仄平平仄。（韵）

此词双调六十二字，上下片相同，各五句五仄韵。我们要读懂这首词，首先就要了解一下晏殊作这首词的背景。宋庆历四年（1044年），有言官向宋仁宗弹劾宰相晏殊，称晏殊撰写章懿皇后墓志铭，没有极尽赞美之词和对“朝事”不作为等，最终晏殊遭朝廷贬谪。这个章懿皇后，也就是大家熟知的李宸妃，就是历史上传说狸猫换太子的正主，但这只是历史传说和演义而已。而实际上这个李宸妃，她最初只是刘妃身边的一个侍女，后来因为真宗皇帝临幸了她而怀孕，生下了后来的仁宗皇帝，恰逢刘妃没有子嗣，于是在真宗皇帝默许下，刘妃就把小仁宗接到自己身边抚养，而当时作为侍女的李氏，心中虽然不甘、不舍，但无奈之际

也只能同意，并把这一份痛苦深深地埋藏于内心，从未向任何人吐露过。后来真宗去世，年仅十二岁的小仁宗继位，此时已经成为皇后的刘妃被尊为皇太后，并垂帘听政。明道元年（1032 年），四十六岁的李氏病重，被刘太后封为宸妃，册封当天李宸妃去世，她终其一生，也没有以天子之母的身份出现在众人面前。直到刘太后死后，宋仁宗皇帝才知道自己的亲生母亲是李宸妃，为了给自己母亲一个名分，仁宗皇帝将自己的生母尊奉为皇太后。庆历四年（1044 年），仁宗皇帝又将生母皇太后，改为“章懿皇后”，并与刘太后一同升祔[⑥]太庙。并下旨让官拜宰相的晏殊，撰写章懿皇后的墓志铭。因晏殊在墓志铭中，没有极尽赞美之词，被言官弹劾，故此时五十三岁的晏殊，被贬谪出了京城，以工部尚书的官衔知颍州，就是以朝廷一品大员的身份，到颍州当市长。颍州即今天安徽的阜阳，这里有一个与杭州西湖齐名的颍州西湖。晏殊在这里执政期间，某次到颍州西湖游玩，看到满视野的湖光山色、美景如画，他的心情自然舒畅，并一扫多日那不快的郁闷情思，呼朋唤友，来这里饮酒赋诗，并以“渔家傲”为题，创作了此调。但从此词总体的情调上看，写得还是比较压抑。从词中“神仙一曲渔家傲”句，我们不难看出此时的晏殊，已经厌倦了官场争斗，他想回归朴实自然的环境中，他既设想自己如天上神仙一样，能够自由自在地生活，又想象自己如高人隐士、渔家仙翁一样，无拘无束地放浪形骸，可是被贬谪的残酷现实，就摆在这里，想要无拘无束地放浪形骸，对于此时的晏殊来讲，还真的不太容易。以往许多人遭逢不顺，往往会怨天尤人，但我们从晏殊词中可以看出，虽遭挫折，但也能从他那从容慰藉、珠圆玉润、旷达脱俗之言语中，感受到一种无形的高大上的气势，这就是晏殊所言的富贵气象。词中词人感叹光阴荏苒，年华如梭，面对这种情况，身为宰相的晏殊是以“莫惜醉来开口笑”，来自嘲而打发时光。此词虽稍涉消沉，但词中的“时光只解催人老”和“浮生岂得长年少”这两句，或可以作为我们的座右铭吧。它告诉我们：岁月不待人，要珍惜时光，在有生之年，要像古人所说的那样：“春蚕到死丝方尽，蜡炬成灰泪始干。”

而令《渔家傲》这个词牌真正扬名于世、被世人所知，却是北宋词人范仲淹的功劳。因为范仲淹作了多首《渔家傲》词，“颇述边镇之劳苦”，故欧阳修称范仲淹所作为“穷塞主”之词。但只可惜，多首《渔家傲》词，流传至今只余一首存世。

诗词赏析

渔家傲·秋思

范仲淹

塞下秋来风景异。衡阳雁去无留意。四面边声连角起。千嶂里。长烟落日孤城闭。浊酒一杯家万里。燕然未勒归无计。羌管悠悠霜满地。人不寐。将军白发征夫泪。

每当人们提起范仲淹，脑子里第一印象，就是他那《岳阳楼记》中的“先天下之忧而忧，后天下之乐而乐”，一个典型文人的气质形象。殊不知在北宋初年，范仲淹却是以会用兵而闻名天下的一代名将。追溯起来范仲淹的先祖范履冰，在唐代可是大名鼎鼎的宰相，他的父亲范墉在吴越朝和宋朝，历仕武德、武信、武宁三军节度使、赠尚书、刑部郎中、累赠太师、周国公等。范仲淹出生三个月，父亲病死于上任的途中，由于范墉为官清廉，又突遭不幸，家中又无积蓄，为了生存，故而范墉去世两年后，范仲淹的母亲只得抱着不满两岁的范仲淹，从江苏改嫁到了山东朱家。范仲淹从小刻苦好学，最终于北宋大中祥符八年（1015年）考取进士。北宋天圣五年（1027年）范仲淹为母丁忧期间，居住在河南商丘应天府[⑦]。而此时的晏殊，因为忤逆了刘太后的旨意，被以刑部侍郎的身份贬知应天府，就是以朝廷二品大员的身份，到今天的商丘市当了一个市长。晏殊以自己的经历，深知教育的重要性，故而大力扶持当地的应天府书院。这个坐落于河南商丘睢阳的应天府书院，又称睢阳书院，与江西九江庐山的白鹿洞书院、湖南长沙岳麓山的岳麓书院、湖南衡阳石鼓山的石鼓书院[⑧]合称宋初四大书院。晏殊在任期间，多次听闻范仲淹学问、人品俱佳，于是晏殊力邀范仲淹到书院讲学，并执掌整个应天书院教席。再以后晏殊官复原职，回到京城并升任为宰相，于是他向朝廷推荐了范仲淹，从而使得范仲淹踏上了真正的仕途。虽然范仲淹最后做到了参知政事，就是副宰相的职位，但由于范仲淹敢谏直言，触怒了权贵，于是多次被贬。宋康定元年（1040年）至庆历三年（1043年）间，西夏[⑨]作乱，范仲淹被临危任命为陕西经略副使兼延州知州而守镇关边。据史载，在他镇守西北边疆期间，既号令严明又爱抚士兵，并招徕[⑩]诸羌首领，诚心接纳，深为西夏李元昊所惮服，称他“腹中有数万甲兵”。这首题为“秋思”的《渔家傲》词，就是范仲淹身处西北军中的感怀之作。但这首词，也同时为范仲淹带来了不小的争议。争议主要分为两派，一派以欧阳修为代表，欧阳修尝称范仲淹所作，均为“穷塞主”之词，并言范仲淹作为主帅，不抒意气风发之豪情壮气，却描摹塞外凄凉忧愁之景与思归之心，可谓堕落士气。就是批评范仲淹词中，有太多的念远思归、凄苦无奈之言，不利于振奋将士的斗志。这就是在朝为官高高在上，与守边卫国深入基层的区别。一个是坐着说话不腰疼，一个是埋头苦干，既不讨好且又不能道。在魏泰[⑪]的《东轩笔录·卷十一》中，记载了这样一件事："庆历中，西师未解，晏元献公殊为枢密使，会大雪，欧阳文忠公与陆学士经同往候之，遂置酒于西园。欧阳公即席赋《晏太尉西园贺雪歌》，其断章曰：'主人与国共休戚，不唯喜悦将丰登。须怜铁甲冷彻骨，四十余万屯边兵。'晏深不平之，尝语人曰：'昔日韩愈亦能作言语，每赴裴度会，但云'园林穷胜事，钟鼓乐清时'，却不曾如此作闹。"这一段记录是讲：范仲淹在西北边境抵御西夏时，时值冬日，此时的京城，大雪纷飞，作为枢密使的晏殊，召欧阳修等人商讨退敌之策，其间于西园饮酒，席间，作为学生的欧阳修，当然要奉承一下自己的恩师晏殊，于是就写了《晏太尉西园贺雪歌》。也许是欧阳修眼见大雪纷飞而触景生情，想到边关将士忍饥受寒的辛苦，于是写道："您与国家是共进退的栋梁，击退敌人后，作为枢密使的您既有喜悦，也会得到丰厚的奖励，可是我们现在要想想，那四十多万边关将士们，他们多么可怜，此时此刻还身着战甲，忍受着彻骨的寒冷，在守边卫国呀。"我相信这是欧阳修的肺腑之言，但是作为太平宰相的晏殊，也许是过惯了锦衣玉食的生活，不懂得边关将士的辛苦，欧阳修的提议反而引起了他的反感。晏殊说："想当年在唐朝的时候，韩愈到宰相裴度家里去吃饭，韩愈只是写诗'园林穷胜事，钟鼓乐清时'，来赞美裴度家的园林和那气派的排场，韩愈可不像你们这么能瞎闹腾。”把几十万将士的生命当成“瞎闹腾”，也真的令人无语。晏殊的文采以及其“气象”学说，固然是流芳千古，然终有宋一朝，晏殊的声誉之所以没有那些他所提携出的门生名气大，也是其眼光太高、认重排场、讲究气象、锦衣玉食、不知饥寒所致。正所谓成也、败也。所以另有许多实干派则评论此词道：此词“写得沉雄、有排荡之势，至今读之犹凛凛有生气”。另外范仲淹生于北宋端拱二年（989 年），距后周大将赵匡胤，于北宋建隆元年（960 年）黄袍加身建立宋朝，仅仅过去三十年。在五代时期，后蜀词人以“花间”词派为代表的畎艳词风的带动下，北宋初期的文坛，其词风也是弥漫着柔靡艳丽之风，所以，在全国一片迤逦之声的时候，范仲淹写出了这样一首悲感苍凉、将念远思归的话题融入于塞下孤城、听羌管于秋霜之下、凛凛然雄浑之作，亦自是引人注目。

唐圭璋在《唐宋词简释》中评价道：“此首，公守边日作。起叙塞下秋景之异，雁去而人不得去，语已凄然。‘四面’三句，实写塞下景象，苍茫无际，令人百感交集。千嶂落日，孤城自闭，其气魄之大，正与‘风吹草低见牛羊’同妙。加之边声四起，征人闻之，愈难为怀。换头抒情，深叹征战无功，有家难归。‘羌管’一句，点出入夜景色，霜华满地，严寒透骨，此时情况，较黄昏日落之时，尤为凄悲。末句，直道将军与三军之愁苦，大笔凝重而沉痛。惟士气如此，何以克敌制胜？故欧公讥为‘穷塞主’也。”刘永济在《唐五代两宋词简析》中言道：“此词写边塞征人思归之情与边地苍凉之景。仲淹久任边帅，防御西夏元昊。羌人至乎为‘龙图老子’而不名范时官龙图阁学士也。此词虽有思归之情而无怨尤之意。盖抵御侵略，义不容辞，然征夫久戍，亦非所宜，故词旨虽雄壮而取境却苍凉也。相传欧阳修见此词，戏呼为‘穷塞主’。及王素出守平凉，欧亦作《渔家傲》送之。其末句曰：‘战胜归来飞捷奏。倾贺酒。玉阶遥献南山寿。’顾谓王曰：‘此真元帅之事也。’后人有谓范词可使人主知边庭之苦，欧词止于阿谀人主耳。此论甚正，然范词乃自抒己情，欧词乃送人出征，用意自然不同也。”

注释

①《乐府纪闻》：作者佚名。此书作于清康熙元年（1662 年）至康熙二十七年（1688 年）之间，为清初词话专书。是书乃纪事型词话，举凡唐、五代、两宋、元及明代词人之事有可纪者，皆纪之。

②《东轩笔录》：是北宋魏泰创作的中国古代文言逸事小说。魏泰出身世族，其姐姐是北宋著名女词人，姐夫是北宋宰相曾布，由于魏泰多与上层人物交往，熟知内情，所记以仁宗、神宗两朝，朝廷人物逸事居多，有重要参考价值。

③《能改斋漫录》：南宋吴曾撰。此书约编成于南宋绍兴二十四年至二十七年（1154—1157 年）间。由于仇家陷害，书名或称《漫录》，或曰《能改斋漫录》，或名《复斋漫录》。内容涉及史事、辨证诗文典故、解析名物制度、探索词语渊源等，特别是记载了较多唐、五代及宋时期的文学史资料，对后人从事文史考证工作，具有很珍贵的资料价值。

④ 释子：佛教僧徒的通称。

⑤ 毗奈耶：佛教术语，一作鼻那夜、毗那耶，又云毗尼、鞞尼迦，是三藏之一，即佛所说之戒律。

⑥ 祔（fù）：古代帝王在宗庙内，将后死者神位附于先祖旁而享受祭祀。

⑦ 应天府：别名“河南郡”，为宋朝四个京城之一的南京，治所为宋城县南京城，即今河南省商丘市睢阳区商丘古城。

⑧ 石鼓书院：由于石鼓书院损毁于近代抗日战争期间，书院已经荡然无存。后人为了凑齐宋初兴建的四大书院数，才将河南登封嵩阳书院，列入中国四大书院之列。

⑨ 西夏：北宋宝元元年（1038 年），党项人李元昊以夏为国号，称“大夏”建国。又因其在西方，宋人称之为“西夏”。后于西夏保义二年（1227 年）被蒙古灭亡。

⑩ 徕（lài）：到来，臣服。

⑪ 魏泰：字道辅，襄阳人，出身世族。其姐魏氏是北宋著名女词人，封道国夫人。其人性格诙谐，尤好谈朝野趣闻。著有《临汉隐居集》二十卷、《临汉隐居诗话》一卷、《东轩笔录》等传于世。

蝶恋花

词牌题注

《蝶恋花》原为唐教坊曲名，后用为词牌名。在明人杨慎《词品·卷一·词名多取诗句》条目中有“《蝶恋花》则取梁元帝‘翻阶蛱蝶恋花情’”句。这句诗在《先秦汉魏晋南北朝诗·下》中，题为《东飞伯劳歌》，作者为萧纲，而非杨慎所言梁元帝萧绎。萧纲是梁武帝萧衍的第三子，在历史上被称为“南朝梁简文帝”。他虽然在位一年有余，后来在“侯景之乱”时，被侯景所杀，但他却是南朝梁国的第二任皇帝。而杨慎所言的梁元帝，应该是梁武帝萧衍第七子，自号“金楼子”的梁简文帝萧纲的弟弟、在位两年的梁元帝萧绎。萧绎文学成就巨大，是唯一一个在诸子百家典籍文献中留名的皇帝，在帝王级文人中“四萧”，即梁武帝萧衍与三个儿子萧统、萧纲、萧绎，堪比“三曹”，即三国时期曹魏父子曹操、曹丕、曹植。而在“四萧”中，萧绎又是“四萧”之中的佼佼者，文学成就堪称翘楚。但查典籍此《东飞伯劳歌·翻阶蛱蝶恋花情》一诗，与梁元帝萧绎无关，作者实为梁简文帝萧纲。

《东飞伯劳歌》，又称《绍古歌》，原是流行于魏晋南北朝时期的民歌。作为大汉王朝开国元勋丞相萧何二十五世孙的萧衍，当时以能征惯战而一步一步走上了权势的巅峰。但是在连年征伐的过程中，萧衍也是在漂泊之中而辗转于全国各个战场之间，他虽然贵为将军，但和其家人也是聚少离多，为离情所苦。于是文采超群的萧衍根据流行于当时的民歌——《东飞伯劳歌》的音律，加以改编，把自己思念亲人的感情融于歌中，赋予了《东飞伯劳歌》以新的生命。我们先欣赏一下作为四萧之首，梁武帝萧衍的这首《东飞伯劳歌》：

“东飞伯劳①西飞燕，黄姑②织女时相见。谁家女儿对门居，开颜发艳照里间③。南窗北牖④挂明光，罗帷绮帐脂粉香。女儿年几十五六，窈窕无双颜如玉。三春已暮花从风，空留可怜谁与同。”从首句的“东飞伯劳西飞燕，黄姑织女时相见”句，和最后的“三春已暮花从风，空留可怜谁与同”句的句意中，我们可以看出这种伯劳飞燕、黄姑织女不能相见的别离，就是喻指自己和亲人、朋友的别离，因为战争才有别离，才造成每家每户之中年轻貌美的女子居守，才造成那说不出又不能道的“三春已暮花从风，空留可怜谁与同”的痛苦。离别滋味、其苦涩情绪，充斥于字里行间。下面我们再欣赏一下梁简文帝萧纲的这首《东飞伯劳歌》：

“翻阶蛱蝶恋花情，容华飞燕相逢迎。谁家总角岐路阴，裁红点翠愁人心。天窗绮井暖徘徊，珠帘玉箧⑤明镜台。可怜年几十三四，工歌巧舞入人意。白日西落杨柳垂，含情弄态两相知。”这是梁简文帝萧纲二首《东飞伯劳歌》之一。这首诗在其形式与内容上与梁武帝萧衍所写如出一辙，写了一个年仅十三四岁，天真烂漫、惹人怜爱的小姑娘，会梳妆、懂打扮，不但“工歌巧舞入人意”，而且小姑娘还正在“含情弄态”的思春含情之中。

光阴倏忽，至北宋初期，大才子晏殊从萧纲的《东飞伯劳歌》“翻阶蛱蝶恋花情”句中，抽“蝶恋花”三字，从而创作了一个新的词调《蝶恋花》。另据《钦定词谱》记载：此调原名叫《鹊踏枝》，是唐教坊曲名，后因为宋晏殊有词，才改为《蝶恋花》。但是从教坊曲《鹊踏枝》改为《蝶恋花》，其原作者及原词历来都有些争议，如果只是说晏殊创调，但在晏殊之前（如南唐的冯延巳《鹊踏枝·谁道闲情抛弃久》、李煜《蝶恋花·遥夜亭皋闲信步》等）亦有此调，因此，从南唐至宋这一期间，一定还有一个我们不知道的转折过程。另外《黄金缕》《卷珠帘》《一箩金》《桃源行》《西笑吟》《凤栖梧》《望长安》《江如练》《桐花凤》《鱼水同欢》《明月生南浦》《细雨吹池沼》《细雨吹春沼》《转调蝶恋花》等词调，也是《蝶恋花》的别称，其来历大多为历史上名家词中提取出来，亦如《蝶恋花》来历缘由一样。

在宋人何薳[⑥]所著《春渚纪闻》[⑦]以及清人叶申芗[⑧]所著《本事词·苏小小》中，都记载有《蝶恋花》别名《黄金缕》一词来历的一桩趣事：“司马槱[⑨]才仲在洛下时，偶昼寝，梦一丽姝搴帷[⑩]而歌曰：‘妾在钱塘江上住。花落花开，不管流年度。燕子衔将春色去。纱窗几阵黄梅雨。’才仲喜其词，因询曲调名，答曰：‘《黄金缕》也。’后才仲以东坡荐，得钱塘幕官。秦观少章时为钱塘尉，才仲为少章道其事。少章即续之云：‘斜插犀梳云半吐。檀板轻敲，唱彻黄金缕。梦断彩云无觅处。夜凉明月生南浦。’越数夕，才仲复梦前姝迎笑曰：‘夙愿谐矣。’遂与同寝。自是每夕必来，才仲复与寮属谈之。咸曰：‘公廨[⑪]后有苏小墓，得无妖乎。'不逾年，才仲得疾，其所乘画舫常系湖塘。一日，柁工[12]忽见才仲携一丽人登舟，遽[13]前声喏，霍然火起舟尾，霎时灰烬。仓皇走报，到廨而才仲已卒已。"这个司马槱与南齐名妓苏小小人鬼情未了的梦中情缘故事，已经流传有一千余年，作为逸事也好，趣闻也罢，我们权当史料兹列于此，仅供大家参考而已。现在我们就介绍一下《词谱·卷十三》中，所列《蝶恋花》之词。

诗词赏析

蝶恋花	格律
冯延巳	
六曲阑干偎碧树。	㊀仄㊉平平仄仄。（韵）
杨柳风轻，	㊉仄平平，
展尽黄金缕。	㊀仄平平仄。（韵）
谁把钿筝移玉柱。	㊉仄㊀平平仄仄。（韵）
穿帘海燕双飞去。	㊉平㊀仄平平仄。（韵）
满眼游丝兼落絮。	㊀仄㊉平平仄仄。（韵）
红杏开时，	㊉仄平平，
一霎清明雨。	㊀仄平平仄。（韵）
浓睡觉来莺乱语。	㊉仄㊀平平仄仄。（韵）
惊残好梦无寻处。	㊉平㊀仄平平仄。（韵）

此词双调六十字，上、下片各三十字，各五句四仄韵。关于这首词的作者为谁，历来争议较大。有冯延巳说，有晏殊说，有欧阳修说，但不管为谁，它都是宋词中的名篇，并不影响其本身

的美学价值。这首词以写春日明媚丽景开始，最后以呢喃燕语而至春梦无归的抒情而结束。全篇景中含情、情中衬景，空灵而雅致。而真正使《蝶恋花》这个词调扬名于世的，却是晏殊的创调之词：

“槛菊愁烟兰泣露，罗幕轻寒，燕子双飞去。明月不谙离恨苦，斜光到晓穿朱户。昨夜西风凋碧树，独上高楼，望尽天涯路。欲寄彩笺兼尺素，山长水阔知何处。”

此词即咏《蝶恋花》本意。即此词写闺中少妇临秋怀远，思念远行在外的亲人。“槛菊愁烟兰泣露”，这一句不但点出了时令为秋天，而且描绘了一种幽美的景色。语一个“愁”字，赋予了菊花以生命，使之在清晨的雾霭中发愁；道一个“泣”字，赋之于情感，使兰草在侵晓凄迷的状况下哭泣，这语“愁”、道“泣”的原因，是以承清晨“露”水之泽，是因为秋天早上的寒露使菊花愁、使兰花泣。全句通过菊和兰的拟人化，来影射人物的心情。“罗幕轻寒，燕子双飞去。”古时富贵人家，堂前多有垂帘，燕子进出往还须穿帘而过。在晏殊的诗词中，描写过许许多多燕子的身影，而且这些燕子都是以娴雅、傲然、高贵的气质出现在晏殊作品里。在吴处厚《青箱杂记[14]·卷五》中记载了几则晏殊的趣事：“晏元献公虽起田里，而文章富贵，出于天然。尝览李庆孙《富贵曲》云：‘轴装曲谱金书字，树记花名玉篆牌。’公曰：‘此乃乞儿相，未尝谙富贵者。’故公每吟咏富贵，不言金玉锦绣，而唯说其气象，若‘楼台侧畔杨花过，帘幕中间燕子飞’、‘梨花院落溶溶月，柳絮池塘淡淡风’之类是也。故公自以此句语人曰：‘穷儿家有这景致也无？’又云：‘公风骨清羸，不喜肉食，尤嫌肥膻。每读韦应物诗，爱之曰：‘全没些脂腻气。’故公于文章尤负赏识，集梁《文选》以后迄[15]于唐别为集，选五卷，而诗之选尤精，凡格调猥俗而脂腻者皆不载也。公之佳句，宋莒公[16]皆题于斋壁，若‘无可奈何花落去，似曾相识燕归来’，‘静寻啄木藏身处，闲见游丝到地时’，‘楼台冷落收灯夜，门巷萧条扫雪天’，‘已定复摇春水色，似红如白野棠花’之类，莒公常谓此数联，使后之诗人无复措词也。”这里文中所提到的李庆孙，是宋咸平元年（998年）的探花进士，以前朝廷录取进士发榜的办法非常简陋、草率，至宋太宗执政后，宋太宗觉得要尊重知识，宣扬文化之事不能太过于草率，于是以后发榜时就在绫、绸等丝织品上，标写高中者的名字，榜上以大字抄写高中者的姓，再以小字录入高中者的名，并用金花帖在高中者的考卷上首，显以尊贵并炫耀天下。而实行这种发榜办法后，第一个得此殊荣的就是李庆孙。事后来自福建泉州的李庆孙兴奋异常，提笔写下了《富贵曲》一词，其中就有“轴装曲谱金书字，树记花名玉篆牌”之句。李庆孙其人，在历史上名气不大，其所写的《富贵曲》也没有太大的特色，但这两句词和朝廷改革发榜事件相结合以后，在当时也引起了不小的轰动，因为富贵已经触手可及，一介寒儒就此改变命运，多少人走到这一步，难免沾沾自喜，这种纸醉金迷、庸脂俗粉的表象，在唐五代至宋这一时期，俨然成为所有读书人追逐的方向。正所谓“满朝朱紫贵，尽是读书人”。一些寒士通过科考改变命运以后，潜藏于内心深处的欲望和贪婪，盼望尽快摘取胜利果实的真乞儿相会逐渐暴露出来。这些人对庸脂俗粉、金碧辉煌的“金书字”与“玉篆牌”没有丝毫的掩饰，反而成为他们竞相追逐的目标。而晏殊这一句“罗幕轻寒，燕子双飞去”，明写燕子穿过重重的帘幕双双飞去，实则突出上句，再一次以双燕暗喻人的孤独，为下面的痛苦做了铺垫。“明月不谙离恨苦，斜光到晓穿朱户”。如果说前三句是以物来描绘人的孤独，那么这两句则是人对物的埋怨。写月亮不懂得人物的心情，不了解由于分别所产生离愁别恨的痛苦，以至于明亮的月光穿过那高宅大院，一整夜地照着那孤独无眠之人，使他无法入睡。由于无法入睡，才使得他整夜产生无尽的思念。上片所出现的“罗幕”和“朱户”这两个词语，看似随意，实则大有深意。“罗幕”是用丝绢织就的帐幕，所代表的是豪华。“朱户”是古代帝王赏赐诸侯或有功大臣的宅邸，古为“九锡”之一种。其朱红色的大门代表的是等级。这两个词汇，不但极言富贵之能事，而且还告诉你其“朱户”之大，达到了“明月不谙离恨苦，斜光到晓穿朱户”的地步。地球与月亮随时在移动，不停地变换角度。这句话就是告诉你，月亮从开始升起，一直到清晨消失，不管它的角度如何变换，我的宅院始终笼罩在它的光晕中。通过这两个词汇，我们对晏殊所言之“气象”之说，应该有所体味。

下片，“昨夜西风凋碧树，独上高楼，望尽天涯路”，写这位孤独之人经过一整夜的相思与痛苦之后，步出房门，独自默默地登上小楼。而他登楼远眺，所看到的是什么呢？眼前之景是，原先的碧树被昨夜的秋风凋零得已经枯黄。这一“昨夜西风凋碧树”句，实际上是以昨夜无眠之人心中的痛苦，借眼前枯黄之景，道心中不愉快之事，很有些借他人酒杯，浇自己块垒的味道。因为相思才有主人公的独上小楼，因为相思才有主人公的登高临远，因为相思才有主人公被伤痛的情心，因为相思才有主人公放眼远眺那通往远离之人的“天涯路”。这“昨夜西风凋碧树，独上高楼，望尽天涯路”句，也许是另有所指。虽说晏殊仕途一帆风顺，但其显赫的地位，恐怕应有不少人窥视，因此将此情语放在宋朝朋党之争上，亦无不可。晏殊为官一生，入相出相、宦海沉浮，几次被贬出京。在至和元年（1054 年）6 月，他被贬河南府，因病重上书请求皇帝恩准他回京城治病，待病情转好再出京任职，却没想到第二年，即至和二年（1055 年）2 月晏殊即去世。因此以“西风”喻皇叔，以“碧树”喻政敌，再冠以“凋”字，而喻自身的能“独上高楼”平步青云而望尽天涯之路，大有“天下英雄谁敌手？曹刘。生子当如孙仲谋”的感觉。最后的“欲寄彩笺兼尺素，山长水阔知何处”两句紧承上面“望尽天涯路”，即望尽天涯之路，却不见天涯之人回转，这种备受相思煎熬的孤独之苦无托，也只能寄托于书信了，但是那饱含着相思之情的书信，写了一封又一封，终因那路漫漫、水阔阔，不知离人身在何处，而无从寄达，大有“雁来音信无凭，路遥归梦难成”之喟叹。

全词写得有声有色，上片用衬托、拟人的手法，刻画人物的心情，下片直接写主人公登高临远，望眼欲穿，盼望亲人早日回归的迫切心情。《唐宋词选》谓：“但写秋意而不凄苦，赋景物而不浓艳，有一种耐人咀嚼的情味。”王国维《人间词话》云：“《诗·蒹葭》一篇，最得风人深致。晏同叔之‘昨夜西风凋碧树，独上高楼，望尽天涯路’，意颇近之，一洒落，一悲壮耳。”并又将此三句话比拟成为“古今之成大事业，大学问者，必经过三种之境界[17]”的第一种，还高度盛赞道：“此等语皆非大词人不能道。”此誉晏殊无愧当之。

注释

①伯劳：指伯劳鸟，鸟类的一种。

②黄姑：指牵牛星。

③里闾（lǘ）：闾，指里面的门。里闾，指乡里友人。

④南窗北牖（yǒu）：上古的“窗”专指开在屋顶上的天窗。古建筑中室与堂之间，开在墙壁上的窗子叫“牖”。

⑤玉箧（qiè）：箧，指小箱子，藏物之具，大曰箱，小曰箧。玉箧，即带有玉饰的小箱子。

⑥何薳（yuǎn）（1077—1145）：字子远，浦城（今属福建）人。著有《春渚纪闻》十卷。

⑦《春渚纪闻》：此书共十卷，前五卷为《杂记》；卷六为《东坡事实》；卷七为《诗词事略》；卷八、卷九为《杂书琴事》；卷十为《记丹药》。

⑧叶申芗（1780—1842）：字维彧，号小庚，又号萁园，福建闽县人，林则徐姻亲。清嘉庆十四年（1809年）进士，翰林院庶吉士。历任云南富民、昆明等县知县。其所著《本事词》书前有序，体例仿唐代孟棨《本事诗》，辑录唐至金、元词人的感遇及有关词作逸事，共分上下两卷。上卷为唐、五代、北宋事；下卷为南宋、辽、金、元事。《本事词》是非常有价值的文献资料。

⑨司马槱（yǒu）：字才仲，陕州夏县人，元祐中以苏轼荐，应贤良方正能直言极谏科，入第五等，赐同进士出身。累迁河中府司理参军，终知杭州，卒于任。

⑩ 搴（qiān）帷：用手撩起帷幕。

⑪ 公廨（xiè）：官署，旧时官吏办公处所的通称。

⑫ 柁（tuó）工：指船上掌舵的人。

⑬ 遽（jù）：急促、匆忙之意。

⑭《青箱杂记》：古代中国文言逸事小说。是宋代朝散郎知汉阳军吴处厚撰，共十卷。所著多记宋及五代朝野杂事、诗话及掌故，书中一些所引在其他典籍中没有记载。如卷九中，详细记载作莲花漏之法，这是研究我国科技史的宝贵资料。

⑮ 迄（qì）：到，至。

⑯ 宋莒公（996—1066）：即宋庠（xiáng），北宋大臣、文学家，工部尚书宋祁之兄。北宋天圣二年（1024年），连中乡试、会试、殿试三元均第一。官至兵部侍郎、同平章事。宋庠与弟宋祁并有文名，时称“二宋”。著有《宋元宪集》《国语补音》等。

⑰ 三种之境界：王国维在《人间词话》中言道：“古今成大事业、大学问者，必须经过三种之境界：‘昨夜西风凋碧树，独上高楼，望尽天涯路。’（晏殊《蝶恋花》）此第一境界也。‘衣带渐宽终不悔，为伊消得人憔悴。’（柳永《蝶恋花》）此第二境界也。‘众里寻他千百度，蓦然回首，那人却在灯火阑珊处。’（辛弃疾《青玉案》），此第三境界也。”

桂枝香

词牌题注

《桂枝香》是词牌名。这个词牌的来历牵扯到唐代一位叫裴思谦的状元。在五代人王定保所著的《唐摭[①]言·卷九·恶得及第》中记录了这样一则故事：“高锴侍郎第一榜，裴思谦以仇中尉关节取状头[②]，锴庭谴之，思谦回顾厉声曰：‘明年打脊取状头。’明年，锴戒门下不得受书题，思谦自怀士良一缄[③]入贡院[④]；既而易以紫衣[⑤]，趋至阶下白锴曰：‘军容有状，荐裴思谦秀才。’锴不得已，遂接之。书中与思谦求巍峨[⑥]，锴曰：‘状元已有人，此外可副军容意旨。’思谦曰：‘卑吏面奉军容处分，裴秀才非状元请侍郎不放。’锴俯首良久曰：‘然则略要见裴学士。’思谦曰：‘卑吏便是。’思谦词貌堂堂，锴见之改容，不得已遂礼之矣。”这里面牵扯到三个人物：其一为高锴。高锴是唐朝御史大夫，元和九年（814年）的进士，因为其人办事能够秉公执法，是一个正直的人，因此皇帝让他担任礼部侍郎，全面掌管贡院，并让他担任每年科举考试的主审官。高锴也没有辜负皇帝的嘱托，每年于科举考试中选拔出的学子，都是有真才实学之人，而且这些人后来都成了国家栋梁。史书上称之为：“然锴选擢[⑦]虽多，颇得实才，抑豪华，擢孤进，至今称之。”其二为仇中尉。仇中尉就是仇士良，他是唐代著名的权宦，因为曾经担任过监军的缘故，故又被称为“军容”。在史书中对仇士良的记载是：其人一贯欺上瞒下，排除异己，横行不法，贪酷残暴。虽然身为宦官却把持朝政多年，曾经杀了一位妃、二位王爷、四位宰相，这个人平时飞扬跋扈，连皇帝都不放在眼里。说起他的狠毒，就以“甘露事变”[8]来讲，满廷朝臣半数被仇士良所诛杀，另外半数全部躲在家中不敢上朝，闻之大街上有马蹄之声，皆色变。因为手中大权在握，即便在皇帝面前无礼蛮横，皇帝也只能强颜装欢、默默忍受。最终仇士良被人检举私藏武器，追削官爵，籍没家产而遭灭顶之灾。其三就是咱们文中所说的正主裴思谦。裴思谦是绛州闻喜人，就是现今的山西闻喜宰相村这里。裴家是当地名门望族，隶属于河东裴氏[9]。那么这个裴氏家族到底有多牛呢？咱们只拣主要的数一数，据不完全统计，裴氏家族在历史上曾先后出过皇后三人、太子妃四人、王妃二人、驸马二十一人；在朝为官的宰相五十九人，大将军五十九人，中书侍郎十四人，尚书五十五人，侍郎四十四人，常侍十一人，御史十人，节度使、观察使、防御使二十五人，刺史二百十一人，太守七十七人；封爵者公八十九人、侯三十三人、伯十一人、子十八人、男十三人；历朝历代科举中第者一百十七人，其中文武状元十一人、榜眼二人。总之裴氏家族名列青史的多达三千余人，这其中包括著名的金山寺大和尚，就是传说中与白娘子斗法的那个法海，他就是唐代宰相裴休之子裴文德，是代多病的皇子出家，后来成为著名的禅宗大师。好好的一个正面人物，但是到了明清时期，不知何种原因，却成为反面人物。裴思谦就是出自这样一个超然家族中的世家子弟，当年他来到京城参加科举考试，满朝文武官员自然是他巴结的对象，而他本人同时也是满朝文武官员竞相巴结的对象。裴思谦来到京城参加科考，马上就攀附上了朝廷第一权臣、一手遮天的仇士良。眼看就到了科考期限，没有大才的裴思谦却一门心思想高中进士，原因无他，裴氏家族的祖训是：家族中祠堂，不中进士者，不得入内。为了能在科举考试的众举子中脱颖而出，裴思谦就求仇士良写了一封推荐信给高锴。希望在这次考试中，高锴能高抬贵手关照一下裴思谦，让他中个进士即可。高锴是有名的贤臣，自然不肯，并令人将裴思谦轰了出去。裴思谦气急败坏，临走之前放下狠话："等明年考试我非要个状元不可，如若不然就是你的死期。"第二年科举考试在即，为了防止有人写条子作弊，高锴严令手下人除了府衙公文以外，自己府衙内的任何人，不得接受任何外面私人的拜帖和信件，更不许参加任何的宴请酒席，如若有人胆敢违反这个规定，一定严惩不贷。而怀恨在心的裴思谦，带着仇士良的推荐信来到府衙，见根本就进不去，于是就装扮成考生的样子混入贡院内，然后再穿上事先准备好的官服，来到高锴办公的地方，对高锴说："仇大人有信，本科状元推荐秀才裴思谦。"高锴逼不得已，只能接过仇士良的推荐信，打开一看，果然是推荐裴思谦当本科状元。高锴鉴于仇士良的淫威不能拒绝，只好对裴思谦说："状元的人选皇帝已经定下来了，状元之外的功名可以任仇大人挑选。"裴思谦厚颜无耻地对高锴说："我是面奉仇大人的旨意来办理这件事情，本科状元必须是裴思谦，不能放给其他任何人。"在裴思谦的各种威逼之下，无奈的高锴也只能屈从，同意本科考试取裴思谦为状元，裴思谦这才心满意足而去。裴思谦中状元以后，周游狎妓，气盛一时。据唐人孙棨《北里志》载：“裴思谦状元及第后，作红笺名纸十数，诣[10]平康里，因宿于里中。因旦赋诗曰：‘银釭斜背解鸣珰，小语低声贺玉郎。从此不知兰麝贵，夜来新惹桂枝香。’”要知道这些寒门学子十年苦寒窗，就盼着一朝金榜题名折桂榜首，而每年数以千万计之人参加科考，每个人都要经历从乡村考到省城，从地方考到中央，最后才能进入殿试，经过层层选拔，全国每三年才能出一位状元。状元者，国之栋才也，如此优秀，故此这些人都是会青史留名的。但是这个裴思谦也许真是人品太差，或许真的是太平庸无能了，堂堂一个状元，虽然这个状元来之不光彩，但毕竟也是状元，竟然没有在史书上留下任何痕迹，只是在一些私人笔记文献中留下了只言片语。而代表唐诗最高成就的清康熙四十四年编辑的《全唐诗》中，也只是收录了裴思谦上面这首嫖妓诗，不能不说裴思谦的人生太失败太悲催了。再以后有人去其此诗中的糟粕，独取其“桂枝香”三字为词牌名，其中所包含的寓意是深远的。因为古代科举考试，每年的乡试一般在八月举行，故称之为秋闱，合格者称为“举人”，第一名称为“解元”。而此时正是南方桂花飘香的季节，所以人们将科举应试得中者，称为“月中折桂”或“蟾宫折桂”。再以后“折桂”一词，便成为了第一名的代名词，所以词牌《桂枝香》最初的含意，应该是与科举考试紧密联系在一起的，以夺取第一为其荣耀。

此调以北宋王安石所作的《金陵怀古》一词为正体，后至南宋，因张辑词中有“疏帘淡月，照人无寐”句，故此调又名《疏帘淡月》。《词律·校刊》对《疏帘淡月》解释道：“万氏注云：

张宗瑞‘梧桐细雨’一首，取名《疏帘淡月》，乃因词中语以名之，非调有异也。按《东泽绮语债》词，好以词中语立新名，与本调一无区别。惟此调旧谱分南北词，如用仄声韵，则名《桂枝香》，用上声韵，始可名《疏帘淡月》。”这就是告诉大家《疏帘淡月》，只是《桂枝香》的别称而已，只是在韵脚上略有不同，而且《疏帘淡月》比《桂枝香》词，上下片各多一韵。仄韵体称之为《桂枝香》，平韵体称之为《疏帘淡月》。而张辑词集《东泽绮语债》中之词，都是依旧腔而别立新名，非新创词调。

诗词赏析

桂枝香·金陵怀古	**格律**
王安石	
登临送目。	(平)平(仄)仄。（韵）
正故国晚秋，	仄(仄)仄(仄)平，
天气初肃。	(平)(仄)平仄。（韵）
千里澄江似练，	(平)仄平平仄仄，
翠峰如簇。	仄平平仄。（韵）
征帆去棹残阳里，	(平)平(仄)仄平平仄，
背西风、酒旗斜矗。	仄平平、(仄)(平)平仄。（韵）
彩舟云淡，	仄平平仄，
星河鹭起，	(平)平(仄)仄，
画图难足。	(仄)平平仄。（韵）
念往昔、豪华竞逐。	仄(仄)(仄)、平平仄仄。（韵）

叹门外楼头，　　仄(平)仄平(平)，
悲恨相续。　　(平)(仄)平仄。（韵）
千古凭高，　　(平)仄平平，
对此漫嗟荣辱。　　(仄)仄仄平平仄。（韵）
六朝旧事如流水，　　(仄)平(仄)仄平平仄，
但寒烟衰草凝绿。　　仄平平(平)仄平仄。（韵）
至今商女，　　(仄)平(平)仄，
时时犹唱，　　(平)平(平)(仄)，
后庭遗曲。　　仄平平仄。（韵）

此调是仄韵体的《桂枝香》，此词双调一百一字，上下片各十句五仄韵。此调非咏题面本意，而是借此词牌另言他事。

上片，作者旨在写景，以“登临送目”而领起全词，余下的，则为作者岩崖登高，举目远眺之所见：“正故国晚秋，天气初肃。”正是金陵的深秋之际，天高气爽。这里的“故国”，就是指词前小标题中的“金陵”即南京。“金陵”二字的历史久远，可以追溯到公元前333年，楚威王熊商于石头城筑金陵邑时期，而且东吴、东晋以及后来南朝的宋、齐、梁、陈相继在此建都，故有“六朝古都”之称，因此作者称其为“故国”。而一个“故”字，沧桑、轮回、悲悯之情顿生。“千里澄江似练，翠峰如簇。”作者此时登高远眺，其所见到的是千里江水，如同一条白练般清澈而透明，放眼望去，那高低错落的叠嶂峰峦一片青翠。“征帆去棹残阳里，背西风、酒旗斜矗。”在残阳的余晖之下，船只飘然远去，岸上那酒旗迎风而招展。“彩舟云淡，星河鹭起，画图难足。”远逝的小舟被那淡纱一样的薄雾笼罩，夕阳下一群美丽的白鹭在天地间自

由自在地展翅飞翔。在这里，作者为我们写出了一幅“秋江盛景图”。这幅图中一条大江跨越亘古，两岸有叠嶂的翠峰，在夕阳的映衬下，那渐渐远去的征帆、迎风招展的酒旗、更有那秋水长天中与落霞共舞的白鹭，对此作者感叹道：“画图难足”，是啊！眼前有景道不得，在如此秀丽的景色之下，任再美的语言、再美的画卷都难以将这大好河山表达出来。

“念往昔、豪华竞逐。”这下片开篇一句，作者以登临之所见，转到登临之所思，一句“念往昔”转到对历史的沉思当中，一句“豪华竞逐”，又令人想起了历史的兴亡与朝代更迭和对“故国”的喟叹。“叹门外楼头，悲恨相续”。“门外楼头”是引用杜牧《台城曲》中诗：“门外韩擒虎，楼头张丽华”句，据史载：陈后主叔宝苟安金陵，日夜寻欢作乐。隋开皇九年（589年），隋文帝杨坚命其子杨广、大将韩擒虎领五十一万大军讨伐陈朝。此时的陈叔宝据长江为天险，根本就没有把来犯之敌放在眼里，整日与嫔妃们喝酒欢宴。很快以韩擒虎为先锋的精兵五百人攻入金陵并经朱雀门，直扑宫闱。陈叔宝手足无措间，命人把自己和张贵妃、孔贵嫔用绳子捆在一起，系入井中以避难。士兵们搜寻到一个废弃的枯井边，发现里面有人，喊话下面的人也不应，士兵们大喊，如再不应答，就向井里投放石块。听到士兵要投放石头，下面的人才赶忙求饶，士兵们用绳索向上拽人时，发现根本拽不动，还戏言说真龙天子肯定是体积厚重。好不容易把里面的人弄上来一看，士兵们都笑了，只见一根绳索上穿起了陈叔宝和张、孔二位妃子。“悲恨相续”这一句，可谓作者对历史的喟叹，因为“门外楼头”的悲剧发生以后，历代的统治者并没有从中吸取教训，历史的悲剧也并没有就此戛然而止，历朝历代依然重复着那“门外楼头”的故事。以上两句是作者感叹六朝的统治阶级因骄奢淫逸，而相继亡国的悲惨结局。“千古凭高，对此漫嗟荣辱。”这一句则是作者站高一步俯视千古江山、俯视历史，感念历朝历代的荣辱兴亡，感叹朝代频繁地更迭。“六朝旧事如流水，但寒烟衰草凝绿。”往事如梭，六朝往昔之旧事，似流水一般而逝去，剩下的却只见些许寒烟笼罩在眼前那本已经衰败的，却又逐渐变绿的枯草上。这两句从往昔“六朝旧事”，拉回到眼前的衰草凝绿，从时空上给人一种“蒙太奇”的感觉，很有些“旧时王谢堂前燕，飞入寻常百姓家”的味道。这就是告诉人们，变动的只是人为的历史，而不变的是自然历史。此“金陵怀古”描写的对象是金陵，王安石是于宋英宗治平四年（1067 年）第一次任江宁（南京）知府，随后拜相开始变法。但由于司马光等保守势力的强烈反对，新法在推行中屡遭阻碍，宋神宗无奈至极，只得于熙宁九年（1076 年）将王安石罢相。因此王安石第二次挂相出知江宁府，他的长子王雱就是此时病故的。次年二月复任宰相，但不久又因维护新法得罪了神宗而再次罢相，退居江宁的半山园。而王安石之所以改革，正是他前瞻性地看到了全国各地在一片歌舞升平的掩盖下，朝政的混乱、朝廷的腐败、各级官员的腐败以及民众的贫困越发严重，他认为再不改革，大宋王朝会像六朝故国一样，继续上演“门外楼头，悲恨相续”的一幕，此时的他踌躇满志：“直至如今千载后，谁与争功？”（《浪淘沙令·伊吕两衰翁》）王安石以伊尹、吕尚两位历史上著名的贤相而自比，准备一展自己平生之抱负。但统治阶级内部矛盾纷起，致使他被迫辞职，退居金陵。故而他感叹道："至今商女，时时犹唱，后庭遗曲。"这一句作者应该是有感而发，其中的商女即指歌女，"后庭遗曲"，即指陈叔宝所作的《玉树后庭花》："丽宇芳林对高阁，新妆艳质本倾城。映户凝娇乍不进，出帷含态笑相迎。妖姬脸似花含露，玉树流光照后庭。花开花落不长久，落红满地归寂中。"这首诗其内容是称赞美人张贵妃、孔贵嫔等人的艳丽容貌，后人认为这是亡国之音，陈朝灭亡的预兆。（见本丛书《玉树后庭花》）故史书上将其称为"《玉树》盛、隋亡"。而作者的这最后三句，正是对北宋统治阶级腐朽生活的警告。

此词是王安石的代表作，词中描绘了金陵的壮丽景色，并表现了作者热爱祖国、忧国忧民的情感。在以怀古为题材的作品中，本词占有重要地位。词中用典、怀古、讽今、写景、抒情交融在一起，给人一种词虽尽而意未断之感，读此词犹时时闻警钟之音，较耐人寻味。因此历朝历代对此词评价极高，《历代诗余》引杨湜《古今词话》说："金陵怀古，诸公寄调《桂枝香》者，三十余家，惟王介甫为绝唱。"

周汝昌在《唐宋词鉴赏辞典》中评论道："此词抒发金陵怀古人之情，为作者别创一格、非同凡响的杰作。词中流露出王安石失意无聊之时颐情自然风光的情怀。全词开门见山，写作者南朝古都金陵胜地，于一个深秋的傍晚，临江揽胜，凭高吊古。他虽以登高望远为主题，却是以故国晚秋为眼目。'正''初''肃'三个字逐步将其主旨点醒。以下两句，借六朝谢家名句'解道：澄江净如练，令人长忆谢玄晖'之意，点化如同已出。即一个'似练'，一个'如簇'，形胜已赫然而出。然后专写江色，纵目一望，只见斜阳映照之下，数不清的帆风樯影，交错于闪闪江波之上。细看凝眸处，却又见西风紧处，那酒肆青旗高高挑起，因风飘拂。帆樯为广景，酒旗为细景，而词人之意以风物为导引，而以人事为着落。一个‘背’字，一个‘矗’字，用得极妙，把个江边景致写得栩栩如生，似有生命其中。写景至此，全是白描，下面有所变化。‘彩舟’‘星河’两句一联，顿增明丽之色。然而词拍已到上片歇处，故而笔亦就此敛住，以‘画图难足’一句，抒赞美嗟赏之怀，颇有大家风范。‘彩舟云淡’，写日落之江天；‘星河鹭起’，状夕夜之洲渚。下片另换一幅笔墨，感叹六朝皆以荒淫而相继亡覆的史实。写的是悲恨荣辱，空贻后人凭吊之资；往事无痕，唯见秋草凄碧，触目惊心而已。‘门外楼头’，用杜牧《台城曲》句加以点染，亦简净有力。词至结语，更为奇妙，词人写道：时至今日，六朝已远，但其遗曲，往往犹似可闻。此处用典。‘商女不知亡国恨，隔江犹唱《后庭花》！’此唐贤小杜于‘烟笼寒水月笼沙，夜泊秦淮近酒家’时所吟之名句，词人复加运用，便觉尺幅千里，饶有有余不尽之情致，而嗟叹之意，千古弥永。”

注释

① 摭（zhí）：选取、搜集。

② 状头：进士第一人，谓之状头。

③ 缄（jiān）：原为书信封口处，寄信人姓名后用字，此指书信。

④ 贡院：是古代乡试、会试的考场，即开科取士的地方。贡，

就是通过考试选拔人才贡献给皇帝或国家的意思，贡院最早始于唐代。

⑤ 紫衣：代表身份的朝廷官服。

⑥ 巍峨：比喻位居高第，名列前茅，此指状元。

⑦ 选擢（zhuó）：选拔提升。

⑧ 甘露事变：唐太和九年（835 年），二十七岁的唐文宗不甘为宦官控制，和李训、郑注策划诛杀宦官，以夺回丧失的皇权。唐文宗以观露为名，将宦官头目仇士良骗至禁卫军的后院欲斩杀，但被仇士良发觉，双方激烈战斗，结果李训、王涯等朝廷重要官员被宦官杀死，其家人也受到牵连而灭门，这次事变受株连被杀一千多人，史称“甘露之变”。

⑨ 河东裴氏：中国中古时代一个以河东郡（闻喜县）为郡望的裴姓士族，属关中郡姓，发轫于东汉，裴氏家族是中国两千年的封建社会里盛名久著的一个望世家族。以唐代为例，裴氏家族仅宰相就有 17 人。

⑩ 诣（yì）：来到。

菊花新

词牌题注

《菊花新》是词牌名。这个词牌据宋人周密《齐东野语·卷十六·菊花新曲破》中记载："思陵朝[①]，掖庭[②]有菊夫人者，善歌舞，妙音律，为仙韶院[③]之冠，宫中号为菊部头。然颇以不获际幸为恨，既而称疾告归。宦者陈源以厚礼聘归，蓄于西湖之适安园[④]。一日，德寿[⑤]按《梁州曲》舞，屡不称旨。提举官[⑥]关礼知上意不乐，因从容奏曰：'此事非菊部头不可。'上遂令宣唤，于是再入掖禁，陈遂憾怅成疾。有某士者，颇知其事，演而为曲，名之曰《菊花新》以献之，陈大喜，酬以田宅金帛甚厚，其谱则教坊都管王公谨所作也。陈每闻歌，辄泪下不胜情，未几物故。园后归重华宫，改名小隐园。孝宗[⑦]朝，拨赐张贵妃，为永宁崇福寺云。"

这是一个凄婉的故事，带着忧愁和悲伤，伴着痛苦和凄凉。在大宋朝的教坊中，有一个被称为菊夫人的艺人，舞跳得好、歌唱得妙，尤其在唱歌时她对于音律、音韵的掌握更是出神入化，凭此功夫，她成为仙韶院里众多歌舞者中的佼佼者，大家都非常崇拜她，亲切地称她为"菊部头"。可就是这样一个优秀的人才，却不被皇帝赏识，这使得菊夫人非常郁闷，不得志的菊夫人没过多久就称病辞职回家了。这时候有一个叫陈源的宦官听说了这件事情，就用重金厚礼把菊夫人聘到自己家中，养在风景秀美的西湖之畔的适安园里。忽然某年某月的某一天，宋高宗赵构想观看《梁州》这个舞曲了，于是后宫里这些教坊籍的女艺人们是唱的唱、跳的跳，竭尽全力地去演出，可是欣赏水准极高的宋高宗赵构就是不满意，心想我花了那么多的银子，耗用了我那么多的心血，你们就给我跳成这个德行、唱成这么个滥调，心里是相当的不满。这时候身为提举官的关礼在一旁看出其中的端倪，知道皇帝不满意、不高兴了，于是就向皇帝报告说：陛下呀，您要是想听好的歌声、看好的舞蹈，非过去在仙韶院任职的菊部头不可呀。皇帝一听龙颜大悦，连声道快宣进宫来，就这样菊夫人再次回到了皇宫。菊夫人是入宫了，皇帝是高兴了，可是陈源却为此事是食不甘味，满腹的惆怅，最后终于忧思成疾，卧床不起了。陈源的一个朋友既知道陈源病了，也知道整个事情的来龙去脉，于是就请人写了一首叫《菊花新》的曲子献给了陈源。“菊花新”“菊夫人”“菊部头”这里面都有一个“菊”字，而曲子里又是讲述菊夫人的事情，陈源一听太高兴了，就送给这个朋友数不清的“田宅金帛”，反正这些东西他留着也没有用。尤其这个曲谱是教坊都管王公谨所写，那叫一个凄婉哀怨，荡气回肠，陈源每次听完此曲，都泪流满面、悲痛欲绝，后来由于陈源伤心过度，不久便去世了。因此说这个词牌哀婉动人，至于后来的填词者，用这个词牌所填的一些艳词俚曲，都是没有缘题而赋罢了。然最可惜的是，现在的我们已经无缘得见、无福得闻这个令人魂断、凄婉哀怨的原词和原曲了。其曲调虽然是由唐教坊都管王公谨所创作，但是此曲却并没有进入教坊曲序列中，是否由于此调的起因比较凄婉，且又发生于宫廷之中，故而不宜列入教坊曲序列中，其中缘由我们不得而知。《钦定词谱》中称：此词“《乐章集》注中吕调。《齐东野语》云：‘《菊花新》谱，教坊都管王公谨作也。’双调五十二字，前后段各四句，三仄韵”。并以张先词为正体。

诗词赏析

菊花新	格律
张先	
堕髻慵妆来日暮。	仄仄平平平仄仄。（韵）
家在柳桥堤下住。	平⃝仄仄⃝平平⃝仄⃝仄。（韵）
衣缓绛绡垂，	平仄仄平平，
琼树袅、一枝红雾。	平仄⃝仄、仄⃝平⃝平仄。（韵）
院深池静花相妒。	仄⃝平平⃝仄⃝平平⃝仄。（韵）
粉墙低、乐声时度。	仄⃝平⃝平、仄⃝平平仄。（韵）
长恐舞筵空，	平⃝仄⃝仄平平，
轻化作、彩云飞去。	平⃝仄⃝仄⃝、仄平⃝平仄。（韵）

说起大名鼎鼎的张先（张子野），在北宋时期，可是与柳永齐名的风流人物，人们所喜闻乐道的都是他那“心中事、眼中泪、意中人”（《行香子》）的“张三中”以及“云破月来花弄影（《天仙子》）、娇柔懒起，帘幕卷花影（《归朝欢》）、柳径无人，堕絮飞无影（《剪牡丹·舟中闻双琵琶》）”的“张三影”和“桃杏嫁东风郎中”的佳词趣事。张先是北宋宰相晏殊一手提拔的干将，

且是天圣八年（1030年）的进士，但其人却没有在《宋史》中留下痕迹，因此，张先当年生活的轨迹对于现在的我们来说还是比较陌生的，关于他的传说，都是散见于各类宋人笔记中，但是这些记录关于他为官从政方面的历史基本是空白。但从他与一些高官交往的情况来看，此人一定是为官之人。他一生官运不显，却极为平稳，给人印象最突出的就是精力旺盛，在对他为数不多的记载以及他本人的诗词中，所描写的基本上都是他一生安享富贵，诗酒生涯，风流倜傥，流连风月场中的那些倚红偎翠之韵事，从而留给后人的也只是颇多趣事而已。他的爱情生活非常丰富多彩，可以说是遍地开花，处处留情。比如张先的这首《菊花新》词，乍看起来就是一般的描写追求美女之词，但根据《绿窗新话》[8]的记载，我们才知道是张先的怀人之作："张子野往玉仙观，中路逢谢媚卿，初未相识，但两相闻名。子野才韵既高，谢既秀色出世，一见慕悦，目色相授。张领其意，缓辔[9]久之而去，因做《谢池春慢》以叙一时之遇。'缭墙重院，时闻有、流莺到。绣被掩余寒，画阁明新晓。朱槛连空阔，飞絮无多少。径莎平，池水渺。日长风静，花影闲相照。尘香拂马，逢谢女、城南道。秀艳过施粉，多媚生轻笑。斗色鲜衣薄，碾玉双蝉小。欢难偶，春过了。琵琶流韵，都入相思调。'"（《谢池春慢·玉仙观道中逢谢媚卿》）这个谢媚卿，是当时风月场中的女花魁，性情温婉典雅。两人以前虽说未曾谋面，但双方都倾慕对方的学识与美貌，张先此时与百闻不如一见的谢媚卿不期而遇，在张先心里，顿生眷恋，只可惜，二人都是惊鸿一瞥，未曾细聊便匆匆离去，留给张先的只剩下"犹恐相逢是梦中"的相思。因为这偶然的一次回眸，谢媚卿的娇艳和妩媚，让张先一直思念萦怀不能忘情。从玉仙观归来，张先是夜夜相思，日日祈盼，此邂逅成为张先这一段时间的梦中一景。此后张先写下了大量的怀念之词，如："素藕抽条未放莲。晚蚕将茧不成眠。若比相思如乱絮。何异。两心俱被暗丝牵。暂觉欲归还是恨。莫问。有情谁信道无缘。有似中秋云外月。皎洁。不团圆待几时圆。"（《定风波》）而这首《菊花新》词，也是在这样的大背景下写成的，此词描绘了张先的幻想。他本人暗恋谢媚卿，同时也幻想此时谢媚卿的生活状况，幻想谢媚卿家中歌舞音韵，却又怕无人欣赏，幻想自己能化成彩云去她家捧场。这首词是张先心中那相思调里叹难偶的真实写照。

"堕髻慵妆来日暮。"首开句就表现了女主人公整日无所事事，一整天慵懒闲适直到日暮，"堕髻"是堕马髻的简称，是古代妇人一种表现慵懒状态时，所梳理的发髻样式；"慵妆"是懒于化妆，这句话是张先在幻想谢媚卿对自己那惊鸿一瞥后，心中顿生眷恋，而无心打扮、无心衣着，这起首句就充满了浓浓的厌倦梳裹，慵慵惹人怜的味道。"家在柳桥堤下住。"那雕饰华丽的桥梁下面就是她的家，这一句观察得如此之细致，估计没少往人家跑，并且还会经常在人家附近守候。"衣缓绛绡垂，琼树袅、一枝红雾。""绛绡"是生丝织成的薄纱，古人用薄纱来展示美女的冰肌玉骨，如欧阳修在《渔家傲·六月炎蒸何太盛》中有："珠箔初褰深院静。绛绡衣窄冰肤莹。"李清照《采桑子》词中有："绛绡缕薄冰肌莹，雪腻酥香。"都是用"绛绡"来衬托女人的出尘脱俗。"琼树"在这里喻美女的头饰，像那琼枝一样光彩照人、袅娜娉婷，更有那发髻上一支艳如红宝石般的钿钗，光彩而夺目、梦幻而璀璨。“院深池静花相妒。”深深的大院、静谧的池塘，更有那众多的娇娃们相互争宠比艳。“粉墙低、乐声时度。”优美的音韵不时从那高低错落的粉墙黛瓦中传出。这一句词中所透露出的信息什么？是张先经常到谢媚卿家附近去等候她，否则也不会经常听到，并有“乐声时度”的感叹。“长恐舞筵空，轻化作、彩云飞去。”这里一个“长”字，道出了张先思念美女的时间之久，怕的是美女家里的舞蹈没有人观看和欣赏，怕的是美女家中丰盛的宴席没有人去出席享受，那么我愿意化作那天上的彩云，飞到她的家中去欣赏、去享受。其痴顽至情之态，也真是令人佩服。

在宋人留下的笔记文献中，对于张先的记载，几乎都是与吃喝玩乐、追求美女有关联的。据《绿窗新话》卷上“张子野潜登池阁”一文道：“张先字子野，尝与一尼私约，其老尼性严，每卧于池岛中一小阁上。俟夜深人静，其尼潜放下梯，使子野登阁相遇。临别，子野不胜惓惓，作《一丛花》词以道其怀：‘伤春怀远几时穷。无物似情浓。离愁正恁牵丝乱，更南陌、飞絮蒙蒙。归骑渐遥，征尘不断，何处认郎踪。双鸳池沼水溶溶。南北小桥通。梯横画阁黄昏后，又还是、新月帘栊。沉恨细思，不如桃杏，尤解嫁春风。’”这年轻的张先荷尔蒙之旺盛，令人不敢想象，但在唐宋间，尼姑庵与道观也都是一些失意女子转身待嫁的场所（见本丛书《女冠子》），所以浑身充满张力的张先，是天天围跑于这些道观与尼姑庵中，而他本人并不觉得有什么不好，反而还认为自己是风流倜傥。于是张先与这位小女尼定下了“月上柳梢头，人约黄昏后”的暗号，可是老尼管教甚严，把小尼关在池塘中一个小岛的阁楼上，不准他们相见，这可难不倒大才子张先。他让小尼在阁楼下放张梯子，自己在夜深人静之际，偷偷划船过去，登上梯子，溜进屋子，然后……天亮之前再悄然离开。估计他们这样也约会了很长时间，不知是老尼竟然没有发觉，还是隐忍不管，反正再后来，这一句“沉恨细思，不如桃杏，尤解嫁春风”道出了张先对这位女尼的关爱和对情欲的祈盼。因为桃杏尚能在春风吹拂下开花结果，可是眼前这位令张先魂迷神往的女尼，却只能困守在古寺尼庵中，身伴青灯古佛，口诵佛号而已，这令张先是无比郁闷，于是他们之间也就再没有后来了。这首词一出，让张先红透北宋，名声远扬，尤令年轻的欧阳修等人崇拜不已，张先还顺带着得了一个雅号，叫作“桃杏嫁东风郎中”。这件事记载于范仲淹玄孙范公偁[10]《过庭录》中：“子野《一从花令》一时盛传，永叔（欧阳修）尤爱之，恨未识其人，子野家南地。以故圣都，谒永叔，阍者以通，永叔倒屣迎之曰：‘此乃桃杏嫁东风郎中。’”一次，张先去拜访欧阳修，欧阳修听到门人通报后，激动得不知所措，出门迎接时，竟然连鞋子都穿倒了。也不知道古人的鞋子到底是什么样子，居然倒着都能穿出来，而且此类倒穿鞋事件，在古人笔记小说中比较高产，估计主要是要表达一种隆重的迎接方式或表达一下激动的心情吧。见到张先，这个自己崇拜的偶像到来，激动不已的欧阳修第一句话就是：“您就是‘桃杏嫁东风郎中’啊。”从此，张先“桃杏嫁东风郎中”的雅号，就在文坛传开了。张先曾经写过一首《更漏子》词：“锦筵红，罗幕翠。侍宴美人姝丽。十五六，解怜才。劝人深酒杯。黛眉长。檀口小。耳畔向人轻道。柳阴曲，是儿家。门前红杏花。”因为张先的名气在当时是实在太大了，就连十五六岁的陪酒歌伎也在向他“耳畔向人轻道”，并告诉张先自己的家庭住址“柳阴曲，是儿家。门前红杏花”。就是说：看见那柳荫深处了吗？最里面就是我家，并且还特意叮嘱他：“门前红杏花”，那开着红杏花的地方，就是我家。

作为桃李芬芳的多情大文人，张先有一个巨大的长处，就是一直到老，还保持着对美好事物探求的心理，并充满上下求索的激情。于是宝刀不老的大才子，就在八十岁生日之时，又纳了个十八岁的小妾。晚年纳妾，在唐氏时期并不是见不得人的丑事，反而是值得庆幸的大喜事，是人生中的一大乐景。所以对于“老牛吃嫩草”的张先来说，喜悦之情是溢于言表的。独乐乐，不如众乐乐，于是乎这种喜悦一定要分享，而且还要大大地分享，于是兴之所至，广发喜帖大摆筵席，招待亲朋。而作为好友且当年向张先请教过学问的苏轼，自然也在邀请之列。苏轼在婚宴上戏谑地问新郎官张先感受如何，张先不愧是大文人，随口吟道：“我年八十卿十八，卿是红颜我白发。与卿颠倒本同庚，只隔中间一花甲。”苏轼也随口赋诗调侃道：“十八新娘八十郎，苍苍白发对红妆。鸳鸯被里成双夜，一树梨花压海棠。”此诗一经传播，从此这苍苍白发的梨花与红颜嫩妆的海棠，就成了老夫少妻、老牛吃嫩草的代名词。再后来也许是张先妻子故去的缘故，张老先生在八十五岁的时候又娶了一房小妾，于是又再次大摆筵席。在明人蒋一葵《尧山堂外纪》中记有：“张子野年八十五，其家尚蓄声妓。苏子瞻作诗戏云：‘锦里先生自笑狂，莫欺九尺鬓毛苍。诗人老去莺莺在，公子归来燕燕忙。柱正相君犹有齿，江南刺史已无肠。平生谬作安昌客，略遣彭宣到后堂。’子野和诗有云：‘愁似鲧[11]鱼知夜永，懒同蝴蝶为春忙。’极为子瞻所赏。”而张先这次娶亲，此时苏轼正在杭州任职，来不及亲自去祝贺，就写了上面这首诗。因为张先姓张，所以在苏轼的这首诗里，就用了几个张姓的典故。“诗人老去莺莺在”，用唐元稹即元微之《会真记》即《莺莺传》，后来改编为《西厢记》里面的张生与崔莺莺“待月西厢下，迎风半户开。隔墙花影动，疑是玉人来”的偷情典故。其实《西厢记》也就是元稹的自传。“公子归来燕燕忙”，这个是用唐代张建封“燕子楼”的典故。张建封为徐州太守时，娶关盼盼为妾，后张建封去世，盼盼不肯再嫁，独居燕子楼十余年，最后不食而死。(见本丛书《燕子楼》)“柱正相君犹有齿”，这个典故的原型是指张苍，他是秦朝时期的柱下史。什么叫“柱下史”呢？就是因为经常侍立在皇宫的殿柱之下，故名“柱下史”。汉成帝四年，张苍熬到了丞相的位置，但此时他已经老到没有牙齿了，吃饭不能咀嚼，所以每天只能靠吸吮女人的奶汁才能活命，故而他家里妻妾上百人、奶妈上百人。这是讽刺张先已经老而无齿，估计只能靠妻妾的哺乳度日。不过张先活到近九十的高龄，在北宋年间也算是罕见的高寿了。“江南刺史已无肠”，典出孟启《本事诗》：“刘尚书禹锡罢和州，为主客郎中、集贤学士。李司空罢镇在京，慕刘名，尝邀至第中，厚设饮馔。酒酣，命妙妓歌以送之。刘于席上赋诗曰：‘鬟髯梳头宫样妆，春风一曲杜韦娘。司空见惯浑闲事，断尽江南刺史肠。’李因以妓赠之。”刘禹锡因为政治革新失败，贬职多年之后被赦免回京。司空李绅设宴款待他，席间命歌伎以歌舞劝酒，刘禹锡感慨万分，当场赋诗一首，诗的大意是：漂亮的歌女在这豪华的宴会上，唱着美妙的歌曲，你李司空天天如此这般花天酒地并已经习以为常，可我刘禹锡平时却根本看不见这么多美貌的姑娘，她的这一首歌唱得我是肝肠寸断呀。“司空见惯”这个成语就是这样来的。而李绅也没有含糊，二话不说当场就把这名歌伎送给了这位几乎肠断的江南刺史刘禹锡。“平生谬作安昌客，略遣彭宣到后堂”，这句话语出《汉书卷八十一·张禹》：“禹为人谨厚，内殖货财，家以田为业。及富贵，多买田至四百顷，皆泾、渭溉灌，极膏腴上贾。它财物称是。禹性习知音声，内奢淫，身居大第，后堂理丝竹筦[12]弦。禹成就弟子尤著者，淮阳彭宣至大司空，沛郡戴崇至少府九卿。宣为人恭俭有法度，而崇恺弟多智，二人异行。禹心亲爱崇，敬宣而疏之。崇每候禹，常责师宜置酒设乐与弟子相娱。禹将崇入后堂饮食，妇女相对，优人筦弦铿锵极乐，昏夜乃罢。而宣之来也，禹见之于便坐，讲论经义，日晏赐食，不过一肉卮酒相对。宣未尝得至后堂。及两人皆闻知，各自得也。”这里是说前汉时期，张禹有两个入室弟子彭宣和戴崇，张禹经常召戴崇入后堂，歌舞助兴，饮食至深夜；而彭宣到来，张禹只叫他在大堂中坐下，讲论义经，从来不准他进入后堂。而苏轼之所以用这个典故入诗，是为自己没有亲自到后堂祝贺老师大婚而遗憾。青春对少年来说是活泼，对青年来说是激情，而对于此时年已八十五的张先来讲，则充满淡淡的忧伤，张先面对苏轼的来信愁眉不展地叹道：“愁似鳏鱼知夜永，懒同蝴蝶为春忙。”人无妻曰鳏，又因鱼的眼从不闭上，所以“鳏鱼”一词，比喻愁思不眠、郁悒不寐的孤独之人。如宋人刘过词：“海燕成巢终是客，鳏鱼入夜几曾眠。”（《浣溪沙·春晚书情》）这就是告诉苏轼，我妻室已去，剩下我自己一人，每至深夜孤寂无助，只好娶个小妾互相来安慰一下，免得寂寥罢了，到了我这个岁数，想“忙”也忙不起来了。

注释

①思陵朝：思陵是宋代第十位皇帝宋高宗赵构（1127—1162）的陵寝。思陵朝，即指宋高宗赵构执政时期。

②掖庭：起初是皇宫内供宫女、嫔妃居住的地方，后来成了单独关押宫中女性犯罪者的监狱即永巷。汉武帝太初元年改称“掖廷”，为宫中旁舍，婕妤以下皆居掖庭，现指皇宫。

③仙韶院：唐代乐工居所，属太常寺。据《旧唐书·文宗记》记载：唐文宗好雅乐，开成三年（838年），命太常卿冯定，据开元时的雅乐制定云韶法曲，为宫廷内宴演奏。文宗将法曲改名“仙韶曲”，演奏乐工所居之处亦曰“仙韶院”。

④适安园：始建于宋代，位于杭州，后改称小隐园。

⑤德寿：宋高宗赵构的代称。

⑥提举官：宋文献中的“提举官”达一百五十多种，是我国古代官制中所仅见的。宋代提举官中有的是虚职，有的是专职官，有的则是军职名称，还有的是监司官，性质比较复杂。

⑦孝宗：即赵昚（shèn）（1127—1194），宋太祖赵匡胤七世孙，宋代第十一位皇帝，南宋第二位皇帝（1162—1189年在位）。是南宋最杰出的皇帝，庙号孝宗，葬于永阜陵。

⑧《绿窗新话》：宋代传奇小说集。编者皇都风月主人，生平不详。书共二卷，一五四篇文章，多系节录或改写前人志怪、传奇、野史笔记而成。

⑨ 缓辔（pei）：驾驭牲口用的缰绳。

⑩ 范公偁（chēng）：生卒年不详，范仲淹玄孙，生平无考。著有《过庭录》，书中多记载祖上逸事。

⑪ 鳏（guān）：人无妻曰鳏。

⑫ 筦（guǎn）：指古代绕丝的竹管。

谢池春慢与谢池春

词牌题注

《谢池春慢》是词牌名。根据《绿窗新话》中的记载，我们知道了这个词牌的来历，是北宋张先的怀人之作："张子野往玉仙观，中路逢谢媚卿，初未相识，但两相闻名。子野才韵既高，谢既秀色出世，一见慕悦，目色相授。张领其意，缓辔久之而去，因做《谢池春慢》以叙一时之遇。"就是这首被张先题为"玉仙观道中逢谢媚卿"的词，向我们展现了痴情大才子张先，那不为人知的一桩情趣往事。前文我们介绍过，张先与谢媚卿互相倾慕对方，后不期而遇，两人的这惊鸿一瞥间，情思全在其中，但两人明明互有好感，但不知何种原因，都未能先行开口向对方表白。而此时的谢媚卿不愧是花中状元、女中娥眉，只是两眼含情脉脉，俯低螓首羞羞答答地斜看了对方一眼，而深谙此道的张先顷刻间就秒懂了这其中多层含意，于是他就骑着马跟在美女那銮辔的后头缓慢地走着，就这样直到两人分手，却始终没能说上一句话。美女走后，留给张先的是深深的遗憾和懊恼。他遗憾与懊恼自己的胆怯，以至于错失了一个接近天仙美人的绝佳机会，而更加遗憾与懊恼的是，自此见了这个美女之后的每一天，张先都生活在"犹恐相逢是梦中"的相思之中。因为这偶然的一次回眸，谢媚卿的娇艳和妩媚让张先一直思念萦怀不能忘情，张先是夜夜相思，日日祈盼，此邂逅成为张先这一段时间内的梦中一景。为此张先写下了大量的怀念之词，如："素藕抽条未放莲。晚蚕将茧不成眠。若比相思如乱絮。何异。两心俱被暗丝牵。暂觉欲归还是恨。莫问。有情谁信道无缘。有似中秋云外月。皎洁。不团圆待几时圆。"（《定风波》）"堕髻慵妆来日暮。家在画桥堤下住。衣缓绛绡垂，琼树袅、一枝红雾。院深池静娇相妒。粉墙低、乐声时度。长恐舞筵空，轻化作、彩云飞去。"（《菊花新》）就这样，别样相思乱如絮的张先，几乎不受控制地每天必做的一件事，就是守候在谢媚卿家的附近，祈盼能再次见到心中的天仙女神，这从张先这一段时间内所写的大量诗词中可以看出一些端倪，如《菊花新》词中的"家在画桥堤下住""院深池静花相妒。粉墙低、乐声时度"以及本词中"缭墙重院，时闻有、流莺到"等，语中可以看出张先这种守候的执着。张先也是为了这种执着的纪念，在反复惆怅之余，一首新词于脑海中浮现，不期的邂逅，和他那无尽的相思之情在不经意间、浅吟低唱间轻吟了出来。

诗词赏析

谢池春慢	格律
张先	
缭[①]墙重院，	㊀平平仄，
时闻有、流莺到。	平㊥仄、平平仄。（韵）
绣被掩余寒，	㊀仄仄平平，

画阁明新晓。	仄⃝仄平平仄。(韵)
朱槛连空阔，	平⃝仄平平仄，
飞絮无多少。	平仄平平仄。(韵)
径莎平，	仄平平，
池水渺。	平仄仄。(韵)
日长风静，	仄平平仄，
花影闲相照。	平仄平平仄。(韵)

尘香拂马，	平平仄仄，
逢谢女、城南道。	平仄仄、平平仄。(韵)
秀艳过施粉，	仄仄平⃝平仄⃝，
多媚生轻笑。	平⃝仄平平仄。(韵)
斗色鲜衣薄，	仄仄平平仄，
碾玉双蝉小。	仄⃝仄平平仄。(韵)
欢难偶，	平平⃝仄，
春过了。	平仄仄。(韵)
琵琶流韵，	平⃝平平⃝仄，
都入相思调。	平仄平平仄。(韵)

此词双调九十字，上下片各十句、五仄韵。此词上片是张先在梦幻意境中写成的，他本人暗恋谢媚卿，同时也幻想此时谢媚卿家中的氛围、家中的环境以及她本人的生活状况，这首词就是张先心中那相思调里叹难偶的真实写照。

“缭墙重院，时闻有、流莺到。”这首开第一句，就是张先每日守候在谢媚卿家附近所获取的重要情报。高墙环绕于重重叠叠的院落之外，这一句谓其宅院的广大而深邃，远处时不时地传来那莺雀的婉转鸣啼声。“绣被掩余寒，画阁明新晓。”绣被抵御住拂晓的残寒，画阁辉映出朝霞的璀璨。注意本词上下片的三四五六句，都是严格的对偶句式，填者切记谨慎，不可忽视。这一句对仗工整，但纯凭想象。“朱槛连空阔，飞絮无多少。”这一句也是对仗工整，也是纯凭想象，其语境之高，气象之宏，直追晏殊的“斜光到晓穿朱户”（《蝶恋花·槛菊愁烟兰泣露》）句，张先不但幻想谢媚卿的起居生活，幻想早上的春寒让美女感到寒冷，并幻想她轻扯绣被、略掩余寒的情景，更是幻想美女家宽大的厅堂迎来朝霞的璀璨，连绵的回廊一望无际，到处都是那飘飞的柳絮无边无际。“径莎平，池水渺。”这两句也是对仗工整，那一望无际的高低错落有致、平整如剪的草坪，更有那触目所见连绵不绝的一池碧波清澈而荡漾。“日长风静，花影闲相照。”春日天长，风和日丽，时有流光花影倒映在水中。这几句春闲日暖，好一派江南风光，给人以娴雅安逸和舒适之感。

如果说上片全是张先意象中遐想，那么下片就是张先回忆与谢媚卿见面时，那惊鸿一瞥中所留下的惊艳，和发自内心懊恼的喟叹。“尘香拂马，逢谢女、城南道。”城南道上，一阵香风袭来，竟然惊艳地看见了心中的天仙女神。这一句也就是在题注中所言的“张子野往玉仙观，中路逢谢媚卿，初未相识，但两相闻名”。此句纯是实写，但是张先去“玉仙观”干什么？为什么而去？宋人笔记中并没有交代其缘由。但唐宋间，尼庵与道观却是失意女子转身待嫁的栖身场所，比如唐代著名的女诗人鱼玄机，被丈夫的正房所嫉妒，并被赶出了家门，于是只能来到道观暂时栖身，最后成为著名的女冠。为此鱼玄机的老师温庭筠还创作了一个新的词牌名《女冠子》(见本丛书《女冠子》)，来吟咏这个美丽的女弟子。张先的一生，可以说是活得比较多姿多彩，首先他是宰相晏殊一手提拔起来的得力干将，在四十岁时又高中进士，前程是一片大好，但是张先有个巨大的长处，那就是精力过剩，荷尔蒙分泌的强度远超常人，以至于在他八十岁和八十五岁时，连娶两房小妾，为此留下了“一树梨花压海棠”的趣闻。因此在倚红偎翠这种事情上，他和同为北宋大才子的柳永，俱在伯仲之间，这一点我们可以从张先留下的一百六十余首诗词中见其端倪。但张先与柳永二人之间最大的差别是，柳永因为得罪了皇权，故而仕途不畅，所以只能在歌楼舞馆中讨要生存，因为生存条件的限制，其接触的人员大部分也不过是一些风尘女子。而张先本人首先是进士，继而是政府官员，锦衣玉食间所交往的人员复杂多样。首先是一些朝廷政要、名流雅士；其次既有红尘歌姬，也有良家女子，既有绝世名妓，更有道庵尼姑，其种类之多令人咋舌，用“满园春色关不住，一枝红杏出墙来”描述张先并不为过。“秀艳过施粉，多媚生轻笑。”这一句对仗工整，也就是题注中所言张先偶遇美女后，“一见慕悦”惊为天人的赞叹。俊美自然的容颜，赛过涂脂抹粉的秀艳，妩媚明艳的脸庞，生出纯真的微笑。“斗色鲜衣薄，碾玉双蝉小。”色彩艳丽的衣衫，配上雕刻精美的双蝉玉佩，更加凸显出美女那凹凸有致曲妙的身姿。“欢难偶，春过了。”这是张先倾心暗恋，却没有得到美人的垂爱，而发出无奈的喟叹。“琵琶流韵，都入相思调。”琵琶声声流露出种种凄楚哀怨，而这种种凄楚哀怨，又都化作了款款相思的曲调，这就是“何处合成愁？离人心上秋”，对这个“愁”字的最好诠释。

陈廷焯在《白雨斋词话·卷一》中对张先评价道：“张子野词，古今一大转移也。前此则为晏（殊）、欧（阳炯），为温（庭筠）、韦（庄），体段虽具，声色未开。后此则为秦（观）、柳（永），为苏（轼）、辛（弃疾），为美成（周邦彦）、白石（姜夔），发扬蹈厉，气局一新，而古意渐失。子野适得其中，有含蓄处，亦有发越处，但含蓄不似温、韦，发越亦不似豪苏（轼）腻柳（永）。规模虽隘，气格却近古。自子野后，一千年来，温（庭筠）、韦（庄）之风不作矣，益令我思子野不置。”并对张子野再次评论道：“才不大而情有余，别于秦（观）、柳（永）、晏（殊）、欧（阳修）诸家，独开妙境，词坛中不可无此一家。”

在《钦定词谱》中，另列有《谢池春》词，同样也是词牌名，但其为双调六十六字，上下片各六句四仄韵，并以陆游词为正体。按正常次序来讲，《谢池春慢》与《谢池春》二调，应该是先有《谢池春》调，后才有《谢池春慢》调，但张先“逢谢女、城南道”，而创《谢池春慢》调，其创调本身必有其所依，因此在张先写《谢池春慢》之前，应该就已经有《谢池春》调的存在，没有其本，也就没有什么“慢”调存在的可能性。但历史的睽隔，我们并没有找到其最原始的《谢池春》调，不能不说这是一个遗憾。《钦定词谱》中将南宋人陆游《谢池春》词列为正体。此体又有其他称谓如《风中柳》《风中柳令》《玉莲花》《卖花声》等，都是用历代前贤词中的名词佳句而作为词牌名。

诗词赏析

谢池春	格律
陆游	
贺监湖边，	仄⃝仄平平，
初系放翁归棹。	平⃝仄仄平平仄。（韵）
小园林、时时醉倒。	仄平平、平平仄仄。
春眠惊起，	平⃝平平⃝仄，
听啼莺催晓。	仄平⃝平平仄。（韵）
叹功名、误人堪笑。	仄平⃝平、仄平平仄。（韵）
朱桥翠径，	平平仄仄，
不许京尘飞到。	仄仄平⃝平平仄。（韵）
挂朝衣、东归欠早。	仄平平、平平仄仄。（韵）
连宵风雨，	平平平⃝仄，
卷残红如扫。	仄平平平仄。（韵）
恨樽前、送春人老。	仄平平⃝、仄平平仄。（韵）

“贺监湖边，初系放翁归棹。”首开句中，我们一定要弄清楚几个词汇，“贺监湖”“初系”“放翁”。首先是“贺监湖”。“贺监湖”是绍兴一带的一个小湖泊，是以唐代著名大诗人贺知章的名字命名的。贺知章是越州山阴人，就是现在的绍兴人，他少有神童之称，以文章著称乡里，且是浙江历史上第一位有资料记载的状元，晚年他改任秘书监，就是朝廷管理文书档案的人，故世人称他为“贺监”。唐玄宗天宝初年，贺知章大病，几乎送命，病稍好以后，他请求辞官回归乡里，获得朝廷的批准。回家以后贺知

章将他的住宅改为道观，并亲自题名为“千秋道观”，同时恳求朝廷赐予他这个“千秋道观”周围的湖面为“放生池”。玄宗皇帝诏令准许，并赐名为“镜湖”，并写诗赠予，从此该湖又被称为“贺监湖”。后来人们以“贺监归湖”这一典故，用来指人辞官归乡。其次为“放翁”一词。陆游（1125—1210）字务观，号放翁。其号“放翁”之由来，还要从陆游的一段从军经历说起。南宋淳熙二年（1175 年），范成大[②]由桂林调至成都，任四川制置使，这个“制置使”就是当地最高军事长官，同时范成大举荐陆游任自己的参议官，二人都是当时知名的大才子，惺惺相惜间关系却也融洽。但陆游耿直，一直坚持改革并力主抗金，从而得罪了皇权以及一大批主和派，因此淳熙三年九月，陆游因被弹劾“妄议朝政”而被罢官。于是郁闷至极的陆游，就在杜甫草堂附近的浣花溪畔开辟了一片菜园，以学陶渊明而每日躬耕于其中，日以钓鱼、饮酒、作诗、耕地为乐。然而这一做法，却又被与他有矛盾的人说成是粗野狂放、不守礼义。《宋史》卷三百九十五：“范成大帅蜀，游为参议官，以文字交，不拘礼法，人讥其颓放，因自号放翁。”你们既然说我狂放，我干脆就当个放任自由的老翁又便如何。于是陆游赋诗道：“策策桐飘已半空，啼螀[③]渐觉近房栊。一生不作牛衣泣，万事从渠马耳风。名姓已甘黄纸外，光阴全付绿樽中。门前剥啄谁相觅，贺我今年号放翁。”从此，“放翁”这个雅号就经常出现在他的诗文中。而“初系放翁归棹”的“初系”一词的来历是：淳熙六年（1179 年）秋，陆游被任为江西常平提举，主管粮仓、水利事宜。次年，江西水灾，陆游号令各郡开仓放粮，并同时上奏朝廷请求开仓赈灾。十一月，陆游奉诏返京，被弹劾“不自检饬、所为多越于规矩”。就是说朝廷还没有批准开仓放粮，你就胆敢僭越法令，擅自做主开仓放粮。这事儿往小了说是不懂规矩，往大了说是僭越礼法、藐视皇威。于是陆游愤而辞官，从水路坐船回到家乡山阴，所以才有“初系放翁归棹”一词。“小园林、时时醉倒。”这一句道出了陆游释官回家以后，那放松的心态。优雅的小园林，没有了官场阴险尔虞我诈，身心放松的他面对清新的自由空气，深深地呼吸一口，满心都是满满的温馨与丝丝的甜意，面对旧时的记忆、儿时的回忆，再见这熟悉的园林，因此怎能不“时时醉倒”。“春眠惊起，听啼莺催晓。”昨夜园林醉倒，今晨早莺啼晓，惊我昨夜梦中美幻。这一句似人间的阆苑仙境，这等意境是所有追梦人的意境。“叹功名、误人堪笑。”这一句可谓是陆游发自内心的感叹。是呀，眼前的生活多美好，可叹的是人们平时所追求的种种功名利禄，又耽误了人生多少的温馨与欢乐。

“朱桥翠径，不许京尘飞到。”这下片的一句“朱桥翠径”给人以无限美感，园林中红色的廊桥，绿草茵茵中蜿蜒的曲径，远离尘嚣、远离纷争，这世外桃源中，我不希望听到有任何京城的信息来到。这一句充分说明了陆游对官场尔虞我诈、同僚间钩心斗角的厌倦。陆游刚刚离开了令人厌倦的、纷争不断的官场，自然是不愿意再听到这令人心烦意乱的信息。“挂朝衣、东归欠早。”此时的陆游五十五岁左右，他想学陶渊明不为五斗米折腰，想永远脱掉朝衣，摆脱世俗的烦恼，可是又下不了决心，所以才有“挂朝衣、东归欠早”这一句矛盾体语句的出现。“连宵风雨，卷残红如扫。”这一句既是写实，又是心中所想。写实是连夜的风雨过后，满视野都是那鹅黄嫩绿，然而那本就不多的花朵更是所剩无几。而心中所想，是连夜的风雨能否将朝堂之上那些降金投敌之人清扫干净。“恨樽前、送春人老。”樽前之酒，祭奠的是青春，祭奠的是人生，人生易老、青春易去，这是陆游借酒而伤春，借酒诉牢骚的真实感受。辞官而归家，本想效仿陶渊明挂衣而农耕，却又下不了决心，这就是矛盾体的陆游。虽然也几经辞职，但是辞职的目的，却是期望下一次更大的官职，也许这就是官宦世家子弟，在官场中表现出来的优越性。同样被贬，陆游之词与柳永之词相较，陆游少了一些沉郁与意境，多了一些优游和闲适。如词中“春眠惊起，听啼莺催晓”“连宵风雨，卷残红如扫”，佳句虽俊秀，但咀嚼中似是回甘略薄。

注释

① 缭（liáo）：缠绕，围绕。

② 范成大（1126—1193）：字至能，一字幼元，晚号石湖居士。平江府吴县（今江苏省苏州市）人，南宋名臣、文学家。宋高宗绍兴二十四年（1154 年）进士，累官礼部员外郎兼崇政殿说书，乾道六年（1170 年）出使金国，晚年退居石湖，加资政殿大学士。绍熙四年（1193 年），范成大逝世，年六十八。累赠少师、崇国公，谥号“文穆”。与杨万里、陆游、尤袤（mào）合称南宋“中兴四大诗人”，又称南宋四大家。有《石湖集》《揽辔录》《吴船录》《吴郡志》《桂海虞衡志》等著作传世。

③ 螿（jiān）：即“寒蝉”，是蝉的一种，比较小，墨色，有黄绿色的斑点，这个字在现代汉语中已经极少使用。

碧牡丹

词牌题注

《碧牡丹》是词牌名。“碧牡丹”在成为词牌名之前，还有一个另外的名称叫“欧碧”，欧碧是牡丹中的稀有珍贵品种。中国种植牡丹的历史非常悠久，据宋人欧阳修的《洛阳牡丹记》[①]中考证：“牡丹初不载文字，唯以药载于《本草》[②]。”牡丹原本是野生的中药，故其栽培历史可上溯到东汉，后来随着人工的栽培与养植的缘故，品种之间逐渐产生变异，并培养出众多的新品种。其中牡丹的四大名种“姚黄”“魏紫”“欧碧”“赵粉”最为出色，其“欧碧”就是我们所说的“碧牡丹”。在宋人张邦基所著的《墨庄漫录[③]·卷二》中，记载了“欧碧”的栽培技法：“洛中花工，宣和中，以药壅培[④]于白牡丹、如玉千叶、一百五、玉楼春等根下，次年，花作浅碧色，号欧家碧，岁贡禁府，价在姚黄上。尝赐近臣，外廷所未识也。”在中国牡丹栽培史上，共分为南北两大派系。在北方，以河南洛阳牡丹为第一；在南方，以四川天彭牡丹为第一。南宋时陆游在四川一带的军中任职，当他来到天彭就是现在的四川彭州这里，深深地被这里漫山遍野的牡丹所吸引，并写下了《天彭牡丹谱》[⑤]，其中考证道：“碧花止一品，名曰欧碧。其花浅碧而开最晚。独出欧氏，故以姓著。”另外在位于四川彭州市新兴镇光辉村，这里有一座始建于东汉末年、张天师弘道的一个治所——阳平观[⑥]，附近有一则传说："此花初种阳平观，有欧氏女，貌美，善诗文，家遭不幸，入阳平观修行。花开时节，浮游浪子借看花入观滋扰，观主不堪其烦。时有文士暗与欧氏诗文结缘，辗转让欧氏还俗，结为佳偶。观主以此花赠欧氏，并赋诗'寄身净地俏三春，玉洁冰清不染尘。风雨频来相侵扰，暗香留与赏花人。'后传民间，世人称之为欧碧。"这一段讲的是，陆游在他写的《天彭牡丹谱》中说："牡丹中有一种碧色的花，名叫'欧碧'。这个花是浅碧色的，与其他牡丹花比较起来，它开花最晚，是一个姓欧的人培养出来的，并以自己的姓名命名了这个花。另外根据传说，这个花最初是在阳平观中培育出来的，有一个姓欧的女孩子，人长得非常漂亮，平时喜欢吟诗作赋。后来因为家里突然遇到了一些意想不到的变故，无奈之下，她只好来到阳平观，当了一个戴冠修行的女道士。每到牡丹花开花的季节，社会上一些轻薄的浪荡子弟，就假借看花的名义，来到阳平观骚扰这个欧姓女子，令阳平观的观主非常烦恼。此时有一个知书达理的书生，非常倾慕这个欧姓女子的美貌和诗文修养，就悄悄地给这个欧姓的女孩子写信，两人书信往来而慢慢地有了感情。这个书生就通过解劝，让这个女孩子还了俗，再以后二人就结为了夫妻。阳平观的观主就将自己精心培育的、非常罕见的一株碧绿色的牡丹花赠送给了这夫妻二人，同时还写了一首诗说：你来到这个道家净地已经三年了，一直保持玉洁冰清的本质而不染污尘。虽然有许多不怀好意之人经常来骚扰你，但是你这朵最香艳的花朵终于迎来了欣赏你的人。从此这个绿色品种的花就流传到了民间。

这个女子姓欧，花又是碧绿色的，因此人们将这种花称为欧碧。”再以后《瓶史》《群芳谱》《花镜》《亳州牡丹史》等书中，都对“欧碧”这个品种有过详细记载，包括由“欧碧”所产生的变异品种等。在明代陈耀文所著的《花草粹编·卷八》中，记录了这个由牡丹花名，转变成词牌名的始末。“《道山清话》：晏元献为京兆，辟张先为通判。新纳侍儿，公甚属意。先能为诗词，公雅重之。每张来，即令侍儿出侑觞[⑦]，往往歌子野所为之词。其后，王夫人浸[⑧]不容，公即出之。一日，子野至，公与之饮，子野作此词，令营妓[⑨]歌之，至末句，公闻之怃然曰：‘人生行乐耳，何自苦如此？’亟命于宅库支钱若干，复取前所出侍儿，既来，夫人亦不复谁何也。”这是引用宋人无名氏《道山清话》中记载的一个故事：北宋的宰相晏殊，在他当京兆尹，相当于今北京市市长的时候，把他的好朋友张先调来当通判，就是给自己当副手。别小看这个通判的职责，这可是北宋皇帝为了加强节制地方而设置，并亲自委派于各州、府辅佐知州或知府处理政务，凡兵民、钱谷、户口、赋役、狱讼等州府公文政事，长官必须与通判联署方能生效，并且通判有监察官吏以及直接向皇帝报告的权力，所以晏殊把好朋友张先调过来放在这个职位上，自是有一番深意。张先的诗词影响力非常大，远近闻名，而晏殊的才学也是举世闻名，晏殊比张先小两岁，张先考取进士的时候，晏殊又是张先的主考官，因此二人惺惺相惜经常在一起饮酒赋诗。这期间晏殊新买了一个小妾，取了一个艺名叫“绿牡丹”。这个“绿牡丹”能歌善舞，晏殊非常喜欢她，每次和张先一起喝酒，都让这个“绿牡丹”出来为他们歌舞助兴，而且每次都让她唱张先写的那些词调，大家都非常开心。后来这个“绿牡丹”因为晏殊对她的恩宠，就渐渐忘了自己的身份，越发地跋扈了起来，终于引起了晏殊家正房王夫人的不满，无奈之下晏殊只好把这个他非常喜欢的“绿牡丹”卖了出去。张先听说了这件事情，就急忙来到晏殊家，二人又是一番饮酒赋诗，酒席中张先当场以《碧牡丹》为调，写了一首词，并让其他的歌伎演唱，当晏殊听到词中里有“望极蓝桥，但暮云千里。几重山，几重水”的时候，喟然长叹道：人生在世就是要及时行乐，干吗老苦着自己呢？于是马上就命令家人，从账房中取出了一些钱，把那个卖掉的“绿牡丹”又给买了回来。晏殊的正房王夫人看到丈夫的这种行为，也是无可奈何地只好默认了这个现实。这是明代陈耀文所著的《花草粹编·卷八》中，引用《道山清话》中的故事。而在《绿窗新话》中，引《古今词话》的同样一则故事，却将主角的晏殊变成了晏殊的儿子晏几道：“晏元献之子小晏，善词章，颇有父风。有宠人善歌舞，晏每作新词，先使宠人歌之。张子野与小晏厚善，每称赏宠人善歌。偶一日，宠人触小晏细君之怒，遂出之。子野作《碧牡丹》一曲以戏小晏，公闻之，怃然曰：‘人生行乐耳，何自苦如此。’亟命于宅库支钱若干，复取前所出侍儿。既来，夫人亦不复谁何也，及归，使歌子野之词。”

诗词赏析

碧牡丹	**格律**
张先	
步帐摇红绮。	仄仄平平仄。（韵）
晓月堕，	(仄)(仄)仄，

沈烟砌。　　平平仄。（韵）
缓板香檀，　　仄仄平平，
唱彻伊家新制。　　仄仄㊀平㊁仄。（韵）
怨入眉头，　　仄仄平平，
敛黛峰横翠。　　㊀仄平平仄。（韵）
芭蕉寒，　　㊀平㊁，
雨声碎。　　仄平仄。（韵）

镜华翳。　　仄平仄。（韵）
闲照孤鸾戏。　　㊀仄平平仄。（韵）
思量去时容易。　　平平仄平平仄。（韵）
钿盒瑶钗，　　仄仄平平，
至今冷落轻弃。　　仄㊁㊀㊀平仄。（韵）
望极蓝桥，　　仄仄平平，
但暮云千里。　　仄仄平平仄。（韵）
几重山，　　仄平平，
几重水。　　仄平仄。（韵）

此词双调，七十五字。上片九句三十六字，五仄韵；下片九句三十九字，六仄韵。此词原题为《晏同叔出姬》，上片写晏殊家的豪华排场和歌女们的美貌神态，以及那绕梁三日、音韵不绝的盛景。

“步帐摇红绮。”“步帐”，就是用于野外宴饮、歌舞时所搭建的一种宽大的帐篷。“绮”是一种丝织品。庭院中支起了高大宽敞的、带有红色美丽纹彩的丝织帐篷。“晓月堕，沈烟砌。”此时已经是晓月斜坠，那点燃后的沉香堆砌如山。“缓板香檀，唱彻伊家新制。”此时主人公出场了，但见她轻抚香檀牙板、朱唇微启，唱遍了那醉人的“伊州”歌调。“伊州”就是《伊州大曲》的简称，与《凉州》《甘州》等曲一样，都是唐天宝年间，由盖嘉运从边疆进献给朝廷，并流传于后世的著名舞曲。这几句带给我们的信息是什么呢？首先是豪华，帐篷的材质是丝织品，其次是燃烧掉的沉香堆积如山。沉香因之稀少、之昂贵，历朝历代都将其视为珍稀之物，然而在这么随意的一个晚宴上，烧掉的沉香却堆积如山，其奢华的程度令人咋舌。而且一句“晓月堕”，就是告诉人们，这场宴会从傍晚直到第二天黎明还没有结束。因为“晓月”一词，是拂晓临近黎明的那一刻时光，而此时的宴会却是刚刚进入主题。“怨入眉头，敛黛峰横翠。”当唱到情深处，歌词与情感完全融入歌女的颦、笑、哀、叹之中，尤其是歌女那如黛的眉峰，随着词调的喜、怒、哀、怨，时而高耸如山峰入云、时而如远山横翠黛色如氤。“芭蕉寒，雨声碎。”而这一切的美好，却在雨打芭蕉的凄苦声中结束。在一般词作中，雨水的滴落声，往往是伤心之人与伤心之事携伴而行，谓之“雨泪同滴”。而“夜雨打芭蕉”又多呈现的是离人怨妇、风雨罹患的哀叹，故词人以“芭蕉寒，雨声碎”结尾，既结上片文意又启下片之哀愁。

下片作者以摆事实讲道理的形式，耐心地调解别人家的家务之事。“镜华翳。”“镜华”一词，原是指菱花镜。“翳”原指用羽毛做的华盖，后引申为起障蔽作用的东西。“闲照孤鸾戏。”这一句用了“孤鸾照镜”的典故。“罽[10]宾王结罝[11]峻祁之山，获一鸾鸟。王甚爱之，欲其鸣而不能致也。乃饰以金樊[12]，飨[13]以珍羞，对之愈戚[14]，三年不鸣。其夫人曰：‘尝闻鸟见其类而后鸣，何不悬镜以映之？’王从其言。鸾睹形感契，慨然悲鸣，哀响中霄，一奋而绝。”鸾鸟孤苦尚知悲鸣而亡，况且人乎？这一句喻失去伴侣后，对自己或别人多舛命运的哀伤。上片词人以“芭蕉寒，雨声碎”这“夜雨打芭蕉”的风雨哀叹作结，续其文意；而下片词人一上来，便大吐孤寂独处之苦。以前那奢华洁净的梳妆镜台，已经闲置了许久，上面那布满的灰尘，遮蔽了它原有的光华，孤零零地立在角落，照着那孤零零的主人公。这是以孤鸾照镜悲鸣而亡，而喻目前主人公独处的惨状。“思量去时容易。”好好想一想吧，陪伴你的人一旦离你而去，那么何时才能再相见。“钿盒瑶钗，至今冷落轻弃。”首饰与首饰盒是共生体，谁也离不开谁，然而随着女主人公的离去，那化妆粉盒以及平日令她喜爱的钗钿都同样遭到了冷落，被人轻易地抛弃。“望极蓝桥，但暮云千里。”这里“蓝桥”一词，引用唐代裴铏所作小说《传奇·裴航》中裴航、云英的典故。裴航进京赶考，向同船的樊夫人表达了倾慕之意，樊夫人写诗回绝道：“一饮琼浆百感生，玄霜捣尽见云英。蓝桥便是神仙窟，何必崎岖上玉清。”后裴航路过蓝桥驿，遇一老妪，裴航渴甚求饮，妪呼女子云英捧一瓯水浆饮之，甘如玉液。裴航见云英姿容绝世，因谓欲娶此女，妪告：“昨有神仙与药一刀圭[15]，须玉杵臼捣之。欲娶云英，须以玉杵臼为聘，为捣药百日乃可。”后裴航历千辛万苦，终于找到月宫中玉兔用于捣药的玉杵臼，并为云英捣药百日，老妪受到感动，答应了婚嫁之事。裴航娶了云英以后，夫妻双双进入玉峰山中成仙而去。这里张先告诉晏殊，前方虽然阻碍重重，但是拨开云雾，就是蓝桥，就是你成仙享受的地方，万万不可错过。“几重山，几重水。”裴航与云英的相见是相隔了千山万水，而现在蓝桥就在前方，快乐就在眼前，你们之间的距离，难道是相隔了几重山，或是相隔了几重水不成吗？为什么这样干巴巴地苦着自己，不去追寻幸福与快乐呢？张先还真不愧是调解家务的高手，一首词点醒梦中人，晏殊马上领悟：“人生行乐耳，何自苦如此。”于是马上令人拿钱把这个小妾又买了回来。

注释

①《洛阳牡丹记》：宋人欧阳修撰，共三篇。一、花品，叙所列牡丹花二十四种。二、花释名，述牡丹花花名的来历。三、风俗记，首先略叙游宴及贡花，余皆接植栽灌之事。

②《本草》：即《神农本草经》，因所记各药以草类为多，故称《本草》。《本草》之名，始见于《汉书·平帝纪》，南朝梁、唐、宋多有增补，至明李时珍荟萃众说，考订谬误，删繁补阙，著《本草纲目》五十二卷，至此共收载药物一千八百九十二种，药方一万一千余个，成为《本草》总结性的巨著。

③《墨庄漫录》：北宋张邦基著，共十卷。是书多记杂事，兼及考证，尤留意于诗文词的评论及记载，保存了宋朝一些重要的文学史资料。

④ 壅培（yōng péi）：施肥培土。

⑤《天彭牡丹谱》：宋人陆游著。此谱共三篇。一、花品序，所列共六十七个牡丹品种。二、花释名，述花名之由来。三、风俗记，叙养花、弄花之法以及观花盛事。

⑥ 阳平观：即阳平治道观，位于四川彭州市新兴镇光辉村，因新兴镇的阳平山而得名。始建于东汉末年，是张天师弘道的第一个治所，属道教二十四治之首。在道教文化发展、传播过程中占有重要地位。

⑦ 侑觞（yòu shāng）：一指劝酒，佐助饮兴；二指佐餐下酒。此处指佐助饮兴。

⑧ 浸：逐渐。

⑨ 营妓：古代妓女分为宫妓，服务于皇室宫廷；营妓，服务于军队；官妓，服务于政府各级官吏；市妓，服务于平民百姓；家妓，服务于个人。

⑩ 罽（jì）：原为一种用兽毛织成的网。

⑪ 罝（jū）：捕捉鸟兽的罗网。

⑫ 樊：樊笼，关鸟兽的笼子。

⑬ 飨（xiǎng）：用酒食招待客人，泛指请人享用。

⑭ 戚：悲伤忧愁。

⑮ 刀圭：中药的量器名，或药物。

朝中措

词牌题注

《朝中措》是词牌名。“朝中”一词，在古代也称之为朝廷，为君主接受朝见和处理政事的地方，也用作以君主为首的中央最高统治机构或君主的代称。“措”这个词，结构来源比较复杂，但其中有一指，就是指贫寒失意的读书人，并有嘲讽这些读书人迂腐之意，类似于现在民间口语如“老帽”“傻帽”一样。尤其在唐宋年间，一些士人被称为“措”或“措大”。而这个“措”字，也当“醋”字用。这一点我们可以从唐人李匡文《资暇集·卷下·措大》一节中有所了解：“代称士流[①]为醋大，言其峭醋[②]而冠四人之首。一说衣冠俨然，黎庶望之有不可犯之色，犯必有验，比于醋而更验，故谓之焉。或云往有士人贫居新郑之郊，以驴负醋，巡邑而卖，复落魄不调，邑人指其醋驮而号之。新郑多衣冠所居，因总被斯号。亦云郑有醋沟，士流多居其州，沟之东尤多甲族[③]，以甲乙叙之，故曰醋大。愚以为四说皆非也。醋宜作‘措’，止言其能举措大事而已。”通常我们会将一些读书的文人学士称为酸腐之人，而这个酸腐之人的称呼又是怎么来的呢？李匡文在这里就给我们揭晓了答案。唐朝时在河南新郑的东郊一带，当时聚集有许多的读书人，这些人虽然知识渊博，但是离科考博取名次，进而踏入仕途，却还有很长一段距离。而这些人因为有知识有文化，自觉是个体面人，所以他们在穿衣打扮上还是比较考究的，平时是“衣冠俨然”。所以一般的老百姓看见他们，都轻易不敢去招惹他们，一旦招惹了这些人，他们说出的话，会比醋还酸。而这些人因为没有什么特别的一技之长，所以大家的日子都过得穷苦潦倒，但为了生存，这些人勉强还是学会了一些酿造醋的方法，于是他们平时就酿造一些醋，以卖醋来维持自己的生计。这些人用驴驮着醋，到城区叫卖。因为这些人说出的话，就像他们卖出的醋一样，令人酸得难受，于是老百姓都叫他们为“醋子”，也就是我们俗话说的“酸文人”。而这些人的住地附近，有一条小而浅的沟壑，被当地人们称为“醋沟”。在“醋沟”这里还居住着一些世家大族，于是人们以甲乙来区分，就将这些文人称之为“措大”。这也就是称文人为醋子、酸子的出处。由此，“酸”就成为旧时不得志读书人的标签，“酸文人”“酸秀才”就成了潦倒文人的代名词。

另外在宋人吴曾《能改斋漫录·议论·太祖推服桑维翰》一文中有这样一段记载：“太祖尝与赵普议事，有所不合。太祖曰：‘安得宰相如桑维翰者，与之谋乎？’普对曰：‘使维翰在，陛下亦不用，盖维翰爱钱。’太祖曰：‘苟用其长，亦当护其短。措大眼孔小，赐与十万贯，则塞破屋子矣。’”这里记载的“桑维翰”，是五代十国时期后晋大臣，是石敬瑭卖国的帮凶。石敬瑭勾结契丹篡国，他极力赞成，并由他办理具体事宜，以贿赂、割让燕云十六州、称“儿皇帝”为条件，获得契丹帮助，为石敬瑭灭后唐立下了汗马功劳。其人两度出任宰相，广受贿赂，权倾朝野。宋太祖认为，此人能够两度出任宰相，一定有过人之处，因此这种人一定要“苟用其长，亦当护其短”。就是说干大事的人，就一定要有大气魄，否则一个没有见过世面，眼界、格局都小的措大（穷酸文人），你“赐与十万贯，则塞破屋子矣”，赏赐给他十万贯钱，估计他们家的破房子都放不下。

而“朝中措”其本意，就是嘲讽朝廷上那些一味死读书，而办事却非常迂腐之人。这个《朝中措》词牌，始见于欧阳修所作的一首题为“送刘仲原甫出守维扬”的词。那么作为朝廷大员的欧阳修为什么要以《朝中措》嘲讽朝廷上的那些一味死读书而办事迂腐之人呢？要想弄清楚这个词牌的内在含义，就要读懂欧阳修。北宋景德四年（1007年），祖籍江西的欧阳修出生于四川绵州（今四川省绵阳市），当时他父亲任绵州军事推官，三年后父亲去世，作为独子的欧阳修与母亲郑氏相依为命，但因家贫无以为继，母子俩只得来到湖北随州，去投奔做地方官的叔叔欧阳晔。后来欧阳修在为欧阳晔所作的墓志铭中写道：“修不幸幼孤，依于叔父而长焉。尝奉太夫人之教曰：‘尔欲识尔父乎？视尔叔父，其状貌起居言笑皆尔父也。’修虽幼，已能知太夫人言为悲，而叔父之为亲也。”由此可见叔侄二人情深至父子。叔叔家不是很富裕，好在母亲郑氏是受过教育的大家闺秀，从小就用荻秆在沙地上教欧阳修读书写字，使欧阳修得到了最初的基本教育。再以后，欧阳修在母亲和叔叔的教诲与资助下刻苦学习，最终于天圣八年（1030年），在宋仁宗赵祯主持的殿试放榜后，二十三岁的欧阳修位列二甲，被授予进士及第的称号。后据主考官晏殊对人说，欧阳修未能夺魁，主要是锋芒过于显露，众考官欲挫其锐气，促其成才。在此后的六年间，欧阳修在地方上任推官。其后与范仲淹等人一同着手体制改革，然而改革失败，欧阳修被贬为现在的湖北宜昌县令，同年他的叔叔去世，由于他不能奔丧，以至于叔叔多年不能安葬。北宋康定元年（1040年）欧阳修被召回京，继而与范仲淹等人继续推进改革，旋即又遭失败，参加改革运动的所有人等均遭贬黜，欧阳修以龙图阁大学士的身份被贬到河北任都转运使，而此时在欧阳修身边发生了一件大事。在宋人王铚[④]《默记》卷下记载："欧公庆历间为谏官，大忤权贵。未几，以龙图阁学士为河北都运。公在河北，职事甚振，无可中伤。会公甥张氏，幼孤鞠育[⑤]于家。嫁侄晟，晟自虔州[⑥]司户罢，以仆陈谏同行，而张与谏通。"《行营杂录》云："晟之官至宿州，赴郡宴归，而失其舟，至京师捕得之，开封府勘，梢人与晟妾通，晟妻知而欲笞之[⑦]，反为妾所诱，并与梢人通。府尹承当路风旨，令张氏引公自解。狱奏，仁宗大骇，遣中使王昭明监堪，而张氏反异，公遂得明白。犹坐以张氏奁具[⑧]买田，作欧阳户名，出知滁州。"这一段所说的，就是历史上传闻得沸沸扬扬的欧阳修与自己外甥女私通一事。原来欧阳修的妹妹嫁给张龟正做续弦，不久便守了寡。张龟正与前妻育有一个女儿，张龟正死后，欧阳修可怜自己的妹妹，便把妹妹和这个所谓的、没有任何血亲的外甥女，一同接到自己身边抚养。外甥女长大成人以后，由欧阳修做主，让她嫁给了自己的远房侄子欧阳晟。欧阳晟在宿州这个地方做官，一天他到郡里去赴宴，回来时发现他的船只不见了，于是报官缉拿。后来偷船的这个人被捕拿住，并送到了开封府审理，原来是船工与欧阳晟的小妾通奸，欧阳晟的妻子张氏准备严厉地处罚这个小妾，但是不知道什么原因，张氏却被小妾诱惑，反而也与这个船工通奸。事发后，张氏被移交到开封府审理，那些在欧阳修主持的改革运动中受到伤害的人，就串通张氏，许以利益让她诬告欧阳修。于是既想自保，又想解免自己与仆人通奸之罪的张氏，便说自己未嫁时和欧阳修有私情，并出示了欧阳修的一首《望江南》词，作为证据："江南柳，叶小未成阴。人为丝轻那忍折，莺嫌枝嫩不胜吟。留著待春深。十四五，闲抱琵琶寻。阶上簸钱阶下走，恁时相见早留心。何况到如今。"说欧阳修收养她时她还小，但欧阳修看见她"恁时相见早留心"，那个时候欧阳修就对我留心了，只等"留著待春深"，只等我大了再动手，这就是铁证。于是这个事情被传播得沸沸扬扬，加上欧阳修他们的改革所触动的大多是权贵阶层的利益，所以很多人都以这件事为由，向皇帝弹劾他。但是这一案件，当时并没有深究下去，当时的读书人，大都也是相信欧阳修是受了冤枉，虽然事情最终被证明，欧阳修确实是被冤枉的，但是欧阳修用张龟正留给女儿的嫁妆钱购置田产，并写上自己妹妹的名字，属于侵吞他人财产，却是不争的事实。虽然朝廷最终为欧阳修与外甥女关系一事郑重辟谣，但是此事传播之广、负面影响之大却是难以消除。于是欧阳修由河北都转运使被降到知制诰，再被贬到滁州当了太守，说白了就是一个省部级干部降为了处级干部使用。内心严重受伤的欧阳修感到了前所未有的郁闷与孤独，而最令他伤心的是，弹劾他的人之多，超出了他的预料。因此他在滁州太守任上所写的《醉翁亭记》中，以老夫、醉翁而自居，以寄情于山水间，然而谁又能想到，那个苍颜白发、年又最高、颓然乎其间的老太守，居然还不满四十岁。宋马永卿《懒真子录·卷第二》记载：“公生于景德之四年，至庆历五年坐言者论张氏事，责知滁州，时方年三十九矣。未及强仕之年，已有‘醉翁’之号，其意深矣。”庆历八年（1048年），四十一岁的欧阳修，以同级的身份平调到扬州当太守，在扬州大明寺内修建了一座“平山堂”⑨。堂建在高山上，登高远眺可以远望江南数百里，其真州（今江苏仪征）、润州（今江苏镇江）和金陵（今南京市）隐隐在目。由于平山堂所在的地势高，坐在堂中，南望江南远山，正与堂的栏杆相平，故名“平山堂”。每当盛夏时节，欧阳修常和友人一起到堂中饮酒赏景作诗。嘉祐元年（1056年），欧阳修调离扬州几年之后，他的朋友刘仲（字原甫）这位学者型的官员，也被任命为扬州太守，欧阳修在“满朝朱紫贵，尽是读书人”的饯行宴会上，追忆自己被贬于扬州的生活，感念自己这么多年所遭遇的种种不公平的待遇，想起那些为保全自己的利益，而不顾现实、颠倒黑白、迂腐至极的朝廷大员们，心中愤懑不平，忽而思起民间，那些痛斥迂腐的读书人为“措大”的称呼之语，感念顿至，提笔写下了这首《朝中措》。这首词既是对朝廷中迂腐之人的嘲讽，也是对自己在扬州任上的总结。此为双调四十八字，前段四句三平韵，后段五句二平韵。《宋史·乐志》中属“黄钟宫”，李祁词有“初见照江梅”句，名《照江梅》；韩淲词名《芙蓉曲》，又有“香动梅梢圆月”句，名《梅月圆》。

诗词赏析

朝中措	格律
欧阳修	
平山阑槛倚晴空。	(平)平(平)仄仄平平。(韵)
山色有无中。	(平)仄仄平平。(韵)
手种堂前垂柳，	(仄)仄(平)平(平)仄，
别来几度春风。	(仄)平(仄)仄平平。(韵)
文章太守，	(平)平(仄)仄，
挥毫万字，	(平)平(仄)仄，
一饮千钟。	(仄)仄平平。(韵)
行乐直须年少，	(平)仄(仄)平(平)仄，
尊前看取衰翁。	(平)平(仄)仄平平。(韵)

词中大名鼎鼎的平山堂，现在位于扬州市西北郊蜀冈中峰大明寺内。宋人叶梦得《避暑录话》中记载：“欧阳文忠公在扬州作平山堂，壮丽为淮南第一。堂据蜀冈，下临江南数百里，真、润、金陵三州隐隐若可见。”在堂上有一副清人徐仁山题写的平山堂对联，是联集欧阳修《醉翁亭记》中词句，对平山堂做了形象的描绘：“衔远山，吞长江，其西南诸峰，林壑尤美；送夕阳，迎素月，当春夏之交，草木际天。”还有朱公纯题平山堂联：“晓起凭栏六代青山都到眼；晚来对酒二分明月正当头。”在这些古人的描述中，我们可以想象出“平山堂”那恢宏的气势。因此词人一上来便大气磅礴地写道：“平山阑槛倚晴空。”一个“倚晴空”，突出了“平山堂”那傲视群山、凌空高耸的气势。下面的“山色有

无中”一句，应该是写凭栏远眺的情景。而关于这一句，历史上又有许多典故。据宋王象之《舆地纪胜》[10]记载，登上平山堂：“负堂而望，江南诸山，拱列檐下。”那么在“倚晴空”之下，远山近景应该是清晰的，但词人却偏偏说是“山色有无中”，这一句也不知道是不是醉翁在“一饮千钟”之后，出现“月朦胧、鸟朦胧”的缘故，为此曾有人说欧阳修患“短视”，即近视眼，故云“山色有无中”。在唐圭璋所著《宋词纪事》[11]中引胡仔《苕溪渔隐丛话[12]后集・卷二十三》又引《艺苑雌黄》[13]云：“送刘贡父守维扬作长短句：‘平山阑槛倚晴空。山色有无中。’平山堂望江左诸山甚近，或以为永叔短视，故云‘山色有无中’。东坡笑之，因赋《快哉亭》[14]道其事云：‘长记平山堂上，攲枕江南烟雨，杳杳没孤鸿。认取醉翁语，山色有无中。’盖山色有无中，非烟雨不能然也。”苏轼这里讲的是，因为平山堂高于周边地势，即便这里是晴空无云，但也不妨碍江南其他诸山有烟雨，所以老醉翁才有“山色有无中”之咏。这亦犹如陶渊明的“采菊东篱下，悠然见南山”一样，当时有人称陶渊明为陶斜眼，因为人在正常情况下，你在东边认真采菊的时候，根本就看不到南山，但是当你采菊休息的时候，为什么不能惬意地“悠然见南山”呢？下面的“手种堂前垂柳，别来几度春风”，写的是当年欧阳修在平山堂前，亲手种下了一棵柳树，当地人出于对欧阳修的敬意，将此柳称为“欧公柳”。而欧阳修在种下这棵柳树不到一年就移知颍州，就是到现在的安徽省阜阳市去当市长去了。而现在好友刘仲去当年自己工作过的地方，于是欧阳修自然想起那棵自己当年亲手种下的柳树，一句“别来几度春风”，这其中包含了多少辛酸苦辣与悠悠往事，喟叹全在其中。而说起这棵“欧公柳”，尚有一桩趣事。宋人张邦基《墨庄漫录卷二·欧公柳与薛公柳》中记载：“扬州蜀冈上大明寺平山堂前，欧阳文忠公手植柳一株，谓之‘欧公柳’，公词所谓‘手种堂前杨柳，别来几度春风’者。薛嗣昌作守，相对亦种一株，自榜曰‘薛公柳’，人莫不嗤之。嗣昌既去，为人伐之。不度德者有如此者！”薛嗣昌这个人虽然是宋朝高官，但历史上对其评价不高，他前后曾因犯事遭六七次贬谪，多以欺罔获罪。由此可知，人的操守，温、良、恭、俭、让，其德行好坏，在人们心中自有衡量的尺度。

“文章太守，挥毫万字，一饮千钟。”作为唐宋八大家之一，有着文章巨擘之称的欧阳修，是北宋文坛的领袖、宋代散文的奠基人，自是著述极多。其整理并撰写的《集古录》[15]，是迄今为止存世最早的金石学著作。而他的史学成就尤伟，除了参加修订《新唐书》二百五十卷外，又自撰《五代史记》即《新五代史》，总结五代的历史经验，希望统治者观此，而引为鉴戒。欧阳修一生写了五百余篇散文，各体兼备，如我们熟悉的《朋党论》《醉翁亭记》诸作，言辞优美，文笔超然，而从其《醉翁亭记》中，我们不难看出这位“文章太守，挥毫万字，一饮千钟”“醉能同其乐，醒能述以文者”的风采。“行乐直须年少，尊前看取衰翁。”这里的“行乐直须年少”，包含了许多欧阳修的行乐之事。据载：欧阳修考取功名后，被安排到河南洛阳当推官，这个推官就是主管的副手。那时的欧阳修才高气傲，又遇到了一个惜才爱才的上司，故而也就做了许多荒唐之事。当时大宋法律规定，官员不得私下包妓，但欧阳修却我行我素。据《钱氏私志》载：“欧阳文忠任河南推官，亲一妓。时先文僖（钱惟演）罢政，为西京留守，梅圣俞、谢希深、尹师鲁同在幕下，惜欧有才无行，共白于公，屡讽而不知恤。一日，宴于后园，客集而欧与妓俱不至，移时方来，在坐相视以目。公责妓曰：'末至何也？'妓云：'中暑往凉堂睡著，觉失金钗，犹未见。'公曰：'若得欧推官一词，当为偿汝。'欧即席云：'柳外轻雷池上雨，雨声滴碎荷声。小楼西角断虹明。阑干倚处，待得月华升。燕子飞来窥画栋，玉钩垂下帘旌。凉波不动簟纹平。水精双枕，旁有堕钗横。'坐客皆称善，遂命妓满酌觞欧，而令公库偿钗。"作为吴越末代王孙的钱惟演，当年是和父亲钱俶一起降宋之人，所以对于钱惟演来讲，虽然在宋朝做官，但也是夹着尾巴做人。因此对于欧阳修这样有才学的人，是非常宽厚的，简直是把他们供起来、养起来，不但很少让他们承担琐碎的行政事务，还公然支持他们吃喝玩乐。比如有一次，欧阳修和几个同僚请假到嵩山游山玩水，眼看假期要结束正准备回程，这一日忽然飘起了大雪，欧阳修他们正在为回程发愁呢，忽然渐闻鼓乐声由远而近，原来是钱惟演派来的使者赶到了。这些使者们不但为欧阳修他们带来技术高超的厨师、精美的食材、上等的美酒和相貌姣好的歌伎，而且还传钱惟演的口谕说："府里没有太多的事情，你们也不用急着赶回来，就好好地在嵩山这里赏雪享乐吧。"因此这些年轻时候的快乐生活，是令欧阳修永远怀念的。而写此词时，作者四十一岁正值壮年。在《避暑录话》中，还记载有欧阳修的另一桩趣事：欧阳修在扬州修建了堪称江南第一景色的平山堂，每到夏天最热的时候，欧阳修经常和朋友一起到那里饮酒赋诗，同时差人到扬州市江都区的邵伯[16]镇那里，摘取荷花，然后将这些荷花插入水盆中，客人和客人之间有水盆相隔，当大家一起喝酒行酒令的时候，就让一个歌伎从水盆中取出一枝荷花，让客人依次相传，每传到一位客人的面前，这个客人就摘取下一片荷花的花瓣，然后再将这枝荷花传给下一位，以此类推，到最后一位客人已经无花瓣可摘的时候，这位客人就要喝酒赋诗。这种高人雅会的筵席，经常是从早上一直延续到夜里，大家往往是月上柳梢头后，才从山上下来。文人雅士游乐的花样之多，也真是令现代人折服。因此一句“行乐直须年少”，所包含的信息量之多之大，也是超出了人们的想象。欢乐归欢乐，但在当时的党派之争中，欧阳修也是受到极大的牵连，故而词中不免有一些带有时代印痕的言论，这里的一句“尊前看取衰翁”，包含了几多心酸的喟叹，别忘了，这位年轻的衰翁此时仅仅四十一岁，这也是作者对自己当时所处环境无奈的自嘲。

后来作为学生的苏轼，几次写词都提到了“平山堂”。元丰二年（1079年），苏轼从徐州移知湖州（今浙江吴兴）路过扬州，到平山堂游览，这时欧阳修已去世多年，又适逢自己政治处境艰难，苏轼想起欧阳修的文学成就和政治业绩，以及对自己的知遇之恩，看到平山堂的墙壁上还保留着欧阳修那龙飞凤舞的墨宝，抚今追昔万千感慨而词涌心头，提笔写下了著名的《西江月·平山堂》：“三过平山堂下，半生弹指声中。十年不见老仙翁，壁上龙蛇飞动。欲吊文章太守，仍歌杨柳春风。休言万事转头空，未转头时是梦。”词写得感伤、悲愤，寓情于景，借景抒情，咏人生之短促，叹壮志之难酬，感世道之险恶，悲人生之寥落。故陈廷焯在《白雨斋词话·卷六》中对其评述：“‘休言万事转头空。未转头时是梦’追进一层，唤醒痴愚不少。”

注 释

① 士流：指出身士族的人，或读书人、文士。

② 峭醋（qiào cuò）：艳丽、美好。

③ 甲族：世家大族。

④ 王铚（zhì）：生卒里籍不详。字性之，自号汝阴老民，世称雪溪先生，其父为欧阳修弟子。

⑤ 鞠育：抚育、养育。

⑥ 虔州：江西省赣州市的简称。

⑦ 笞（chī）之：指用竹板或荆条拷打犯人脊背或臀腿的刑罚。《唐律疏议·名例》载：“笞者，击也。又训为耻，言人有小愆（qiān），法须惩诫，故加捶挞以耻之。”

⑧ 奁（lián）具：嫁妆或梳妆用具。

⑨ 平山堂：位于扬州城西北五里的大明寺大雄宝殿西侧的“仙人旧馆”内。后来因为平山堂名播海内，历史上人们便习惯地将这里的名胜古迹，包括唐大明寺遗址、西园、天下第五泉、谷林堂等统称为平山堂。

⑩《舆地纪胜》：南宋人王象之编纂。是南宋中期的一部地理总志，共二百卷，后人以其考证严谨，誉其为南宋全国性总志中最善者。

⑪《宋词纪事》：唐圭璋著。本书是根据当时的文献记载，钩索出隐含在宋词背后的故事，为研究词作的创作背景与创作过程，提供了重要的资料。后人称其“卷帙虽简，事实独丰”。

⑫《苕溪渔隐丛话》：南宋胡仔著，一百卷。《四库总目提要》称此书继阮阅《诗话总龟》而作，二书相辅而行，北宋以前诗话大抵略备，但后来居上。是书多记名人掌故，被后人所推崇。

⑬《艺苑雌黄》：宋人严有翼撰。是书所记均为宋以前历代传注、诗词、书画、神怪、杂事等。

⑭ 快哉亭：位于徐州中心城区，取名于苏轼的《快哉此风赋》。宋熙宁十年（1077 年），苏轼调任徐州知州后，常约宾朋来此亭避暑赋诗，有人请他命名亭名，苏轼挥毫作赋“贤者之乐，快哉此风”。从此，这座阳春亭便易名为“快哉亭”。

⑮《集古录》：共十卷，是欧阳修广泛观览公私所藏的金石遗文后编写而成。收录上千件金石器物，所收集器物，上至周穆王，下至隋唐五代，是迄今为止存世最早的金石学著作。

⑯ 邵伯：地处江苏省扬州市江都区，现在是自然优美的邵伯湖景区。

鞓红

词牌题注

《鞓红》是词牌名。“鞓”（tīng）这个字，在《辞海》中的表述为：“‘皮带，《宋史·舆服志五》：诸军将校，并服红鞓。’鞓，形声字从革，从呈，意为‘运送皇粮到王都去’。‘革’指皮革腰带。‘革’与‘呈’联合起来表示‘皇粮运送者专用的皮革腰带’。”“红鞓”由朝廷统一下拨，带有身份标志，在遥远的运粮路上，既可以向拦路抢劫的强盗表明官方身份，也可以防止地方官府随意抓差，或截留皇粮，是朝廷的象征。

而在牡丹花中，也有一个称为“鞓红”的、深红色的品种。欧阳修在《洛阳牡丹记》中记载：“鞓红者，单叶深红花，出青州，亦曰‘青州红’。故张仆射齐贤[①]，有第西京‘贤相坊’，自青州以驼驮其种，遂传洛中。其色类腰带鞓，故谓之‘鞓红’。”由此我们得知，“鞓红”是一种产自山东青州、单叶深红色的、类似于腰带鞓一样，红色的牡丹花品种，因为出产于山东青州，因此也叫“青州红”。在前面《碧牡丹》一文中我们讲过，牡丹原本是药材，因其花色娇艳，遂逐渐成为观赏之花，其后又培养、变异出许多新的品种。观赏牡丹花的风俗，盛于隋唐宫廷，尤其是在武则天时期的“上苑催花”[②]和杨贵妃时期的“贵妃醉酒”及李白奉旨填赞美杨贵妃的《清平乐》[3]之后，牡丹花遂成为人们追逐竞捧的对象。到了宋代初期，欧阳修在洛阳当推官时，感念当地牡丹盛事，写出了中国第一部牡丹专著《洛阳牡丹记》。文中提到的北宋宰相张齐贤，他是一位酷爱牡丹的人。当时张齐贤由于生活所迫，和另外一位宰相向敏中争娶一位有钱的柴姓寡妇，二人打得不可开交，于是张齐贤被皇帝一怒之下贬到西京洛阳[4]，住在贤相坊一个叫“绿野堂”的地方。这里是以前唐朝宰相裴度[5]的旧宅，也是著名的“午桥庄”。此地风景优美，是洛阳八小景“午桥碧草”之所在。《旧唐书·卷一百七十·裴度列传》中，曾经记载裴度宅邸的盛况：“东都立第于集贤里，筑山穿池，竹木丛萃，有风亭水榭，梯桥架阁，岛屿回环，极都城之胜概。又于午桥创别墅，花木万株，中起凉台暑馆，名曰‘绿野堂’。引甘水贯其中，酾[6]引脉分，映带左右。度视事之隙，与诗人白居易、刘禹锡酣宴终日，高歌放言，以诗酒琴书自乐，当时名士，皆从之游。每有人士自都还京，文宗必先问之曰：‘卿见裴度否？’”当年裴度在“绿野堂”家中遍植牡丹，搜尽天下奇花，更是留下了“不见牡丹花开死不瞑目”的临终美谈。而当北宋宰相张齐贤入住“绿野堂”以后，步前人娴雅，他每天在这里观松竹，聆妙音，与高人逸士饮酒作诗，并在全国不断访求牡丹新异品种引种于宅中。某次他听说青州有一种牡丹非常美丽，其花色深红，与宫廷中官人所系红鞓色的腰带颜色极其相似时，便不惜花重金派人从青州用骆驼把此花运到洛阳宅中，并名之曰“鞓红”。由于权贵的捧场，之后鞓红便从众多牡丹花之中脱颖而出，成为一枝独秀、丽艳群芳的花种。鞓红本来就艳丽娇媚，再加上宰相不惜重金的引进，以及文人学士的鼓吹，歌咏“鞓红”的诗词之作也越来越多，成为当时牡丹文化的奇观。宋仁宗天圣八年（1030年），二十三岁的欧阳修考中进士，次年任西京（今洛阳）留守推官，景祐元年（1034年）欧阳修亲睹“洛阳之俗，大抵好花，春时，城中无贵贱皆插花，虽负担者亦然。花开时，士庶竞为遨游，往往于古寺废宅，有池台处为市井，张幄帟[⑦]，笙歌之声相闻”。于是欧阳修遍访民间，将洛阳牡丹的栽培历史、种植技术、品种、花期以及赏花习俗等，作了详尽的考察和总结，并撰写了《洛阳牡丹记》一文。文中包括《花品序》《花释名》《风俗记》三篇。书中列举牡丹二十四个品种，这是中国历史上第一部具有重要学术价值的牡丹专著。欧阳修不但写下了《洛阳牡丹记》，让我们知道了“鞓红”这个牡丹品种，而且其著名的《洛阳牡丹图》诗，更是脍炙人口。再后来欧阳修仕宦沉浮十余年，在至和元年（1054年）被召回京城，最终于嘉祐四年（1059年），已经五十三岁的欧阳修，在皇宫中又看到了来自洛阳的“鞓红”牡丹，半生蹉跎的他如见亲人一般百感交集，纵笔写下了《禁中见鞓红牡丹》，并自注：“洛中花之奇者也，嘉祐四年。盛游西洛年方少，晚落南谯号醉翁。白首归来玉堂署，君王殿后见鞓红。”这首诗作者感叹人生的沉浮，宦海的蹉跎。第一句“盛游西洛年方少”句，写当年自己二十三岁考中进士，并于次年任西京（今洛阳）留守推官。那时的欧阳修指点江山，风华正茂，风流与韵事共存。第二句“晚落南谯号醉翁”，指北宋仁宗庆历五年（1045年），新政失败，杜衍、韩琦、范仲淹、富弼相继被罢官。时任河北都转运使的欧阳修因上疏为范仲淹等人申辩鸣冤，再加上当时社会上传闻，欧阳修与外甥女有不正当男女关系和私用外甥女的嫁妆钱购买地产，并署名于自己的亲妹妹等事，被贬知安徽滁州。滁州著名的琅琊山即处于南谯所在地，欧阳修在琅琊山上写下了著名的《醉翁亭记》，故有“晚落南谯号醉翁”一说。作者时年三十九岁，却道一个“晚”字，其厌倦官场尔虞我诈的心态，一览无遗地呈现在我们面前。（见本丛书《朝中措》）“白首归来玉堂署”，欧阳修北宋仁宗庆历五年（1045年）被贬，至和元年（1054年）八月，调回翰林院供职，此时四十八岁的他正直壮年，却道“白首归来”，可见宦旅的挣扎、心灵的孤寂、身心的苍老、人生的愁苦尽显于其“白首”间。“玉堂署”就是翰林院的简称。最后的“君王殿后见鞓红”，近十年的甜酸苦辣，全都齐聚在这一句上。羁旅的沧桑离情、情感波澜，欧阳修希望一切动荡至此戛然而止，中年的他能在此时重登“君王殿”，这是一种意外之喜，这种突然临至的幸福感令他大有喜极而泣的感觉。再后来欧阳修任洛阳推官时的好友，时任河南县主簿的梅尧臣[8]，看到欧阳修的这首诗也是悲喜交加，于是梅尧臣也写了一首《禁中鞓红牡丹》：“与公同是洛阳客，今日论年皆作翁。一见此花知有感，衰颜不似旧日红。”再以后的苏轼、陆游、范成大、杨万里、辛弃疾等，都曾写诗赞美“鞓红”。其中陆游在四川看到鞓红后，提笔在《和谭德称送牡丹》中写道：“洛阳春色擅中州，檀晕[9]鞓红总胜流。憔悴剑南人不管，问渠情味似侬不？”此诗以鞓红自比，以鞓红流落到四川，喻自己远离朝廷；以问鞓红在四川是否水土不服，而喻朝廷对自己不理不睬，从而喟叹出对朝廷和自己上司范成大的不满。至明代，花工又将鞓红由单叶变异出重瓣，之后鞓红更是名列天香之冠。清人更是道出了“可怜欧碧与姚黄，不及鞓红冠洛阳”的惊人之语。现今，每年的洛阳牡丹盛会，鞓红的风韵亦逞昔日的雍容华贵。洛阳牡丹如此炽盛的原因，离不开文人雅士的追捧，离不开豪门贵胄一掷千金的喜爱。欧阳修在其《洛阳牡丹记》中开篇便道：“牡丹出丹州、延州，东出青州，南亦出越州。而出洛阳者，今为天下第一。”由此可见，洛阳的牡丹之盛，亦是当时洛阳作为政治、文化中心以及全国各地追捧的结果。

《鞓红》作为曲调出现在何时今已无可考，现在我们只能从《新定九宫大成南北词宫谱》[10]中的仙吕调中窥其全貌。现代音乐家考证认为《新定九宫大成南北词宫谱》中所录宋词乐谱，以《鞓红》较为接近宋乐，为宋代词乐的标本。作为早期词的出现，《钦定词谱》中录有无名氏词一首，称调见《梅苑》。双调，六十字；前后段各六句，四仄韵。

诗词赏析

无名氏	格律
粉香犹嫩，	仄平平仄，
衾寒可惯。	平平仄仄。（韵）
怎奈向、春心已转。	仄仄仄、平平仄仄。（韵）
玉容别是，	仄平仄仄，
一般闲婉。	仄平平仄。（韵）
悄不管、桃红杏浅。	仄仄仄、平平仄仄。（韵）
月影帘栊，	仄仄平平，

金堤波面。　　　　　　平平平仄。（韵）
渐细细、香风满院。　　仄仄仄、平平仄仄。（韵）
一枝折寄，　　　　　　仄平仄仄，
故人虽远。　　　　　　仄平平仄。（韵）
莫辄使、江南信断。　　仄仄仄、平平仄仄。（韵）

《钦定词谱》中称："调见《梅苑》。"并称："此调起结，近《鹊桥仙》词，然中三句句读，实与《鹊桥仙》不同。"这里所说的《梅苑》，是南宋时期的一本词选，作者是黄大舆，据王灼《碧鸡漫志·卷二》所云："吾友黄载万所居斋前，梅花一株甚盛，故录唐以来词人才士之作，凡数百首，为斋居之玩，命曰《梅苑》。"这部著作所录皆咏梅之作，起于唐代，止于北宋末南宋初，共十卷。因此我们知道此词是为赋梅而作。"粉香犹嫩，衾寒可惯"首开句，词人对梅花的怜爱之情跃然纸上。寒冬季节里，一朵娇嫩芬芳的小花绽放，你对那冰雪的寒冷还习惯吗？还能抵挡住这冰肌的严寒吗？"怎奈向、春心已转。"寒冬里，你傲雪迎春，现在无奈的是春天已到。"玉容别是，一般闲婉。"你的容颜别具风韵，还是那样淑娴、温婉。"悄不管、桃红杏浅。"此时的你傲视着群花，管他什么桃花红杏花浅。

"月影帘栊，金堤波面。"一轮月影映在帘栊上面，也映照在远处的金堤上面。"渐细细、香风满院。"月色下，阵阵幽幽的清香充盈于庭院中。"一枝折寄，故人虽远。"友人虽说身在遥远的他方，我也要把这散发幽幽香气的梅花，折下一枝寄予他。"莫辄使、江南信断。"不要和身在江南的友人断了牵挂。此词其殷殷之情、其思人念远的关爱之心袒露无遗。

注释

①张齐贤（942—1014）：字师亮，曹州冤句（今山东菏泽南）人，宋初著名政治家，进士出身，先后担任兵部尚书、吏部尚书、分司西京洛阳太常卿等官职，为相前后二十一年，对北宋初期政治、军事、外交各方面都作出了极大贡献，卒赠司徒，谥号“文定”。

②上苑催花：南宋计有功《唐诗纪事》卷三云：武则天“天授二年腊，卿相欲诈称花发，请幸上苑，有所谋也。许之，寻疑有异图，乃遣使宣诏曰：‘明朝游上苑，火急报春知，花须连夜发，莫待晓风吹。’于是凌晨名花布苑，群臣咸服其异”。然唯牡丹不开，遂贬洛阳。

③《清平乐》：见本丛书之一。

④西京洛阳：北宋王朝共有四京，即东京开封府（今河南开封）、西京河南府（今河南洛阳）、北京大名府（今河北大名）和南京应天府（今河南商丘）。

⑤裴度（765—839）：唐代名相，字中立，汉族，河东闻喜（今山西闻喜）裴氏家族人。唐代后期杰出的政治家。德宗贞元五年（789年）进士。累迁中书舍人、御史中丞、同中书门下平章事，封晋国公，穆宗时数度拜相，官终中书令。

⑥酾（shī）：疏导、分流。

⑦幄帟（wò yì）：泛指篷帐。

⑧梅尧臣（1002—1060）：字圣俞，世称宛陵先生，汉族，宣州宣城（今属安徽）人。皇祐三年（1051年）赐同进士出身，为太常博士。以欧阳修荐，为国子监直讲，累迁尚书都官员外郎，曾参

与编纂《新唐书》，并为《孙子兵法》作注，所注为孙子十家著之一。有《宛陵先生集》六十卷，词存二首。我们熟知的苏轼、苏辙能闻名于世，就是此人举荐的结果。

⑨檀晕：即倒晕檀心，为多叶红花，是牡丹中的一个品种，简称“檀晕”。

⑩《新定九宫大成南北词宫谱》：清人允禄等编纂，八十一卷，闰一卷。此书上溯唐宋，下迄明清，记录北套曲一八五套，南北合套三十六套。单体曲牌有南曲一五一三曲，北曲五八一曲，共二〇九四曲。加上各种变体曲二三七二个，共有四四六六曲。这些曲牌内容包括唐宋诗词、大曲、南戏、杂剧、金元诸宫调、元明散曲、明清传奇等。书中详举各种体式，分别正字、衬字，标明工尺、板眼、句读、韵格，是研究南北曲的重要资料。

夜行船

词牌题注

《夜行船》是词牌名。此调在《钦定词谱》中称:《太平乐府》①、《中原音韵》②、元高拭③词，俱注双调。黄公绍词名《明月棹孤舟》④,《词律》以《夜行船》混入《雨中花》，今照《花草粹编》分列。此词双调五十五字，上下片各四句三仄韵。此五十五字者，以欧阳修词为正体；五十六字者，以史达祖词为正体；五十八字者，以赵长卿词为正体。其余或摊破句法，或句读参差，或添韵，或添字，都是变格。此词前段起句六字，上下片第三句皆七字，两结句皆七字。此调也是曲牌名，如马致远的《双调夜行船・秋思》套曲，这里的《夜行船》是首曲的调名，而秋思是题目。

诗词赏析

夜行船	格律
欧阳修	
忆昔西都欢纵。	仄⃝仄平⃝平平仄。（韵）
自别后、有谁能共。	仄仄⃝仄⃝、仄平平仄。（韵）
伊川山水洛川花，	平⃝平平仄仄平平，

细寻思、旧游如梦。　　仄⃝平⃝平⃝、仄平平⃝仄。（韵）

今日相逢情愈重。　　平仄平平平仄仄。（韵）
愁闻唱、画楼钟动。　　平平仄、仄平平⃝仄。（韵）
白发天涯逢此景，　　仄⃝仄⃝平⃝平⃝平⃝仄⃝仄⃝，
倒金尊、殢[5]谁相送。　　仄平⃝平⃝、仄平平⃝仄。（韵）

这首词是欧阳修的回忆之作，词中的每一句都饱含作者的深情。“忆昔西都欢纵。”首开句中的“西都”，就是指西京洛阳。宋仁宗天圣八年（1030年），欧阳修被钦点为进士，次年被任命为西京留守推官，当时钱惟演[6]为洛阳西京留守。这个留守就是当地政府的最高行政长官，这个政府班子里面的成员有张先[7]、谢绛[8]、尹洙[9]、梅尧臣等人。年轻的欧阳修与这些有着资深背景之人，每日互相切磋诗文，学习前辈的处世经验，并逐渐与他们结为至交。因此洛阳不单是欧阳修仕宦生涯的起点，洛阳的生活也为他后来成为文学巨匠奠定了基础。说起欧阳修在“西都欢纵”的事情，应该不胜枚举，在这里给大家举一个小事例便可见一斑：吴越王钱俶[10]之子钱惟演随父降宋以后，虽历任过一些官职，但因为他是降国的王子，所以宋代的统治者对他并不放心，因此钱惟演真是夹着尾巴做人，谁都不敢得罪。他于宦海中数度沉浮，每每思起当年吴越国自己的家事，常常会一个人涕泪涟涟。为什么是一个人？原因无他，因为每到伤心之时，他会想起当年李煜惨死的原因，于是在他人面前只得强颜欢笑。也正是钱惟演吸取了历史教训，因此他对待手下之人，尤其是有学之士非常敬重和宽松，当然最主要的原因，还是怕这些人给皇帝打小报告。钱惟

演晚年以枢密使，并以同平章事（宰相）的身份，任洛阳西京留守。一次谢绛、欧阳修等人一起登嵩山游玩，到达龙门的时候老天忽降大雪，两人正在观山、吟雪、赏景之时，忽然远远见到有一行人，骑马冒雪渡过伊水缓缓而来，原来是钱惟演派来的厨子和歌伎，使者并传钱惟演的口谕说：你们登山辛苦了，两位可以在山上多留几日赏雪观景，府里公事简易，不用着急赶回去工作，我派来了顶级的厨师，由他们带给你们顶级的美味饕餮大餐的享受，同时也希望这些歌儿舞女，带给你们愉悦的身心感受。这种上级对下属无微不至的关心使欧阳修等人非常感动。后来钱惟演被贬谪随州，欧阳修等人送行，钱惟演席上赋词，使歌伎演唱，音节悲苦，宾主都为之哭泣。欧阳修对钱惟演的知遇之情，毕生没有忘记。在欧阳修所著的《归田录》里，记下了钱惟演在洛阳对他说的话："平生惟好读书，坐则读经史，卧则读小说，上厕则阅小辞。"后来欧阳修总结出读书时间的"三上"，即马上、枕上、厕上，就是受钱惟演的启发。故而"西都"的快乐惬意生活，令词人铭记终生。"自别后、有谁能共。"欧阳修在洛阳为官，只有短短的三年时间，但是这三年中，他向这些政治前辈、文化巨擘们虚心求教，奠定了他创作与日后为官的基础。北宋景祐元年（1034 年），欧阳修调往东京开封授任宣德郎，充馆阁校勘。之后欧阳修在仕途和文学创作上遇到了许许多多的坎坷，而每每回忆起往事，他总是感觉在洛阳西京生活的那一段时光太美好了，犹如人的初恋一样，令人难以忘怀。从此"洛阳西都"的种种快乐生活，就成了欧阳修经常回忆并时常引以为自豪的往事。"伊川山水洛川花，细寻思、旧游如梦。"伊川位于河南省西部，北倚十五朝古都洛阳，紧临龙门石窟；南临著名的白云山风景区。而“洛川花”一句，在这里有两层意思，一、在前面的《鞓红》和《碧牡丹》中，我们了解到，洛阳的牡丹花名誉天下，欧阳修赞美洛阳牡丹的诗词不胜枚举，由于喜爱牡丹，欧阳修还著有《洛阳牡丹记》。景祐元年（1034年）欧阳修亲睹“洛阳之俗，大抵好花，春时，城中无贵贱皆插花，虽负担者亦然。花开时，士庶竞为遨游，往往于古寺废宅，有池台处为市井，张幄帟，笙歌之声相闻”。于是欧阳修遍访民间，将洛阳牡丹的栽培历史、种植技术、品种、花期以及赏花习俗等，做了详尽的考察和总结，撰写了《洛阳牡丹记》一文，文中包括《花品序》《花释名》《风俗记》三篇。文中列举牡丹品种二十四种，这是历史上第一部具有重要学术价值的牡丹专著。第二层意思，作者是以花喻人。欧阳修年轻时个性比较张扬，当时大宋法律规定，官员不得私下包妓，但欧阳修依然我行我素。据《钱氏私志》载：“欧阳文忠任河南推官，亲一妓。时先文僖（钱惟演）罢政，为西京留守，梅圣俞、谢希深、尹师鲁同在幕下，惜欧有才无行，共白于公，屡讽而不知恤。一日，宴于后园，客集而欧与妓俱不至，移时方来，在坐相视以目。公责妓曰：‘末至何也？’妓云：‘中暑往凉堂睡著，觉失金钗，犹未见。’公曰：‘若得欧推官一词，当为偿汝。’欧即席云：‘柳外轻雷池上雨，雨声滴碎荷声。小楼西角断虹明。阑干倚处，待得月华升。燕子飞来窥画栋，玉钩垂下帘旌。凉波不动簟[11]纹平。水精双枕，旁有堕钗横。’（《临江仙》）坐客皆称善，遂命妓满酌觞欧，而令公库偿钗。”这个时期的欧阳修刚刚二十五岁，初入仕途便有才无行地和歌伎厮混在一起，还言道：“纵使花时常病酒，也是风流。”（《浪淘沙》）再如其《生查子》：“去年元夜时，花市灯如昼。月到柳梢头，人约黄昏后。今年元夜时，月与灯依旧，不见去年人，泪满春衫袖。”又如这首《减字木兰花》：“去年残腊，曾折梅花相对插。人面而今，空有花开无处寻。天天不远，把酒拈花重发愿：愿得和伊，偎雪眠香似旧时。”从词义看，作者和这位女子，曾有过“偎雪眠香”的一段旖旎生活，而今人已去，对去年此情此景，只能对花于惆怅之中而怀人。大宋允许妓女的存在，但是大宋法律规定：官人狎妓，尤其是有肌肤之亲的，是要问罪甚至要杀头的，也就是欧阳修文采出众，又遇到了一个爱他、护他，通情达理的上司钱惟演，才没有被问罪。所以说伊川的水声山色、洛川的名种名花艳景，词人每每思来恍如梦幻。

“今日相逢情愈重。”下片词人从回忆“西都”的远景拉回眼前的近景。西都美好的生活令词人流连忘返，而今遇逢西都过去的老友，自有一番感慨和惆怅。据宋人胡柯《庐陵欧阳文忠公年谱》：欧阳修自 1034 年调离西京至 1039 年，五年后才与谢绛、梅尧臣相聚于邓州，故有“今日相逢情愈重”之喟。“愁闻唱、画楼钟动。”1039 年 11 月谢绛去世，谢绛和欧阳修亦师亦友，欧阳修的文集中，多次提到的“谢公”就是其人。谢绛在其《夜行船》中有“昨夜佳期初共。鬟云低、翠翘金凤。尊前和笑不成歌，意偷转、眼波微送。草草不容成楚梦。渐寒深、翠帘霜重。相看送到断肠时，月西斜、画楼钟动”句。而此时谢公已经驾鹤西去，思起谢公的词句，自是愁怀满腹，故欧阳修有“愁闻唱、画楼钟动”之言。“白发天涯逢此景，倒金尊、殢谁相送。”这句话明显寓有悼念逝者之意。此时的欧阳修年纪不过四十岁却已白发，这二字道出了他为官的心酸与艰难，况且老友仙去，自然是倾金樽深情相送。这几句词人写得情深义重，令人不忍卒读。

注释

①《太平乐府》：全称《朝野新声太平乐府》。是元代杨朝英选辑散曲总集，共九卷，前五卷为小令，后四卷为套数，收录有关汉卿等八十余家的散曲，是研究元人散曲的重要资料。

②《中原音韵》：元代周德清撰戏曲北曲曲韵专著，是我国出现最早的一部北曲曲韵和北曲音乐论著。该书包括三个方面：曲韵韵谱、正语作词起例、作词十法。《中原音韵》无论是在音韵学方面，还是在曲学理论方面，都对后世产生了极其深远的影响。

③ 高拭：元成宗大德初（1297 年）前后在世，字则成，燕山人。生卒年及生平事迹均不详。

④ 黄公绍：宋元之际邵武（今属福建）人，字直翁，咸淳间进士。入元不仕，隐居樵溪。作有《明月棹孤舟·木樨》：雁带愁来寒事早。西风把、鬓华吹老。猛省中秋，都来几日，先自木樨开了。淰淰轻阴天弄晓。平白地、被花相恼。一枕云闲，半窗秋晓，时有阵香吹到。此词为双调五十六字，上下片各五句，三仄韵。

⑤ 殢（tì）：困于；沉溺于。在此当深情讲。

⑥ 钱惟演（977—1034）：北宋大臣，字希圣，钱塘（今浙江杭州）人。吴越忠懿王钱俶第十四子。从钱俶归宋，历右神武将军、太仆少卿等，预修《册府元龟》，累迁工部尚书，拜枢密使，官终崇信军节度使，博学能文，所著今存《家王故事》《金坡

遗事》。

⑦ 张先（？—1039）：字子野，博州（今山东聊城西北）人，枢密副使张逊之孙。北宋天圣三年（1025 年）进士，卒于宝元二年（1039 年），欧阳修为作墓志铭。此张先与乌程（今浙江吴兴）出身的大词人张先（张三影）同名同姓同字，但不是同一个人。

⑧ 谢绛（995—1039）：字希深，浙江富阳人。以父荫任秘书省校书郎。北宋大中祥符八年（1015 年），登进士甲科，授太常寺奉礼郎，迁太常博士，景祐元年（1034 年）出使契丹，还，迁擢知制诰。有文集五十卷，今已佚。《全宋诗》卷一七七录其诗十二首、《全宋文》卷四一一收其文十五篇、《宋史》卷二九五有传。

⑨ 尹洙（1001—1047）：宋代散文家，字师鲁，汉族，今河南洛阳人，世称河南先生。天圣二年（1024 年）登进士第，授绛州正平县主簿，历任河南府户曹参军等职。后充馆阁校勘，迁太子中允。精于史学，著有《河南先生文集》。

⑩ 吴越王钱俶（929—988）：钱镠之孙，钱元瓘第九子。是五代十国时期吴越国的最后一位国王（948—978 年在位）。宋太祖平定江南，他出兵策应有功，授天下兵马大元帅。北宋太平兴国三年（978 年），献所据两浙十三州之地归宋。现在杭州城内著名的六和塔、保俶塔即为其所建，而雷峰塔与传说无关，原本只是吴越国王钱俶为庆祝宠妃黄氏得子而建造的佛塔。

⑪ 簟（diàn）：竹席。